O CORAÇÃO DO REI

IZA SALLES

O CORAÇÃO DO REI

A VIDA DE DOM PEDRO I: O GRANDE HERÓI LUSO-BRASILEIRO

EDIÇÕES DE
Janeiro

Rio de Janeiro 2019

© 2019 desta edição, Edições de Janeiro
© 2019 Iza Salles

Editor
José Luiz Alquéres

Coordenação editorial
Isildo de Paula Souza

Produção executiva
Carol Engel

Copidesque
Marcelo Carpinetti

Revisão
Patrícia Weiss
Raul Flores

Capa e Projeto gráfico
Casa de Ideias

Imagem da capa
Luiz Aquila da Rocha Miranda, Dom Pedro I e o chapéu

CIP-BRASIL. CATALOGAÇÃO NA PUBLICAÇÃO
SINDICATO NACIONAL DOS EDITORES DE LIVROS, RJ

S164c

Salles, Iza
  O coração do rei : a vida de Dom Pedro I : o grande herói luso-brasileiro / Iza Salles. - 1. ed. - Rio de Janeiro : Edições de Janeiro, 2019.

  ISBN 978-85-9473-035-0

  1. Pedro I, Imperador do Brasil, 1798-1834. 2. Brasil - Reis e governantes - Biografia. I. Título.

19-59113   CDD: 923.10981

                                            CDU: 929.731(81)

Vanessa Mafra Xavier Salgado - Bibliotecária - CRB-7/6644

Todos os direitos reservados e protegidos pela Lei 9.610, de 19.2.1998.
É proibida a reprodução total ou parcial sem a expressa anuência da editora e do autor.
Este livro foi revisado segundo o Acordo Ortográfico da Língua Portuguesa de 1990, em vigor no Brasil desde 2009.

EDIÇÕES DE JANEIRO
Rua da Glória, 344 sala 103
20241-180 – Rio de Janeiro-RJ
Tel.: (21) 3988-0060
contato@edicoesdejaneiro.com.br
www.edicoesdejaneiro.com.br

instituto edp

Patrocinador da restauração
do Museu do Ipiranga

DEDICATÓRIA

Éramos nove, agora somos cinco.
Partiram meus pais, Nadir e Belmiro e
os irmãos Marisa e José Olímpio; ficamos
Elvia, Mairse, Sonia, Belmiro e eu.
A todos eles, dedico este livro.

APRESENTAÇÃO

UM REI APAIXONADO POR SEU POVO E SEUS IDEAIS

"Por volta das duas e meia da tarde de 24 de setembro de 1834, fechou para sempre os olhos aquele que teve da vida tudo em dobro, uma parte herdada e a outra conquistada – foi imperador do Brasil e rei de Portugal; teve duas pátrias, dois povos, escreveu seu nome na história de dois continentes e amou tantas mulheres que até seu confessor perdeu a conta."

Que melhor descrição de dom Pedro I poderia haver do que essa criada por Iza Salles em *O Coração do Rei*? Não é por acaso que a referida citação integra hoje a exposição "A Construção da Nação – 1822 a 1889" no Museu Histórico Nacional, ao lado de um quadro retratando-o como Duque de Bragança – Pedro IV de Portugal – após a sua abdicação como Imperador do Brasil.

Lançado em 2008, e há tempos completamente esgotado, *O Coração do Rei* ganha agora nova edição pela Edições Janeiro, graças à sensibilidade de José Luiz Alquéres.

Com liberdade poética, curiosidade jornalística, apurada pesquisa em documentos e periódicos de época e um prazeroso estilo literário, Iza Salles oferece ao leitor a oportunidade de conhecer um dos períodos mais ricos e significativos da história do Brasil – a construção da nossa nação – sob a ótica de seu principal protagonista, dom Pedro I. Porém, engana-se quem pensar que o livro é mais um relato sobre as aventuras de um jovem impetuoso e namorador, tema já explorado por outros autores.

O fio condutor dessa emocionante narrativa é frei Antônio de Arrábia, religioso que acompanhou dom Pedro em praticamente toda a sua vida: através dele, revelam-se importantes acontecimentos nos dois lados do Atlântico, emergindo, de forma precisa, um perfil de dom Pedro desconhecido de muitos brasileiros: o estadista astuto, negociador, gestor, bom e respeitoso filho, pai apaixonado, combatente ferrenho em prol de seus ideais políticos e defensor do direito legal de sua filha à sucessão ao trono português.

Não há como não se apaixonar por esse homem que viveu apenas 36 anos: o jovem que nos deu a autonomia política, legando-nos um imenso e rico país; o guerreiro rei-soldado que lutou à exaustão para pacificar o reino português, contraindo nesse processo uma doença que lhe seria fatal.

Para compreender dom Pedro, é preciso compreender o processo de formação de um novo Estado nacional na América a partir da transferência da Corte portuguesa para o Brasil em 1808, fato descrito por autores como Oliveira Lima de *a inversão brasileira*. O projeto da criação de um império luso-brasileiro sob a égide da Casa de Bragança já era sonhado desde o século XVIII, mas acabaria se tornando realidade com dom João VI. Ele traria aos brasileiros o início de um projeto civilizatório nos moldes do europeu, mas deixaria no povo português um sentimento de desamparo e abandono, sobretudo após ocorrida a inevitável invasão de seu país pelas tropas napoleônicas.

Com o regresso de dom João VI a Portugal, os colonos americanos dividiram-se entre os que desejavam obediência ao reino português e aqueles que já aspiravam desligarem-se da metrópole, resultando em um processo político autônomo sob a influência direta de José Bonifácio de Andrada e Silva, que convergiu para separação política e a construção do Império do Brasil.

Dom Pedro, o filho do rei de Portugal, estava à frente dos movimentos e das decisões ao longo desses tumultuados anos que antecederam a Independência do Brasil. E foi ele, herdeiro do trono lusitano e primeiro Imperador do Brasil, que, numa decisão inédita na história política da época, instituiu nas Américas um Estado politicamente autônomo, monárquico, constitucional e que fazia a transição do absolutismo para o sistema liberal.

Tal foi a complexidade do contexto que envolveu as ações e decisões políticas tomadas por dom Pedro, assim como as tomadas por seu pai, dom João, que ambos não mereciam terem suas vidas relatadas pela historiografia com forte tendência pejorativa, impregnando seus nomes com inverdades, distorção de fatos e a falta de reconhecimento de ambos como os grandes estadistas que foram.

No final da década de 1990, historiadores dos dois países se reuniram em dois seminários – um no Brasil e outro em Portugal – para analisar, sob novas abordagens históricas, os acontecimentos dos períodos chamados Joanino e Primeiro Reinado Brasileiro, intensificando as pesquisas nas fontes primárias.

Nesse sentido, a obra de Iza Salles – que folheei sob forte emoção numa livraria da cidade de Lisboa logo após chegar da cidade do Porto, onde acabara de ver na Igreja Nossa Senhora da Lapa o real coração de dom Pedro, guardado como símbolo da luta pela liberdade – reveste-se de grande importância como um resgate desse personagem tão importante (mas pouco conhecido e reconhecido) para a história do Brasil e de Portugal.

A reedição de *O Coração do Rei* marca, ainda, o início das comemorações de uma significativa efeméride. Datas memoráveis são, em todas as épocas, destacadas com o objetivo de manter viva a memória do que não deve ser esquecido. Vivemos agora um tempo de véspera, palavra que vem do latim *vésper* e denomina a estrela da tarde. Na língua portuguesa, ela significa a data que antecede um novo dia, um evento esperado, uma data importante. No momento, vivemos um período de véspera, à espera de celebrar uma das mais importantes datas do país e que merece ser celebrada – o bicentenário da nossa independência, que acontecerá em 2022.

Pois que pulse novamente o coração de dom Pedro I do Brasil, dom Pedro IV de Portugal!

VERA LÚCIA BOTTREL TOSTES

Museóloga, historiadora, membro do Instituto Histórico e Geográfico Brasileiro (IHGB), entre outras Academias, da Comissão de Restauração do Museu da Independência, dirigiu entre 1994 e 2014 o Museu Histórico Nacional (MHN).

SUMÁRIO

APRESENTAÇÃO	8
O CORAÇÃO DO REI	15
LUZ E SOMBRA	19
UMA LONGA VIAGEM	27
ABISMO PROFUNDO	37
UMA NOIVA PARA PEDRO	43
O FILHO PRÓDIGO	55
A REVOLUÇÃO LIBERAL	63
PEDRO REGENTE	75
CORAÇÃO DIVIDIDO	87
ÀS MARGENS DO IPIRANGA	99
VIVA O IMPERADOR	109
O DIABO INGLÊS E OUTROS DIABOS	117
EXÍLIO DE BONIFÁCIO	131
REINADO DE DOMITILA	139
NORTE REBELDE	145
VIAGEM À BAHIA	151
MORTE DE DOM JOÃO VI	165
LEOPOLDINA, A CHAMA QUE SE APAGA	175

O SEGREDO DA IMPERATRIZ	189
ADEUS, DOMITILA	193
MIGUEL, REI DE PORTUGAL	209
À PROCURA DE UMA ESPOSA	219
AMÉLIA NO CORAÇÃO	229
O RETORNO DE BONIFÁCIO	237
O GABINETE PORTUGUÊS	243
ORGULHO E HONRA	257
VIAGEM PARA O EXÍLIO	273
NA EUROPA, ENTRE REIS	285
MAIS UM FILHO	297
NAS ILHAS	303
A GUERRA NO PORTO	315
SAINDO DO CERCO	327
MORTE EM LISBOA	339
AGRADECIMENTOS	353

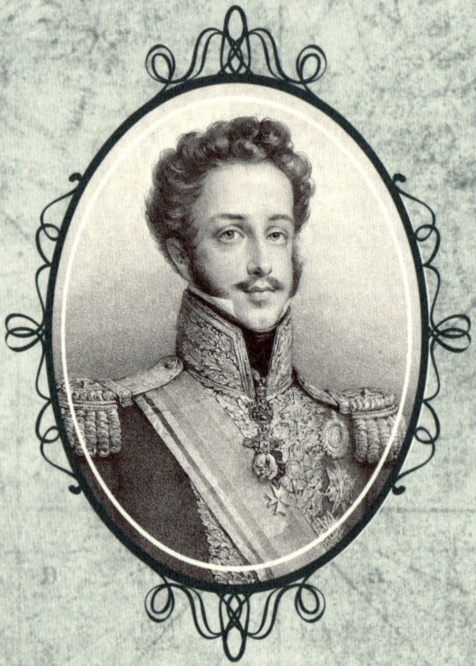

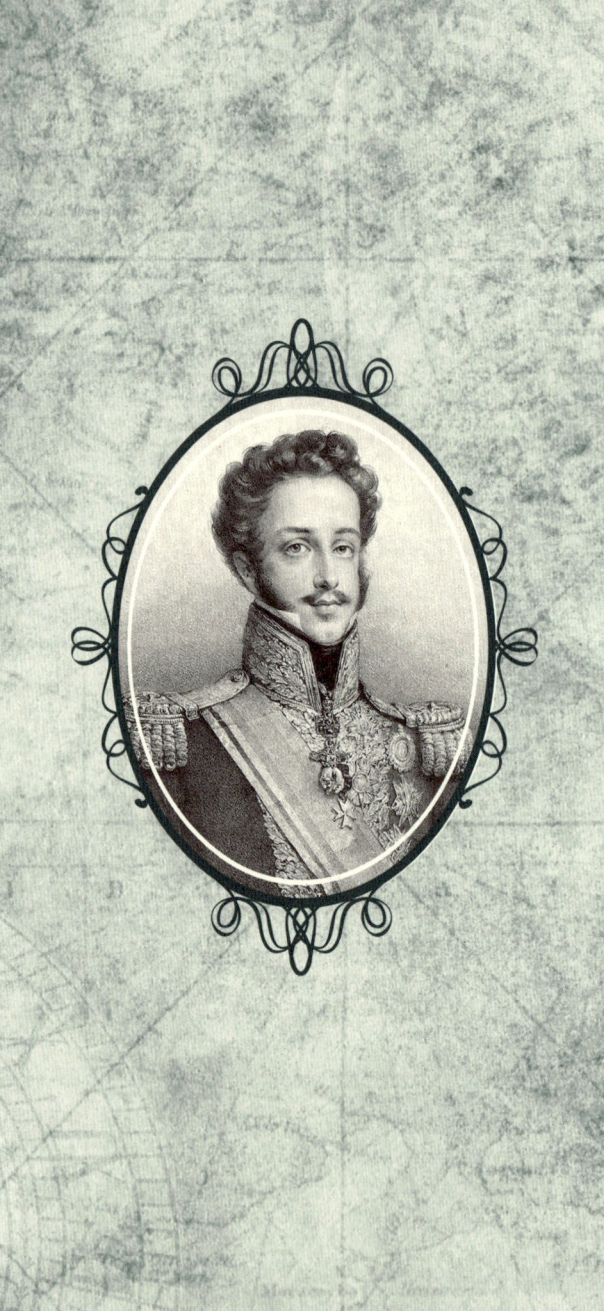

O CORAÇÃO DO REI

Com mão segura e lâmina afiada, o cirurgião fez um corte no peito do morto. Abriu a pele e a gordura até se deparar com o esterno, um osso longo que recobre o coração e fica preso às costelas. Serrou-o com dificuldade, de cima para baixo, tomando cuidado para não cortar os órgãos internos, e viu o pericárdio, saco branco fibroso que protege o coração. Enquanto abria caminho afastando os pulmões endurecidos pela doença, dizia a si mesmo: "É preciso arrancar deste corpo o coração que já não bate, mas não se arranca facilmente o coração de um morto, sobretudo se o morto for um rei".

De repente, se deu conta da ventura que era arrancar aquele coração, agradeceu a Deus por acrescentar tal proeza à sua vida banal e chegou ao fundo. Um susto o paralisou. Por segundos, teve a impressão de que ainda batia aquele coração sem vida. "Pensei que ainda batia", disse ao que estava ao seu lado segurando uma bacia de prata. "Deste, tudo era possível. Até o coração bater depois de morto", respondeu o outro.

Cortada as amarras, o coração foi depositado na bacia de prata e a solene procissão dos homens levou-o até à jovem rainha. Dona Maria II não tinha mais lágrimas para mostrar sua dor, só vontade de abraçar de encontro ao seu o coração do pai. Conseguia mesmo sentir a quentura do peito que tantas vezes a apertara contra si. Mergulhada em ternura, fez juramento temerário para quem tinha apenas quinze anos: seu coração bateria sempre como aquele, cheio de bravura, honra e afeto pela vida.

A morte se dera no mesmo quarto do Palácio de Queluz, onde ele nascera 36 anos antes. E não o pegara de surpresa, pressentida que fora meses antes nas barricadas de Lisboa ao curvar-se torcido por um acesso de tosse que terminou com escarros de sangue: foi quando teve a certeza de que ela não viria de bala inimiga, mas das doenças que o afligiam. Só não supunha que o apanhasse ainda no início do outono de 1834, quatro meses depois do exército de seu irmão Miguel depor as armas. Amargo e breve foi o gosto da vitória.

Ainda teve forças, no mês mais quente daquele verão, para discursar no dia 15 de agosto, na abertura das Cortes. Depois, ditou seu testamento, não esquecendo nenhum filho, nem mesmo os de amores clandestinos, que eram muitos. Quis se despedir dos companheiros de armas, dos amigos e criados, e choraram juntos. Quando sentiu que o coração enfraquecia de todo, chamou mulher e filha para lhes manifestar um desejo: que aquele coração, agora tão fraco, fosse entregue à cidade do Porto como forma de gratidão: "Meu coração é teu, ó Porto". Sem o Porto, ele não teria vencido o irmão que lhe usurpara o trono, nem teria nele colocado a filha.

Recebeu a extrema-unção numa manhã iluminada do outono que começava: deixaria a vida com pena, mas sem pecados, que eram muitos, nós dois sabíamos. Olhou para mim agradecido, deu a entender que não faltava agora nada, e sereno como nunca fora na vida, pôs-se à espera da morte. Chamada, ela não custou a chegar. Por volta das duas e meia da tarde de 24 de setembro de 1834, fechou para sempre os olhos aquele que teve da vida tudo em dobro, uma parte herdada e a outra conquistada – foi imperador do Brasil e rei de Portugal; teve duas pátrias, dois povos, escreveu seu nome na história de dois continentes e amou tantas mulheres que até seu confessor perdeu a conta.

Então, os médicos fizeram a autópsia para identificar os males que o haviam matado – e pasmos se perguntaram como pudera sobreviver nas barricadas por dois anos. O pulmão esquerdo havia sido tomado pela tuberculose (apenas uma pequena porção na parte superior era permeável ao ar), enquanto duas libras e meia de líquido sanguinolento sufocavam o direito. Os rins estavam em estado lastimável (em um deles havia um cálculo) e o coração era maior que o normal.

O enterro obedeceu ao que ele determinara. Não quis luxo, com caixão modesto. Nem roupa de rei. E também pediu que não houvesse no féretro diferença de classes, o que achei justo porque foi ele o primeiro a dar a seus dois Reinos leis mais justas que abriram caminho para aquele dia em que todos os homens serão iguais, e que não sei quando virá.

Assim, nobres e plebeus, ricos e pobres se misturaram no dia 27 de setembro para levá-lo ao Cemitério Real de S. Vicente de Fora. Seu coração de rei que amou a vida com paixão, um coração sem medo e sem mágoas, porque nele o ódio foi passageiro, seguiu para o Porto, seu destino, e lá está até hoje.

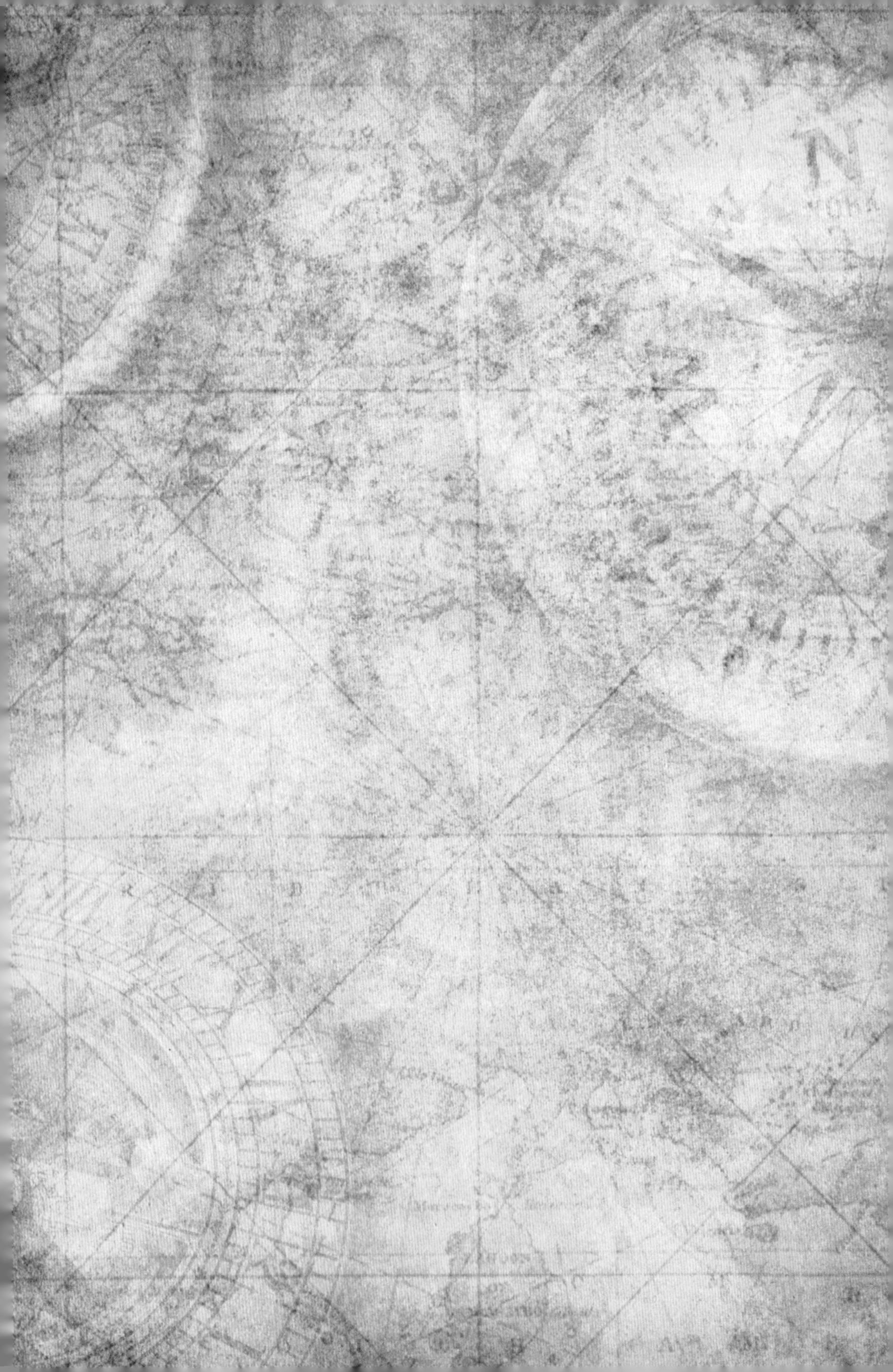

LUZ E SOMBRA

Como contar a história do rei sem medo? Deixemos de lado seus antepassados, responsáveis pelo rastro de loucura e melancolia que precede sua chegada ao mundo. Nada de sombras, por enquanto.

Começo num dia de março de 1790, desses cuja brisa parece trazer bons presságios: foi num dia assim que a rainha portuguesa dona Maria I, seguida por aias alvoroçadas como bando de andorinhas, entrou no quarto da nora Carlota Joaquina e perguntou, radiante, se era verdade o que haviam lhe contado. Recebida a confirmação, retornou a seu quarto e pôs-se a escrever uma carta à rainha de Espanha: "Minha querida prima. Com grande gosto venho participar que a nossa amada Carlota já está mulher inteiramente, sem o menor abalo. Deus seja bendito".

Imaginar que Carlota Joaquina, aos quinze anos, já era mulher e podia dar descendentes ao seu filho João, enchia de alegria o coração da rainha, abalado por golpes recentes que a faziam gemer e chorar – em 1786, perdera o marido adorado com quem dividira amor e a angústia de governar aquele país complicado; depois, morrera de varíola o filho querido, José, formoso, inteligente, para quem se previra o mais venturoso dos governos. Desde então, mergulhara numa melancolia sem fim, até aquele dia de 1790, que despertou nela a esperança de que a natureza de Carlota lhe desse motivo para se apegar à vida.

Vã esperança da rainha. A menina Carlota havia se casado com dez anos. Cinco tiveram todos de esperar até se consumar o casamento. Não foram, para Carlota, cinco anos alegres como os da meninice, na corte dos pais, na Espanha, mas anos tristes, numa corte sempre de luto. Vã esperança, porque daquele ventre nada saiu nos três anos seguintes. O primeiro filho, a Infanta Maria Teresa, nascida em 1793, já veio encontrar a avó rainha mergulhada na loucura e nada puderam fazer por sua sanidade os oito a seguir – Antônio, Maria Isabel, Pedro de Alcântara, Maria Francisca, Isabel Maria, Miguel, Maria da Assunção e Ana de Jesus Maria.

O coração do quarto filho de Carlota, Pedro de Alcântara, começou a bater no ventre da mãe no início de 1798, e ele nasceu em 12 de outubro daquele ano. Nunca se saberá se despertou ternura ou indiferença na moça de 23 anos. As más línguas dirão depois, quando o amor da mãe se revelar pelo filho menor, Miguel, que o pouco afeto vinha do fato de ser ele filho do João sem graça com quem fora obrigada a casar menina, do João que tivera de esperar dos 18 aos 23 anos para tê-la nos braços e depois lamentou por toda vida ter cedido ao desejo – ela nunca lhe foi fiel nem amiga, e temperou o veneno que o mataria anos depois. Miguel, ao contrário, seria fruto de um dos muitos amores que teve na vida, era o que diziam.

Como não era costume da época, não amamentou o filho – para isso havia amas de leite. Pedro agarrou-se ao seio de Madalena Josefa, que vinha do litoral, da praia de Caparica, e era casada com José Amâncio Duarte Lima, que cuidava da prataria e louças do palácio. Haviam de reserva também mais dois pares de seios fartos, de Iria Teresa da Silva e Maria Bonifácio.

A criança recebeu o batismo em Queluz, numa cerimônia modesta, nada parecida com a de seu irmão Antônio, de uma pompa nunca vista na dinastia dos Bragança. Não tinha três anos quando, certo dia de junho de 1801, foi levantado do chão bruscamente por mãos que pareciam querer pô-lo a salvo de ameaça terrível: soluços e gemidos cortavam mais uma vez os corredores do palácio. Acabara de morrer o irmão mais velho, Antônio, de seis anos. Com espanto e medo, os serviçais murmuraram que se cumpria, uma vez mais, a praga do monge franciscano a quem um rei de Portugal teria negado esmola: mais um varão primogênito morria antes de ocupar o trono. Quando tudo serenou, sua aia, Mariana Xavier Botelho, Marquesa de São Miguel, o levantou nos braços e, olhando seus doces olhos negros, sussurrou: "Agora, Pedro, serás rei".

Pedro seria o rei e foi por essa época que entrei na sua vida para não mais sair, na leva de mestres que deveriam cuidar de sua educação. Éramos quase todos jovens religiosos, à exceção do doutor José Monteiro da Rocha, antigo diretor do Observatório Astronômico, de início vetado pelos conselheiros da rainha por causa da idade avançada, setenta anos, mas que só morreu com quase noventa, em 1819, deixando sua rica biblioteca de herança para o príncipe a quem se afeiçoara. Entre os demais mestres estavam frei Antônio de Nossa Senhora de Salete, para coisas da ciência, o cônego Renato Boiret, para o francês, eu, frei Antônio de Arrábida, para história e latim, e dona Maria Genoveva Rego Matos, única mulher no grupo, para as boas maneiras, que muitas vezes ele esqueceu.

Houve luz e sombra na infância de Pedro e seus irmãos. A luz vinha das festas religiosas de que gostava o pai, das danças e cantos da mãe espanhola, do céu de Lisboa, quase sempre claro e belo, das brincadeiras nos jardins dos palácios. A sombra mais inquietante passava junto a nós todos os dias e cuidávamos rapidamente de a reverenciar, pois, mesmo demente, ainda era a rainha de Portugal. Dona Maria I nunca ficou isolada em seus aposentos e vagava pelos corredores com seus criados – já era o seu filho regente – como se lúcida fosse dizendo coisas que às vezes pareciam sensatas, e outras nem tanto. Causava enorme pena quando, benzendo-se diante de uma rainha dominada por visões que a faziam temer o inferno, os serviçais diziam: "Lá está a rainha outra vez com medo do diabo". As sombras também desciam sobre as crianças quando brigavam seus pais, o que era frequente: nessas ocasiões costumavam se separar, cada um ocupando um palácio – Mafra e Ramalhão – dividindo entre si os filhos, meninos com o pai, meninas com a mãe, de modo que raramente estavam todos juntos.

Pedro era uma criança bonita, como também era seu irmão Miguel, sobretudo se comparados aos pais, muito feios. A arrogância da mãe chamava atenção para sua pele áspera, os olhos inexpressivos, o nariz inchado e vermelho, a boca travada pelo desdém, os dentes ruins, o corpo magro de braços finos e cabeludos exibidos sem pudor. Já no pai, a gordura havia deformado os traços finos, os olhos saltavam das órbitas, a papada saltava do queixo, era desleixado no vestir e nada asseado. Deles, Pedro só herdaria traços de temperamento. Do pai, herdara a sensibilidade que podia levá-lo facilmente às lágrimas, a astúcia para lidar com situações difíceis, a doçura e a delicadeza. Mas tudo isso muitas vezes era posto a perder pelo que herdara da mãe: o gênio forte, a soberba, a cólera que apagava a razão, as paixões carnais. Por desprezo, escapou dos defeitos que neles mais o incomodavam: a fraqueza do pai e o caráter desleal da mãe.

Eram tempos complicados os da infância de Pedro, tempos de guerra. Os portugueses tremiam ao ouvir o nome de Napoleão Bonaparte, cujas tropas dominavam a Europa e só não haviam ainda entrado em Portugal por astúcia do Príncipe dom João, que muitos tinham como tolo. Com os franceses, o príncipe assinara tratados secretos que os mantinham à distância, ao mesmo tempo que jurava amizade eterna à Inglaterra.

Porém, contornar as dificuldades criadas pelos dois principais adversários dessa guerra produziria tamanho sofrimento no príncipe que, em 1805, as pressões se tornando insuportáveis, ele mergulhou em depressão tão profunda que se temeu que perdesse a razão, como a mãe. Carlota Joaquina se aproveitou de seu sofrimento para tentar arrebatar-lhe a regência – e aqui é preciso que se diga que ambição nunca faltou à princesa, que por diversas vezes tentou ocupar o lugar do marido através de manobras sempre desleais.

Dessa vez, chegou a pedir ajuda ao pai, dom Carlos IV, para depor o marido – "cada dia pior da cabeça" –, mas o rei de Espanha, aliado da França, já tinha problemas demais. Dom João conseguiu deter o golpe, prendeu e exilou os nobres que se aliaram à mulher, e a manteve sob vigilância num de seus palácios, enquanto ele mesmo mudava-se para Mafra com os meninos, em busca do que dava paz à sua alma: missas cantadas, cheiro de incenso, ladainhas e rezas, muitas rezas, já que herdara da mãe o gosto exagerado pelas coisas da Igreja.

D. João rezava porque acreditava, e com razão, que só Deus poderia livrá-lo da ameaça de ter seu país invadido por Napoleão e dividido como terra de ninguém. Mas de nada adiantaram suas preces. Corria 1806 quando Napoleão exigiu que Portugal fechasse os portos aos ingleses, sequestrasse seus bens e prendesse os que no país estivessem. Creio que foi a partir daí que o príncipe e seus conselheiros começaram a pensar seriamente na mudança da corte para o Brasil, pensamento de muito sigilo porque havia espiões franceses e ingleses por toda parte. Em segredo, começou-se a preparar a grande viagem – segredo tão bem guardado que, em poucos dias, não se cochichava outra coisa na cidade.

De início, a ideia era de que partisse para a Colônia o menino Pedro, príncipe herdeiro, com a tia Maria Benedita, que exerceria o governo em nome dele. Mas dom João não queria separar-se do filho querido. Cheio de dúvidas, como não houvesse perdido o hábito de consultar sua mãe, porque dela ouvira sempre conselhos sensatos, mesmo estando ela louca, correu junto a dona Maria I, de quem recebeu a mais segura resposta naquele transe: "Ou vamos todos, ou não vá nenhum". Sábias palavras de uma mulher que diziam demente. Pensou-se depois em propor o casamento de Pedro com uma sobrinha de Napoleão – e para isso, Pedro de Meneses Coutinho, Marquês de Marialva, foi mandado às pressas a Viena levando na bagagem diamantes de extraordinário valor para a futura noiva. Porém, a essa altura, as tropas francesas já estavam invadindo Portugal, e de nada mais adiantava casar o menino de oito anos.

O outono de 1807 foi o mais infeliz da vida de Carlota Joaquina, que assistia os preparativos para a partida para o Brasil sem poder fazer nada. Não, ela não queria ir para aquele fim de mundo porque tinha impressão que de lá nunca retornaria. Pretendia que seus pais, aliados da França, acolhessem a ela e às filhas. No dia 27 de setembro, escreveu à mãe: "Peço-lhe que tenha compaixão desta pobre filha, rodeada de oito filhos inocentes que não têm culpa de nada". Fez súplica igual ao pai e, três dias depois, novamente à mãe: "Ontem, me disse o príncipe que queria que três dos filhos fossem com ele para o Brasil, para dar uma garantia aos ingleses. E que se fosse necessário, iríamos todos para lá. Eu, Senhora, não quero jogar-me num poço, porque tenho certeza que será minha ruína". No dia 9 de outubro, implorou ao pai: "Cheia de aflição, venho aos vossos pés renovar minha súplica, que me livre de ir morrer e às quatro inocentes filhas. Que digam ao príncipe que querem absolutamente que eu vá para vossa companhia com as filhas que eu quiser levar. E isto o quanto antes, porque os filhos estão por partir, já têm tudo embarcado e, eles partindo, se efetua seu projeto que é me mandar como repudiada...".

Aqueles também não foram dias fáceis para dom João, que tinha de suportar as ameaças de ingleses, franceses e de dona Carlota Joaquina. Enquanto oscilava entre essas vontades, os acontecimentos o obrigaram a se decidir: no dia 11 de novembro de 1807, a esquadra britânica, comandada por sir Sidney Smith, chegou à foz do Tejo e, quase junto com ela, a notícia de que tropas francesas haviam atravessado as fronteiras portuguesas. Os ingleses deram um ultimato ao rei: bloqueio inglês e bombardeio de Lisboa, caso teimasse em ficar ali, ou transporte da corte para o Brasil, com cobertura inglesa, caso concordasse em partir. Tratava-se, para os britânicos, de impedir que o seu maior aliado caísse nas mãos de seu maior inimigo e, para isso, não usavam meias palavras. Mas uma das características de dom João seria sempre a dificuldade em se decidir sobre qualquer coisa, e mudar toda uma corte para outro continente não era assim tão fácil, de modo que o embarque só se daria quando os franceses já estavam quase a chegar a Lisboa.

Chuvas torrenciais caíram sobre Lisboa na última semana de novembro de 1807, dificultando o embarque. Por sorte, elas também impediram o avanço dos franceses, atolados nas estradas do interior. No cais de Belém foram se amontoando malas, caixas, caixotes com pratarias, móveis, roupas, tapetes e livros numa confusão sem tamanho de gente e coisas, até que, no dia 27, uma breve estiagem permitiu o embarque das cargas e viajantes. Para o porto correram nobres, ministros, conselheiros, serviçais da corte, funcionários do Estado português. À distância, ficaram os que não podiam partir, gente do povo que, debaixo da chuva, acompanhava a correria do embarque e vaiava ministros. Carlota Joaquina chegou imponente, em carruagem imensa de nome Oitavado, com as filhas, aias, e uma ama de leite para Ana de Jesus, de um ano. Irritada, nervosa, infeliz, recolheu-se a bordo do *Afonso de Albuquerque* sem olhar para o lado. Seus pais não haviam respondido às suas súplicas e nada havia mais a fazer que maldizer a sorte que a levava para aquele país de selvagens.

A maior preocupação era com a rainha dona Maria I que, a caminho do porto, mais uma vez deu mostras de lucidez surpreendente ao reclamar da velocidade da carruagem que atravessou as ruas levando-a para o embarque: "Não corram tanto. Acreditarão que estamos fugindo", disse ela. Só ao chegar ao porto deu-se conta do que acontecia: "Não quero ir, não quero ir", gritava, recusando-se a embarcar no *Príncipe Real*. Francisco Laranja, capitão de fragata e patrão-mor das galeotas reais, conseguiu convencê-la. Amparada em duas aias, tremendo muito, a rainha seguiu para o lhe que parecia ser o juízo final.

O menino Pedro assistiu à triste cena da carruagem, pois, como herdeiro do trono, cabia-lhe esperar ao lado do pai a chegada da avó rainha à entrada do navio, parte de um cerimonial que não poderia ser esquecido mesmo em momento tão grave. Seu coração apertou-se ao ver o pai chorar de tristeza pela mãe, e também de vergonha e humilhação pela constrangedora situação que estavam vivendo. Pedro também chorou. Ao longo da vida, seus olhos nunca ficariam secos quando seu pai chorasse.

Embarcados os que haviam recebido permissão – e amaldiçoados os que chegaram atrasados ou perderam os documentos que lhe garantiam a viagem para o paraíso – as naus não se moveram, pois fortíssimos temporais tornaram a cair sobre Lisboa nos dias 29 e 30. Impossível saber o número das naves que balançavam sobre as águas do Tejo – ali estavam todas as que no país havia, de guerra ou comércio; era muita a gente a partir.

Aproveitando uma breve estiagem, levantaram âncoras, pondo-se em movimento no exato momento em que os franceses entravam em Lisboa. O povo, parado em diversos pontos de onde se podia avistar a esquadra, sofria. Havia os que diziam que fizera bem dom João recusar-se se tornar, como os de Espanha, prisioneiro de Napoleão. Outros achavam que fizera mal ao deixá-los ali abandonados à própria sorte. Porém, logo todos se puseram a festejar pequena vitória: o exército francês chegou ao porto justo a tempo de ver "a desaparição no horizonte da presa mais cobiçada", como informou sir Sidney Smith em despacho para Londres. A bordo dos navios, a sorte foi festejada com lágrimas de alívio misturadas já às de saudades, os olhos acompanhando aquele fio de terra, Portugal, que ficava para trás. E o menino Pedro viu desaparecer no horizonte sua Lisboa natal, onde só voltaria 25 anos depois para fazer uma guerra, reconquistar seu trono e morrer.

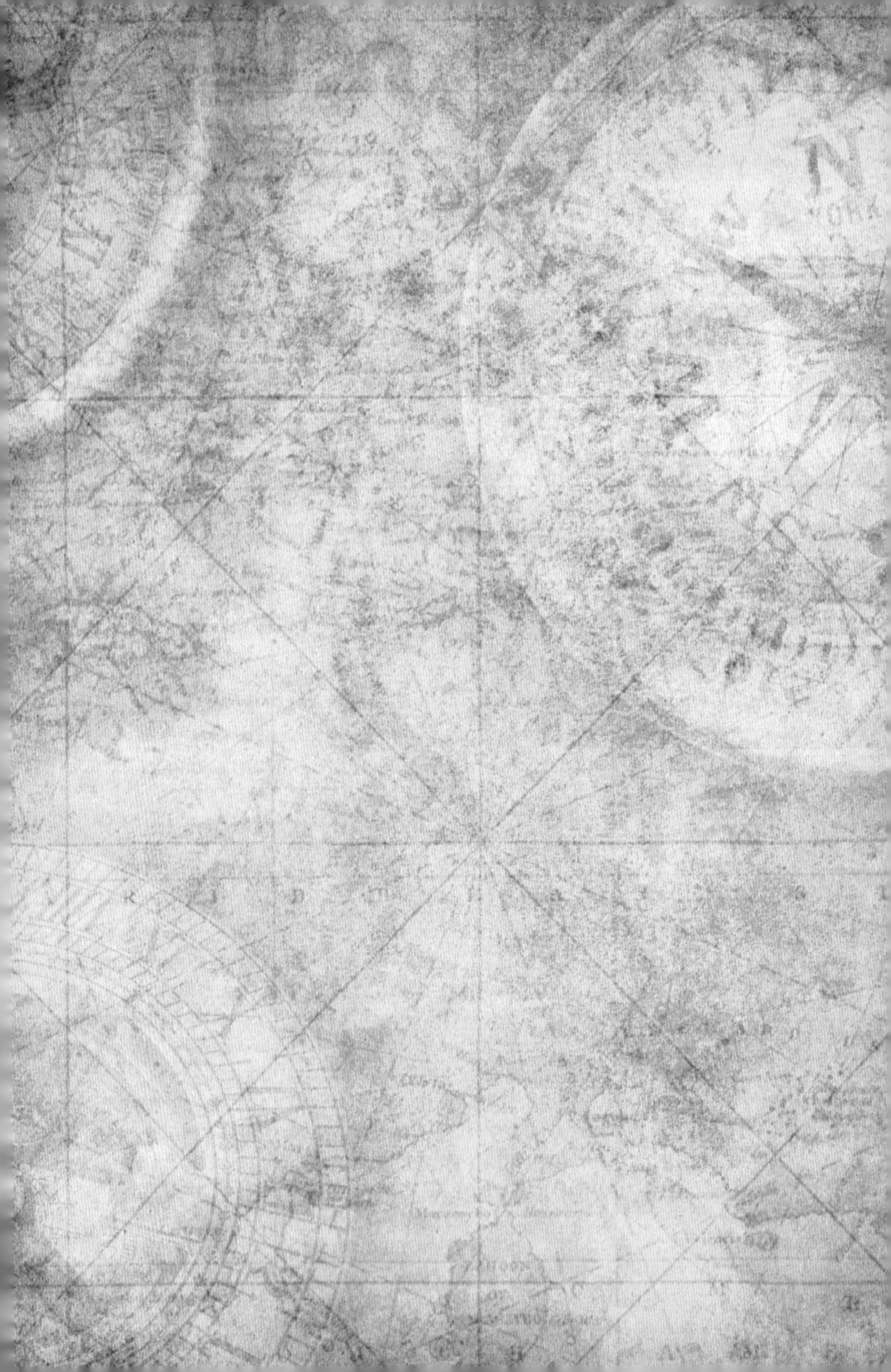

UMA LONGA VIAGEM

Uma corte inteira atravessando o oceano em busca de salvação numa Colônia distante era espetáculo que o mundo não havia visto, de modo que quando a história correu pela Europa, deixou boquiabertos nobres de Espanha, Prússia, Holanda, Duas Sicílias, Rússia e Escandinávia. Destronados e humilhados por Napoleão, eles invejaram a astúcia do mais modesto dentre eles, reconhecida mais tarde pelo Corso: "Só um homem me enganou", diria Napoleão.

Acostumado a colocar nos tronos da Europa quem bem entendesse, Napoleão se viu dono do pequeno país, mas sem a posse de seu bem mais precioso, o Brasil. Mudando-se para a Colônia, a Casa de Bragança o conservava para si.

Em Lisboa, ao entrar como conquistador na cidade onde já fora embaixador no passado, o marechal Andoche Junot logo constatou o tamanho do prejuízo: "Quanto aos diamantes brutos e talhados da Coroa de Portugal, levaram tudo, até um pedaço de cristal que te recordarás de ter visto no gabinete de história natural de Lisboa, lapidado à imitação perfeita do famoso diamante de Portugal", comunicou ele à mulher, a Duquesa de Abrantes, Laura Junot.

E assim, os ventos que haviam levado os navegantes lusos para a glória, empurravam agora mar adentro – e para bem longe do Corso – seus descendentes, em meio a dificuldades que comoveram o embaixador britânico Percy Clinton Smythe, lorde Strangford, que os acompanhou até a ilha da Madeira: "Não é possível descrever a situação destas pessoas ilustres, a falta de conforto, a resignação com que sofrem privações e dificuldades." Os ingleses estavam pasmos diante do desespero daquela gente que se amontoava na maior promiscuidade, sem roupa para trocar nem leito para dormir.

Claro que, pela cabeça de muitos dos que protegiam a retirada, passou um mesmo pensamento terrível: o que faria a família real inglesa se Napoleão invadisse a Inglaterra? Para onde fugiria? Por muito tempo, conservei no pensamento a ideia de que aquela fuga dos nobres portugueses deu redobrado ânimo aos ingleses para resistir ao Corso: eles eram o povo mais poderoso da terra, mas, ao contrário de dona Maria I e seu filho regente, não tinham para onde fugir.

Nunca se saberá o número exato de navios e pessoas que viveram aquela aventura: cerca de meia centena de naus levando entre 10 e 15 mil pessoas, afirmaram os que se aventuraram a fazer cálculos. Só no *Príncipe Real* havia 1,6 mil almas. E era verdade o que diziam os ingleses: muitos haviam partido com a roupa do corpo, outros não tinham espaço para dormir, e foi preciso recolher os que eram excedentes em algumas naus para que não sufocassem no pequeno espaço que dividiam; em alto-mar faltou água, comida, ração; havia ratos nos porões e uma epidemia de piolhos obrigou que todos cortassem os cabelos. Não havia abrigo para o desespero daquela gente a não ser nas orações, e disto cuidávamos nós. Navios perderam-se e outros pareciam prestes a afundar; a impressão que se tinha era de que o país que fora o maior na conquista dos mares havia esquecido, na pressa, tudo sobre travessias de oceanos.

Já não bastando aos que partiam o consolo de terem escapado dos franceses, começaram os lamentos pelo sofrimento da viagem e incertezas do futuro, o que irritou dom João, sempre tão paciente. Ele impôs silêncio aos queixosos, mandando que o deixassem em paz, pois tinha mais de que se ocupar. Ou, se quisessem, que se atirassem à água. Afinal, com seus amuos, nem lhe permitiam gozar a ausência da esposa, que ia em outro navio. E quando tudo parecia sereno, em mar de calmaria, bastou um vento de nordeste para a nobreza debruçar-se no convés e vomitar a alma.

Em meio à confusão, Pedro se comportou como um menino de nove anos: corria pelo navio com o irmão Miguel, fazia toda sorte de perguntas a marinheiros e oficiais, sobre aparelhos náuticos, manobras, cálculos de longitude. Mas também sabia que não era um menino como outros naquela travessia: era o príncipe herdeiro, e havia gente para lhe recordar isso quando necessário, inclusive nós. Assim, quando sir Sidney Smith convidou dom João a se transferir para um navio inglês, onde viajaria em maior segurança, Pedro interrompeu a conversa: "Pai, se a desgraça nos obrigou a abandonar os portugueses para que não corresse sangue numa luta desigual, nosso dever e honra exigem que não nos separemos do resto de Portugal no meio dos perigos do oceano; nosso destino está vinculado ao navio que nos transporta e deixá-lo seria tornar-nos culpados de injúria nacional." No silêncio que se seguiu, pôde-se ouvir o barulho das ondas, eu tratei de desviar os olhos do olhar inquiridor de dom João, e não se falou mais nisso, a não ser entre os ingleses, louvando a precocidade do jovem príncipe.

Claro que, em meu papel de educador, eu não podia deixar de explicar a Pedro o que se passava, e nem de tirar da nossa desgraça lições que lhe servissem para a vida – não é esta a função de um mestre? Como lhe ensinava latim, não achei melhor ocasião para iniciá-lo na leitura da *Eneida*. Havia na epopeia contada por Virgílio sinais que ele deveria aprender a decifrar: "Repare, Pedro: assim como Enéas carregou nos ombros o velho pai Anquises, dom João conduz nesta viagem sua mãe enferma. E da mesma forma como Enéas levou pela mão o filho criança Ascânio, também dom João leva você, seu herdeiro. E ele, como Enéas, fundará em outras terras um grande império. Percebes o que digo?". Anos depois, quando ele usou as mesmas palavras em seu discurso de coroação, eu disfarcei as lágrimas. Somos sentimentais, nós.

De repente, um mês e meio depois da partida, a 18 de janeiro de 1808, tudo mudou, e nos vimos, já próximos da costa do Brasil, saciando fome e sede com rica variedade de frutas tropicais que o governador de Pernambuco enviara pela nau *Três Corações* como presente de boas-vindas ao rei. Quatro dias depois, a esquadra entrava na baía de Todos-os-Santos.

Muita gente nos esperava no cais. Os baianos sabiam há algum tempo que o rei em pessoa desceria entre eles, coisa difícil de acreditar, de modo que quando desceu o rei acompanhado dos sobreviventes da travessia a muito custo aquele povo disfarçou sua decepção: esperava uma corte vestida de sedas, veludos, ornada de joias, e tinha à sua frente um bando de zumbis, gente pálida, desfalecida, que não tomava banho há dias, com roupas sujas, esfarrapadas, os cabelos picados, por causa dos piolhos, escondidos sob coloridos turbantes.

Porém, logo o rei anunciou que estava ali para fundar um império. E disse isso no modo doce e cortês que era o seu, o bastante para que o povo sentisse por ele um amor que se estendeu pelos anos em que viveu no Brasil. E ele começou ali, na Bahia, a mudar a Colônia: por sugestão de José Correia Picanço, futuro Barão de Goiana, pernambucano que se tornara primeiro-cirurgião da Casa Real, fundou uma escola de Medicina; e uma outra de Economia, a pedido de José da Silva Lisboa, Visconde de Cairu. A Nova Lusitânia começava a tomar forma.

Mais festivo ainda para a alma de dom João foi o desembarque no Rio de Janeiro em março de 1808. A boa nova de que estava a caminho também ali chegara antes dele, por outros navios, inclusive o que trouxera as infantas Maria Francisca e Isabel Maria, que se perdera dos demais. A cidade tivera mais de mês para se preparar: havia um tapete de flores que subia do porto para a catedral, e na rua principal as fachadas das casas estavam cobertas com colchas de cetim que escondiam a pintura encardida; tudo modesto, mas o povo na rua parecia orgulhoso de acolher a família real, salvá-la do perigo, resguardá-la de novos riscos, e sua alegria atenuou no príncipe regente a tristeza da partida de Lisboa.

Da rampa do cais até a Sé, e daí à igreja do Rosário, dezenas de sacerdotes paramentados incensaram a família real, enquanto autoridades, comerciantes e gente simples se ajoelhava à sua passagem. Dom João seguia debaixo de imponente pálio escarlate sustentado por magistrados, vereadores, funcionários públicos; uma chuva de pétalas de rosas caía das sacadas enquanto fanfarras, repiques de sino, foguetes e salvas de artilharia cortavam os ares. A comitiva, que tivera tempo de recuperar-se em Salvador, causava melhor impressão. Apenas dona Carlota Joaquina destoava dos demais: não escondia seu desgosto num pranto convulsivo que o povo atribuiu ao alívio de ter escapado dos franceses.

Começavam os anos mais felizes da vida de dom João e os mais infelizes de dona Carlota Joaquina. Quando retornaram a Portugal treze anos depois, ele era só tristeza e ela só alegria, e a comitiva que os acompanhara na aventura estaria reduzida a 4 mil pessoas: a maioria havia sido tragada pela nova terra, uns porque ali foram enterrados, outros, porque dela gostaram e se deixaram transformar numa mistura de portugueses e brasileiros.

Não foram poucos os que morreram. Tinha razão o Marquês de Borba ao afirmar que o Brasil era o Juízo Final, por causa das trovoadas e das febres que matavam toda gente, inclusive ele, em 1813. Com efeito, não houve ano sem que uma leva de fidalgos fosse prestar contas ao Senhor. Por boa memória, ou porque me coube ajudar na encomenda de suas almas, lembro que o Duque de Cadaval se foi ainda em 1808, após mal chegamos; o Conde de Linhares, o Marquês de Belas e o Marquês de Pombal em 1812; o decano dos professores da família real, frei Antônio Batista, o Marquês de Borba e o Marquês de Vagos, em 1813; o Marquês de Aguiar e o Conde de Barca em 1818 e os condes de Galveias e da Ribeira Grande em 1820, todos vitimados pelas febres. E muitos morreram de outras coisas.

Ao mesmo tempo em que morriam uns e outros ficavam a chorar, mudava naqueles treze anos o cenário ao nosso redor. O Rio de Janeiro onde desembarcamos era deslumbrante, com suas florestas e muitos rios que desaguavam numa baía de águas claras. Porém, a cidade era mais modesta que Salvador, com ruas estreitas e malcheirosas cortadas por valas onde os habitantes jogavam detritos. Não havia casas suficientes para toda aquela gente nem palácio decente para a rainha. A antiga residência dos governadores foi transformada em primeira moradia da família real, mas, para acolher as trezentas pessoas que serviam a dom João, o vice-rei, Conde dos Arcos, teve que anexar ao palácio uma cadeia próxima, esvaziada às pressas, e parte do convento do Carmo.

"Habitação miserável para um rei", sentenciou John Luckock, um comerciante inglês do ramo dos tecidos. Acostumado ao luxo da corte de sua terra, ele se assustou com o que viu nos dias imediatos ao desembarque. A nobreza lusa não tinha nem como manter as aparências.

Por mais que se falasse das pratarias e luxuosas carruagens trazidas nos porões dos navios, a verdade é que não viera nada disto, ou muito pouco. As adaptações aos trópicos não escaparam aos olhos argutos do inglês Luckock, que ficou boquiaberto ao ver dona Maria I a passeio em pequena sege puxada por duas mulas muito magras, conduzidas por cocheiro em libré puída, protegida por doze soldados usando túnicas surradas, botas velhas e montados em cavalos sem ferraduras, mancos, caolhos e sarnentos. A isto estava reduzida a monarquia portuguesa.

♛ ♛ ♛

O último andar do paço foi reservado para as crianças, Pedro entre elas, que sofreram com o calor daquele verão. Foi preciso expandir o espaço para a meninada e considerar o fato de que o príncipe regente e sua esposa não gostavam de morar sob o mesmo teto. Mas dentro em pouco eles teriam muitas residências, o que lhes permitiria melhor gozar a ausência um do outro.

Um dos casarões mais suntuosos, o Palácio da Quinta da Boa Vista, no subúrbio de São Cristóvão, oferecido ao rei por um comerciante português, tornou-se residência oficial. Os beneditinos lhe deram uma casa na ilha do Governador, enquanto a Fazenda Santa Cruz, a algumas léguas do centro na direção oeste, já havia sido anexada aos bens da Coroa desde a expulsão dos jesuítas meio século antes. Ali dom João sentia prazer em dormir nas antigas celas dos monges – sua vocação, se não fosse rei.

Quanto a dona Carlota, bastava que lhe agradasse uma casa para dela se apossar, expulsando o proprietário, mesmo se fosse um diplomata ilustre. Assim, logo teria casas em Botafogo, Andaraí e Mata-Porcos, onde vivia com as meninas, e com Miguel, quando dele sentia saudades.

Não foi fácil para a corte portuguesa se adaptar a uma cidade onde festas religiosas e procissões eram as únicas diversões. Numa população de 50 mil almas, metade era de escravos e os homens mais ricos viviam desse tráfico. Para onde olhassem os nobres, para dentro de casa ou nas ruas, os negros compunham metade da paisagem, e além de lhes prestar serviço, ainda os divertiam. Eram negros os cantores, compositores e artistas que dom João escolheu nos conventos para cantar suas missas e animar suas festas: numa delas, a missa de Marcos Portugal foi tocada e cantada pelos Pretos de Santa Cruz. Negros eram também os dançarinos que se apresentaram e os que interpretaram o Rei dom Afonso Henriques e outros personagens no auto sobre a história de Portugal que veio a seguir.

Os maiores atrativos da cidade vinham da natureza, que permitia aos visitantes cavalgadas nas florestas, banhos de mar nas madrugadas quentes, escaladas de montanhas e muito sol para iluminar os dias tristes. As trovoadas tropicais enchiam de pavor muito deles, mas o que temiam mesmo, além das cobras venenosas e mosquitos, era a morte escondida na sujeira das ruas e nos portos por onde entravam febres e epidemias. Havia apenas quinhentos médicos para os 50 mil moradores, além de mais os 10 mil chegados e, na falta deles, só curiosos e pajés a receitar rezas estranhas, benzeduras e unguentos; e de tudo a nobreza se servia em seu desespero.

Para escapar das epidemias, dom João se refugiava com os filhos em Santa Cruz, Paquetá, ilha do Governador. Em 1812, partiu para São Cristóvão com a família fugindo de uma febre que matou mais de mil pessoas em poucos dias. Pedro escapou de todas. Era criança saudável, a não ser pelo mal-herdado dos Bourbons, a epilepsia, que nos deu grande susto em 1811, quando voltou a ter convulsões e três ataques num mesmo dia, atribuídos pelos médicos às mudanças da idade. Estava com treze anos.

Mal havíamos nos instalado e novos mestres foram incorporados aos de Lisboa. Dois padres, Guilherme Tilbury e o irlandês John Joyce, para o inglês; outros para desenho e pintura; o maestro Marcos Portugal para a música, paixão dos Braganças. Pedro aprendeu a tocar vários instrumentos e tornou-se bom cantor, razoável compositor e péssimo poeta. Gostava de ler – leu muito toda a vida – e o teatro era uma de suas paixões.

Sua educação, nesses aspectos, foi esmerada; o que nunca conseguimos foi que escrevesse em português correto: cometia erros aqui e ali, mas o texto foi se aperfeiçoando com o tempo. Gostava de citações em latim e admirava pessoas de cultura. Disse uma vez com a franqueza de sempre: "Miguel e eu seremos os últimos príncipes incultos nesta família", o que deu a impressão de que era ignorante, o que nunca foi verdade.

Outra paixão, herdada da avó dona Maria I, foram os cavalos, que adorava. Com seus mestres, João Damby e Joaquim Carvalho Raposo, aprendeu como domá-los, encilhá-los, ferrá-los, dar-lhes banhos, e galopava com tal elegância e desenvoltura que foi reconhecido pelo povo e por estrangeiros como o maior cavaleiro do país. Gostava também de trabalhos manuais e fomos nós, os mestres religiosos, a incutir nele este prazer, para estimular sua concentração. Escolheu a marcenaria. Desde menino, fazia móveis, instrumentos musicais e objetos a partir de peças de madeira que lhe enviava o Conde dos Arcos, vice-rei da Bahia.

Também se divertiam, Miguel e ele, a lavrar a terra como se escravos fossem. Surpreendiam visitantes estrangeiros que não imaginavam encontrar príncipes reais nessa labuta. Um deles, o tenente bávaro Schlichdorf, chegou um dia à Boa Vista no momento em que Miguel lavrava a terra e Pedro banhava seus cavalos. O oficial disse-me que semelhante cena – para ele, um sinal dos novos tempos – nunca seria vista em corte europeia. Eram amigos, os dois irmãos. Mais velho três anos, Pedro comandava as brincadeiras. Miguel imitava Pedro e raramente se desentendiam. Anos depois, eu me lembraria deles, meninos, brincando com os soldadinhos de chumbo que lhes dera de presente sir Sidney Smith, distraídos em batalhas fantasiosas que nunca imaginaríamos um dia fossem se tornar reais.

Por influência de alguns mestres, e me incluo entre eles, e da curiosidade que era parte da sua natureza, Pedro vai se interessar pela literatura política, dando preferência aos teóricos que estavam a revolucionar o mundo com suas ideias. Entre eles, os franceses, que espalhavam sua *francesia* com a rapidez do vento, o italiano Gaetano Filangieri, que defendia a ação reformadora das leis e melhor educação pública e privada para mudar a sociedade, e o suíço Benjamin Constant, inimigo do poder absoluto que, muitos anos depois, dirá do jovem imperador do Brasil: "Foi o maior herói do Novo Mundo". Mas a influência desses iluministas só vai seria percebida mais tarde, quando Pedro tomasse as rédeas do seu destino.

Crescia Pedro, crescia o país. O Brasil logo seria Reino Unido de Portugal e Algarve, e o Rio de Janeiro, que ainda não era Lisboa, uma das mais belas capitais da Europa, ganhava novas ruas, estradas, teatros, hospedarias, estalagens e ficava cada vez mais parecida com a capital portuguesa. Abertos os portos às nações amigas, havia milhares de naves ancoradas na baía e centenas de novos negócios e lojas no centro. A prosperidade atraía empresas estrangeiras que aqui instalavam seus homens e suas representações. Em dez anos, foram construídas mais de mais seiscentas vivendas espaçosas e 150 chácaras. A comida já não era tão cara, a carne melhorava de gosto, a manteiga deixava de ser rançosa, os queijos vinham de Minas Gerais e os vinhos de Portugal; hortas e pomares produziam legumes e frutos estrangeiros.

De imediato, dom João mandou construir a estrada das Lanternas, que saía diretamente do paço em direção à Quinta da Boa Vista, e que tinha esse nome porque era toda iluminada – dizia o povo que o Príncipe Regente tinha medo de passar por ali tarde da noite no escuro. A fama de destemido de Pedro começou porque ele atravessava a cavalo esse caminho a qualquer hora, sem medo algum, e com as lanternas apagadas.

A cidade se expandiu também para os arredores, para onde iam diplomatas, ricos comerciantes, artistas, cientistas. O pintor Nicolas Antoine Taunay habitava uma cabana rústica ao pé da cascata da Tijuca; o naturalista Georg Henrich Von Langsdorff morava numa fazenda na Raiz da Serra, onde cultivava mandioca e caçava borboletas para sua coleção; o entomologista Henry Chamberlain tinha uma plantação de café no prolongamento do aqueduto da Carioca, e o Conde Dirk Van Hogendorp, ex-general de Napoleão, escolheu o subúrbio das Laranjeiras para cultivar legumes. Por suas casas, costumava passar Pedro em visitas.

O país crescia em riqueza e beleza. Da minha cela no convento de Santo Antônio, eu via sua imensa transformação e me perguntava o que aconteceria quando nos déssemos conta de que ele se tornava mais próspero que nosso pequeno Portugal.

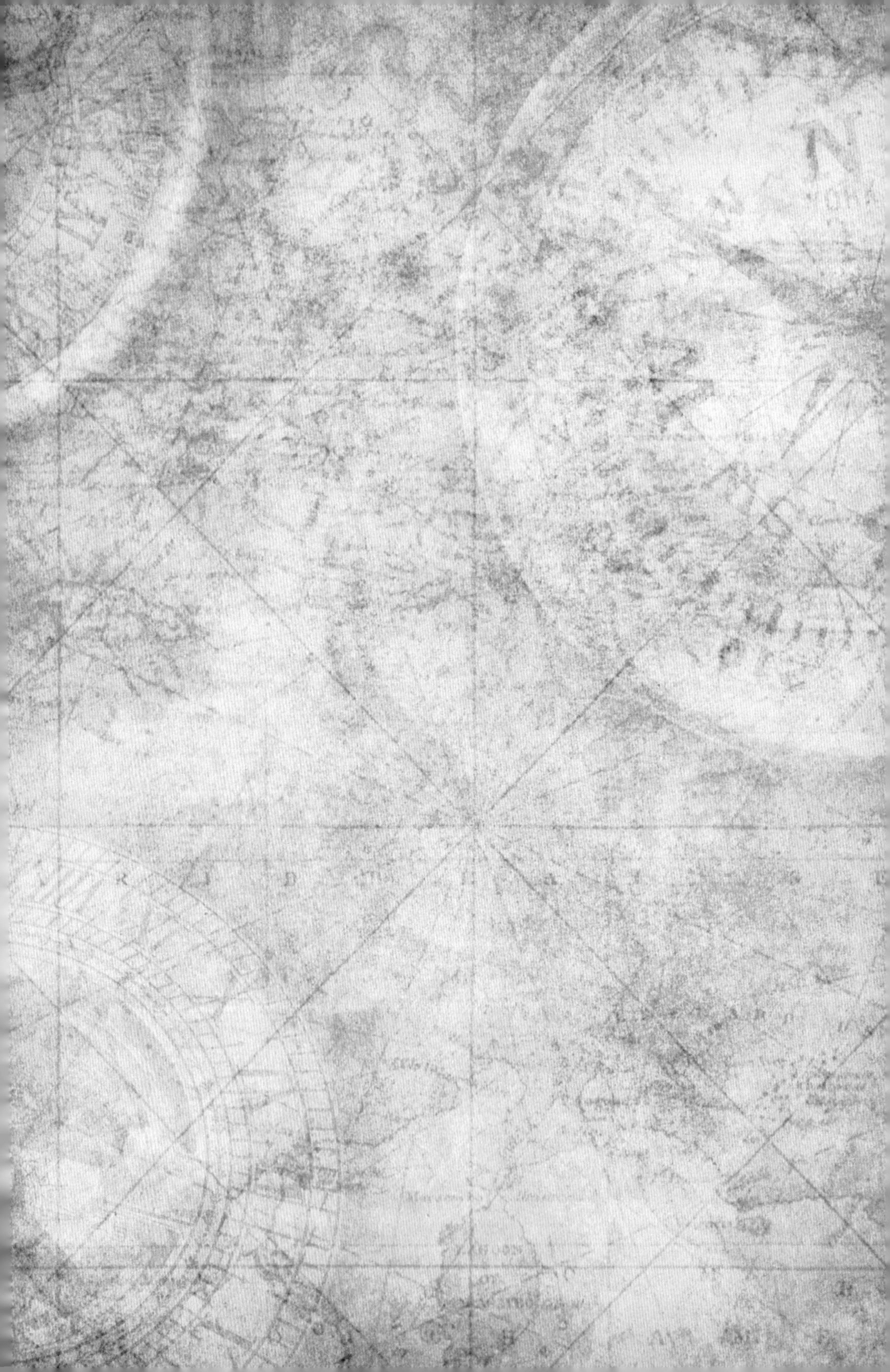

ABISMO PROFUNDO

Era assustador ver Pedro em um de seus ataques de epilepsia, debatendo-se em convulsões, caindo por terra com a boca espumando, mergulhado num abismo profundo que só ele conhecia. Desde muito pequeno, compreendeu que aquela era uma doença traiçoeira que não avisava quando vinha ou partia, um inimigo que o surpreendia sem que esperasse, e que vencê-lo não dependia de sua coragem. Aprendeu a conviver com ela. Passou a tratá-la com naturalidade para que os outros também o fizessem: "Estou bom do acidente epiléptico", escrevia ao amigo da juventude, Antônio Teles da Silva Menezes, o Marquês de Resende. "Há poucos dias sofri um ataque e perdi os sentidos por seis minutos", dizia ao Núncio Apostólico da Santa Sé. Até a imprensa tinha permissão para tratar do assunto: "Sua Majestade teve ontem mais um dos ataques da sua doença."

Com o passar dos anos, os ataques ficaram mais raros. Vinham a cada cinco ou seis anos, porém mais violentos. Os médicos os associavam a oscilações de caráter e mudanças súbitas de humor. Nós, mais próximos, percebemos que coincidiam com momentos de tensão, quando as emoções pareciam insuportáveis. Sua aia Maria Genoveva, muito religiosa, acreditava que, como em todos os mortais, dormia nele um anjo e um demônio em eterna luta, que seriam responsáveis pelo que de bom e ruim fizesse pela vida. Rezava para que o arcanjo Rafael, que havia em seu nome, saísse vencedor.

O mais assustador dos ataques aconteceu em 13 de maio de 1816, quando ele tinha pouco mais de dezessete anos e assistia ao lado do pai à parada das tropas que partiriam para Montevidéu, onde continuava a guerra da Espanha e Portugal pela posse da Cisplatina. De repente, em meio ao desfile, a crise, as convulsões, o susto, a correria. Levado às pressas para uma sala próxima, ao recobrar os sentidos e ver-me junto a si, disse: "Não é caso para extrema-unção". Imaginei, de início, que fosse a guerra o motivo da crise. Mas ele ainda não tinha responsabilidade sobre ela. Retornei ao palácio com a certeza de que a crise havia nascido do coração que, pela primeira vez, sofria por amor. E o nome daquela dor, a cidade inteira sabia, era Noemy.

O amor era consequência de mudanças naturais em seu organismo. Por volta da adolescência, ele começou a descobrir um refúgio seguro contra o medo da morte, que acompanhava cada ataque de epilepsia, contra o medo das epidemias, que faziam o rei correr com os filhos para longe, e medo da loucura, que transformara sua avó numa sombra do que fora. O refúgio, este, vinha de sensações que produziram nele susto e alegria. Até então, para vencer os medos, abrigara-se na música, canto, leituras, trabalhos de marceneiro e nos seus cavalos, que adestrava e montava com perícia. Agora descobria um refúgio que assemelhava nobres e comuns mortais.

As novas sensações fizeram com que, a partir de determinado momento, passasse a olhar certas mulheres – as que estavam ao seu alcance – de modo diferente. Porém, logo descobriu que quase todas estavam ao seu alcance. A natureza o havia beneficiado com cabelos encaracolados, olhos negros, dentes alvos e um poder de sedução que surtia efeito sobre as mulheres, tanto quanto sobre o povo.

Quando saía do confessionário, ainda adolescente, Maria Genoveva olhava seu impassível confessor, que era eu, como querendo adivinhar o que ali fora dito: "Deixe que ele brinque enquanto ainda é menino. Depois não terá mais tempo", dizia, como se fosse eu culpado daquelas transformações. Não é difícil imaginar que as primeiras mulheres que despertaram em seu corpo sensações que não convém serem imaginadas por quem fez voto de castidade, foram as belíssimas mucamas cujos encantos faziam arder os homens; as criadas que atravessavam seu caminho, arrumavam seu quarto, lavavam suas roupas. Depois, vieram as artistas, as dos bordéis, as casadas com nobres ou generais, segundo dizia a gente. De moça recatada, donzela filha de nobre português ou brasileiro, não houve registro. Não o atraiam. Sua maior paixão, anos depois, será uma mulher ambiciosa, de temperamento forte como o dele e de sua mãe.

Noemy Thierry, francesinha, dançarina de teatro, a primeira paixão de Pedro, era bailarina. Caiu de amores por ela ao vê-la dançar um balé com uma graciosidade que encantava a todos. Não foi difícil se aproximar – os encontros teriam sido facilitados pela mãe da moça, diziam alguns, enquanto outros, entre eles a inglesa Maria Graham, de quem falaremos mais tarde, juravam que a senhora se opusera ao romance, que durou até Noemy ficar grávida.

A notícia da gravidez produziu um milagre: a união de dom João e dona Carlota Joaquina, que agora se encontravam com frequência e se fechavam em longas conversas, das quais se ouviam os gritos da rainha e os sussurros nervosos do rei. Tramavam forma de acabar com a ameaça que pairava sobre o trono. E o tempo esquentava ainda mais quando Pedro era chamado à conversa, pois ele conseguia com frequência fazer a mãe perder o prumo.

O caso teve o desfecho que se esperava: Noemy foi tirada de seu caminho. Na imaginação do povo, foi dona Carlota Joaquina a livrar-se da moça numa trama astuciosa – já que as piores coisas que aconteciam no Reino eram mesmo atribuídas a ela, de quem se dizia que mandara matar um dos amantes e queimar a língua de um desafeto. O certo é que, com ajuda do vice-rei de Pernambuco, Luís Rego, Noemy foi enviada para Recife, numa noite em que Pedro foi trancado em seu quarto, vigiado por seguranças, dormindo sono profundo e suspeito. Ali casaram a moça com um tenente francês, recebendo o casal generosa contribuição real para o futuro. O filho de Noemy nasceu morto. Era uma menina.

Quando soube do acontecido, Pedro se desesperou. Partiu a galope não se sabia para onde, e à sua procura seguiram Resende, João Carlota e o negro Justino, que foram encontrá-lo nas altas montanhas bem longe da cidade. Junto a um riacho tranquilo, abriu emocionado seu coração aos amigos: nunca seria feliz, nunca. Ficamos aliviados ao vê-lo chegar, barba por fazer e muito cansado. Mais tarde, diria o povo que ele conseguiu do governador de Pernambuco que a criança morta fosse embalsamada e enviada para ele, que a conservou em seu gabinete muito tempo – ou, ao menos, era isso que dizia a lenda, a qual prefiro não comentar.

Anos depois, em carta que me fez em 26 de julho de 1826, recordava ainda a menina, a primeira a despertar nele o sentimento paterno que, como dizia frei Tarquínio de Jesus (outro de quem falaremos a seu tempo), que bem o conheceu e zelosamente cuidou dos documentos da Casa Imperial, talvez tenha superado todos os sentimentos que brotaram do seu coração.

Sempre fui propenso a acreditar que, além da doença terrível que herdara dos antepassados, as contradições do seu temperamento provinham da divisão que havia nele, entre as naturezas bem diferentes da mãe e do pai. Não seria fácil para Pedro, nem para outro ser humano, formar um espírito equilibrado sob influência de forças tão antagônicas. Amava mais o pai, mas passaria bom tempo de sua juventude tentando cativar o amor da mãe. Era, porém, tão parecido com ela que ficava difícil para dona Carlota amar um filho que não conseguia dominar.

Pedro tentava agradar a mãe enviando bilhetes gentis e delicados, acompanhados de presentes: "Minha mãe e minha Senhora. Perdoe Vossa Majestade em enviar-lhe essas 68 narcejas e dois socós que foi a caçada que eu e os rapazes fizemos esta manhã no Curral de Santo Agostinho. Peço a Vossa Majestade que de minha parte dê algumas às manas e à minha tia. Fico pronto para obedecer a Vossa Majestade. Como filho obediente que lhe beija a mão. Pedro, em 18 de março de 1818."

Carlota sabia que Pedro havia herdado dela a coragem, a ousadia, o temperamento forte. Mas, por um momento, durante episódio com Noemy, sentiu por ele imenso desprezo. Se havia uma coisa que odiava em qualquer filho era a pouca compreensão do que o destino lhes havia reservado: como poderia Pedro deixar-se perturbar por sentimento tão mesquinho e passageiro quanto o amor, quando havia um trono à sua espera? Era isso que ela se perguntava naqueles dias porque, desde que chegara ao Brasil seu pensamento continuava no mesmo propósito: chegar ao poder em qualquer lugar onde isso fosse possível. Ela perseguiu este intento em boa parte dos treze anos aqui passados, e com os mesmos métodos de sempre: sua vida foi uma permanente fonte de conjuras e intrigas palacianas.

De certa forma, as circunstâncias colaboraram para estimular sua ambição desmedida. Depois de ambicionar o trono de Portugal, antes da vinda para o Brasil, lançou daqui os olhos sobre o trono da Espanha, depois que Napoleão nele colocou o irmão José Bonaparte. Quando lhe foi negado esse direito, voltou-se para a América espanhola e quis governar esta parte do Império espanhol. Suas pretensões alimentadas durante anos por monarquistas que a cortejavam, foram sempre negadas, mas ela não desistiu. Como se verá adiante, sua ambição acabará por triunfar em Portugal, para desespero e sofrimento de muitos.

Da mãe, Pedro herdou a sensualidade, as explosões de cólera, o caráter autoritário, a soberbia, só que em doses menores porque atenuados por traços herdados do pai, que era bondoso, honesto e tratava seus súditos com simplicidade e cortesia. Se às vezes ele parecia indeciso como dom João, também como ele escondia esperteza e astúcia por trás das dúvidas. Como no pai, o peso das virtudes atenuaria os defeitos em excesso. Curiosamente, justamente o caráter impulsivo e explosivo herdado de Carlota seria decisivo em alguns momentos da sua história.

Ao contrário do rei, dona Carlota era odiada pelos moradores do Rio de Janeiro, que tinham motivo para isso. Paravam nas ruas para saudar dom João, mas à passagem de dona Carlota, eram obrigados a se ajoelhar sob pena de levarem pancadas dos capangas que a acompanhavam. Dom João sabia desses abusos, mas nada podia fazer. Só um homem desafiou a prepotência da rainha: o encarregado de negócios dos Estados Unidos da América no Rio de Janeiro que não se ajoelhou e nem mesmo tirou o chapéu à sua passagem, alegando que representava um país onde tal costume não mais existia. Cercado pelos capangas prontos para lhe dar uma surra, o americano tirou um revólver e ameaçou matar quem dele se aproximasse. Ele nunca mais foi molestado.

Já Pedro tinha acessos de fúria que eram diferentes dos da mãe, e essas explosões vinham por motivos mais justificáveis. Depois da independência, costumava retornar a cavalo para São Cristóvão e, como era muito popular, à passagem do seu séquito, os homens vinham à rua saudá-lo, as mulheres jogavam flores e todos gritavam: "Viva o Imperador!". Uma exceção foi um comerciante português descontente com a independência do Brasil, que permanecia sentado fumando em frente ao seu negócio, sem mesmo tirar o chapéu, num claro acinte ao

Imperador, até o dia em que Pedro, dispensando sua escolta, atirou-se sobre ele e o correu a bofetadas casa adentro numa surra muito comentada na cidade.

De outra feita, recebendo de um oficial a queixa de que o Tesouro se recusara a pagar o soldo de um batalhão que estava a bordo de navio pronto para partir, foi direto à tesouraria, agarrou pelos cabelos os empregados preguiçosos, surrou todos, um a um e o pagamento foi efetuado rapidamente. Em outro episódio, cavalgou em um dia dez léguas para esbofetear o ex-marido da Marquesa de Santos, que havia escrito uma carta ofensiva à ex-esposa.

Eram histórias que todos comentavam e nos faziam rir nos bastidores do palácio e conventos, e temer pelo momento, um único momento em que Pedro não conseguisse dominar seus impulsos. Tudo estaria, então, perdido. Ou salvo, não se sabe. Mas, por hora, com quase dezoito anos, ele apenas sofria por amor, enquanto ignorava que emissários dos pais já estavam na Europa procurando para ele esposa da mesma linhagem, para acalmar seu desejo, nunca saciado, de ter todas as mulheres do mundo.

UMA NOIVA PARA PEDRO

O Marquês de Marialva ria-se muito ao recordar, já no final da vida, sentado em cadeira de balanço na varanda de sua casa nos altos de Santa Teresa, que chegara a Viena em 1816 com tantas malas que mais parecia um mercador do oriente. Vinha à procura de uma noiva para Pedro. Nas valises, havia amostras das riquezas do Brasil que ele pretendia exibir para a mais sofisticada corte europeia, na intenção de demonstrar que a princesa escolhida faria um bom casamento. Não se casaria ela apenas com um Bragança, mas com o herdeiro de um império que em extensão de terras superava a Rússia.

A aristocracia local estava ainda assustada com os acontecimentos do fim do século XVIII e início do XIX, mas os grandes da Europa, que haviam se reunido um ano antes no Congresso de Viena, acreditavam que o pesadelo havia passado e podiam dormir tranquilos – e Marialva queria impressionar aquela gente imersa em seu sono antigo.

A noiva pretendida era Carolina Josefa Leopoldina, terceira filha de Francisco I, para quem o Príncipe Klemens Wenzel von Metternich, chanceler e primeiro-ministro do Reino, procurava um noivo. Leopoldina não era bela como Maria Luísa, sua irmã mais velha, oferecida a Napoleão Bonaparte como esposa depois que ele derrotou a Áustria nos campos de batalha, mas era uma princesa da Casa de Habsburgo e poderia ter destino melhor que o da irmã: Luísa tivera um filho com Napoleão, e depois dele ter sido derrotado e banido para a ilha de Elba, fora escondida por Metternich dos olhos dos austríacos, como se fosse sua a culpa de ter se casado com o Corso. Lembrar o castigo injusto imposto à irmã preferida fazia Leopoldina chorar.

A escolhida para Pedro não era bela como a irmã, diziam todos, mas era inteligente, com educação esmerada, dominava várias línguas, tocava muito bem piano, sabia desenhar e pintar e se interessava por coisas da ciência, sobretudo botânica e mineralogia, o que era raro em mulheres na época. Além disso, tinha personalidade forte. Era a única das filhas de Francisco I que contestava o controle que o Príncipe von Metternich tinha sobre sua família.

Marialva gostou do que viu e, em sua primeira carta para o Brasil, apresentou assim a noiva, um ano mais velha que Pedro: "Em sua presença resplandece a soberania a par da mais rara bondade". Não era bonita, mas era jovem, tinha belíssimos olhos azuis, cabelos cacheados, uma pele de seda e tudo nela se iluminava quando se punha a falar das coisas de seu interesse. O marquês não teve dúvidas de que Pedro não ficaria alheio a essa espécie de sedução. E tinha razão.

O contrato de casamento foi assinado em novembro de 1816. Leopoldina começou a aprender o português e a se interessar por tudo que se referia ao Brasil. Confessou a Marialva, num sorriso tímido, que só agora entendia a atração que sempre sentira por aquele país tropical. Imaginava que era apenas por causa das descobertas que as missões de cientistas alemães haviam feito por lá, mas agora achava que havia algo de intuição em seu interesse, como se soubesse, desde menina, que seu destino estava ligado ao Brasil. Estudiosa de botânica e mineralogia, pretendia levar para lá diferentes plantas europeias e coleções de pedras. "O príncipe se interessa por mineralogia, não?", perguntou ela a Marialva. Este não tinha dúvidas de que Pedro não se interessava, mas respondeu prontamente: "Mas claro, princesa."

Nos dias em que ficou em Viena, Marialva surpreendeu aquela corte acostumada ao luxo. Queria mostrar as riquezas da Colônia para onde a Casa Real portuguesa havia se mudado às pressas, denotando que estava mais rica e opulenta que antes, e não economizou vintém para isso; gastou exatos 1.573.443,80 francos franceses, muito dinheiro, boa parte saída de sua imensa fortuna. Valia a pena, dizia ele rindo, gastar o próprio dinheiro para ver aquela gente boquiaberta. Mandou construir um grande salão no Jardim Imperial Augarten especialmente para um banquete oferecido por ele, depois das danças, a quatrocentos convidados; recomeçaram dias de festas como Viena já havia esquecido.

Em carta a dom João, Marialva diria, sem modéstia, que "ainda não se havia visto em Viena tão aparatosa embaixada como a que S. M. me confiou". E era verdade. Como se fosse um sultão do Oriente, distribuiu entre os membros da família real e da nobreza da Áustria joias preciosas encastoadas em Lisboa, barras de ouro e grande quantidade de pedras preciosas do Brasil – havia levado consigo 167 diamantes de imenso valor. Em meio às joias, um medalhão com o retrato de Pedro, cuja moldura decorada com tantos diamantes, ofuscava a vista, foi entregue à noiva em bandeja de prata diante da admiração de todos (corria ainda o boato que Marialva recompensava os serviçais de hotéis e restaurantes com ametistas e opalas). Os pais da noiva emudeceram; as governantas, o camareiro-mor e o mordomo-mor da princesa disseram nunca terem visto coisa igual, e Metternich comparou o medalhão às joias das crônicas orientais.

Enquanto todos olhavam os diamantes, apenas ela, Leopoldina, não lhes prestou atenção. Só viu no medalhão a imagem do futuro esposo. Só ele. Quase levou o retrato aos lábios. Corada, o pousou delicadamente no peito e confessou baixinho ao novo amigo diplomata que Pedro era exatamente como que ela havia imaginado. Para que Marialva não pensasse que estava a referir-se apenas aos dotes físicos do noivo, disfarçou: "Seus traços revelam as virtudes de seu coração."

Passou horas a contemplar o retrato naquela noite e nos dias seguintes. Começou a se apaixonar perdidamente e, em 15 de abril de 1817, escreveu à irmã Maria Luísa: "O retrato do príncipe está me deixando meio transtornada, é tão lindo como um Adônis; imagina uma bela e ampla fronte grega, sombreada por cachos castanhos, dois lindos e brilhantes olhos negros, um fino nariz aquilino e uma boca sorridente; ele todo atrai e tem a expressão 'eu te amo e quero te ver feliz'; asseguro-te, já estou completamente apaixonada; o que será de mim quando o vir todos os dias?" Dormiu abraçada ao *Os Lusíadas* de Camões, como se fosse Pedro.

Antes do fim de abril, Leopoldina teve a primeira prova de que seu futuro sogro era um rei mais tolerante que os que conhecia. Queixou-se a Marialva de que não havia recebido consentimento de Metternich para visitar Maria Luísa, banida para a Itália sem o filho, que lhe haviam tirado. Sua comitiva rumo ao Brasil passaria pelo país e lhe parecia insuportável não poder se despedir da irmã querida. Então recebeu um recado do futuro sogro: não se preocupasse porque veria a irmã. "Graças a Deus, o rei de meu futuro soberano mandou dizer a mim e a ti, por intermédio de Marialva, que vê com bons olhos (ao contrário de todos), que eu te visite em Parma. A despedida de minha família será horrível para mim; mas, de resto, nada mais me prende a um país em que os sentimentos sagrados de amor fraternal e amizade são considerados crimes; graças a Deus se pode ter ambos na América." Dom João intercedeu junto a Metternich para que Leopoldina visse a irmã, e foi atendido.

O casamento foi celebrado em 13 de maio em Viena, dia do aniversário do rei português. O noivo foi representado pelo Arquiduque Carlos, irmão do imperador austríaco e tio da noiva. Leopoldina respondeu ao padre com um "sim" tão emocionado que os convidados se puseram a rir. Um mês depois, começou sua viagem para Florença, onde a comitiva aguardaria no Palácio do Grão-duque de Toscana a chegada da esquadra portuguesa que a levaria ao Rio. Para as irmãs de Leopoldina e outros nobres, a viagem terminaria ali.

♕ ♕ ♕

Seguiriam com ela para o Brasil uma orquestra inteira, um secretário, o doutor Johann Kammerlacher, seu médico particular, um capelão, um bibliotecário, vários serviçais, cientistas e artistas, entre eles, o aquarelista Thomas Ender, bem como as condessas Nanny von Künburg, Ulrike von Londron e Rosa von Sartheim, suas as damas de companhia.

Estavam em Florença à espera das naves portuguesas – Leopoldina já havia estado com Maria Luísa em Parma – quando chegou a notícia da revolta republicana de 1817 em Pernambuco. Sua reação surpreendeu Marialva: nada, disse ela, a prenderia longe de Pedro, nem uma rebelião armada; seu marido poderia estar em perigo, precisando dela e estava ansiosa por reunir-se a ele. Mas não era ela a decidir: "Ontem tive muita dor de garganta; acho que foi de tanto chorar, porque minhas esperanças de chegar logo ao Brasil foram destruídas em um instante", escreveu à irmã.

A reação em Viena à notícia da revolta no Nordeste do Brasil foi de nervosismo: Pernambuco, diabos, onde fica isto? Não diziam que no Brasil havia menos perigo para os nobres? Para lá não fugiram os portugueses? De nada adiantava dizer ao pai aflito que Pernambuco ficava longe do Rio e que os riscos eram mínimos para sua menina; sua cabeça estava povoada por cenas trágicas dos últimos anos: e se acontecesse a Leopoldina o que acontecera à sua tia, Maria Antonieta? Francisco I preferia que a filha continuasse em Florença e dali fosse para Lisboa onde esperaria, em segurança, o retorno da família real portuguesa do Brasil, projeto que estava em discussão e tinha apoio dos ingleses.

"Não posso escrever mais; aquele estorvo do Príncipe de Metternich está chegando; onde pode me causar aborrecimento, ele o faz", escrevia Leopoldina à irmã, desconsolada e aflita imaginando que o poderoso ministro fosse adiar sua viagem. Mas os portugueses conseguiram convencer Metternich de que a Revolução de Pernambuco não representava o menor risco para a princesa. Então, ele foi à Itália entregar pessoalmente a noiva ao Marquês de Castelo Melhor, cuja esquadra já estava no porto à espera. Para desgosto de Leopoldina, que há dois meses só pensava na partida, o embarque tomou vários dias, pois eram muitas as malas, valises, caixotes com o enxoval, livros, presentes, alimentos e muitos animais para embarcar.

"Querido pai! Daqui a meia hora finalmente estarei em meu navio e talvez amanhã à noite já em alto-mar. Gostaria muito de estar no dia 12 de outubro no Rio de Janeiro para o aniversário do meu esposo." A despedida das irmãs foi chorosa, triste, mas havia no horizonte um monte de promessas, e no convés no navio, o sorriso de Maria, a Marquesa de Aguiar, uma das acompanhantes portuguesas, que depois se tornaria amiga e confidente: "Fui recebida de forma comovente e cordial; meus aposentos são magníficos e me encontro bem, a não ser pela tontura causada pelo balanço." Na travessia de Gibraltar, sentiu-se tão mal com os enjoos que pensou que ia morrer e seu consolo foi pensar em Pedro: "Só suportei o sofrimento por amor ao príncipe."

Ficou encantada com a recepção na ilha da Madeira: "Aqui vivem 100 mil almas. O povo me recebeu com entusiasmo que me comoveu; passeei por toda a cidade e quase fui arrastada pelos moradores. As montanhas são magníficas, cobertas de florestas. Camélias, passiflora, jambo, magnólias, muitas plantas que conheci em estufas, crescem aqui naturalmente, aos milhares." Enquanto esperava o conserto de um mastro, fez um passeio pelo interior da ilha, no seu cavalo Schnürl, pensando sempre em Pedro, que lhe escrevera dizendo estar ansioso por passear a cavalo com ela pelos arredores do Rio. E prosseguiu a viagem. Como odiava tempestades, assustou-se quando uma delas lhe atravessou o caminho, mas logo tudo serenou. Ela pensava que assim seria sua vida.

Enfim, após travessia de 84 dias, em 5 de novembro de 1817 ela chegava ao Rio de Janeiro: "É a Suíça com mais lindo e suave céu". A frota portuguesa e as fortalezas fizeram tal estrondo para a saudar com tiros de canhão que temeu ensurdecer. O povo se alvoroçou na cidade decorada como nunca estivera – agora eram os artistas da missão francesa que havia chegado em 1816 a convite do rei, que se ocupavam dos arcos, colunas, pinturas. Uma galeota vinda de São Cristóvão com dom João, Pedro e Miguel apanhou, no Arsenal da Marinha, dona Carlota e as filhas, e seguiram todos ao seu encontro. Apenas para dar as boas-vindas, porque o desembarque e a cerimônia principal seriam no dia seguinte. Leopoldina, num gesto inesperado, jogou-se no chão e beijou os pés dos sogros. Os esposos foram apresentados e trocaram palavras amáveis.

E como estava o coração de Pedro naquele momento? Nos dias que antecederam a chegada da noiva, ele havia ensaiado na Real Biblioteca, com as irmãs Maria Teresa e Isabel Maria, uma serenata de amor para Leopoldina. Não ouso afirmar que, malrefeito do caso com Noemy, estivesse a pensar na esposa quando cantava. Mas quando ela chegou, não pareceu lhe desagradar o rosto corado e sardento, os olhos vivos, a profunda emoção e curiosidade que demonstrava por tudo, e a percepção de que também havia agradado a ela. Só ficou melancólico no teatro na noite seguinte – talvez lembrasse de Noemy – e foi preciso dona Carlota adverti-lo para que voltasse a se ocupar da noiva.

Houve quem apostasse que logo Pedro retornaria aos braços das coquetes dançarinas da cidade. Mas algo em Leopoldina o cativou: talvez o modo como beijou humildemente os pés dos sogros; ou como desfilou sob arcos do triunfo e arcadas desenhados por Jean-Baptiste Debret: as pétalas de rosas jogadas sobre os noivos das sacadas ornadas com colchas de damasco criavam uma bela moldura para as faces coradas, os belos olhos verdes, o cabelo louro da noiva. Mas acho que foi o diálogo de Leopoldina com o sogro, no Palácio de São Cristóvão, depois do *Te Deum* e da ceia, que conquistou o coração de Pedro, sempre sensível às coisas que fizessem seu pai feliz.

"Espero que este aposento mobiliado simplesmente seja de vosso agrado", disse dom João ao mostrar o quarto dos noivos. A admirável mobília encomendada ao Jacó de Paris não ficara pronta; só chegaria quatro meses depois. O quarto era, sim, modesto, mas ao se deparar quando entrou com um busto do pai, Francisco I, Leopoldina chorou. Mais ainda quando dom João lhe ofereceu um grosso livro sabendo o efeito que faria: "Como sois muito instruída, não tenho a intenção de vos oferecer algo inédito; estou persuadido, entretanto, de que tereis prazer ao contemplar este volume que vos peço aceitar." Era uma soberba coleção de retratos de seus familiares, encomendada em Viena, como o busto. Leopoldina correu para o sogro e beijou afetuosamente suas mãos. Com os olhos marejados, dom João lhe disse: "Minha querida filha, a felicidade de meu filho está assegurada, bem como a de meus povos, pois terão um dia como rainha uma boa filha e uma boa mãe." Estava selada a amizade entre os dois. Dona Carlota, de quem Leopoldina, ainda na Europa, ficara sabendo coisas de assustar, ofereceu-lhe na mesma noite esplêndido jantar, mas nunca conseguiu conquistar sua confiança.

A Quinta da Boa Vista não era como os palácios de Schönbrunn, Hofburg, Luxemburgo, com seus muitos quartos e salões suntuosos. Era construção modesta ampliada por diferentes arquitetos com alas de estilos diversos e curiosos, mas não era feia. Na sala de música, com paredes decoradas com pássaros e árvores do Brasil, havia três lindos pianos, duas arcas de madeira, vasos de alabastro e porcelana; na sala de bilhar, uma imensa mesa de jogo; no salão de festas, tapeçarias de veludo branco, cortinas de musselina, móveis de Macau e cenas mitológicas pintadas nas paredes e tetos por pintores franceses que, desde 1816, enriqueciam a arte do novo Reino Unido a Portugal e Algarve; toalete em musselina branca e tafetá rosa; quarto de dormir nas mesmas cores e tecidos, e um leito dossel com cortinas bordadas em ouro coberto por colcha de renda de Bruxelas que havia custado 40 mil francos, uma pequena fortuna: "Temíamos, Pedro e eu, que o dossel desabasse, mas nos garantiram que não há perigo."

Logo Leopoldina descobriria, com susto e aflição, a utilidade de um canapé ao lado da cama: "É para a sesta ou para o príncipe dormir quando tem seus ataques de nervos." Havia ainda quartos para o pessoal do príncipe e "para minhas açafatas e duas retretas, que são feias como a peste e, minhas moças do lavabo, que são duas negras". Nos corredores do primeiro andar ficavam, à noite, por causa do calor, pássaros e cães de caça.

Leopoldina prendeu a respiração ao contemplar da varanda pela primeira vez a paisagem que se descortinava do palácio: seus jardins eram cortados por rio de águas limpas, transparentes, a vista era deslumbrante, com a floresta nas montanhas ao redor e, em frente, o mar infinito: "Não fosse o calor insuportável e os mosquitos, e eu acharia que estou no Paraíso", dizia. Além do calor insuportável, Leopoldina logo descobriu que teria que ter muita paciência (virtude que sempre tivera dificuldade em cultivar) para suportar as novidades: "Na primeira noite, para meu constrangimento, despi-me ajudada pela rainha e pela cunhada, diante do príncipe, do rei e do cunhado Miguel." A sofreguidão de Pedro também a assustou: "Todos são anjos de bondade, especialmente meu querido Pedro que é muito culto. Embora esteja casada com ele há dois dias, seu comportamento, sob todos os aspectos, é admirável. Passei dias bem difíceis, pois estava de mau humor das sete da manhã às duas da madrugada; além disso, meu mui amado esposo não me deixava dormir, até que lhe disse sinceramente que estava abatida; faz quatro dias que estou com dores de estômago e barriga, que meu marido considera bons presságios."

Eram duas crianças que da vida pouco entendiam, e sobre gravidez, ela parecia entender mais que Pedro, que a imaginava grávida tendo se conhecido há dois dias: "Faz dois dias que estou com meu esposo, que não é apenas lindo, mas também bom e compreensivo, fala muito de ti e te quer bem. Estou muito feliz", informava Leopoldina a irmã, em 8 de novembro. Vinte dias depois, acrescentava que já tinha costureiro – "que trabalhou para ti em Paris" –, ganhara do marido quatro cavalos magníficos (Rossini, Chili, Favorito e Madera) e havia visto a gente do povo dançar o lundu: "Impossível de se ver algo tão indecente, fico suando e quase morro de vergonha."

Leopoldina participou do beija-mão – solenidade em desuso nas Cortes europeias –, de concertos, festas, luminárias e, com as mesmas virtudes que conquistariam o povo, fez sucesso em suas primeiras aparições na corte. Era desembaraçada, comunicando-se bem em francês, inglês e italiano, além de já falar bem o português, demonstrando seus conhecimentos em artes, literatura e botânica; com respostas inteligentes na conversação, mestra na arte de agradar e de fazer-se estimável, diziam todos.

No dia 1º de dezembro, um mês depois de chegar ao Rio de Janeiro, escrevia ao pai: "Não tenho palavras para descrever minha felicidade." Sete dias depois, levou o primeiro e enorme susto: "Meu esposo esteve muito doente dos nervos durante uns dias e me deu medo terrível, porque aconteceu à noite e eu era a sua única ajuda; acho que passará no correr dos anos, já que sofre cada vez menos, como todos me asseguram, e acho que o esquisito clima do Brasil deve contribuir muito e por isso desejo, por todas as razões, voltar com ele à sua pátria. Estou muito feliz. Só preciso de muito cuidado e paciência; paciência que nunca tive na Áustria." Paciência para aguentar a briga entre as aias portuguesas e austríacas, as intrigas que havia entre elas, o temperamento difícil da sogra, os costumes diferentes daqueles nos quais havia sido educada. Mas, de resto, estava feliz com Pedro, e era só ter paciência.

Para o dia 22 de janeiro de 1818, quando Leopoldina completaria 21 anos – Pedro faria 20 em outubro – o rei encomendou uma festa grandiosa a Manuel da Costa, arquiteto, pintor e decorador do palácio, que construiu no pátio um circo de tábuas e transformou a varanda em camarotes para os convidados. Louis Lacombe, diretor de bailados do Real Theatro de São João, encarregou-se das danças, e houve ainda paradas militares e touradas conduzidas por hispano-americanos vindos de Montevidéu. Das janelas, era possível perceber quanto havia mudado o país em poucos anos. Contemplando as estradas e avenidas repletas de magníficos cavalos e carruagens, as roupas dos convidados e a cidade iluminada ao fundo, disse-me meu amigo Debret, com razão: "Tudo está adquirindo um aspecto europeu no Rio de Janeiro." E era verdade.

O Brasil mudava, transformava-se, surpreendia quem o conhecera antes, mas não mudavam o rei nem seus conselheiros. Até então, Pedro era mantido afastado dos negócios do Reino por astúcia dos conselheiros de dom João, rei desde a morte da mãe, em 1816. Nem para as reuniões era convidado. Os conselheiros temiam Pedro porque percebiam que não seria maleável como o pai. Esconjuravam sua atração por novas ideias incutidas por mestres (eu era um deles), que não haviam conseguido afastar do seu convívio, temiam seus jovens amigos e o modo ousado como se misturava à plebe, à gente nas tabernas, e tinham medo de suas explosões de cólera. Tratavam de aconselhar dom João a mantê-lo afastado e não hesitavam em lembrar a ambição e traições de dona Carlota para incutir nele a ideia de que o filho também poderia ser traiçoeiro.

Para responder a uma dessas calúnias – a de que partilhava das ideias dos republicanos revoltosos de Pernambuco –, Pedro tivera em 1817 reação surpreendente: formou um batalhão e apresentou-se ao pai para lutar pela monarquia. Dom João ficou agradecido, mas não conseguiu vencer a resistência dos conselheiros ao filho, e ele foi mantido afastado. Quem poderia imaginar que, dentro de dois anos, seria ele a chamar Pedro para salvá-lo, já completamente confiante no filho que mais amava?

Enquanto não era chamado ao centro do palco, Pedro gozava sua vida de casado, ele e Leopoldina se entendendo muito bem. Os dois tinham muita coisa a partilhar. Tendo a mesma paixão por cavalos e cavalgadas, passavam os dias em passeios pelas montanhas e florestas, caçando – para diversão de Pedro –,colhendo amostras de pedras e plantas – para deleite de Leopoldina –, ou visitando amigos, como o general holandês Dirk van Hogendorp, que comandara tropas de Napoleão. Pedro a ele se afeiçoou desde que ouvira suas primeiras histórias sobre a guerra, e por sua influência passou a admirar o imperador francês. Depois da derrota de Napoleão, o general conseguira abrigo junto à família real perseguida pelo Corso, o que demonstrava a boa vontade do rei português. E Pedro teria pelo velho holandês imenso afeto, ajudando-o até a sua morte.

Os dois, Pedro e Leopoldina, gostavam também de ler. Mas eram leituras diferentes: ela era interessada em literatura científica, como na lista que um dia me deu, na qual havia livros de viagens de cientistas pelo Senegal e Gâmbia, descrição da flora de Benin, uma *Histoire naturelle des Orangers*, um *Dictionnaire universelle de géographie*. Ele era mais apegado à literatura política, aos sermões do padre Antônio Vieira, aos pensadores do tempo. Assim, aprendia ele com Leopoldina os segredos das pedras e plantas, enquanto ensinava à esposa as ideias liberais que eram o pavor de Metternich e da velha aristocracia europeia: "Meu marido, valha-me Deus, é admirador dessas novas ideias", escreveu ela certo dia ao pai, como que o prevenindo de que dali poderia vir surpresa, como veio.

As noites também eram alegres. Amavam a música e disso tiravam proveito: acompanhada por Leopoldina ao piano, Pedro exibia seu virtuosismo na flauta, violino e fagote. Cantava muito bem, com voz doce que enchia o coração da esposa de ternura. Leopoldina descrevia essas noites felizes à família: "Como meu esposo toca quase todos os instrumentos muito bem, eu o acompanho ao piano e, dessa maneira, tenho a satisfação de estar sempre perto da pessoa querida." Admirava as composições do marido. Mandou ao pai um *Te Deum* composto por ele com uma ressalva de que não o comparasse com os grandes porque estava apenas a começar. Gostava até das poesias do seu Pedro – neste ponto, tenho de admitir que o amor é cego.

Assim, as tardes se fizeram alegres para Leopoldina, as noites fogosas, as manhãs radiosas, tudo por causa do seu Pedro. Estava apaixonada pelo marido – ninguém previra isto naquele mundo de corações abafados – e não podia mais viver sem ele. Sua felicidade seria coroada com o que mais desejava: "Tenho sentido incômodos de estômago que me fazem crer ser um bom sinal que me faz esperar que meu desejo mais ardente no momento seja realizado."

Leopoldina suportou como uma camponesa o primeiro parto. Esqueceu as dores na ternura de Pedro, que esteve todo tempo ao seu lado, caminhando abraçado com ela pelas alas do palácio para aliviar o sofrimento e apressar o desfecho. Nascida Maria da Glória, ele explodiu de alegria ao ver a filha e chorou, como faria com cada um dos filhos que teriam. Leopoldina se emocionou ao vê-lo embalando a filha com canções. Os filhos seriam um eterno elo de ligação entre os dois.

"Posso me vangloriar porque ela me conhece tanto como a meu adorado esposo, porque não temos outra ocupação, estando em casa, que de carregá-la reciprocamente no colo", escrevia a nova mãe aos seus. "Ela não tem senão os meus cabelos, todo o resto sendo do pai, o que me faz duplamente feliz."

Em outra carta, Leopoldina afirma: "Ela tem um apego particular por meu esposo, e me conformo porque ele merece, porque é o melhor dos pais, sempre ocupado com ela, sempre com ela nos braços durante nossos passeios, e sempre a lhe fazer carinhos."

Imaginando que do outro lado do oceano ninguém acreditasse em tamanha felicidade, foi incisiva, dois anos depois, em carta de 14 de dezembro de 1819: "Posso vos assegurar que eu gozo todos os dias de uma felicidade inexprimível; fazendo descobertas deliciosas no desenvolvimento das qualidades físicas e morais da minha Maria, das excelentes qualidades de meu esposo, e posso vos assegurar com toda a franqueza alemã e vivacidade de sentimentos portugueses, que eu estou muito feliz e contente."

Estavam todos surpresos. Ninguém podia imaginar que, por quatro anos, Leopoldina prenderia Pedro junto a si e que seriam felizes. Do mesmo modo que ninguém previu o que veio depois.

O FILHO PRÓDIGO

Mesmo sabendo que Deus traça o caminho de cada um de seus filhos, sempre me chamou atenção os atalhos que às vezes Ele usa para fazer duas pessoas se cruzarem. O pensamento me veio a propósito de José Bonifácio de Andrada e Silva e Pedro de Alcântara. Nenhum homem sensato que os tenha visto na corte em agosto de 1819 faria previsões que juntassem os dois no mesmo barco. O melhor dos profetas diria o que ouvira de Bonifácio, 56 anos, que estava ali de passagem para o sul, porque queria morrer na sua vila natal, Santos; e de Pedro, que não fizera ainda 21, que tomaria o rumo norte, regressando com a família a Portugal. Nada parecia indicar que mudariam de rumo. No entanto...

José Bonifácio havia desembarcado no Brasil dias antes, depois de viver 36 anos na Europa. Foi recebido gentilmente por dom João VI, que lhe ofereceu cargo de assessor do mais poderoso de seus ministros, Tomás Antônio de Vilanova Portugal, e de reitor de uma universidade que pensava em criar no Rio de Janeiro – o leitor já percebeu que esse não era homem comum, já que o rei lhe oferecia tanta coisa.

Após recusar o primeiro convite, ficou de pensar no segundo. Disse ao rei que voltava à sua terra para morrer junto aos seus e levar vida tranquila que lhe permitisse escrever seus livros. Havia se aposentado e esperaria a morte com serenidade, como os velhos índios que se postam à beira rio à espera da desditosa – ele preferia esperá-la à sombra de uma palmeira.

Assim, depois de ver o rei na primavera de 1819, José Bonifácio continuou seu caminho: arrendou um barco, nele pôs a família e a bagagem, e desceu rumo a Santos, conduzido por bons ventos. O barco seguiu entulhado de caixas de conteúdo bem diferente do que costumava levar esse tipo de embarcação. Nelas estava o que o paulista considerava sua maior riqueza: montes de papéis, coleções de minerais, mais de 6 mil livros e aparelhos estranhos pelos quais os ribeirinhos não dariam um tostão furado se a embarcação fosse a pique.

Ainda não era conhecido no Brasil o homem que parecia dar rumo à embarcação; a quem se arriscasse perguntar qualquer coisa, ele, conversador, responderia que era da família Andrada e Silva, da vila de Santos, e estava de volta depois de 36 anos na Europa (partira com vinte anos, em 1783, e retornava com 56). Desembarcara no Rio de Janeiro vindo de Lisboa em 19 de agosto de 1819 e seguia para a cidade natal, ansioso por rever a mãe, dona Maria Bárbara da Silva, que já tinha oitenta anos, e os irmãos.

Dos dez irmãos, os mais conhecidos eram Antônio Carlos, juiz de paz, ainda preso em Recife como um dos líderes da revolução de 1817, e Martim Francisco, diretor das Minas e Matas da capitania de São Paulo, que, ao longo de centenas de cartas, informara ao irmão distante tudo o que ocorrera no Brasil naqueles anos. Estava de volta, dizia José Bonifácio, porque começava a envelhecer e queria morrer entre os seus, entre os que restavam da grande família surgida da união de dona Maria Bárbara com Bonifácio José de Andrada.

Retornava o filho pródigo coberto de glória após se tornar na Europa respeitado cientista especializado em química e mineralogia, e doutor em ciências. Descia o litoral muito próximo à costa tanto por segurança quanto para contemplar as belezas de sua terra; dos botes e canoas que se aproximavam podia ser visto ocupado com os mecanismos do barco, como se fosse navegante, tendo ao lado a esposa, dona Narcisa Emília O'Leary, de sangue irlandês e coração generoso, visto que concordara em criar o fruto de um dos amores do marido e ainda lhe dera seu nome – Narcisa Cândida, aquela menina a correr pelo convés. Também vinham com ele a filha mais velha, Gabriela – uma outra ficara em Lisboa, casada com um de seus ajudantes –, uma sobrinha e uma criada e seu marido.

A viagem durou cinco dias. Sobre a chegada, ele diria depois: "Fui mais feliz que Ulisses ao retornar a Ítaca, que só foi reconhecido por seu cão." Abraçou mãe, irmãos, família, quis matar as saudades da terra, provar sabores da infância, manga, sapoti, jabuticaba, festejar a nova vida. Quando, meses depois, por ali passou o Barão Wilhelm Ludwig von Eschwege, companheiro de pesquisas nos anos europeus, surpreendeu-se com sua disposição e saúde. Não pretendia se envolver em mil atividades nem em guerras como em Portugal. Queria descansar, pesquisar, escrever livros, corresponder-se com amigos, entre eles Alexander von Humboldt, colega de estudos em Freiberg, de quem acabara de receber uma carta.

A noite foi de festa. Dona Narcisa cantou modinhas com sua bela voz de contralto, acompanhada por uma guitarra; Bonifácio dançou lundu magistralmente para seus 56 anos e, ao amigo, que o vira triste e envelhecido em Lisboa, parecia um jovem dançando em meio aos seus, feliz como nunca. Já estavam noivos o irmão Martim Francisco e a filha Gabriela, definida por um visitante estrangeiro como "a mais bela portuguesinha que havia na terra" – e o casamento seria em 15 de fevereiro de 1820.

A família que recebia von Eschwege era uma família brasileira abastada. Bonifácio José de Andrade, o pai, já falecido, tinha origem nobre, do ramo português Bobadelas-Freires de Andrada; fizera carreira militar nos Dragões Auxiliares e se tornara, nos negócios, a segunda fortuna de Santos. Todos os filhos haviam feito os primeiros estudos em casa, com os pais e tios padres, depois num colégio religioso em São Paulo e, em seguida, como Bonifácio, Antônio Carlos e Martim Francisco, na Universidade de Coimbra.

O primeiro dos dez filhos se tornou padre, fiel à promessa da mãe de ter pelo menos um filho na Igreja. Bonifácio, o segundo, também pensou em seguir a carreira religiosa, mas uma moça mudou seus planos quando tinha dezesseis anos. Para ela fez um poema cuja primeira estrofe me soou bela quando me recitou recordando a juventude: "Derminda, esses teus olhos soberanos/ têm cativado a minha liberdade..." Viveu três anos entre São Paulo e Rio e partiu para os estudos em Coimbra, já com outra jovem no pensamento: "Adeus, fica-te em paz, Alcina amada/ Ah, sem mim sê feliz, vive ditosa..."

Quatro anos depois, formado em Coimbra em Direito, Filosofia Natural e Matemática, recebeu da Academia Real das Ciências de Lisboa subvenção para estudar química e mineralogia em países da Europa numa missão científica com mais dois portugueses. Passou em Paris o ano de 1790, o primeiro da Revolução Francesa que mudaria o mundo, e nos dez anos seguintes, continuou viagem, passando por países como Alemanha, Bélgica, Itália, Áustria, Suécia e Dinamarca, fazendo pesquisas, estudando com os maiores cientistas do seu tempo e sedimentando sua crença no Iluminismo e no liberalismo. Dona Cândida, com quem se casara aos 27 anos, o acompanhou nas viagens.

Parece que foi em Uppsala que começou a ganhar fama de cientista ao corrigir erros de europeus sobre diamantes brasileiros, e se destacou ainda mais ao descobrir na Escandinávia quatro espécies e oito variedades de minerais. Ao retornar a Lisboa, obteve título de doutor em ciências; do rei, recebeu seis incumbências e cargos: professor da Universidade de Coimbra, onde deveria criar a cadeira de Metalurgia, Intendente Geral das Minas e Metais do Reino, membro do Tribunal das Minas, diretor da Casa da Moeda, administrador da mina de carvão de Buarcos e das fundições de ferro de Figueró dos Vinhos e Avelar. Só recebia salário em três desses empregos.

Muitas vezes se aborreceu em seus empregos por causa da burocracia. Um dos equívocos de funcionários do governo permitiu que conhecesse von Eschwege: mandara buscar operários alemães especializados em trabalho em minas e viu chegar um grupo de cientistas, entre eles o barão, que se tornou seu amigo. O alemão percebeu a decepção do homem baixo, magro, rosto redondo, nariz aquilino, aristocrático, olhos negros, cabelos da mesma cor, lisos e presos em trança escondida na gola da jaqueta. Bonifácio falava bem o alemão, morava numa casa rústica e modesta e lhe ofereceu na primeira noite nas minas de Buarco uma farta refeição com sopa de pão, carne com linguiça, toucinho, arroz com couve e azeitona, frango assado com salada, figos e queijo. Eschwege notou que Bonifácio tomou vários cafés e abusou da pimenta.

Quando a família real se mudou para o Rio, não lhe foi dada permissão para retornar ao Brasil. Os franceses invadiram Portugal por três vezes, de 1807 a 1811, e ele tornou-se um soldado de Portugal, fazendo parte do Corpo Voluntário Acadêmico formado por estudantes e professores na Universidade de Coimbra. Na primeira fase da luta, ocupou-se dos projéteis e fundição de balas. Depois, o governador das Armas o encarregou das fortificações e defesa em Águas Santas de Maia.

Já era major e recebeu elogio pela "louvável e assombrosa intrepidez" no reconhecimento de tropas inimigas e cobertura de colunas de soldados. O Corpo Militar Acadêmico ganhou fama de coragem no ataque e tomada da cidade do Porto e, por seus relevantes serviços, Bonifácio recebeu elogios de lorde Beresford, inglês que governava Portugal na ausência do rei.

Terminada a segunda invasão francesa, pediu em carta a dom João para retornar ao Brasil, o que lhe foi negado. Durante a terceira invasão (80 mil homens), em 1810, recebeu ordens de reunir novamente o Corpo Militar Acadêmico para enfrentar o inimigo. Conseguiu para seus soldados uniformes, fuzis, espingardas, botas, sapatos e uma ajuda de custo. Organizou batalhões que participaram da retomada de Condeixa, Ega, Soure, Pombal, Nazaré. Com a retirada dos franceses, o corpo foi dissolvido, e ele voltou à sua vida de cientista.

José Bonifácio era secretário da Academia Real das Ciências de Lisboa quando, em 1812, começou a pensar no retorno ao Brasil. Queria, antes de morrer, fundar uma universidade em São Paulo. Insistiu junto ao Conde de Funchal, seu amigo, para que conseguisse do rei esse favor: "Estou pronto a trabalhar nos estatutos dessa instituição e dar meu parecer sobre seus professores." O amigo ofereceu outros cargos e ele respondeu, com ironia: "Se eu fora fidalgo de polpa ou europeu, e tivesse mais saúde e energia, ousaria dizer francamente à Sua Majestade que, se quisesse ver a minha capitania aumentada em minas, agricultura, pescaria, povoação, moralidade e indústria, deveria lembrar-se de mim para capitão geral dela, ao menos por doze anos".

Ficara em Portugal porque entrara na luta contra os franceses e não quisera sair antes de vê-los derrotados, mas desejava ser útil a seu país naquilo que dominava, nas ciências que havia estudado: "Poderia, se me dessem e me deixassem as mãos livres, ir lá plantar as artes e agricultura europeias, pôr em ordem a administração regular dos bosques, criar pescarias e salgações, e experimentar o meu projeto de civilizar e cristianizar os índios." Sonhava agora em governar Santa Catarina e os campos vizinhos a Curitiba. Rogava que lhe dessem ouvidos e ninguém respondia. Então, requereu sua aposentadoria, conseguindo uma pensão que era metade do que recebia. Sentiu um travo amargo na alma.

Em junho de 1819, antes do retorno, faz seu último discurso na Academia Real das Ciências, e nele referiu-se ao Brasil: "Que país esse, senhores, para uma nova civilização e para novo assento das ciências! Que terra para grande e vasto império!" Não imaginava ele nem os que o ouviam com ar um tanto incrédulo, que três anos depois estaria fundando esse império e alcançando a glória não através da ciência, como imaginara, mas da política.

José Bonifácio era rico em ideias, mais que nós, que as colhíamos em livros, enquanto ele as vivera pessoalmente. Saltando pelo mundo acadêmico europeu durante dez anos, convivendo com aquela ebulição originada no iluminismo e na Revolução Francesa, ele se tornara um apaixonado pelas ideias do seu tempo, e delas se servia para traçar um paralelo com seu país natal.

Ele defendia que a sociedade deveria ter por base a justiça e, por fim, a felicidade do homem. Porém, dizia em relação ao Brasil que justiça e felicidade não existiriam sem liberdade, e esta não poderia existir num país cujos trabalhadores eram, em sua maioria, escravos negros, numa economia baseada no tráfico humano e organizada em benefício de uma classe privilegiada. Era preciso abolir esse sistema e substituir o escravo pelo trabalhador assalariado.

Achava também a miscigenação imprescindível no Brasil para o surgimento de uma nação homogênea; pregava que o índio deveria ser livre, incorporado à sociedade; e no regime de propriedade agrária, queria o latifúndio dividido e suas terras entregues a europeus pobres, índios, mulatos e negros forros; as matas seriam preservadas, as florestas renovadas, o interesse coletivo regeria a distribuição de água e a exploração das minas. Por fim, a capital do Brasil deveria ser transferida para o interior do país, como haviam feito nos Estados Unidos da América. Essas eram ideias de José Bonifácio que assustavam quem com ele conversava. Seus amigos achavam que era por causa delas que o Rei dom João VI não o aproveitara como conselheiro.

Em 1820, alguns meses depois de chegar a Santos, José Bonifácio fez com o irmão Martin uma excursão pela província de São Paulo. Pelo interior paulista, em canoa e cavalos, percorreram 432 km em dois meses. Em Itu, encontrou uma expedição que ia à caça de índios que viviam nas margens do rio Paraná: "A sorte dos índios merece nossa atenção, para que não juntemos ao tráfico vergonhoso e desumano dos desgraçados filhos da África o, ainda mais horrível tráfico dos infelizes índios de quem usurpamos as terras, e são livres.", registrou no trabalho *Viagem mineralógica na província de São Paulo*, publicado meses depois no *Journal des voyages*, em Paris.

Muitas vezes se referiu àquela viagem que lhe permitiu, depois de tantos anos, redescobrir sua terra através de surpresas agradáveis, como a beleza das mulheres paulistas, ou desagradáveis, como o vestuário dos brasileiros, impróprio para o clima do país, o luxo dos palácios em contraste com a simplicidade do interior das casas – "no Brasil há um luxo grosseiro a par das privações" –, os hábitos sedentários, os banhos quentes, o costume da gente rica ou pobre de sentar-se de cócoras em esteiras, de comer com as mãos. Condenou as queimadas, a destruição das matas, a dieta dos soldados à base de farinha de mandioca; por onde passou, ensinou aos sertanejos o método de aproveitar a semente do algodão para fazer azeite, como afugentar cobras, evitar mosquitos.

Imaginava que estava colhendo subsídios para uma vida de cientista em sua terra, para livros que escreveria, mas, ao retornar dessa viagem, foi informado que havia sido escolhido, em abril de 1820, para representar as Câmaras de São Vicente e Santos na capital da província. Um mês depois, tomou posse na nova função, em São Paulo. Em agosto, recebeu de dom João VI o título de conselheiro honorário do Reino. Dois meses depois, chegou a notícia que mudaria as nossas vidas: uma revolução iniciada no Porto em 24 de agosto de 1820 tomara Portugal inteiro. Os liberais estavam no poder. A partir daquele momento, José Bonifácio pôs de lado todos os planos que tinha de fundar uma universidade, escrever livros ou descansar à sombra de uma bela palmeira à espera da morte. Percebeu que estava mais vivo que nunca e pressentiu que, quase completando sessenta anos, recomeçaria uma nova vida.

Dito isso, leitor, retorno ao pensamento do início deste capítulo, sobre os caminhos que se cruzam. Retorno para dizer que os caminhos de José Bonifácio e de Pedro, que pareciam seguir rumos opostos, acabaram se cruzando. E os dois, juntos, realizaram o mais venturoso desatino que pode fazer um homem em sua vida, que é mergulhar na vertigem da liberdade.

A REVOLUÇÃO LIBERAL

Em setembro de 1820, pouco depois da vitória dos liberais, Pedro de Sousa Holstein foi chamado às pressas pelos dirigentes da Revolução do Porto para importante missão no Brasil: deveria vir ao Rio de Janeiro convencer dom João VI a retornar ao seu país. Descendente da família real portuguesa e dos reis da Dinamarca da Casa Schleswig-Holstein-Sonderberg, Holstein era por muitos considerado o mais competente diplomata do Reino e um monarquista liberal.

Antes dele, já havia partido para o Brasil uma missão com o mesmo fim, que aqui chegara na nau *Providência* em 17 de outubro de 1820, cercada de curiosidade. Diante do rei e de seus conselheiros, os emissários disseram a que vinham. O mais loquaz dentre eles descreveu o sofrimento de Portugal, que resistira a três invasões francesas e chegara ao seu limite. O país via-se na penúria, com escassez de alimentos, sem dinheiro para funcionários e tropas, sem ânimo para enfrentar o futuro. Enquanto o Brasil estava rico, Portugal, sem sua principal Colônia, estava pobre. E a presença do rei no Brasil reforçava a ideia de que se tornara uma Colônia brasileira, o que humilhava os portugueses. Retornasse o rei a Lisboa e todos ficariam contentes.

Dom João ouviu tudo atento e pesaroso. Balançava de vez em quando a cabeça como se estivesse concordando não apenas com o que era dito, mas também com o pedido; e todos nós ao redor pensávamos "desta vez ele retorna", mas o rei enganava a todos porque, na verdade, imaginava um modo de não retornar nunca. Seria difícil convencê-lo a voltar.

Desde 1813, a Inglaterra, sua eterna aliada, pressionava o rei sem sucesso. Argumentavam os ingleses que os motivos que haviam determinado a mudança da corte portuguesa para o Brasil já não existiam desde 1815 com o fim das Guerras Napoleônicas. Napoleão estava morto. Por que insistia ele em ficar? Era simples: dom João não se decidia a partir porque nunca se sentira tão feliz na vida. Amava o Brasil e os brasileiros, gostava do clima, da gente, da comida, do reboliço da cidade e da paz das montanhas. Além disso, se muitas de suas virtudes seriam reconhecidas depois de sua morte, um defeito que todos lhe atribuíam em vida era a dificuldade para tomar decisões.

Contudo, não era fácil decidir naquela situação: seria um mergulho no desconhecido, coisa ousada para nosso cauteloso rei. Retornar significava para ele, um rei absolutista, dividir seus poderes com uma Assembleia e jurar uma Constituição liberal que estava sendo elaborada. E seus conselheiros não o ajudavam nas dúvidas. O mais poderoso, Vila Nova Portugal, dizia que ele não deveria ceder um milímetro aos rebeldes, enquanto o Conde dos Arcos achava que deveria abandonar Portugal à própria sorte e ficar no Brasil, mais rico. De qualquer forma, todos temiam que, com a sua partida, o Brasil se libertasse de Portugal ou se dividisse em dezenas de repúblicas, como a América espanhola. Assim, o rei continuou mergulhado em dúvidas e o *Providência* retornou dez dias depois sem ele com uma carta régia que considerava o movimento do Porto ilegal. E só!

Foi por ter conhecimento dessa dificuldade do rei que o novo governo enviou Pedro de Sousa Holstein no rastro do *Providência*. Os liberais sabiam que os emissários vindos antes dele não seriam bem-sucedidos. O próprio Holstein já tentara antes a missão, sem sucesso: escolhido, em 1817, ministro dos Negócios Estrangeiros por dom João, demitira-se do cargo porque não conseguira convencê-lo a retornar. Agora vinha tentar novamente, mas com argumentos bem mais convincentes.

Com 49 anos à época, Holstein, que ficaria mais conhecido como Marquês e Duque de Palmela, título que lhe daria o rei, começara na carreira diplomática em Roma, com 21 anos, substituindo o pai embaixador, que falecera. Não quisera vir para o Brasil com a corte em

1808, participando das seguidas batalhas contra as tropas de Napoleão e representando Portugal no Congresso de Viena. Era um monarquista liberal, como muitos dos líderes da revolta do Porto. Inteligente, bem-apessoado, simpático, negociador por excelência, tinha sempre no rosto, segundo o Barão de Mareschal, representante da Áustria no Brasil, o sorriso feliz de quem acabara de sair dos braços de Madame de Staël, Anne-Louise Germaine, a escritora francesa de quem fora um dos amores na juventude.

Palmela, como chamarei Holstein a partir daqui, desembarcou no Rio e, sem perder tempo, foi ao rei, a quem aconselhou antecipar-se aos revolucionários, a exemplo de Luís XVIII da França, outorgando ele mesmo a Carta Magna pedida pelos rebeldes. Não havia como escapar, explicou com aquela calma do bom diplomata: toda a Europa pendia para o liberalismo e seria melhor governar com eles, os liberais, que não governar de modo algum. E se o rei temia a desagregação do Reino Unido de Portugal, Brasil e Algarve, ou apressar a separação do Brasil de Portugal, ficasse por ali e mandasse em seu lugar o filho Pedro, mas não tardasse a tomar uma decisão.

Era a primeira vez que alguém colocava o nome de Pedro no jogo do poder com tamanha desenvoltura. Pois, como na história do caçador, Palmela atirou no que viu e acertou no que não viu. E, por sorte nossa, não seria a última vez que se envolveria na vida de Pedro. Com olho de lince, observou naqueles dias que o filho do rei acompanhava a guerra à distância e com interesse dominado pelo pensamento do pai. Enquanto o principal ministro, Tomás Antônio, dizia a dom João: "Não se sujeite aos revolucionários. Nada conceda a eles até que voltem a lhe obedecer. A vertigem revolucionária não pode durar muito tempo", Palmela retrucava: "É melhor ceder já, antes que tenhamos que fazer mais concessões."

Um mês depois, dom João VI nada tinha resolvido e Palmela insistia: "Senhor, há um mês eu cheguei e expus a Vossa Majestade o quadro fiel do estado da monarquia. Um mês nesta urgente crise é quase um século." Apesar da advertência, o rei terminou 1820 em dúvidas e começou 1821 da mesma forma.

Pedro, como já disse, era mantido à parte: "Eles temem que eu faça alguma tramontana", dizia-me, referindo-se aos conselheiros do rei. A ideia de ir para Portugal no lugar do pai não lhe desagradava. Mas também não agradava a alguns ministros. Em meados de janeiro, pediu ao Conde dos Arcos, Marcos de Noronha Brito, último vice-rei do Brasil com quem se dava bem desde que ele, quando governador da Bahia, presenteara-lhe na juventude com madeiras para seus trabalhos de marcenaria, que apurasse o que lhe haviam contado "informantes da cidade": que Tomás Antônio não queria sua ida e influenciava o pai contra ele. Queria ir, repetiu Pedro, mas pedia apenas que fosse retardada a partida por causa de Leopoldina, no último mês de gravidez: incomodava-o deixá-la só e também que seu segundo filho nascesse sem ele estar presente.

A reação de Leopoldina nos apanhou de surpresa: informada por seus amigos austríacos do que se dizia na corte sobre a ida de Pedro, decidiu que o marido não partiria sem ela. Tão aflita ficou que pediu ao encarregado de negócios austríacos, o Barão von Stürmer para fretar, em sigilo, uma nau no qual seguiria no rastro do marido, caso o obrigassem a partir sozinho; e a Geord Anton von Schäffer, aventureiro que recrutaria oficiais estrangeiros para o Exército brasileiro, pediu "ama boa, sã e capaz para uma criança que nasceria no mar". Ao ser informada do desespero da nora, dom João correu até Leopoldina e a tranquilizou: Pedro não partiria sem ela.

Acho que nosso bondoso rei iria pelo resto da vida sem se decidir se os acontecimentos não o tivessem obrigado a isto. E o que o levaria a partir não seria conselho de Palmela ou pedido de Carlota Joaquina, mas o barulho nos quartéis que é, na história, uma das formas de convencer os indecisos.

Tudo começou no dia em que Palmela foi chamado às pressas ao consulado inglês do Rio. Donos do mar e da melhor frota, organizados como nenhuma outra nação, os ingleses sabiam tudo o que acontecia no mundo. No consulado, o ministro Thorton lhe entregou um ofício que acabara de chegar do consulado na Bahia, informando que as tropas portuguesas aquarteladas ali e no Pará haviam se posicionado pelas Cortes de Lisboa, contra o rei.

O diplomata não perdeu tempo: traduziu o telegrama e correu ao rei implorando por uma reunião de ministros para, juntos, tentarem deter o movimento militar enquanto estava restrito a duas ou três províncias. Falando com ele, o ministro Silvestre Pinheiro gemeu, dramático: "Decidiu-se a sorte do Brasil: quebrou-se o nexo que unia as províncias a um centro comum; com a dissolução do Brasil se consuma a dissolução da monarquia", predizendo guerras civis para depois da partida do rei e o retorno do Brasil "à bárbara condição das costas da África."

A reunião foi em 18 de fevereiro, com todos atentos às propostas de Palmela: mandar Pedro para Lisboa com uma esquadra de quatro ou cinco navios, acompanhado de parte da guarnição militar do Rio, levando a Constituição doada pelo pai e por ele jurada; a princesa Leopoldina embarcaria logo que o marido lá tivesse chegado.

Ao ser informada do que se discutira durante sete horas naquele dia, Leopoldina caiu em prantos aos pés de Pedro: não queria que ele partisse sem ela, não deixaria, não ficaria ali, tinha pressentimentos horríveis e dizia coisas tão desesperadas que comoveu e impressionou o esposo. A pedido de Palmela, vieram convencê-la seus amigos austríacos, barões von Stümer e von Mareschal – este chegado havia pouco à cidade –, mas ela não cedeu. Quem cedeu foi Pedro, que não via inconveniente em esperar alguns dias até que ela pudesse partir com ele. Palmela, aflito, propôs, então, que partissem logo e ela tivesse o filho a bordo: "Não há mais tempo a perder", dizia o diplomata.

O que aconteceu a seguir foi trágico (ou cômico, não sei mais o que dizer). Coube a Palmela redigir o texto dos documentos que seriam levados por Pedro a Portugal e que tinham um espírito de constitucionalismo moderado. Por volta da meia-noite do mesmo dia 18 de fevereiro, entregou o texto a dom João pedindo que o lesse e refletisse sobre as sugestões. O rei nem quis tocar no papel, como se fosse uma castanha quente: "Não faço reflexão alguma. Tomás Antônio meditará e arranjará o que se deva publicar", respondeu, e mandou para seu ministro. Este retornou o texto para Palmela, dizendo: "Não sou eu que hei de decidir sobre o destino da monarquia." O absolutismo português se esfacelava, e os que dele tinham desfrutado, não queriam ser responsáveis pelo ato final. Seriam os militares a obrigar o rei a partir (com a ajuda de alguns sacerdotes que, naquela época, entregavam-se com mais prazer à revolução que a rezar missas).

A rebelião começou com uma notícia que alvoroçou os oficiais e soldados: o rei daria uma Constituição a Portugal e ao Brasil. Decidiram então as tropas que no Brasil não deveria ser feita Constituição alguma nem nada que não fosse em obediência ao movimento vitorioso em Portugal: de lá deveriam vir novas leis, decisões, orientações. Eram portugueses os rebeldes, e maioria da tropa. E os líderes eram os confessores dos rapazes: os padres Marcelino José Alves Macamboa e Francisco Romão de Góis.

Mais tarde, depois de exigir a demissão de Palmela e do Conde dos Arcos do Ministério, e de prender alguns brasileiros que consideravam suspeitos de tramar a separação do Brasil de Portugal, os militares portugueses explicariam que sua intenção era salvar o Brasil da anarquia e atá-lo à causa liberal portuguesa, centro de unidade de todo o Reino – acreditavam os rapazes que o Brasil dividido em províncias, continuaria unido; mas toda gente sensata sabia que não.

O movimento militar começou na madrugada de 26 de fevereiro com tropas rebeldes chegando ao largo do Rossio. O 3º Batalhão de Caçadores foi o primeiro. Quase na mesma hora, um frade e um oficial contrários ao movimento batiam desesperados às portas do rei na Boa Vista para informar da rebelião. Diante da ameaça que punha em risco sua cabeça e a Coroa, o rei perdeu a desconfiança que porventura tivesse do filho. Mandou que fosse chamado rápido a seu gabinete, porque sabia que seria o mais apto para cumprir a missão que tinha em mente para deter o golpe.

Pedro foi encarregado de pegar seu cavalo mais veloz – "Ele tem qualquer coisa de centauro, de tal modo domina os cavalos mais indóceis", dizia frei Tarquínio – e com ele partir como um raio em direção à casa de Tomás Antônio, apanhando ali um decreto que fora uma saída calculada para esses riscos, porque acalmaria os rebeldes, já que nele o rei lhes concedia tudo o que pediam. Pedro fez o que pediu o pai e muito mais. Por muitos dias, se falaria do que ele fez naquela noite, do galope de trovão até a casa do ministro, do retorno ao palácio para que o pai assinasse o decreto, da coragem com que, às cinco da manhã, acompanhado apenas de um criado, cavalgou em direção aos revoltosos, entrou em meio a eles, que não acreditaram no que viam, e lhes mostrou o documento.

"Está tudo feito. A tropa pode ir aos quartéis e os oficiais beijar a mão de meu augusto pai", disse. Foi interrompido pelo padre Macamboa que enumerou o que queriam os revoltosos, e que não era pouca coisa: a Constituição jurada pelo rei, a demissão do ministério, organização de uma junta de governo com treze nomes indicados pelos revoltosos. Pedro argumentou que a Constituição Portuguesa ainda não existia, mas levaria ao rei as exigências. Ao expor na Quinta da Boa Vista o que pediam os insurretos, Tomás Antônio, o mais intransigente até então, aconselhou dom João a não recusar nada. Um novo decreto foi feito às pressas, e lá foi Pedro negociar com os rebeldes.

A essa altura, ninguém dormia no palácio nem na cidade: Pedro havia mandado acordar ministros, conselheiros, autoridades, funcionários, intimados por ele a irem à sala do Real Theatro de São João jurar à Constituição portuguesa que ainda nem estava pronta. Da varanda do teatro, leu para o povo o decreto aceitando as exigências dos revoltosos, dando destaque à frase de que o rei juraria a Constituição, qualquer que ela fosse. Com a mão direita sobre os evangelhos, disse: "Juro, em nome de El-Rei, meu pai e senhor, observar, guardar e manter perpetuamente a Constituição, tal qual se fizer em Portugal pelas Cortes". Depois jurou em seu próprio nome e fez o irmão, o Infante dom Miguel, jurar também.

Mas para a tropa não bastavam os juramentos feitos. Os líderes do movimento queriam o rei em pessoa jurando diante deles. Novo galope de Pedro ao palácio para convencer o pai a vir ao largo do Rossio. Ao saber o que pediam os revoltosos, dom João tremeu, apavorado: "Não, não, não", e rodava em volta como se tivesse levado um golpe, explicando que se sentia constrangido, humilhado, sua autoridade havia sido ferida e tinha medo. Medo de ser preso, destronado, desrespeitado. Já Pedro não tinha medo de nada. Estava em jogo o seu destino.

Numa conversa em voz baixa convenceu o pai de que nada lhe aconteceria, que estaria todo o tempo ao seu lado e que garantiria sua proteção. Assim foi que todos vimos partir, em carruagem, o nosso rei, pálido, desfigurado, como se lhe tivessem sugado o sangue, tendo o filho a cavalgar ao lado da carruagem, no belo cavalo encilhado desde a madrugada. Pedro evitava olhar o pai: apertava seu coração perceber nele vergonha e humilhação, como naquele distante dia no cais de Lisboa. Jurou que nunca passaria pela mesma situação e, naquela corrida na estrada das Lanternas em direção a um futuro desconhecido, cresceu o amor do rei por seu filho, que seguia protetor ao seu lado.

Houve um alvoroço no largo do Rossio quando os viram chegar. Pedro no belo cavalo, a acentuar no trote compassado e no rosto sério sua corajosa entrada em cena. O rei na carruagem, assustado. De tanta alegria, o povo fez o que lhe deu na telha e que era costume: desatrelou os cavalos e os substituiu a puxar a carruagem. E quase matam o rei. Não fosse Pedro a lhe recomendar calma, dom João VI teria tido ataque fulminante.

Minutos depois, o rei aparece em uma das janelas do paço com a família, inclusive dona Carlota, que tentou usar uma enxaqueca como pretexto para não comparecer à cerimônia, mas não ousou desafiar o filho. Dom João confirmou o que fizera Pedro e seguiu para ser aclamado no teatro. No camarote real, sentiu-se mal, pôs-se pálido e corremos todos a acudir. Ele nos acalmou explicando que era fome. Durante todo aquele dia só havia ingerido um caldo de galinha, o que era muito pouco para o nosso rei.

Na manhã seguinte, refeito do susto da véspera, sentou-se à sua mesa e fez um despacho a seus ministros: "É necessário que o príncipe participe das deliberações do governo. Há tempos venho pensando em chamá-lo e se não o fiz foi para não afetar a liberdade de opinião dos conselheiros. Mas qualquer razão cessa de existir depois de 26 de fevereiro."

O liberal Holstein acompanhou com interesse a movimentação de Pedro durante a crise. Admirou seu desembaraço e sua lealdade ao pai. Dizia ele ter presenciando quando a tropa, num momento de entusiasmo, quis aclamar rei o jovem príncipe, que cortou o desaforo gritando: "Viva El-Rei, nosso senhor, viva meu pai." Não teve dúvidas de que estava em fermentação um belo governante, com ideias arejadas.

Já o barão Stürmer, fiel servidor de Metternich, ao contrário, torceu o nariz austríaco. Percebeu que surgia um protagonista que dominaria a cena e que, por suas ideias, tendia a se tornar um adversário do absolutismo: "Alimentado pelo desejo de representar um papel, pela mocidade, por paixões e ideias que poderão levar ao sacrifício dos mais belos atributos da Coroa que a sorte lhe destinou."

O povo, com quem Pedro sempre se deu muito bem, gostou do que viu. E no meio da gente simples, aumentou sua fama de atrevido e corajoso. Sem muito respeito por sua mãe, repetia-se pelas esquinas e tabernas frase que diziam ser dele, mas que, juro, ele nunca pronunciou: "Minha mãe é puta, mas me pariu sem medo". Isso dizia o povo.

♕ ♕ ♕

Por aqueles dias nasceu o Príncipe João Carlos, e Leopoldina informou ao pai do nascimento do segundo filho em carta de 6 de março de 1821, na qual manifestava ainda o temor de que a separassem do marido. Mas já estava decidido que seria o rei a retornar e Pedro ficaria. Dos ministros, só Silvestre Pinheiro que substituíra Tomas Antônio, fora contra o retorno por acreditar que selaria a separação entre Brasil e Portugal. O palácio inteiro ouviu dom João responder, impaciente: "Que remédio, Silvestre Pinheiro! Fomos vencidos!"

Diz frei Tarquínio que por algum tempo as paredes do Boa Vista ouviram dom João VI em curioso monólogo: "Vou, não vou?"; mas o certo é que um dia ele decidiu partir. Pedro ficaria como regente, determinou em decreto com 103 artigos publicado em 7 de março, um dos quais garantia uma representação de deputados brasileiros nas Cortes de Lisboa. Partia o rei com sofrimento e foi longa a despedida. Em cada um de seus gestos havia gratidão aos súditos que haviam lhe dado amor e respeito. O duro golpe que o desnorteara não partira dali, mas de sua terra. E havia ainda a insegurança sobre o que o esperava num Portugal de onde saíra com o coração aos saltos. Sua intuição lhe dizia, sem se equivocar, que só tristeza e decepção o esperavam do outro lado do oceano, e talvez por isso, custasse a partir. Ao contrário do marido, dona Carlota Joaquina estava radiante, e também

Pedro acreditava que logo estaria de volta à terra natal: "Fico aqui esperando a Constituição e logo que ela estiver posta nesta metade do Reino, vou me unir ao senhor, meu pai."

Ao mesmo tempo em que dom João partia (mas ainda sem ter ido), o Brasil despertava de um longo sono para o prazer de discutir seu futuro: deveria o rei partir ou ficar? O Príncipe Real, tão jovem, teria capacidade para governar o Brasil? A Revolução do Porto traria benefícios? Havia os que preferiam que o rei ficasse, porque o Reino havia melhorado com ele; outros preferiam o filho, porque achavam que com ele seria melhor; havia ainda portugueses que sonhavam com o retorno do Brasil a Colônia e brasileiros que sonhavam com a independência. O mundo se mexia em sua órbita, mas parecia sem rumo, gerando alvoroço nas ruas centrais, nos conventos, igrejas e paços onde se discutia tudo isso.

Em meio às dúvidas, alguns ousaram mais: um dia, representantes do Senado, da Câmara e do Comércio foram ao rei implorar que não partisse, ou pelo menos adiasse a viagem; em resposta, soldados rebeldes ameaçaram pegar em armas se o rei atendesse o pedido. As tropas estavam em pé de guerra e havia as milícias civis formadas por caixeiros, negociantes, empregados e comerciantes portugueses que se descobriam, de repente, liberais. Silvestre Reis, ministro da Guerra, pediu a Pedro para arrancar deles protesto de fidelidade ao rei, o que ele conseguiu chamando todos a seu gabinete para conversa reservada – começava a exercitar um aspecto de sua personalidade nem sempre percebido, o de conciliador.

Um erro de dom João apressou sua partida e quase pôs tudo a perder. Orientado por Silvestre Reis, ele determinou que eleitores das províncias responsáveis pela escolha de deputados que representariam o Brasil em Lisboa formulassem sugestões para o governo de Pedro como regente. Animados, eles se reuniram na Praça do Comércio. Circularam boatos de que estavam ali para exigir que dom João ficasse no Brasil.

A praça foi ocupada por portugueses. Era uma nova insurreição: dessa vez, os revoltosos queriam que dom João jurasse a Constituição liberal espanhola que já estava pronta – e ele baixou imediatamente um decreto adotando a tal constituição. Como dizia frei Tarquínio, o rei "aceitaria a chinesa, se lhe tivessem exigido".

Porém, os rebeldes tinham mais exigências: queriam escolher os membros do governo provisório, que nenhum navio deixasse o porto sem ordem dos rebelados, que tropas não fossem mobilizadas para reprimi-los, e assim por diante, A cada exigência, uma comissão era enviada ao rei para que concordasse com ela, numa tortura que parecia não ter fim. Os líderes eram os mesmos de fevereiro, destacando-se Macamboa e um certo Luís Duprat, filho de um alfaiate francês de Lisboa.

A concordância com as exigências poria fim ao governo de Pedro antes de começar. Seria substituído por uma seleta de rebeldes que só obedeceriam às Cortes de Lisboa. O Conselho de Ministros do rei discutia a primeira exigência, quando o ministro da Guerra propôs que se acatasse o pedido. Pedro ameaçou jogar o homem pela janela: "Estes rebeldes, nada têm de constitucionais. São agitadores portugueses que manipulam o povo." Não se conformava de estarem todos ali paralisados de medo. A revolta poderia terminar mal, se alguém não agisse logo. E Pedro agiu.

Primeiro, Pedro chamou o 3º Regimento da Cavalaria para guardar o palácio e proteger o pai. Ao mesmo tempo, dom João deu ordem ao general Jorge Avilez para acabar com a rebelião. As tropas cercaram os revoltosos na Praça do Comércio. Aos disparos de pólvora seca se seguiram tiros de verdade que deixaram um morto – um comerciante português que dera vinho aos rebeldes, que já estavam bêbados. Do lado do governo, dois feridos: um tiro de raspão no general Avilez e um soldado esfaqueado. Os eleitores provinciais, que estavam ali como Pilatos no Credo, reféns dos rebeldes, escaparam como puderam, alguns se jogando ao mar. Duprat e Macamboa foram presos e levados para a ilha das Cobras. De onde partiu a ordem de acabar com a bagunça? Aparentemente, de dom João, mas toda a cidade insinuava que fora Pedro a dizer ao pai o que fazer.

No dia 22 de abril, já terminada a revolta, dom João VI concedeu aos oficiais e praças do Exército do Brasil os mesmos soldos dos portugueses. Preparou-se, depois, para partir, já estando quase tudo embarcado. Mas, antes, pediu-me que chamasse Pedro a seu quarto: queria falar com ele a sós.

Numa carta ao pai dois anos depois, Pedro recordaria a conversa emocionada: "Eu ainda me lembro e me lembrarei sempre do que Vossa

Majestade me disse dois dias antes de partir, em seu quarto: 'Filho, se o Brasil se separar, antes seja para ti, que me hás de respeitar, do que para algum desses aventureiros." Depois, o rei me recomendou que não saísse de perto de Pedro, o que fiz pela vida inteira.

No dia seguinte dom João embarcou no navio para Lisboa dizendo que o Brasil era um amor que levaria para sempre em seu coração. "Ali é que fui feliz, ali é que fui rei", repetiria até a sua morte. Bem diverso era o estado de espírito da rainha dona Carlota Joaquina, que disse ao subir no barco com o mesmo destino: "Finalmente vou voltar para uma terra habitada por homens." Assim me contou Debret, que estava no cais fazendo uma gravura sobre a partida do rei.

PEDRO REGENTE

Mal desapareceu no horizonte a última nau do retorno, Pedro descobriu que o Brasil estava falido. Podia ser boato o que dizia o povo – que os barcos retornados haviam forrado de ouro seus porões –, mas era verdadeira a notícia de que uma fortuna havia sido retirada dos cofres do Banco do Brasil às vésperas da partida, e eles estavam agora vazios. Tinha razão Pedro de queixar-se ao pai: "Não há maior desgraça que essa em que me vejo, que é desejar fazer o bem e arranjar tudo e não haver com quê."

Sugeriu, antes da partida, que se conseguisse um empréstimo na Europa que desse um alívio ao seu início de governo e propôs que se usasse como garantia as joias da Coroa, do pai, da mãe, as suas, as da esposa. Os ministros olharam para ele como se fosse louco e um deles chegou a dizer que seria uma "indecência o rei regressar despojado de suas joias"; ele insistiu, mas os diretores do Banco do Brasil se recusaram a aceitá-las como empenho. Não lhe restava senão dar asas à imaginação, o que fez segundo sua natureza: "*Il est d'un caractère porté à la parcimonie*" diria sobre ele o Barão Wenzel Leopold von Mareschal, um dos melhores observadores de sua alma. Assim, tomou providências para evitar desperdício e corrupção: passou a cortar gastos e controlar tudo para evitar desvios de dinheiro.

Mudou-se para São Cristóvão, transferiu tribunais e repartições para o paço da cidade, economizando em aluguéis; reduziu o plantel de animais do governo de 1.290 para 156, deu ordens para que se gastasse com eles apenas o milho, vindo o capim da Boa Vista, e estabeleceu modesta mesada para si mesmo, 1.600 réis, e igual para dona Leopoldina.

"Se puder economizar mais, o farei, pelo bem da nação. A dificuldade é conseguir que todos façam o mesmo. Os que comem da nação são sem número", escreveu ao pai. A mania de economizar causaria mais tarde, problemas com dona Leopoldina, acostumada a ter, como dizia ela à Marquesa de Aguiar, "dinheiro para seus alfinetes e sua caridade".

Bem-orientado por seus conselheiros, surpreendeu com medidas para tornar mais próspero o Reino: ainda no mês de abril, suprimiu o imposto do sal, baixou para 2% o imposto no comércio de cabotagem, fixou regras para a propriedade pública e privada e antecipou-se à Constituição a ser votada estabelecendo garantias de liberdades individuais nunca vistas no Reino: a partir de 23 de maio, nenhuma pessoa livre poderia ser presa sem ordem de um juiz; nenhum juiz poderia expedir ordem de prisão sem culpa formada do acusado; o processo teria que ser feito em 48 horas, com amplo direito de defesa do preso que, em caso algum, poderia ser jogado em "masmorra estreita, escura e infecta" e aboliu o uso de "corrente, grilhões, algemas e outros ferros para martirizar homens ainda não julgados". Ah, e também havia agora liberdade de imprensa e de opinião.

Pedro se portava como um liberal e até se dizia que era um partidário da revolução de 1820. "*La révolution de Portugal trouva en lui un partisan*", escreveu Mareschal em mais uma abordagem do enigmático príncipe e num alerta a Metternich. Mas essa simpatia pelo liberalismo não seria suficiente para que conquistasse a confiança das tropas portuguesas no Brasil.

Inebriadas pela revolução liberal que igualava Portugal ao mundo moderno, os oficiais passaram a acreditar que dela viria a redenção do Reino. Suspeitavam do príncipe criado no absolutismo – quem poderia garantir que era um liberal? Acostumados a obedecer ao rei, constataram que o rei não mandava mais. Nem seu filho. O novo senhor era o Soberano Congresso, as Cortes de Lisboa. Só a elas deviam obediência.

Assim, o ano de 1821 seria o dos conflitos de Pedro com as tropas, sempre em torno de ordens emanadas de Lisboa. A cada navio que aportava com decretos do Soberano Congresso, vinham as tropas portuguesas exigir de Pedro que os cumprisse; e ele, por astúcia e lealdade ao pai, foi obedecendo, até o momento em que percebeu que as ordens vindas de longe queriam destruí-lo. Então, disse: "Não!", e o resto vocês já sabem ou saberão a seguir, se tiverem paciência de ler estas anotações de um frei franciscano.

♛ ♛ ♛

O primeiro dos conflitos ocorreu dois meses depois da partida do rei, quando chegou a notícia da publicação em Lisboa das bases da nova Constituição portuguesa, e vieram dizer a Pedro que as tropas iriam exigir que ele jurasse essas bases que eram o essencial da Constituição que ainda estava sendo escrita. "Nunca se jurou tanto neste país", diria frei Tarquínio, perplexo, ao que eu concordei. Porém, havia uma intenção na jura: implicava ela na submissão do regente, e os rebeldes retornariam ao pedido da primeira rebelião: formar uma junta de governo que dividiria o poder com Pedro. E também uma junta militar. Ao jurar, Pedro concordaria com a redução de seu poder.

Os rebeldes eram da elite das tropas portuguesas aquarteladas no Brasil, a Divisão Auxiliadora; e como Pedro não tinha paciência para esperar que um golpe militar desabasse sobre sua cabeça, foi ao suposto líder do movimento, o tenente João Crisóstomo, confirmar o golpe: "Intrigas", respondeu ele. O leitor deve estar se perguntando por que um príncipe agiu dessa maneira. Eu respondo que Pedro era diferente de seus pares e desde menino se dava com todo tipo de gente, o que lhe permitia estar informado de tudo o que se passava em seu Reino. Ele abriu o jogo para o oficial porque uma de suas virtudes era a franqueza.

A resposta de Crisóstomo não o convenceu, mas como não adiantava ficar à espera do anunciado, partiu à caça em Santa Cruz para espairecer e retornou na véspera da rebelião. Foi ao quartel, advertiu os chefes do motim, mas preferiu não prendê-los. Horas depois, a revolta estava nas ruas, com adesão de homens de confiança, entre eles o governador das Armas, general Jorge Avilez. Como da outra vez, Pedro montou em um de seus cavalos e galopou em direção aos rebeldes. Em meio deles, perguntou: "Quem fala aqui?" Diante da estupefação dos militares, repetiu: "Quem responde por vocês?" Adiantou-se o general Jorge Avilez: "Eu, pela tropa", e informou sobre o juramento pretendido.

Pedro respondeu afirmando que já havia jurado a Constituição, mas, pelo visto, os oficiais não acreditavam em sua palavra de príncipe, já que lhe pediam nova jura. Não se importava de jurar novamente. Júbilo entre os rebeldes, e ele os surpreendeu: "Juro eu, juramos todos". Como? Explicou que a tropa era apenas parte da nação e por isto havia convocado o povo para também jurar. No Real Theatro de São João estavam os eleitores de província à sua espera. Os oficiais não gostaram da ideia. Pedro começava a aprender que para vencer a tropa teria que ter o povo ao seu lado.

Pobres eleitores paroquiais! Ainda assustados com o que haviam passado em março, estavam eles no Real Theatro de São João à espera de Pedro sem saber o que lhes aconteceria dessa vez: "Já juramos a Constituição portuguesa, a espanhola e agora teremos de jurar as bases da Constituição portuguesa. O que mais vamos jurar daqui para frente?", perguntou um deles aflito, antes de começar a reunião, que teve início com um duelo verbal entre Pedro e o padre José Narciso – faço uma pausa para informar aos leitores que esse virtuoso sacerdote havia sido expulso das ordens por desvio de conduta, e mais não digo...

O duelo começou quando padre Narciso pediu a palavra e Pedro perguntou em nome de quem ele falava. "Em nome do povo", respondeu e Pedro pediu que apresentasse provas do que afirmava. Com arrogância, Narciso replicou que lhe bastariam duas horas para obter quatrocentas assinaturas que provariam o que dizia. Pedro respondeu que em igual tempo conseguiria duas mil: "Então, padre, quem representa o povo?" Foram interrompidos por oficiais rebeldes que vieram em socorro do sacerdote dizendo que ele os representava.

Estavam ali magistrados, militares, eclesiásticos, comerciantes, dois oficiais de cada regimento, desembargadores, ministros conselheiros do regente, menos um, o Conde dos Arcos, que se recusara a prestar juramento por considerava isso ridículo. Os demais conselheiros ouviam calados, alguns deles aterrorizados: o Conde de Louzã, dom Diogo de Menezes, teve um ataque de nervos e foi preciso que Pedro lhe desse um safanão – "Perdeu a cabeça?" – para ele se recompor.

Pedro cedeu em tudo e, no final, subiu à tribuna: "Não é por ambição que aceitei vos governar, mas pelo desejo e esperança de tornar o povo mais feliz. Sou jovem, forte, e me sinto capaz, se necessário, de trabalhar para sustentar minha mulher e filhos. É a segunda vez que vocês me fazem vir aqui. Arranjem-se como bem lhes parecer, porque eu terceira vez não venho cá, e Deus sabe para onde irei." Retirou-se para São Cristóvão no final da tarde e retornou à noite com dona Leopoldina para assistirem à ópera de Rossini *L'inganno felice*, ao bailado *O recruta da aldeia*, e para ouvir versos de louvação a dom João VI, que mandou publicar imediatamente.

O leitor a esta altura já deve ter percebido que o Real Theatro de São João se tornava palco de tudo o que acontecia no Reino, palco de eleições, debates, proclamações, balés, peças, concertos, porque no governo de Pedro vida e arte se fundiram numa só coisa, de tal forma era intensa sua paixão pelas duas. Em carta ao pai, na mesma noite, queixou-se da Divisão Auxiliadora, e para que não ficasse preocupado, terminou falando de assunto que adoçava o coração do velho rei, seus netos: "A menina todos os dias fala do avô; o menino já sustenta a cabeça e está maior e mais forte do que a menina quando era dessa idade."

Macamboa e Duprat foram soltos no dia seguinte, enquanto o Conde dos Arcos foi preso e mandado de volta para Lisboa, um duro golpe para Pedro, pois ele era seu amigo pessoal e principal ministro. A tropa desconfiava do excessivo amor de Arcos pelo Brasil, e da má influência que teria sobre Pedro na exacerbação desse sentimento – e também porque servira ao absolutismo. Ele se defendia dizendo que não há amor que substitua o berço natal e que era constitucional; mas quem acreditava se todo mundo, por espertéza ou convicção, se dizia na época liberal?

Pedro nem teve tempo de pensar no castigo imposto ao amigo, pois oficiais e soldados portugueses e brasileiros quase entraram em conflito no dia 17 de julho. Acenou aos dois lados com a bandeira da conciliação e conseguiu a paz: "Agradeço-vos o respeito com que me atendeis e isto já para mim fica servindo de prova de que observareis literalmente esta minha recomendação." Mas, na esperança de evitar novas rebeliões, Pedro mudou de estratégia: aproximou-se dos portugueses. Foi muito curiosa essa aproximação, pois se deu no compasso das contradanças onde os pares se olhavam com desconfiança a cada passo. Portanto, aprenda o leitor esta lição: se quiser dominar o adversário, dance com ele.

Essa mudança começou no dia em que Pedro, sabendo de jantar da oficialidade no Campo de Santana, para lá se dirigiu e se convidou para a reunião. Foi bem recebido e os oficiais foram ao palácio no dia seguinte convidá-lo para outro jantar, também um sucesso, com a presença apenas de duas mulheres, Leopoldina e a bela Joaquina de Lencastre e Barros, esposa do general Avilez – foi o que bastou para que começassem a dizer que Pedro fazia a corte à bela dama e, mais tarde, que ela se tornara uma de suas amantes. Leopoldina e ele também foram convidados para o baile do primeiro aniversário da Revolução do Porto, e dele se retiraram às seis da manhã.

O certo é que, nesses banquetes e reuniões ao ar livre, à sombra das árvores nas alamedas do Caju, nos quais muitas vezes ele dançava com os oficiais, como era costume quando não havia mulheres suficientes, Pedro buscava evitar o pior. Sabia que os oficiais não confiavam nele e passavam essas suspeitas às Cortes, mas não atinava com os motivos para tal desconfiança. E Pedro, que era dotado para muitas artes, menos para essa, dançou como nunca para conquistar a confiança de seus pares.

Quase perdeu o ritmo o meu amo, porém, ao receber notícia vinda do Norte: incitadas por tropas portuguesas, as províncias do Maranhão, Pará e Bahia haviam declarado obediência às Cortes: "Que triste destino o meu. Ser nomeado regente do Reino por meu pai e me tornar governador de apenas uma província, a do Rio de Janeiro", queixou-se ao pai. E se as demais fizessem o mesmo? Foi então que recebeu outra notícia que o fez sorrir o dia inteiro, vinda de São Paulo: ao contrário das províncias do Norte, os paulistas reconheciam sua autoridade. Fora José Bonifácio a conseguir tal proeza, ao convencer os bandeirantes de que sem um governo central se desfaria em mil pedaços o país imenso que haviam construído.

O mês de agosto transcorreu sem que se suspeitasse do terremoto por vir. Tudo parecia tranquilo e Pedro ansioso por saber se o pai fizera boa viagem e fora bem recebido, de modo que, no dia 24, quando atracou o *Lusitânia*, correu a bordo como um raio, mandou que as fortalezas anunciassem a boa nova, ordenou que as tropas vestissem seu uniforme rico – ele mesmo pôs-se em gala e foi com Leopoldina ao *Te Deum* e ao baile onde mais de mil homens tiveram apenas 224 senhoras para as contradanças. Ali ficaram os dois até às seis da manhã, embora a princesa estivesse grávida de três meses.

Aconteceu, então, uma coisa curiosa nessa época: reparei que os brasileiros haviam desaparecido da cena ocupada pelos portugueses militares e civis, que agiam como únicos donos do Reino. Era como se os brasileiros tivessem submergido na grande baía do Rio de Janeiro. E quando um deles botava a cabeça de fora, apanhava nas ruas. Se antes respondiam aos tapas com tapas, às bofetadas com bofetadas, agora pareciam desorientados, pois homens letrados, educados em Coimbra, como os Andradas, pediam-lhes que confiassem nas Cortes liberais. Machucados e doloridos, faziam o que lhes era pedido, e apoiavam as eleições dos setenta brasileiros que iriam representá-los no Soberano Congresso em Lisboa. Mas, por causa das Cortes, havia atritos. E, se as Cortes eram de todos, porque só apanhavam eles?

"Brasileiros! Nossos destinos estão ligados: não nos reputaremos livres sem que vós o sejais." Terminava assim uma proclamação das Cortes aos habitantes do Brasil em 13 de julho de 1821, péssimo preâmbulo para o que viria em setembro, quando chegaram novos decretos de Lisboa anulando os de dom João VI, que haviam tornado Pedro regente. Não restava ao príncipe nenhum poder. As províncias seriam governadas por juntas provisórias submissas a Lisboa, assim como ficava na dependência das Cortes tudo o que no Reino havia: administração das finanças, Justiça, magistratura, governadores de Armas, manejo do dinheiro público, Forças Armadas. Os brasileiros sentiram o golpe: no dia 18 uma voz isolada gritou no Real Theatro de São João: "Viva o Príncipe Regente, Nosso Senhor", isto é, Pedro livre. Outra voz respondeu: "Viva o príncipe constitucional", isto é, Pedro submetido às Cortes.

"Alerta, portugueses!" era o título de um panfleto que nos chegou às mãos nos dias seguintes: "Recruta-se para um golpe a favor do príncipe, dão-se no teatro extemporâneos vivas ao Príncipe Regente Nosso Senhor. Que quer isto dizer? Quer dizer que todo verdadeiro português deve acautelar-se de cair no laço que lhes armam os vis satélites do antigo despotismo com a sedutora oferta de um Reino independente do de Portugal. Alerta, portugueses!" Naquele dia, foram presos três oficiais brasileiros e gente que distribuía panfletos pela independência do Brasil. Os brasileiros começavam a sair da toca.

Um dos mais revoltados tinha eu na cela ao lado, no convento: frei Tarquínio de Jesus, das gloriosas Minas Gerais, que todas as matinas me azucrinava os ouvidos. "O que o Soberano Congresso quer é a volta, sob disfarce liberal, ao passado odioso, à exploração da Colônia rica; o nosso ouro é isto o que quer o teu Soberano Congresso", dizia ele. Eu me calava porque sabia que o irrequieto padre, que me estimava, tinha razão; e não queria perder meu melhor colaborador na Real Biblioteca que Pedro, regente, entregara em minhas mãos para dirigir e organizar.

Por esta época fiquei sabendo que se conspirava no Brasil há algum tempo, o que explicava porque tanta gente tinha submergido. Suspeitando das intenções das Cortes, brasileiros se reuniam em lojas maçônicas para discutir como agir, porque temiam o que temia frei Tarquínio – o retorno do Brasil à condição de Colônia. E já tinham um jornal, o *Revérbero Constitucional Fluminense*, do padre Januário da Cunha Barbosa e Joaquim Gonçalves Ledo. A roda começou a girar no momento certo, já que em Lisboa os liberais davam tratos à bola imaginando o que fazer com Pedro caso não acatasse os decretos. Da tribuna do Soberano Congresso, o deputado Fernandes Tomás dizia coisas assombrosas do tipo: "O Soberano Congresso não dá ao príncipe opiniões, mas ordens, e pode também lhe dizer: não és digno de governar, vai-te." Os olhos de Pedro o fuzilaram ao ler o discurso, o que era um bom sinal. Nada aconteceria a seguir se tivesse ficado como regente no Brasil um príncipe cordato, medroso, de temperamento calmo, nada beligerante, menos cioso de sua honra e orgulho. Mas havia ficado Pedro. E isto mudaria tudo.

O mês de outubro foi tenso. Foram presas algumas pessoas que distribuíam panfletos defendendo uma "independência do Brasil com Pedro", ideia germinada havia pouco. A intenção dessas pessoas era fazê-lo imperador brasileiro no dia de seu aniversário, 12 de outubro. Pedro pareceu assustado com a ideia: "Que delírio o vosso! Quais são vossos objetivos?" Adotar a causa da independência seria admitir que era um traidor das Cortes e do pai. E não havia nada que o incomodasse mais do que ser chamado de traidor. Mostrou-me por essa época versinhos que corriam pela cidade e lhe chegaram às mãos enviados por anônimo que se dizia seu amigo: "Para ser de glórias farto/ inda que não fosse herdeiro /seja já Pedro Primeiro/ se algum dia há de ser quarto".

Leopoldina veio me confidenciar que o Barão de Mareschal, homem astuto, inteligente, muito bem-informado, porque tinha ouvidos por toda parte – dele diziam que tinha sido espião durante as Guerras Napoleônicas – viera lhe dizer que crescia o movimento em defesa da independência do Brasil com o príncipe, seu marido: "O que o senhor acha?", me perguntou ela com olhos arregalados de espanto que me impediram de perceber se lhe agradava ou não a ideia.

Em outubro, alguns dos setenta deputados eleitos para as Cortes de Lisboa vieram ao palácio se despedir de Pedro, entre eles, Antônio Carlos de Andrada, Cipriano Barata, Diogo Antônio Feijó, Lino Coutinho, Francisco Agostinho Gomes, Muniz Tavares, José Martiniano Alencar, Borges de Barros, sem suspeitar que pouco lhe permitiriam fazer em Lisboa, onde já se elaborava mais um decreto contra Pedro, que chegou em dezembro, ordenando que o príncipe retornasse à Europa para estudar e se preparar para ser rei. Sua presença no Brasil era "desnecessária e até indecorosa à sua alta hierarquia e viajaria por países ilustrados para receber conhecimento que o ajudassem a reinar". Sem se dar conta, o Soberano Congresso dava aos brasileiros um motivo para lutar.

♕ ♕ ♕

Começaram os movimentos para impedir o retorno de Pedro. O primeiro pedido chegou às suas mãos três dias depois. Respondeu que, embora comovido, sua intenção era obedecer ao rei. Em carta ao pai, informou que outros pedidos viriam das províncias fiéis. Como se comentava que as Cortes enviariam tropas para forçá-lo a embarcar, caso não concordasse em ir de boa vontade, pedi que nas conversas com diplomatas estrangeiros como Mareschal e o francês Maler, falasse com entusiasmo da próxima partida para Lisboa, de forma a iludir os espiões das Cortes. Assim ele fez.

Em meados de dezembro, tivemos novidades que mudariam nossas vidas para sempre. O português Francisco Maria Veloso Gordilho de

Barbuda, amigo de Pedro, com função de guarda-roupa entre seus funcionários, que mais tarde se destacaria nas guerras da independência e nas lutas no Sul, fechou-se com ele no gabinete e informou que ali estava como emissário de brasileiros que gostariam de saber como agiria caso fizessem de tudo para impedi-lo de partir. Informou ainda que o grupo se reuniria dali a três dias no Convento de Santo Antônio e pedia ao regente que mandasse um representante. Então, Pedro me chamou ao seu gabinete: seria eu o seu emissário. Começava para mim, humilde sacerdote franciscano a serviço do rei, mestre do infantado, o tempo da conspiração.

A reunião seria na cela do frei Francisco de Santa Tereza de Jesus Sampaio, que era meu amigo e mais novo que eu uns sete anos. Estava com 43, era carioca, filho de pai português e mãe brasileira e se tornara um orgulho da nossa ordem, pelos profundos conhecimentos que dele haviam feito pregador da Capela Imperial, teólogo da nunciatura, capelão-mor de Sua Alteza Real, professor de ciências jurídicas, sociais e políticas, agora envolvido em conspiração pelo Brasil, como eu. Desde 1821, pregava do púlpito sobre as vantagens do constitucionalismo, e era ouvido com atenção.

Em noite de lua cheia nos reunimos, mas ninguém suspeitou do movimento de homens que iam para o convento tão tarde. Até então, as reuniões eram na casa de José Joaquim da Rocha, fundador do Clube da Resistência, mas as perseguições da polícia as levaram para o convento, que se tornaria um dos centros da luta pela independência. Agora estávamos na sua cela, onde mal cabia frei Sampaio, mais parecido a Inácio de Loyola que ao nosso mestre São Francisco, e além dele Joaquim da Rocha, José Mariano de Azeredo Coutinho, Luís Pereira da Nóbrega, Antônio de Menezes Vasconcelos Drummond, e outros, todos do Clube da Resistência, eu num canto a escutar a mágoa que havia em seus corações. Depois de ter o Brasil subido ao paraíso, que era ser Reino Unido a Portugal e Algarve, queria Portugal que descesse ao inferno, que era ser uma Colônia. Era preciso agir. Mas por onde começar? O grupo só tinha uma certeza: era preciso convencer o príncipe a ficar no Brasil.

Então, pediram minha opinião sobre como reagiria Pedro às pressões de Lisboa. Aceitaria ficar? Expliquei que Pedro fora educado dando valor a virtudes como a lealdade, honra. Temia ser chamado traidor, caso enfrentasse as Cortes, mas, ao mesmo tempo, não aceitaria tornar-se, como o pai, um refém delas nem ser humilhado por elas. Como as perspectivas que lhe ofereciam não eram animadoras, eu achava bem provável que ele as desafiasse e resolvesse ficar. Quase fui aplaudido. Outra preocupação de Pedro era a unidade do Brasil, ameaçada com a autonomia dada pelas Cortes às províncias. Sem um poder central para uni-las, o que impediria que se tornassem reinos ou repúblicas independentes como os vizinhos espanhóis? E o modo como os liberais agiam em relação a Pedro era revoltante: "As Cortes, senhores, não são tão liberais como parecem", falei, e todos riram.

Concluíram que tinham de lutar com todas as suas forças para que Pedro ficasse no Brasil e que não bastaria o apoio do Rio de Janeiro para que o plano desse certo. Deviam conseguir que Minas Gerais e São Paulo se unissem à conspiração. Ficou decidido que para Minas partiria Paulo Barbosa, futuro mordomo da Casa Imperial, e para São Paulo iria o jovem oficial do Exército, Pedro Dias Pais Leme, que se tornaria depois Marquês de Quixeramobim, com cartas do frei Francisco Sampaio pedindo apoio das províncias.

De volta ao palácio, reparei que a lua estava mais bela que na ida, que era glorioso o mundo criado pelo Senhor para alegria dos homens. Na verdade, eu estava satisfeito comigo mesmo, com meu desempenho de conspirador, aprovado por Pedro, que me esperava acordado, ansioso. O meu amo e amigo foi dormir em paz, e ainda por aqueles dias presenciamos um fenômeno: com ajuda dos que haviam se reunido na cela do frei Sampaio, a representação do Rio conseguiu 8 mil assinaturas pedindo que Pedro ficasse.

Também por aqueles dias, Pedro me chamou ao seu gabinete para me mostrar carta do pai que acabara de chegar e o deixara preocupado. Meu conhecimento das personagens daquele drama e toda minha experiência de vida não foram suficientes para me manter de pé ao ler aquelas linhas. Dizia-lhe o pai em carta sigilosa: "Sê! hábil e prudente, pois aqui nas Cortes conspiram contra ti, querendo os reacionários que abdiques em favor do mano Miguel. Tua mãe é pelo Miguel e eu, que te quero, nada posso fazer contra os carbonários que não te querem."

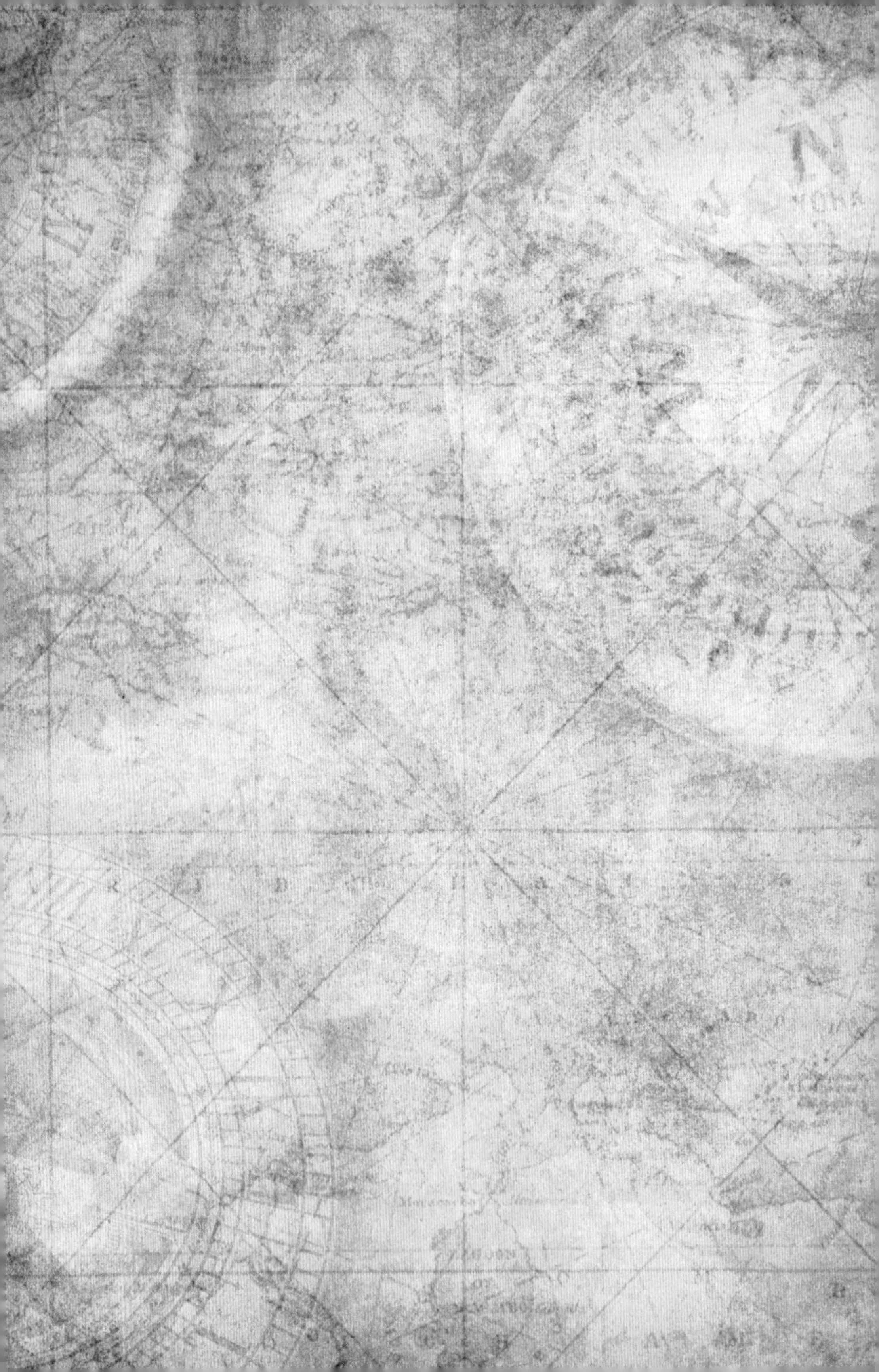

CORAÇÃO DIVIDIDO

Pedro Dias Pais Leme seguiu a cavalo até Sepetiba e, dali para Santos, num barco veloz. Desembarcou noite alta no porto paulista debaixo de chuva fortíssima, mas não esperou o dia clarear. José Bonifácio e Martim Francisco de Andrada e Silva moravam em Santana, numa antiga fazenda dos jesuítas, e para lá ele partiu. Bateu à porta de madrugada, foi atendido pelo amigo doente, abatido, mas que recobrou ânimo quando Pais Leme lhe disse: "Precisamos de sua ajuda." José Bonifácio mandou que arrumassem um quarto para ele: "Temos muito que conversar."

O lume da sala foi apagado muito tarde, quando o cansaço dominou Dias Pais Leme. José Bonifácio não conseguiu dormir depois que a casa se acalmou. Não tinha mais sono. Na verdade, há muito tempo não se sentia tão bem-disposto. Decidiu que escreveria uma carta para o príncipe, pedindo que ele ficasse no Brasil. Mas antes de pegar na pena, tinha que ordenar os pensamentos. Que argumentos usar? Sabia que o jovem estava dividido entre o amor ao pai e seu próprio orgulho ferido, humilhado pelas Cortes. Intuía que, seriam elas, com sua prepotência, a acabar com as dúvidas do príncipe.

Achava curioso uma corte liberal cometer tantos desatinos. Talvez a inexperiência explicasse os erros, ou o costume de tantos anos sob o absolutismo. Mas não podia perder tempo se perguntando a razão dos equívocos. Se não percebiam que agindo assim empurravam o Brasil para a libertação, tanto melhor para os brasileiros. Era aproveitar o momento e torcer para que o orgulho espicaçado de Pedro o empurrasse na mesma direção. Já sabia o que lhe diria na carta: que as Cortes desejavam o Brasil de volta à humilhante condição de Colônia; e a ele, Pedro, refém, como seu pai. Bastaria mais um erro do Soberano Congresso, um apenas, e a partida estaria ganha.

Meio caminho havia andado José Bonifácio até ali e não pensava em voltar atrás. Nos meses que antecederam aquele dezembro de 1821, tinha conseguido entre os paulistas um respeito que lhe permitira orientá-los no caminho certo. Ninguém sabia ser persuasivo como ele nem tinha sua experiência. Seu autoritarismo, uma marca que os adversários diziam ser dos Andradas, ainda não causara estragos à sua fama. Com esses trunfos, pusera São Paulo à frente das províncias: fora a primeira a apoiar a Revolução do Porto e a primeira a apoiar Pedro, quando a mesma revolução liberal reduziu o poder do príncipe. Não havia contradição nos dois apoios, mas astúcia.

São Paulo aderiu à Revolução do Porto em 12 de março de 1821, cinco meses depois de a notícia chegar ao Brasil. Em 23 de junho, a província elegeu seu governo de forma diferente do que se fazia até então: um toque do grande sino da Câmara Municipal chamou à praça o povo, a tropa e as milícias, e ali todos participaram da eleição presidida por José Bonifácio, eleitor paroquial por Santos. Sua sugestão de que a eleição fosse feita por aclamação foi aceita e ele disse aos que ali estavam: "Descei senhores à praça e eu da janela vos proporei aquelas pessoas que, por opinião por vós manifestada, parecem dignas de serem aceitas." Pediu aos eleitores que evitassem represálias aos antigos governantes porque o dia deveria ser de conciliação: "Se não puder resolver tudo em ordem, retiro-me." Da janela da Câmara Municipal conduziu a eleição dos representantes das classes comercial, eclesiástica, militar, literária, pedagógica e três secretários de governo, entre eles Martim Francisco. Ele, José Bonifácio, foi escolhido vice-presidente.

Ainda em junho de 1821, adiantando-se às demais províncias, os paulistas apoiaram Pedro contra as Cortes porque acreditavam que ele poderia representar um centro de poder capaz de manter unido o país que os bandeirantes haviam forjado, e também um núcleo de resistência a qualquer pretensão de senhores das províncias de desgarrar-se da nau imensa ancorada no Atlântico desde o século XVI. Conseguiu convencer os demais membros da Câmara, de modo que Pedro pôde repetir nos meses seguintes: "Devo a José Bonifácio de Andrada e Silva a atual tranquilidade da província de São Paulo."

Quando Pais Leme chegou a Santos com a carta de frei Sampaio e o relato da indignação que haviam causado no Rio os novos decretos das Cortes, já estavam todos ali indignados. Os decretos tinham sido publicados na *Gazeta Extraordinária*, e a Câmara Municipal se antecipara aos cariocas na decisão de unir-se ao Rio de Janeiro e Minas Gerais no desafio a Lisboa. Pais Leme retornou da viagem três dias depois, tendo na algibeira a carta de Bonifácio a Pedro na qual o paulista dizia que seu povo recorreria às armas e à guerra, caso os decretos fossem cumpridos.

A carta de José Bonifácio foi entregue ao regente no primeiro dia do ano de 1822 por volta das vinte horas, minutos depois de Pais Leme descer do cavalo em São Cristóvão. O entusiasmo de Pedro com seu conteúdo foi partilhado com dona Leopoldina e comigo, chamados às pressas ao seu gabinete. Eram precisos os argumentos do velho paulista, que abria seu coração para o jovem que dois meses antes completara 23 anos: "Como ousam estes deputados portugueses, sem esperar pela chegada dos nossos, legislar sobre os interesses mais sagrados de cada província de um Reino inteiro? Como ousam desmembrá-lo em porções desatadas e isoladas sem lhe deixar um centro comum de força e união? Como querem despojar o Brasil do Desembargo do Paço, Mesa da Consciência e Ordens, Conselhos de Fazenda, Junta de Comércio, Casa de Suplicação? Para onde recorrerão os desgraçados em busca de justiça? Irão sofrer outra vez, como vis colonos, as delongas e trapaças dos tribunais de Lisboa? Este inaudito despotismo, este horroroso perjuro político, decerto não o merecia o bom e generoso Brasil. É impossível que os habitantes do Brasil que forem honrados e se prezarem de ser homens, e mormente os paulistas, possam jamais consentir em tais absurdos."

Terminava a carta com um apelo ao príncipe e uma estocada em seu orgulho: "Vossa Alteza Real deve ficar no Brasil quaisquer que sejam os projetos das Cortes. Se Vossa Alteza estiver, o que não é crível, pelo indecoroso projeto do dia 29 de setembro, além de perder para o mundo a dignidade de homem e príncipe, terá também que responder perante o céu do rio de sangue que decerto vai correr pelo Brasil com sua ausência."

O paulista acenava a Pedro com o risco de uma guerra civil que certamente viria se Pedro partisse, de modo que ficamos os três em silêncio após a leitura, mas completamente seduzidos pelo homem que transformava Pedro em fiador da paz e da unidade do país. Se ele partisse, seria a guerra e a divisão. Ao ver o efeito de suas palavras disse a mim mesmo: "*Touché!*", lembrando da fama de duelista do Andrada em Portugal, duelos de espada e pistolas com desafetos, por causa de amores e honra, segundo a lenda. Dona Leopoldina foi tomada de admiração pelo homem que pela segunda vez vinha em socorro de seu amado esposo, e, de minha parte, teríamos uma amizade duradoura que suportaria o tempo e as divergências entre ele e Pedro.

Concordamos com Pedro que a carta deveria ser conhecida por mais gente, e ele mandou chamar bem cedo no dia seguinte Antônio de Meneses Vasconcelos de Drummond, jovem e ativo liberal de Minas Gerais que se filiara ao Clube da Resistência e que havia participado da nossa reunião na cela do frei Sampaio. Mostrou-lhe a carta recomendando que fosse mostrada a várias pessoas, mas com discrição, sem que soubesse que vinha do palácio.

No instante seguinte, Drummond estava já na livraria de Manuel da Silva Porto, onde se reuniam os brasileiros, e dali várias cópias foram tiradas e espalhadas pela cidade, enquanto nós, na Real Biblioteca, cuidávamos de fazer mais cópias, e assim por diante, de modo que no final do dia e pelos que viriam, não se falaria de outra coisa.

Quando a carta de José Bonifácio chegou às mãos de Pedro, faltava apenas uma semana para ele receber oficialmente o pedido do Rio de Janeiro para ficar no Brasil. A carta era o apelo de São Paulo e como já se organizava uma comissão de paulistas para vir ao Rio oficialmente fazer o mesmo pedido, por muito tempo as duas províncias reivindicaram o mérito da ideia para si. De Minas Gerais ainda não chegara nenhuma resposta e não se sabia o motivo da demora. Pedro não podia esperar mais. Assim, no dia 9 de janeiro de 1822, partiu para a cerimônia no Real Theatro de São João, na qual receberia a petição assinada por 8 mil pessoas. De tudo mantinha informado ao pai em cartas que saíam quase todos os dias da Quinta da Boa Vista.

Na véspera, seus ministros correram aflitos até ele para pedir dispensa de comparecer à cerimônia; que ficasse bem claro para as Cortes de Lisboa que ele tomava sozinho a decisão. Mais atrevido, o general Jorge Avilez foi até ele ameaçar prender os "perturbadores da ordem" que o incitavam a desobedecer ao Soberano Congresso. Por um momento temi que Pedro o jogasse pela janela, mas, para surpresa minha, conteve a cólera e deu ao oficial resposta que ele não esperava. Com tranquilidade, respondeu que, por imposição da tropa, havia jurado ("e não apenas uma vez, general") a uma Constituição que garantia o direito a petições, não podendo desrespeitar a lei que a tropa lhe havia pedido para jurar: "Não concorda, general?" Avilez saiu dali humilhado, e, portanto, mais perigoso.

Na memória de algumas das testemunhas daquele dia histórico – o primeiro dos muitos que viriam a seguir – nunca tinha havido no Reino cerimônia mais bela. Não por causa do luxo, que nela não havia, mas pela solenidade do cortejo que, partindo da igreja do Rosário para o paço levava um manancial de expectativas e esperanças. Na cabeça dos participantes que seguiam atrás dos representantes do Senado da Câmara, era um tesouro precioso o que levavam ao príncipe: as páginas com as 8 mil assinaturas pedindo que ficasse no Brasil. Se aceitas, seria um pacto entre o regente e seu povo – sem hesitar, ele as aceitou das mãos de José Clemente Pereira.

O discurso do português Clemente Pereira foi num tom conciliador porque, vivendo há tanto tempo no Brasil, sabia que não se deve cutucar onça com vara curta. Conciliou também porque não convinha que o Soberano Congresso, altivo e prepotente, lá longe, desconfiasse do que passava pela sua cabeça e na de alguns líderes do movimento. Então, em seu discurso, aludiu ao terrível engano cometido pelos liberais portugueses ao exigir o retorno de Pedro e acenou com a ameaça que mais temiam: "Senhor. A saída de Vossa Alteza do Brasil será o fatal decreto que sancionará a independência deste Reino." E com outras catástrofes – risco de guerra civil, divisão do país em pedaços. Só poderia ser falta de informação das Cortes fazer pedido tão absurdo, concluiu

Pereira, e pediu que Pedro ficasse até o Soberano Congresso ser informado da verdadeira situação do Reino Unido.

Pedro respondeu que, por estar convencido de que sua presença no Brasil interessava à nação portuguesa e ao Brasil, ficaria. Em seguida, pronunciou a frase que ilustrou aquele dia especial e se tornaria famosa: "Como é para o bem de todos e a felicidade geral da nação, diga ao povo que fico."

Mais tarde, Pedro escreveu ao pai: "Da mesma janela onde estive para receber os vivas, disse ao povo: Agora só tenho a recomendar-vos união e tranquilidade." Também disse ao pai da sua alegria por descobrir que os brasileiros lhe tinham afeição – uma descoberta que afagava seu coração tão necessitado de afeto naquele momento. E o coração de Pedro, como acontece com todos os seres humanos, começou muito naturalmente a pender para quem o cativava.

Sua resposta a Clemente Pereira, reduzida a uma frase ("com é para o bem de todos e felicidade geral da nação, diga ao povo que fico"), repercutiu na cidade e nos quartéis, e fez levantar os batalhões sob comando do general Avilez espalhando desordem pelas ruas. Nada parecia capaz de segurar os portugueses irados que quebravam vidraças, luminárias, atacavam e insultavam os brasileiros em seu caminho – "essa cabrada leva-se a pau" – e ameaçavam embarcar o príncipe à força para Lisboa. Por sorte, o Batalhão de Caçadores, encarregado de guardar o Boa Vista, não aderiu ao golpe, o que deu tempo à tropa formada por brasileiros, minoria comparado aos portugueses em armas, tomar posição no Campo de Santana em defesa do regente.

E o que se viu a seguir aconteceu pela primeira vez no Reino. De repente, a cidade desceu para o Campo de Santana. Gente do Brasil, brancos, mulatos, negros, homens escravos e livres, negociantes, estudantes, soldados, vendedores de rua, todos armados de paus, pedras, do que puderam pegar no caminho, e que pediam armas de verdade ao regente para lutar por ele. Assustou-se o general Avilez vendo o que acontecia. Correu ao paço para informar que recolheria as tropas às casernas e encontrou Pedro rilhando os dentes: "Se as forças portuguesas me desobedecerem mais uma vez, ponho vocês barra afora." Dali saiu o general ainda mais perigoso.

Pedro suspeitava que seria preso se fosse ao teatro aquela noite. A informação veio do quartel durante o dia. Seria preso e sequestrado. Destituído do comando das Armas, Avilez reunira os oficiais de sua confiança para um plano ousado a ser posto em prática o mais rapidamente possível: como sabiam que Pedro estaria no teatro à noite, planejaram sequestrá-lo na saída do espetáculo e levá-lo com Leopoldina e os dois filhos para a fragata *União*, pronta para partir para Portugal.

De nada adiantou advertir Pedro de que não fosse ao teatro. Foi, mas antes tomou suas providências. Mal chegou ao São João com Leopoldina, recebeu mais informações do golpe que se tramava. Soares Meireles, cirurgião de um dos corpos da tropa no Rio, pediu, muito aflito, permissão para entrar em seu camarote. Informou que, durante uma discussão, o tenente-coronel português José Maria da Costa, bêbado, revelara o plano: "Seus patrícios não querem a Constituição; havemos de reduzi-los ao antigo cativeiro. E aquele (usou uma palavra injuriosa contra Pedro) havemos de levá-lo pelas orelhas. Só esperamos saber se ele estará no teatro. A tropa vai cercá-lo e vamos prendê-lo." E agora, estava o coronel com a tropa cercando o teatro, contido por oficiais brasileiros.

A agitação no camarote real atraiu a atenção da plateia, que já estava alvoroçada, com alguns se preparando para sair. Pedro levantou-se e disse em voz calma ao público: "Todos os amigos da paz e do Brasil devem permanecer em seus lugares. É certo que dois regimentos portugueses rebelados deixaram os quartéis em direção ao Castelo, mas já dei ordens aos comandos das guarnições para que protejam as casas e propriedades dos habitantes. Fiquem sossegados onde estão, de modo a não embaraçar o movimento das tropas precipitando-se pelas ruas antes de tomadas as providências necessárias para segurança do povo." Deu ordem para que prosseguisse o espetáculo e ficou até o final.

Então, na penumbra do camarote e em voz baixa, orientou Leopoldina para que, terminado o espetáculo apanhasse os filhos no Boa Vista e partisse com eles imediatamente para Santa Cruz, acompanhada de poucos serviçais e dando a impressão de que continuava em São Cristóvão. Assim fez a princesa. Apanhou os filhos no palácio e seguiu para Santa Cruz onde, bem longe dos tumultos, estariam protegidos por escravos e moradores da fazenda. Seria uma viagem sofrida pois dona Leopoldina, grávida de oito meses, tinha nos braços o pequeno Príncipe João Carlos, de nove meses, doente; as estradas estavam esburacadas por causa das chuvas e o calor era infernal. Mas, com eles em segurança, Pedro se sentia mais livre para agir. Também havia alertado uma fragata inglesa para a possibilidade de pedir asilo a bordo, caso as tropas portuguesas saíssem vitoriosas no confronto.

Mal partiu a carruagem com dona Leopoldina, Pedro montou em seu cavalo e seguiu com oficiais brasileiros rumo ao Jardim Botânico, para impedir que os paióis de pólvora e a fábrica de armas caíssem em mãos dos portugueses; dali trouxeram nove peças de artilharia para reforçar a defesa. Ao mesmo tempo, deu ordens a diferentes corpos de milícia para que impedissem os amotinados de continuar as arruaças pela cidade. Passou o resto da noite convocando às armas os que desejassem lutar ao seu lado, de modo que, ao amanhecer, juntando-se aos que haviam aderido a ele desde cedo, já tinha sob seu comando 8 mil soldados improvisados, gente de todas as cores, armada de paus e foices, alguns a cavalo ou com pistolas, outros que ajudavam trazendo capim e milho para os animais e água e refrescos para os soldados. Começava ali a se armar o Exército pela libertação do país.

As tropas portuguesas logo compreenderam que a situação havia se invertido. Evitaram o confronto. Avilez mandou dois emissários informarem que estavam se retirando para a Praia Grande, do outro lado da baía. O comércio abriu as portas, a cidade voltou ao normal e nós respiramos aliviados. Pedro avisou ao pai que a Divisão Auxiliadora estava a cada dia mais insubordinada e já havia preparado quatro navios para levá-la de volta a Portugal. Mas, se passaria um mês até que conseguisse livrar-se deles, o que manteve a cidade em alerta permanente, com temor de que as tropas invadissem a capital. Mesmo na expectativa de novas marotagens dos portugueses, Pedro continuou seu governo e preparou-se para nomear novo ministério formado só por brasileiros.

José Bonifácio ainda não sabia, mas seria o mais importante desses ministros. Não pretendia vir ao Rio com a delegação paulista que manifestaria seu apoio ao regente. Porém, na véspera da partida chegou a

São Paulo João Evangelista de Faria Lobato, seu colega na Universidade de Coimbra, com pedido de Pedro para que também fosse ao Rio, de modo que seguiu no lugar do irmão Martim Francisco com mais seis ou sete paulistas que pegaram em Santos um barco que chegou a Sepetiba em 17 de janeiro, uma semana depois do *Dia do Fico*.

Mais que qualquer outra pessoa, dona Leopoldina estava ansiosa pela chegada dos paulistas. Ainda em Santa Cruz, recebia todos os dias cartas de Pedro informando sobre o que se passava no Rio. Sabia o que estava em jogo. Começara a entender e admirar aquelas ideias estranhas do marido das quais falara em carta ao pai. Criada no absolutismo mais radical, sob os olhos do príncipe mais absoluto, Metternich, começava a se transformar numa princesa liberal.

A Fazenda de Santa Cruz ficava perto do porto de Sepetiba e para lá ela enviou cavalos para transporte dos paulistas, com recomendação de que passassem pela fazenda seguindo para o Rio, porque queria conversar com eles. Ansiosa, por duas vezes saiu a cavalo em direção ao porto acreditando que haviam chegado. Da segunda vez, teve sorte: haviam apanhado um carro de correio que chegara ao porto. Ficaram surpresos ao verem a princesa vindo em sua direção a cavalo, apesar da adiantada gravidez. Com a delicadeza que era parte da sua natureza, Leopoldina manifestou sua alegria por conhecê-los: "Gostaria que conhecessem também meus brasileirinhos, que são dois, com um terceiro a caminho". Depois, fez uma pausa e disse em voz emocionada a frase que eles nunca esqueceriam: "Eu os entrego aos vossos cuidados, honrados paulistas."

Então, os homens ainda presos ao encantamento daquela frase, Leopoldina afastou-se para conversar a sós com Bonifácio à sombra de árvore frondosa. Conversando em francês e alemão, ela explicou o que acontecera nos últimos dias, contou que ele seria convidado pelo marido para ministro e implorou que aceitasse o cargo. Bonifácio olhava encantado a jovem princesa que nele depositava tanta confiança. Leopoldina acrescentou que Pedro tinha pressa em vê-los e que fossem logo para o Rio, e retornou a Santa Cruz quase tranquila, não fosse a saúde de João Carlos, abalada desde a atribulada viagem uma semana antes.

Os paulistas chegaram ao Rio por volta das nove da noite e, ainda cansados, empoeirados, em roupas de viagem, foram ver o príncipe. Com um sorriso de quem não admite recusas, Pedro avisou a José Bonifácio que desde dois dias antes já o havia nomeado ministro do Reino e Estrangeiros. Bonifácio respondeu que lhe daria uma resposta depois de ter com ele uma conversa "de homem para homem". Achei curiosa a escolha da expressão porque, desde menino, Pedro pedia a toda gente que o tratasse "como homem e não como príncipe". Ninguém ficou sabendo o que disseram naquela conversa que selou para sempre entre o jovem de 23 anos e o homem maduro, de quase sessenta, uma amizade que resistiria até ao exílio a que Pedro condenaria José Bonifácio tempos depois.

Como Leopoldina, o sedutor Pedro também cativou os paulistas. Em carta a Martim Francisco, o marechal José Arouche de Toledo Rendon, que fazia parte do grupo, contou como transcorrera a conversa com José Bonifácio: "Seu irmão se afligiu protestando não aceitar, resistiu, oferecendo-se em servi-lo em tudo, mas não como ministro. Mas quem pode resistir a tanta bondade, a tanta virtude do Príncipe Real, que além de virtudes morais apresenta a mais bela figura de homem e as mais doces maneiras de tratar os outros homens?"

Apesar da conquista de Bonifácio para o ministério, foram angustiantes os dias seguintes, pois se agravou o estado de saúde do príncipe João Carlos. Desde a chegada em Santa Cruz, o menino estava sob cuidados dos melhores médicos, mas não reagia. Pedro transferiu o despacho para São Cristóvão, para ficar perto dele, e escreveu a José Bonifácio carta triste em 3 de fevereiro de 1822: "Meu querido filho está exalando o último suspiro e não durará uma hora. Nunca tive (e Deus permita que não tenha) outra ocasião igual a esta que foi dar-lhe o último beijo e deitar-lhe a derradeira benção paterna." João Carlos completaria um ano no mês seguinte. Para quem amava os filhos como Pedro, foi um duro golpe: "No meio da tristeza, cercado de horrores, vou, como é meu dever sagrado, participar a Vossa Majestade o golpe que a minha alma e meu coração dilacerado sofreu...", escreveu ele ao pai.

Havia um detalhe no drama que Leopoldina e Pedro viviam pela primeira vez, que revoltava os dois: a certeza de que a morte da criança se dera por causa da precipitada fuga para Santa Cruz. Sabiam ser de sua condição estes riscos de fuga: não fugira a família real para escapar dos franceses? Não passara pelos mesmos sustos a menina Leopoldina na Áustria ameaçada por Napoleão? Mas era diferente fugir com um filho nos braços e ver morrer esse filho. Era diferente, contudo, para Pedro, enfrentar uma rebelião e perder um filho por causa dessa revolta.

Leopoldina informou a Francisco I: "Meu pai e meu Senhor. Acho um dever um tanto custoso ao meu coração participar à Vossa Majestade a morte de meu muito amado filho, que depois de uma doença de dezesseis dias, expirou em um acidente de trinta horas." Para Maria Luísa e para a tia Maria Amélia, deu mais detalhes: "Por causa da guerra civil, fui obrigada, num dia de muito calor, a fugir com os dois filhos para Santa Cruz, que fica a doze léguas de distância. O pobre pequeno tinha uma constituição muito frágil, e apanhou uma espécie de inflamação do fígado que foi malcurada e morreu em quinze dias de sofrimentos contínuos e ataques epilépticos de 28 horas. Eu lhe asseguro, querida tia, que não tive em minha vida uma dor mais profunda."

A morte do filho deixou Pedro em fúria com as tropas portuguesas. Mais decidido ficou em expulsá-las do Brasil. E antes da missa de sétimo dia do pequeno príncipe enxotou os rebeldes para sempre. O pretexto foram os boatos de que se preparavam para atacar o Rio. Deu ordens para que embarcassem nos quatro navios à sua disposição e retornassem a Portugal. Como não se mexessem, foi a bordo do *União*, principal navio da frota e fez um ultimato ao general Jorge Avilez: "Embarque as tropas no dia 10 de fevereiro, caso contrário serão consideradas inimigas e partirão debaixo de fogo." Os comandantes portugueses vieram se explicar, e ele os interrompeu: "Já ordenei o embarque. Se não embarcarem amanhã, começo a fazer fogo." Estava de tal modo enfurecido que nenhum deles duvidou do que dizia. Às três e meia da tarde do dia seguinte, estavam embarcados – "mansos como cordeiros", escreveu ao pai – e o povo festejou a vitória do regente.

Um largo sorriso iluminou o rosto de Pedro um mês depois com o nascimento de Maria Januária, no dia 8 de março. Ele ajudou no parto, como se fosse um camponês: "Dou parte a Vossa Majestade que a princesa real, minha amada esposa, lhe começaram as dores às duas da noite; às três e meia chamou-me e às cinco da madrugada andando a passeio pela casa, agarrou-se-me ao pescoço e em pé mesmo deu a luz; e às cinco e meia já estava tudo acabado, com imensa felicidade tendo dado à luz uma menina." Amanhecia o dia quando, cansados, suados e esgotados, Leopoldina e Pedro se puseram a rir como duas crianças. Mereciam aquela alegria.

Na véspera do nascimento de Januária, chegou ao Brasil uma esquadra portuguesa comandada por Francisco Maximiliano de Sousa com 1,2 mil homens. Por ordem das Cortes, vinha render a Divisão Auxiliadora que tantos problemas criara ao regente. Mas ela já havia partido. Pedro não permitiu o desembarque, e a esquadra retornou desfalcada de novecentos homens, que escolheram entrar para o Exército do Brasil. Em carta ao pai, explicou que se permitisse o desembarque, o Brasil se separaria de Portugal imediatamente, e não era isso o que ele queria – não ainda.

Acho que começou por esta época a insinuar-se em sua alma um conflito que dividiria para sempre seu coração: Portugal onde nascera, ou o Brasil, onde passara a maior parte de sua vida? Nos anos que se sucederam, anos de divergências entre os dois Reinos, muitos o acusariam de não ser mais português, enquanto outros de não ter se tornado brasileiro. Os caminhos opostos seguidos pelos dois países não contribuíam para a paz de seu coração, e eu assistia a tudo sem interferir, ciente de que naquele coração havia espaço para as duas pátrias, como acontecia comigo, saudoso de meu Portugal, mas me sentindo brasileiro. Ou como o Conde de Arcos, conselheiro de Pedro acusado de destilar no seu coração a ideia de que deveria fundar no Brasil um grande império. Ou como José Bonifácio, cujo coração também se dividia entre o país onde nascera e aquele onde fizera sua vida. É assim o coração do homem, sempre dividido.

ÀS MARGENS DO IPIRANGA

Pouco depois dos fatos relatados, chegou de Minas Gerais um emissário dizendo que o regente não se fiasse no apoio dos mineiros, porque ainda havia em Vila Rica quem conspirasse contra ele. Pedro decidiu partir à conquista da província mais rica. Precisava de seu apoio. Sabia que a qualquer hora poderia haver um desembarque de tropas portuguesas para levá-lo à força para Portugal, de preferência puxado pelas orelhas, como convinha ao *rapazinho arrogante* que ousara desafiar o Soberano Congresso.

Quando abençoei a viagem de Pedro a Minas, na madrugada do dia 25 de março de 1822, não pude deixar de lembrar da sua infância. Montado em seu animal e acompanhado de um pequeno grupo de homens, ele me recordava a cena pintada nas paredes do quarto onde nascera: era um Dom Quixote à procura da aventura que sustenta os sonhos da juventude. Bem que eu sempre suspeitei que aquela pintura feita por Manuel Costello para agradar à mãe espanhola o tivesse marcado profundamente. Não eram moinhos de ventos o que o esperava no caminho, mas ele preferia agir como se fosse.

Da pequena comitiva faziam parte Estevão Ribeiro Resende, que se tornaria depois Marquês de Valença, Teixeira de Vasconcelos, José Resende Costa e o padre Belchior Pinheiro, parente de José Bonifácio, além de um guarda-roupa, um criado particular, um moço de estribaria e três soldados. Nada de pompa: preferia viajar como qualquer dos servidores, em meio a dificuldades que lhe davam a impressão de ser um homem como os outros. Dormiria a céu aberto, como os demais, numa esteira, com a canastra como travesseiro, enfrentando chuvas e lamaçais; comeria feijão e toucinho frito com farinha de mandioca, como qualquer tropeiro. Seria uma esplêndida aventura, das que mais lhe deram prazer na vida.

Pedro partiu tranquilo porque no Rio ficava José Bonifácio, que dava conta do governo às mil maravilhas: já havia recuperado para Pedro o que lhe tinham tirado; desde 21 de janeiro, nenhuma lei vinda de Portugal seria cumprida sem aquiescência do príncipe regente; e no dia 30, os governos provisórios voltaram a dever submissão a ele; um mês depois, ficava proibido o desembarque de tropas portuguesas no Brasil. Era preciso fazer rapidamente as alianças que dariam sustentação a Pedro, e seu ministro foi o primeiro a lhe aconselhar a partir para Minas, com uma advertência: "Não se fie Vossa Alteza Real em tudo o que lhe disserem os mineiros, pois passam no Brasil como os mais finos trapaceiros do Universo", disse José Bonifácio.

Ao entrar em terras de Minas, Pedro fez o que se exigia de qualquer cristão que pisasse naquelas terras: teceu com as próprias mãos uma cruz de caniço deixada à beira da estrada. A notícia de que atravessava a província em direção a Vila Rica chegava antes dele aos povoados e vilas, e o povo vinha à beira da estrada para ver o que nunca vira e arregalar os olhos diante do jovem coberto de poeira que lhes sorria ou fazia um aceno como se fosse o mais comum dos mortais. Era o príncipe, só podia ser aquele o príncipe, com tanta desenvoltura e garbo, e humilde, como diziam ser o pai.

Em cada cidade Pedro entrava acompanhado de um homem da sua comitiva, os demais ficando à sua espera na estrada. Assim exigia. Com o cavalo em trote lento, compassado, avançava pelas ruas desmontando qualquer ideia de que não fossem pacíficas suas intenções. Os moradores corriam a saudá-lo. Os da comitiva que haviam ficado para trás vinham, então, reunir-se a ele. Em Barbacena e São João del-Rei, as autoridades prepararam arcos do triunfo para a sua passagem, mas o que encantava o povo era sua simplicidade: rápido correu a notícia de que se divertia com tudo que riso causasse, comia o que lhe dessem e adorava cavalos: fora visto em cocheiras, descalço e em calças de chita, experimentando animais que lhe haviam sido oferecidos.

Ali recebeu carta queixosa de Leopoldina, aflita: "Bastava-me a separação, não era preciso de mais o desgosto de ser privada de notícias suas." Pedro mandou notícias e cavalos de presente. "Recebo sua carta de Barbacena que muito me alegrou; agradeço-lhe muito os cavalos que, tendo vindo de suas mãos, serão sempre caros e valiosos. Nós estamos boas, mas eu inconsolável de estar separada do senhor que amo ternamente, desejando muito sua breve volta; depois serei alegre e feliz", respondeu a esposa.

Em São João del-Rei, soube que o tenente-coronel José Maria Pinto Peixoto, à frente do Batalhão de Caçadores, impediria sua entrada em Vila Rica. Com os rumores, de Rio das Mortes e Sabará chegaram regimentos para protegê-lo. Ordenou que ficassem ali e partiu. Quando estava a três léguas da cidade, apresentaram-se dois membros do governo para lhe reafirmar sua fidelidade e confirmar que os rebeldes se preparavam para agir.

"Não tenha piedade de Pinto e Lopes, cabeça dos revoltosos", dissera José Bonifácio antes da partida. Mas não era o tal Pinto Lopes que tentava impedir sua entrada, mas o tenente-coronel do Batalhão de Caçadores, Pinto Peixoto. Pedro determinou sua prisão para que o boato chegasse a Vila Rica. Descobriria, depois, que o chefe era o juiz Cassiano Esperidião de Melo Matos Ao mesmo tempo, fez uma proclamação ao povo explicando que fora bem recebido por onde passara, mas, informado de que membros de pequeno partido tinham intenção de lhe negar reconhecimento da regência em Vila Rica, e não querendo usar a força contra eles, suspendia sua entrada e ficaria à espera de que seu direito fosse reconhecido.

Na manhã seguinte, apresentaram-se os membros do governo provisório, entre eles o tenente-coronel José Maria Pinto Peixoto. Pedro anulou a ordem de prisão contra ele, devolveu-lhe a espada e permitiu que fizesse parte da comitiva que, às seis da tarde, entrou em Vila Rica. Um carro de triunfo o esperava, mas preferiu seguir a pé, sob o pálio e aplausos.

No paço da cidade, Pedro pediu: "Briosos mineiros. Uni-vos comigo. Confio em vós, confiai em mim." Depois, determinou a prisão do juiz e licenciou seus aliados na junta de governo. Expediu ordem para que fossem soltos os presos políticos, requisitou relação dos presos comuns com detalhes sobre acusações contra eles, tempo de prisão, situação dos processos e mandou "sem perda de tempo soltar o pardo Miguel, escravo de Antônio Luís Pacheco, preso sem culpa formada". A pacificação terminou com festas: a cidade estava encantada com o jovem príncipe, e Pinto Peixoto, para sempre conquistado, tornou-se leal servidor de Pedro e encarregado de serviços de sua confiança.

O que contava conseguir em três meses, obtivera em três semanas. Mas não eram tranquilas as notícias do Rio. Na sua ausência, as tropas que haviam ficado no Reino fizeram novas arruaças que José Bonifácio conseguira dominar, mas era preciso que retornasse imediatamente. Foi o que fez, num galope de quatro dias e meio que deixou a todos da comitiva esgotados. Houve festa na sua chegada e ganhou justa fama de pacificador de Minas Gerais; a *Gazeta do Rio de Janeiro* chegou a afirmar que, como César, ele poderia dizer "Vim, vi e venci", enquanto os artistas franceses pintaram no teatro um quadro alegórico muito bonito, *A Entrada de dom Pedro em Vila Rica*.

Os meses seguintes foram divertidos para quem convivia com Pedro, pois as lojas da maçonaria, interessadas na emancipação do país, empenhavam-se na conquista do príncipe. Havia mais de século que os maçons participavam das lutas liberais no mundo, e a impressão que se tinha olhando ao redor era que todos os brasileiros naquele momento eram maçons ou *pedreiros livres*, como se definiam – gente abastada, do comércio, industriais, advogados, médicos, intelectuais que defendiam a independência do Brasil e até a República. Para chegar a Pedro, seduziram José Bonifácio, transformando-o em Grão-mestre do Grande Oriente – conversão duvidosa, pois José Bonifácio não se fiava nos maçons e nem os maçons nele.

Iniciado nos mistérios do Grande Oriente, Pedro foi batizado com o nome de Guatimozin, guerreiro asteca que havia enfrentado os espanhóis para libertar seu povo – o que mostra que os maçons em suas exóticas cerimônias não eram dados a sutilezas. José Bonifácio, temendo o domínio desse grupo sobre Pedro, criou sua própria loja maçônica, o Apostolado da Nobre Ordem dos Cavaleiros de Santa Cruz, e também atraiu Pedro, que ali recebeu nome de um guerreiro indígena do Brasil. Assim, ferveu a disputa entre o ministro e a maçonaria pelo domínio do jovem príncipe português, transformado por artes da política em guerreiro asteca ou tupi-guarani, dependendo de onde estivesse sendo cortejado.

Pedro se envolvia nos rituais e cerimônias maçons porque precisava do apoio de um grupo poderoso, organizado, unido, e também porque, no meio deles, era respeitado, ninguém lhe ditava ordens nem era ofendido como no Soberano Congresso de Lisboa, onde os liberais se referiam a ele como "desgraçado e miserável rapaz, mancebo vazio, arrebatado pelo amor das novidades". Ele respondia a essas provocações com artigos e manifestos nos quais condenava "a mesquinha política de Portugal, sempre acanhado em suas vistas, sempre faminto e tirânico". Numa das cartas ao pai, explicou que via o Brasil reunido em torno de si, pedindo liberdade e independência. Por isso ficara ali, pois seria indigno desprezar o apelo de súditos fieis e generosos que desprezavam os exemplos dos vizinhos, que haviam se transformado em repúblicas.

Estava para acontecer a qualquer momento o que nós todos já sabíamos que viria. E aconteceu durante sua viagem a São Paulo, para onde partiu com o mesmo propósito de pacificação que o levara a Minas, visto que os Andradas estavam em apuros por lá. Pedro estava em Minas quando Martim Francisco foi afastado da Junta Governativa por adversários dos Andradas. Veio para o Rio, onde Pedro o transformou em ministro da Fazenda. Era preciso aparar as arestas, acabar com as divergências entre seus aliados na primeira província a lhe dar apoio.

Partiram com ele para São Paulo em 14 de agosto Luís Saldanha da Gama, que depois viria a ser Marquês de Taubaté, o secretário particular Francisco Gomes da Silva, conhecido como Chalaça, o tenente Francisco de Castro Canto e Melo, que teria na viagem um papel de cupido, o tenente-coronel Joaquim Aranha Barreto de Carvalho, o padre Belchior Pinheiro de Oliveira, e dois de seus criados, João Carvalho e João Carlota. No meio do caminho, à medida que a comitiva parava para repouso em fazendas ou vilas, um número sempre maior de homens se ofereciam para a Guarda de Honra que, dez dias depois, no dia 24 de agosto, chegou a São Paulo bem-numerosa. E, pelo caminho, Pedro fez suas proezas: atravessou o rio Paraíba a cavalo e, chegando encharcado do outro lado, perguntou aos homens quem teria sua estatura e medidas. Apresentou-se Adriano Gomes Vieira de Almeida, que com ele trocou de calções, honrado por servi-lo, e para sempre conhecido por seu gesto gentil.

A viagem a São Paulo seria bem-sucedida como a de Minas Gerais, com uma sucessão de homenagens em palácios, teatros, praças públicas, casas de família, e só diferiu da primeira por dois fatos que a tornaram mais marcante na vida de Pedro. O primeiro deles aconteceu mal ele pisou ali.

Pedro chegou no dia 24 e, no dia 29, estava numa cama nos braços de dona Domitila de Castro Canto e Melo, irmã do tenente Canto e Melo, que com ele viera do Rio. Seis anos depois, recordaria numa carta: "O dia 29 deste mês, em que começaram nossas desgraças e desgostos em consequência de nos ajuntarmos pela primeira vez, então tão contentes, hoje saudosos."

Domitila era filha do coronel do Exército João de Castro e Melo, açoriano, que se dizia amigo de dom João VI, homem de família numerosa para servir ao Reino: quatro homens a serviço do Exército e quatro filhas, das quais as irmãs Domitila e Benedita seriam amantes de Pedro. Domitila seria a maior das paixões, veneno inoculado para sempre em suas veias, feiticeira que por setes anos o manterá dominado; uma Maintenont ou Margot, como se referiu a ela quem mais sofreu por sua culpa, dona Leopoldina, comparando-a a amantes famosas de reis franceses.

Sobre o modo como se conheceram existiam várias versões. Numa delas, teriam sido apresentados pelo irmão da Domitila; uma outra atribuía o encontro à casualidade – passeava Domitila pela cidade carregada em cadeirinha por dois negros quando, encantado por sua beleza, Pedro tomou o lugar dos escravos com um amigo, dizendo: "Negrinho como este a senhora nunca terá." Mas a versão divulgada por diplomatas em seus relatórios para a Europa a apresentava na fila do beija-mão para pedir ajuda do regente para drama que estava vivendo: seu marido, Felício Pinto Coelho a acusara de adultério com dom Francisco de Assis Lorena, tentara matá-la a punhaladas e entrara na Justiça pedindo a guarda dos três filhos. Domitila pediu ao príncipe que se interessasse por seu destino, o que ele fez sem mais demora.

O outro fato marcante da viagem é bem mais conhecido: foi em São Paulo que Pedro separou o Brasil de Portugal, às margens do Ipiranga, como era chamado o riacho que se tornou famoso. Estava reconfortado há vários dias nos braços de Domitila, quando decidiu viajar para Santos em 5 de setembro, a convite da família Andrada e para conhecer uma fábrica de munição. A cidade era também terra de Domitila, que mais tarde viria a ser Marquesa de Santos, mas ela ficou em São Paulo. Dali retornou ele no dia 7 e foi surpreendido no caminho por Paulo Emílio Bregaro e seu ajudante, Antônio Ramos Cordeiro, emissários vindos do Rio. Apaixonado por animais, Pedro percebeu logo que o cavalo montado por Bregaro estava esgotado. A razão era esta: "Se não arrebentar uma dúzia de cavalos no caminho, nunca mais será correio", dissera José Bonifácio ao jovem, o que significava que era grave sua missão.

Os emissários tinham em mãos uma mala de couro com correspondência enviada por José Bonifácio e dona Leopoldina. Quando encontrou a comitiva, estavam os homens e animais à beira do riacho por questão prosaica: haviam comido alguma coisa em Santos que os fizera ter uma disenteria. Por mais curioso que seja este detalhe, considerando as notícias que iam receber e o que se passou a seguir, não conseguiu ofuscar para mim, a decisão tomada por Pedro depois de ler o que lhe trazia o oficial.

Pedro abriu a mala de couro, tirou os papéis, escolheu os de Lisboa e ficou sabendo que as Cortes o haviam rebaixado de príncipe regente a delegado no Brasil e apenas nas províncias onde exercesse autoridade, pois as demais ficariam subordinadas a Lisboa, que seria agora a sede do governo do Brasil e onde seriam nomeados os ministros do Reino; os que fossem contrários a essas ordens da corte seriam detidos e processados.

Havia duas cartas de Leopoldina, que ficara no Rio como regente. Na primeira, de 28 de agosto, ela informava que havia recebido carta dele de Taubaté, desculpava-se por ter ralhado pela falta de notícias e se referia à notícia de que chegariam três navios para buscá-lo no Rio e que tropas de Lisboa haviam entrado na Bahia: "Muito lhe agradeço a amizade que me prova, sem falar das muitas saudades suas que tenho, pedindo-lhe que não fique ausente mais que um mês." Mas a segunda carta, do dia 29 de agosto, escrita depois de chegarem ao Rio os novos decretos das Cortes, era alarmante: "Meu querido e muito amado esposo! Mando-lhe o Paulo; e preciso que volte com a maior brevidade. Não é amor que me faz desejar mais que nunca sua presença, mas sim as críticas circunstâncias em que se acha o amado Brasil; só sua presença, muita energia e rigor pode salvá-lo da ruína".

A imperatriz esmiuçava as notícias de Lisboa: quatorze batalhões iriam embarcar com destino ao Brasil, enquanto os deputados lisboetas usavam expressões indignas contra Pedro; na Bahia haviam entrado seiscentos homens em duas ou três embarcações e no Rio estas notícias estavam produzindo alvoroço. A carta de José Bonifácio relatava os mesmos fatos, mas nela havia um apelo arrojado: "Senhor, o dado está lançado e de Portugal não temos a esperar senão escravidão e horrores. Venha o quanto antes e decida-se, porque irresoluções e medidas d'água morna, à vista deste contrário que não nos poupa, para nada servem, e um momento perdido é uma desgraça."

Leopoldina e Bonifácio talvez tenham imaginado que, sob impacto do conteúdo das cartas que lhes enviara, Pedro retornaria imediatamente ao Rio para ali tomar uma decisão. Não levaram em consideração o seu temperamento impaciente, nervoso. Chalaça me contou que Pedro tremia de raiva quando terminou a leitura. Amarrotou os decretos, jogou-os ao chão, pisou sobre eles, em seguida ficou em silêncio. Também silenciosos à espera de sua reação ficaram todos ao redor, de modo que se podia ouvir o rumor da água mansa do Ipiranga a descer seu rumo. Então, e ao recordar aquele momento, Chalaça ficava emocionado. Pedro caminhou em direção à Guarda de Honra, seguido pelos demais que não sabiam o que fazer, arrancou do chapéu o laço português azul e branco e gritou: "Laços fora, soldados! Viva a independência, a liberdade, a separação do Brasil." Desembainhou a espada e disse: "Pelo meu sangue, pela minha honra, pelo meu Deus, juro fazer a liberdade do Brasil."

O Brasil estava independente, mas os homens ao redor custaram um segundo para entender o que se passava. O que havia feito o príncipe? Havia libertado o Brasil do jugo português? De repente, deram-se conta do acontecido. Repetiram o juramento de Pedro e houve risos, choro e abraços dos que ali haviam sido reunidos pelo destino para testemunhas do momento histórico. Em estado de euforia, montaram em seus animais e partiram para São Paulo. Mas antes, Pedro, também montado em seu animal, que não era um cavalo puro-sangue, mas uma besta de montaria que aguentava melhor as viagens, gritou, para alegria da comitiva: "Brasileiros, a nossa divisa de hoje em diante será – Independência ou Morte!" E partiu com todos, muitos contentes, e só um artista da Missão Francesa imaginando sua pintura para a cena, lamentaria que não estivesse montado num de seus belos cavalos naquele histórico momento.

O que se passou às margens do Ipiranga correu o mundo. O mais agitado era Pedro, perfeitamente consciente do que fizera, tanto que, ao chegar ao Palácio dos Governadores em São Paulo, pediu papel e molde para cunhar em ouro a legenda "Independência ou Morte"; e ainda teve tempo, acreditem vocês, de compor um Hino da Independência que apresentou à noite, na Casa da Ópera, num espetáculo preparado às pressas para comemorar o feito. O refrão do hino era: "Por vós, pela pátria, o sangue daremos; por glória teremos, vencer ou morrer."

Se o leitor atento objetar que ninguém compõe um hino em tão pouco tempo, e que aquele poderia ter sido composto com antecedência, o que seria prova de que Pedro só esperava o momento justo para fazer a coisa, eu direi apenas que, em se tratando de Pedro, tudo era possível. O certo é que no final da noite, todos no teatro – cenário recorrente em mais um grande momento da história do príncipe – gritava "Independência ou Morte!", enquanto em Lisboa o Soberano Congresso dormia tranquilo sem imaginar a rasteira que lhe havia passado o rapazinho.

Descobri por aqueles dias que os Bragança, que eu acompanhava há quase vinte anos, estavam fadados a inaugurar na história da monarquia capítulos que eu não sabia se atribuía a sua alma portuguesa ou à loucura em seu sangue – ou será que as duas coisas não estariam ligadas? Fora uma corte dos Bragança a primeira e única a atravessar o oceano em busca de salvação numa Colônia no Novo Mundo; e agora, um príncipe Bragança, de quem eu me orgulhava de ter sido preceptor, ia muito além do que poderíamos imaginar, ao decretar a independência da mesma Colônia. Não pude deixar de rir ao imaginar o que pensariam daqueles loucos portugueses as demais Cortes europeias.

VIVA O IMPERADOR

A notícia do que acontecera às margens do Ipiranga chegou ao Rio antes de Pedro, trazida por Paulo Bregaro, que de lá retornou na mesma pressa, e por quem de lá vinha, de modo que a cidade estava em festa há uns dias, correndo todos para saudar os heróis do dia quando Pedro e sua comitiva surgiram na estrada do Sul. Pedro entrou na cidade uma semana depois de tornar o Brasil independente, e me pareceu radiante quando pisou o palácio cercado por todos nós. Ao entrar, resumiu em frase curta o acontecido – "Está feito!" – e cobriu a esposa e filhos de afeto, abraçou os amigos e, à noite, fomos todos ao Real Theatro de São João comemorar o aniversário da Revolução do Porto, como se já não houvesse mais um oceano a nos separar de Portugal.

Pedro exibia um laço verde com a divisa "Independência ou Morte" em metal dourado, enquanto dona Leopoldina tinha um lenço verde, e ambos foram muito aplaudidos no teatro e pela multidão à saída. Começava ali um longo período de paixão do povo pelos dois, que duraria para Leopoldina até a sua morte, e, para Pedro, até que se perdesse nas suas paixões. Com gesto generoso próprio de sua alma e também de governantes que querem pacificar seu país, imediatamente decretou anistia para presos políticos – e teve sua primeira desavença com José Bonifácio.

Para o Andrada a anistia significava perdão para os adversários que haviam expulsado Martin Francisco do governo paulista. Pediu demissão. Pedro desistiu da anistia para não perder seu melhor ministro, e deu-se conta de que, para governar, teria de contornar em cada província divergências entre adversários políticos; e para conservar Bonifácio junto a si, teria também de administrar sua própria vaidade – não gostava que pensassem que o paulista o dominava – e a facilidade que José Bonifácio tinha para fazer inimigos – a qual seria a causa da sua desgraça um ano depois.

Havia uma questão que escapava completamente a todos nós naquele momento: como fazer um governo liberal se ninguém ali tinha vivido num ou tinha ideia de como se fazia um. Portugal era a prova de que uma revolução liberal podia perder-se no caminho, enquanto a Revolução Francesa nos havia ensinado que quando o mundo vira de cabeça para baixo, as pessoas têm dificuldade em manter o equilíbrio.

Isso não seria diferente no Brasil, onde os métodos dos liberais, entre eles, Pedro e Bonifácio, nem sempre combinariam com seu discurso. Foi como interpretei a perseguição aos maçons e incidentes com jornalistas naquele período. Achei que o tempo mostraria quem tinha razão – Pedro e Bonifácio ou seus adversários – e deixo a critério dos leitores julgarem o que lhes conto.

Nas perseguições aos maçons, foi nítida a influência de Bonifácio sobre Pedro, que preferia continuar como Grão-mestre Guatimozin a se indispor com eles. O ministro achava que os maçons viam a governo de Pedro como uma transição para uma república, e pouco se importavam se o Brasil fosse dividido, como seus vizinhos, em diversas delas. Queria o Brasil unido, sem perder uma só província e repetia o mesmo discurso todo dia, nas reuniões do ministério, à mesa de um banquete e em conversas com os amigos: "Olhem nossa desgraçada América! Há quatorze anos se dilaceram nossos vizinhos. E o que vimos na Europa todas as vezes que homens alucinados por teorias metafísicas e sem conhecimento da natureza humana tentaram criar poderes impossíveis de sustentar? Vimos os horrores da França, que só terminaram quando um Bourbon, que os franceses tinham expulsado do trono, trouxe-lhes paz e concórdia."

Mas foram os maçons, e não Bonifácio ou Pedro, a pôr fogo no pavio ao ressuscitarem a ideia de que Pedro, durante sua aclamação como imperador, marcada para dias depois da independência, deveria jurar a Constituição que ainda seria escrita. De início, Pedro concordou; já havia jurado tantas, mais uma não seria problema – "juro quantas constituições vocês quiserem", disse ele. Porém, José Bonifácio o convenceu a não jurar coisa alguma. E os maçons nada puderam decidir, pois baderneiros, vindos não se sabe de onde, tumultuaram a reunião convocada por eles para tratar do assunto. Baderneiros a serviço de Bonifácio, já que Pedro havia preferido tratar o assunto a seu modo: chamou em seu gabinete os jornalistas Joaquim Gonçalves Ledo e Clemente Pereira, ferrenhos adversários de Bonifácio, e ameaçou prendê-los nas fortalezas da cidade se insistissem no juramento. "Eu te enterro vivo", teria dito a Ledo, que caiu de joelhos aos seus pés pedindo misericórdia. Pelo menos foi isso que me contou o Barão de Mareschal, acrescentando que a história lhe parecia verdadeira, e eu me recolhi à minha cela com uma preocupação a mais: como orientar Guatimozin a se tornar um verdadeiro liberal?

Os maçons desistiram de incluir o juramento na cerimônia da aclamação, porém, o que mais agradou a Pedro foi o reconhecimento pela Câmara da sua legitimidade como imperador, não apenas como herdeiro da Coroa, mas também como um desejo dos brasileiros "devido à sua heroica resolução de ficar no Brasil e declarar sua independência, em conformidade com a opinião deste Reino". O texto foi lido de janela do paço para o povo, que gritou alto, com entusiasmo: "Aprovamos tudo. Viva dom Pedro, Imperador Constitucional do Brasil e seu defensor perpétuo."

O dia da aclamação, 12 de outubro, aniversário de Pedro, amanheceu com salvas das fortalezas e navios a ecoar com tamanha fúria que tínhamos a impressão no Convento de Santo Antônio de estarmos sofrendo nosso primeiro terremoto. A cerimônia seria no Campo de Santana, que surpreendia os estrangeiros por suas dimensões – nas linhas que formavam o retângulo podiam ser perfilados 8 mil soldados. Por volta das nove horas lá estava o brigadeiro José Maria Pinto Peixoto – aquele que desafiara Pedro em Vila Rica e depois se tornara seu leal servidor – com dois corpos de soldados guardando a praça ocupada pela multidão, na qual se destacavam as mulheres com roupas em verde e amarelo. Um palacete havia sido construído no centro para a cerimônia e, diante dele, uma guarda de honra da Infantaria esperava Pedro. O tempo estava fechado, choveu e o jornal *O espelho* disso se aproveitou para resumir a afeição do povo por seu governante: "As muitas águas não poderão apagar o meu amor."

Pedro partiu do Paço de São Cristóvão às dez horas, com dona Leopoldina e Maria da Glória, então com três anos. Completava 24 anos naquele dia e ia ser aclamado imperador do Brasil. O cortejo foi aberto por uma guarda de honra de paulistas e fluminenses, seguida de exploradores, oito batedores, três moços de estribeira – um índio, um mulato e um negro – e, atrás deles, o coche puxado por oito cavalos com o imperador e a família, ladeado pela guarda de honra, vindo atrás os carros com autoridades. Diante do povo, na varanda do palacete central, Pedro ouviu longo discurso de José Clemente Pereira, respondeu que aceitava o título de Imperador constitucional e defensor perpétuo do Brasil, e chorou.

Pedro chorou diante do povo que o saudava com "o gesto português de agitar o lenço", registrou Debret em seu caderno de desenhos. Choramos todos. Lágrimas escorriam em nossos rostos sem que fizéssemos esforço para detê-las; de repente, uma chuva fina começou a cair lavando nossa alma e confundindo tudo. Com os olhos azuis marejados, a imperatriz olhava o marido com mais ternura que nunca, e ele chorava ainda enquanto 101 tiros da salva imperial, mais três cargas da infantaria, não conseguiam abafar os gritos da multidão: "Viva o Senhor dom Pedro I, viva a augusta Imperatriz, viva a Independência, viva a dinastia dos Braganças, viva a Assembleia Constituinte. Viva tudo, que nossa alegria é imensa e parece não ter fim", dizia-nos o povo. "Morramos de júbilo", resumiu um jornal.

Dali Pedro seguiu a pé para a capela imperial, e a cada passo aumentava o número dos que o seguiam. Chegando à capela, rezou, beijou o Santo Lenho, pediu proteção aos céus e seguiu para o paço, para o beija-mão. À noite, foi ao teatro, que sempre seria o complemento de sua alegria, alívio de suas aflições, para assistir ao drama *Independência da Escócia*, ouvir uma cantata de Troncarelli e apresentar o novo Hino da Independência, "Brava gente brasileira", música dele com letra de Evaristo da Veiga com o refrão que toda a cidade cantava: "Brava gente brasileira!/ Longe vá... temor servil:/ Ou ficar a pátria livre/ Ou morrer pelo

Brasil", que seria sua mais bela composição. A festa continuou no dia seguinte, com missa solene rezada por frei Francisco de Sampaio, aquele que nos havia reunido em sua cela no convento de Santo Antônio para organizar a resistência às Cortes, e que, fitando Pedro com um sorriso, terminou o seu sermão com uma citação do livro III dos Reis: "E faça o seu trono mais sublime do que o do rei Davi."

Ainda sobre o hino citado acima, que os republicanos atribuiriam apenas a Evaristo, apesar de este só ter feito a letra, vale a pena contar esta anedota. Por causa do hino, Maria Genoveva, então velhinha, quase morreu de vergonha diante de uma reação de Pedro que demonstrava que fora vão seu esforço para garantir torná-lo um homem educado, pois nem sempre ele o era. O caso aconteceu quando, dias depois da aclamação, veio ao palácio João Pedro da Veiga, irmão de Evaristo, presentear o imperador com seis exemplares dos doze que mandara imprimir com letra e música do hino: "Para quem são os demais?", perguntou Pedro, satisfeito com o presente. "Para a imperatriz", respondeu Veiga, esperando dele um agradecimento. "E para que ela quer isso? Dá-me mais quatro", respondeu Pedro, tirando-os das mãos do homem.

♛ ♛ ♛

A coroação foi marcada para o primeiro dia de dezembro. Entre uma cerimônia e outra, Pedro libertou presos comuns, menos os acusados de homicídios, falsificação de moedas, envenenamento, abusos sexuais de mulheres e invasão de mosteiros de freiras com fins desonestos. Começava o Império do Brasil com harmonia entre o governante e seu povo, uma nuvem de felicidade que esconderia por um tempo a desarmonia entre os homens no poder.

Uma imprensa livre era coisa nova, mas previsível desde que o Conde da Barca trouxera, em 1808, no porão de um dos navios, a máquina tipográfica que não tivera tempo de usar em Portugal, e que daria início à Impressão Régia para divulgar atos do rei no Brasil. E a máquina abriu caminho para outras iguais que, com a prosperidade do novo Reino, a Revolução Liberal do Porto e a ânsia pela independência criaram condições para o aparecimento de jornais em quantidade nunca vista antes. Mas Bonifácio, Pedro e alguns jornalistas teriam dificuldade em lidar com a imprensa livre, coisa nova que confundia suas cabeças sempre em dúvida entre o que seria permitido ou não num governo constitucional.

O primeiro episódio a demonstrar quão difícil era exercer essa nova liberdade num Reino que até a pouco tempo nem imprensa tinha, aconteceu com o jornalista português Soares Lisboa que, em artigo no *Correio do Rio de Janeiro*, elogiou o imperador como democrata por ter, nos dias seguintes à aclamação, passeado a pé pela cidade com dona Leopoldina em contato com o povo; concluiu seu elogio com frase que lhe teria dito o imperador e que Pedro jurava nunca ter pronunciado: "Se um dia o povo brasileiro quiser ser republicano, não achará em mim oposição."

Soares Lisboa e José Bonifácio não se bicavam, de modo que esse concluiu que o jornalista havia usado o imperador para fazer indevida propaganda da República. Não era a primeira vez que Soares Lisboa se arriscava no nebuloso caminho do que era permitido, mas desta vez o céu desabou sobre ele: seu jornal foi proibido de circular e ele foi informado de que teria sete dias para deixar Brasil. Quando Pedro, diante dos protestos, quis voltar atrás, José Bonifácio e Martin Francisco pediram demissão pela segunda vez, no dia 27 de outubro.

Para convencê-los a voltar, Pedro teve de usar de artimanha e paciência: acompanhado de dona Leopoldina, passou a visitar quase todos os dias os Andradas, indo a cavalo ou em carruagem para o Caminho Velho de Botafogo, bairro bucólico onde Dona Carlota Joaquina tivera uma vivenda e onde agora eles moravam numa casa de campo vizinha à do Barão de Mareschal. Também pedia aos amigos dos Andradas que os convencessem a ficar. Num dia em que ele e dona Leopoldina seguiam para mais uma visita, encontraram perto do outeiro da Glória a carruagem que vinha com os Andradas e amigos. José Bonifácio desceu do carro, Pedro do cavalo, os dois se abraçaram, beijaram-se, e Pedro disse em voz alta: "Eu não disse que o povo não te deixaria partir?"

José Bonifácio ficou, decretando imediatamente a prisão e deportações de maçons suspeitos de tramarem um golpe republicano: Gonçalves Ledo, José Clemente Pereira, Cônego Januário da Cunha Barbosa e o ex-ministro Pereira da Nóbrega. Ledo fugiu para Buenos Aires; os três outros foram presos na Fortaleza de Santa Cruz e deportados para a França. Todos eles haviam participado da resistência que levara ao *Dia do Fico* e à libertação. Agora, eram punidos. Era um quadro confuso para os que estavam ao redor e não entendiam nada do que estava acontecendo. Mas eram tempos curiosos aqueles que vivíamos, e também curioso o governante, visto que os punidos logo estariam de volta, perdoados, novamente amigos de Pedro e até transformados em ministros.

Depois de apagar o foco suspeito de tramar uma república nas suas barbas, Bonifácio criou a Marinha de Guerra, contratou oficiais estrangeiros para reforçar as tropas, sequestrou mercadorias, prédios e embarcações de portugueses, elevou para 24% o imposto sobre mercadorias lusas e, fiel a seus princípios contra a escravidão, mandou contratar agricultores ingleses para trabalhar no campo na primeira tentativa de substituir a mão de obra escrava por braços livres.

Ao mesmo tempo, o ministro cuidava, com ajuda do capelão-mor dom José de Caetano, do Barão de Santo Amaro e de minha modesta contribuição, da cerimônia da coroação, marcada para 1º de dezembro. Escolhidos para formar a comissão encarregada da cerimônia, logo descobrimos que éramos ignorantes no assunto: a coroação de dom João VI em 1818 não podia nos servir de modelo, visto que o novo império acabara de se libertar de Portugal, e nada sabíamos de outras que pudessem nos servir. Só nos restou, com ajuda de diplomatas amigos, apanhar de monarquias europeias o que nos convinha, e acrescentar coisas de nossa própria criação.

Na véspera da coroação, Pedro e José Bonifácio foram às escondidas ao teatro ver o novo pano de boca que Debret pintava havia quinze dias para substituir o de dom João VI. Dali saíram satisfeitos: nele, uma linda mulher sentada num trono de mármore representava o Império, tendo ao fundo uma floresta e, ao redor, índios, negros, brancos, mulatos e grupos de paulistas e mineiros que lhe juram fidelidade. Bonifácio já viera, dias antes, ver a obra e chamara Debret a um canto, perguntando se não seria possível substituir as palmeiras por uma arquitetura regular, a fim de não dar uma ideia de estado selvagem.

Assim, às nove e meia da manhã do dia marcado, saiu Pedro da Quinta da Boa Vista acompanhado da imperatriz, precedido de belo e imenso cortejo formado por alas de arqueiros, músicos, tocadores de timbales e charamelas, pessoas graduadas da corte, o rei das Armas, o arauto, procuradores das províncias e fidalgos carregando as insígnias imperiais – bastão, luvas, manto, cetro e coroa. Debaixo do pálio, fardado da cabeça aos pés, com botas e esporas de prata, Pedro era precedido do Conde de Palma, mordomo-mor, seguido por Bonifácio, nobres e fidalgos.

Diante do altar, depois de jurar o Evangelho e de ser ungido pelo bispo no braço direito, peito e espáduas, vestiu o manto de veludo verde com forro amarelo semeado de estrelas e bordado em ouro, e a murça de penas de pato e tucanos; pouco antes de terminar a missa, desceu do trono para, ajoelhado, receber a espada. Fez com ela vários movimentos, como se a estivesse limpando no braço esquerdo, para depois novamente embainhá-la e tornar a se ajoelhar. Então, veio a coroa, desenhada pelo ourives da rua do Ouvidor, no Rio, Inácio Luís da Costa, tirada do altar pelos celebrantes e colocada em sua cabeça – não a colocou ele mesmo, como Napoleão, porque era filho e neto de reis. Recebido o cetro, voltou ao trono para o *Te Deum*.

A imperatriz, na tribuna da corte, em frente ao altar, usava um vestido de saia verde e manto de cauda amarela, e tinha Maria da Glória ao seu lado. Debret imortalizou a cena num quadro no qual Pedro aparece sentado no trono tendo ao redor os que presenciaram o solene momento e, para quem quiser saber como eu era, lá estou escondido no canto esquerdo, magro e comprido, atrás de José Bonifácio.

O DIABO INGLÊS E OUTROS DIABOS

O ano de 1823 começou com intensa atividade do imperador que, preocupado com as notícias vindas de Lisboa de que tropas portuguesas estavam se preparando para invadir o Brasil, ia ao porto todos os dias, pouco depois das seis horas da manhã, apressar a construção dos navios, verificar suas provisões, os tanques de água, balançar-se nas cordas do convés a ver se estavam firmes, para que tudo estivesse a postos caso houvesse um ataque surpresa. A situação era de muito risco, pois províncias do Norte e Nordeste do Brasil continuavam em poder dos portugueses. Foi então que José Bonifácio teve a ideia de chamar *El Diablo* para ajudar a causa brasileira.

Na verdade, o ministro se referia a lorde Thomas Cochrane, comandante britânico pertencente a uma linhagem aristocrática escocesa que havia recebido esse apelido no Pacífico ao transformar num inferno a vida dos espanhóis durante as lutas pela independência do Chile e Peru. Contudo, é preciso que se diga, antes que dele pensem mal, que o *diabo*, nesse caso, era homem devoto e temente a Deus, batizado na capela do condado da família em Annsfield, South Lanarkshire. Até receber o novo apelido, era conhecido como *le Loup de mer*, nome dado pelos franceses surpreendidos com sua atuação nas batalhas navais contra Napoleão. A serviço da Marinha Real Britânica desde 1793, havia lutado nas guerras recentes de seu país, participando, em 1809, das operações que destruíram parte da esquadra francesa em Rochefort.

Apesar de sua reputação como comandante, ele acabou vindo para a América como forma de distanciar seu envolvimento em caso de grande repercussão: em 1814, foi afastado da Marinha, acusado de ter divulgado falsa notícia da morte de Napoleão para especular na bolsa. Cochrane, que também era deputado, foi expulso do Parlamento, da Marinha, da Ordem do Banho, preso e condenado ao pelourinho, só não sendo executado graças a seu prestígio político e aos serviços prestados ao Império. Foi então que, em 1817, ofereceu seus serviços ao Chile e ao Peru.

A bordo do *Coronel Allen*, o Diabo entrou em águas da baía do Rio de Janeiro no dia 13 de março de 1823, seis meses depois da independência, com a missão de expulsar tropas portuguesas que resistiam na Bahia, Maranhão e Pará. No dia seguinte, foi levado pelo imperador para inspecionar a pequena esquadra que o governo havia conseguido construir com muito esforço.

Ao terminar a visita, ficou impressionado com o modo como Pedro se relacionava com o povo, o que não devia ser comum entre reis ingleses. Disse a Maria Graham, que era sua amiga e logo entrará nesta história, que ao desembarcarem os dois no cais, depois de inspecionar os navios, centenas de pessoas de todas as idades e cores, "se apinharam em torno de Sua Majestade para lhe beijar a mão. A esta cerimônia o imperador se sujeitou no melhor humor possível e com a maior afabilidade, não se perturbando a sua serenidade nem ainda por familiaridades tais como eu nunca vira praticar antes para com rei ou imperador".

Estava, portanto, o Diabo assombrado diante de um rei que permitia aos súditos familiaridades como ele jamais vira, que lhes dava atenção, conversava com eles, ouvia suas queixas. Que mundo era este? Cochrane disfarçou sua surpresa ou desgosto e fez ao imperador um resumo da pequena armada que acabara de ver. Eram poucas as embarcações da recém-criada Marinha de Guerra do Brasil. Gostara da adaptação feita na *Pedro I*, achou deficiências na *Maria da Glória*, elogiou a fragata *Ipiranga*, mas ficara mal-impressionado com as tripulações. Por sorte, havia trazido do Chile oficiais e marujos ingleses e americanos a seu serviço, além de contratar no Rio mais alguns estrangeiros experientes com seu próprio dinheiro.

Claro que Cochrane não fazia a guerra apenas pelo prazer de dar liberdade aos oprimidos, mas porque lucrava com ela. Difícil foi a negociação com José Bonifácio e o ministro da Marinha que, por causa da pobreza do Tesouro, tentaram regatear com o inglês os altos soldos, a questão das presas – por costume da época, os almirantes de qualquer nacionalidade tinham direito a parte das riquezas dos navios apresados. Acordado tudo – Cochrane receberia o soldo que desejava, as presas exigidas e o título de Primeiro Almirante porque não queria obedecer aos dois únicos existentes. O Diabo partiu rumo à Bahia em 3 de abril de 1823 com os navios citados e mais alguns de menor porte, o que foi um bom negócio para o Brasil, pois, em poucos meses, ele transformou num inferno a vida das tropas portuguesas que desafiavam Pedro.

Primeiro, ele foi para a Bahia, em poder das tropas do general Manuel Madeira de Mello. A desconfiança que tinha da tripulação lusa – suspeitava que os marinheiros se recusariam a combater seus irmãos – se revelou verdadeira no primeiro ataque ao inimigo: dois marinheiros encarregados da pólvora boicotaram o fornecimento aos marujos ingleses. Quanto à dificuldade de duas embarcações em efetuar suas ordens, essa se devia, como previra, à impossibilidade de ganharem velocidade – eram muito lentas.

Assim, sua estratégia consistiu em garantir, com os meios que tinha, o bloqueio da Bahia decretado pelo imperador, não permitindo que passasse armas nem alimentos para Salvador. Nesse assédio, teve ajuda da resistência interna e das tropas vindas do Rio, chefiadas pelo coronel José Joaquim de Lima e Silva, comandante do Batalhão do Imperador, com quem se entendeu muito bem. O Diabo sabia que não existe inferno pior que a fome, e quando ela bateu às portas da cidade, o general Madeira se rendeu. A Bahia passou a fazer parte do Império no dia 2 de junho de 1823. A campanha havia durado dois meses. Por ordem de Cochrane, o capitão John Taylor perseguiu a esquadra lusa até quase o Tejo, para impedir que fosse para outra província.

O Diabo partiu, então, para o Maranhão, onde usou de astúcia para confundir o inimigo: já ali haviam chegado notícias da rendição da Bahia, o que aumentou seu prestígio, despertou no inimigo medo e permitiu sua mais audaciosa manobra: chegou às costas de São Luís no *Pedro I* com poucos homens, se comparado às tropas portuguesas estacionadas na região. Informou ao inimigo que logo viria a grande esquadra que lhe dava cobertura e exigiu imediata rendição. Para convencer os que ainda tinham dúvidas, entrou rio acima até junto ao palácio do governo e para ele apontou os canhões. O Maranhão se rendeu em 28 de julho, o Piauí, em 30 de julho, e o Pará, em 16 de agosto. Um ano depois da independência, Pedro tinha o Brasil unido e todas as províncias lhe haviam jurado fidelidade – graças ao diabo escocês.

Enfim, tudo somado, 1823 foi um ano excelente para Pedro e lorde Thomas Cochrane, que ajudou o Brasil a garantir seus domínios e, por justo mérito, acrescentou à sua lista de títulos (décimo Conde de Dundonald, Barão Cochrane de Dundonald de Paisley e de Ochiltree) o modesto Marquês do Maranhão, que lhe foi oferecido pelo Império brasileiro – e que ele nunca pronunciou direito e sempre assinou sem o til.

♕ ♕ ♕

O outro diabo, que apareceu em cena no mesmo mês em que chegou o almirante, usava saias. Era assim que a Marquesa de Aguiar, aia principal de Leopoldina, referia-se a Domitila de Castro Melo, que também chegou ao Rio de Janeiro em março de 1823. Mas antes dela, chegou seu pai, o coronel João de Castro Canto e Melo, a chamado de Pedro: "Tive arte de fazer saber a seu pai que estás pejada de mim", escreveu Pedro à amante. Para Aguiar dizia que a situação não embaraçou o coronel nem um pouco. O que poderia haver de mais conveniente para sua infeliz filha, coberta de vergonha desde que o marido a acusara de traição, do que o imperador estar apaixonado por ela? E ela ia ter um filho dele.

No dia 3 de maio de 1823, Domitila já estava em casa confortável e em braços acolhedores, quando Pedro inaugurou os trabalhos da Assembleia Constituinte. Mas não esteve na cerimônia. Não se fizera ainda onipresente. Em seu discurso aos deputados naquele dia Pedro recordou que, apesar da situação precária das finanças, já que toda renda do Império vinha de uma província, o Rio, havia conseguido reorganizar o Exército, consertar as fortificações, construir quartéis, fazer obras nos arsenais, criar a Marinha de Guerra, melhorar os serviços das águas, a tipografia nacional, o museu, o ensino público.

Também chamou atenção para a triste situação das crianças abandonadas. Havia feito uma visita à roda dos expostos onde mulheres pobres deixavam os filhos que não podiam criar: "A primeira vez que lá fui achei, parece incrível, sete crianças com duas amas; nem berços nem vestuários. Pedi o mapa e vi que em treze anos haviam entrado perto de doze mil, das quais apenas tinham vingado mil." Pediu então aos deputados uma Constituição que pudesse garantir a felicidade e bem-estar dos súditos, que fosse ditada pela razão e não pelo capricho e, por sugestão de José Bonifácio, acrescentou frase que seria de motivo para a primeira polêmica do Império: disse que aceitaria e defenderia a Constituição se ela fosse "digna do Brasil e de mim".

Imediatamente, deputados e jornais da oposição se perguntaram qual o significado daquela frase: que a Constituição não existiria sem aprovação imperial? Que Pedro acreditava que a Assembleia pudesse fazer uma Constituição indigna? E se ela não fosse digna, mandaria prender a todos? José Bonifácio interferia na disputa: "Como é possível que do mel puro do discurso de Sua Majestade destilem veneno?"

De qualquer forma, o veneno já estava destilado e não haveria antídoto contra ele. Por aquela época retornou de Buenos Aires onde estava exilado o jornalista João Soares Lisboa, primeiro punido por abuso de liberdade imprensa depois do artigo em que transformara Pedro em defensor da República. Lisboa acusava Bonifácio de persegui-lo. Um ano antes, fora a Pedro pedir clemência, porque lhe parecia injusta a deportação a ele imposta. O imperador lhe respondera: "É necessário cumprirem-se as ordens do governo. Nada lhe custa fazer uma pequena viagem. Vá e volte e continue a escrever."

Acho que foi por agradecimento que Soares Lisboa disse de Pedro nessa época uma frase que considero perfeita para definir uma necessidade de sua alma: "E como há de ter inimigos, quem se esforça quanto pode por mostrar que de todos é amigo?" Autor do lema que o infelicitara – "viva Pedro I sem II" – um claro enunciado do desejo republicano, Soares foi preso imediatamente após chegar de Buenos Aires a mando de Bonifácio. "Comigo caiu a liberdade de imprensa", disse ele. Mesmo na prisão, recomeçou a publicar seu jornal, com ataques ao governo e em cujas páginas fez sua defesa – era um dos dezesseis denunciados na devassa que recebeu o nome de *bonifácia*. Acabou sendo o único condenado a degredo de oito anos, mas foi anistiado por Pedro um ano depois.

Soares Lisboa era um jornalista panfletário, mas decente, corajoso, ao contrário de Luís Augusto May que começou uma campanha contra o governo por motivos pessoais: pedira a Bonifácio em 1822 um cargo na representação diplomática em Washington; a remuneração lhe parecera baixa, o ministro não quis aumentar e ele recusou o emprego. Era conhecido por doutor Côncavo, pois, diziam os amigos, curvava-se em demasia ao cortejar os poderosos. Após um momento de interrupção, quando pediu favores a Bonifácio, May recomeçou a publicar seu jornal *Malagueta* só para atacar o governo.

Por essa época, foi publicado contra ele um texto anônimo bastante ofensivo. Então, May foi a Pedro pedir que uma retratação fosse publicada no jornal oficial. Pedro concordou, deu-lhe uma promoção no emprego público que tinha, mas nada foi publicado. May tornou a insistir e, no dia 6 de junho, estava ele em sua casa servindo um chá para dois amigos à espera de Bonifácio para conversar sobre o assunto quando entraram quatro ou cinco homens encapuzados que lhe deram uma surra.

Os linguarudos espalharam que os agressores eram amigos do imperador: Francisco Gomes da Silva, conhecido como Chalaça, João da Rocha Pinto, Plácido de Abreu, João Maria Berquó; o brasileiro seria Dias Pais Leme – o oficial que fora a São Paulo levar nosso pedido de ajuda aos Andradas – que ficara do lado de fora da casa. May sobreviveu às pancadas e, mesmo com seu caráter duvidoso, foi transformado pela oposição em mártir da liberdade da imprensa.

Um acontecimento no dia 30 de junho fez com que a agressão ao jornalista fosse esquecida: Pedro caiu do cavalo quando retornava a Boa Vista já bem tarde. O selim afrouxou e, para evitar queda perigosa, visto que o cavalo corcoveava, jogou-se do lado esquerdo, caindo numa vala. Seus gritos de socorro foram ouvidos, o que permitiu que chegasse em casa pouco depois apoiado numa bengala e nos homens que o tinham socorrido. Seu médico constatou fraturas de costelas e diversas contusões nos músculos e nervos, inclusive o ciático, o que fez com que tivesse dores terríveis. Logo circulou a notícia de que retornava de um encontro amoroso com uma mulher – Domitila – que mandara vir de São Paulo.

Durante a recuperação de Pedro, veio fazer-lhe uma visita Maria Graham, inglesa amiga de lorde Thomas Cochrane que chegara à América do Sul em 1821 a bordo da fragata *Doris*, comandada por seu marido Thomas Graham. Depois de um tempo no Chile, retornavam à Inglaterra em 1823 quando o capitão Graham faleceu de misteriosa febre na travessia do cabo Horn. Maria decidiu ficar no Rio de Janeiro e, assim, entrou na nossa história.

Era uma bela mulher, já algo madura, com pouco mais de quarenta anos, e atrairia as atenções numa cidade onde elas eram escondidas em casa ou exibidas com recato nas festas. Maria, não. Saía pelas ruas com oficiais e marujos ingleses como se fossem do mesmo sexo, e ninguém se punha a falar mal de sua liberdade. Era um tipo de mulher que só podia surgir num país poderoso como a Inglaterra, onde recebiam fina educação. Seguira o capitão Graham por onde ele fora em sua missão no continente, e só podia ser comparada a lady Cochrane, outra inglesa que viera para a guerra com o marido.

As famílias mais importantes logo as convidaram para recepções e festas. Maria pôde conhecer aquela sociedade, seus costumes, ouvir os mexericos sobre esposas que pareciam virtuosas, comer do bom feijão, da farinha de mandioca, das frutas tropicais. Ia pelos salões, engenhos e fazendas do interior, reproduzindo o que de interessante via em desenhos que ilustravam belos textos. Já vira de tudo um pouco nesta terra: matas, florestas, os escravos que despertaram sua piedade e a fizeram chorar; agora, se surpreendia com a multidão em frente ao Boa Vista à espera de notícias de Pedro, e com a fila de cavaleiros e carruagens que seguiam em direção ao palácio com o mesmo objetivo.

Percebeu que Pedro era amado por seu povo e, mais que isso, sua vida era preciosa para os brasileiros porque significava a existência e garantia do Brasil independente. O que aconteceria se viesse a falecer? Semelhante ideia era afastada com esconjuros por ricos e pobres, constatava Maria Graham ao ver o mundo de gente indo na mesma direção, todos assustados e com medo de que, justamente agora, alguma coisa de ruim pudesse acontecer ao imperador. Todos queriam ouvir do palácio a notícia de que ele estava bem, que logo estaria cortando as ruas da cidade em seus fogosos cavalos. Queria dormir tranquila, aquela gente.

Maria só conseguiu ver o imperador e a imperatriz no teatro, à noite, em retratos, no camarote real, como mandava o costume português quando os soberanos não podiam estar presentes em cerimônia importante. Comemorava-se naquele dia a expulsão dos portugueses da Bahia e Maria havia recebido, pelo mesmo navio que trouxera a notícia, mensagem do amigo Thomas Cochrane, com quem ela e o marido haviam convivido no Chile: "Minha cara senhora. Me deu pena saber de sua doença, mas acredito que ficará boa ao saber que expulsamos o inimigo para fora da Bahia. As fortalezas foram abandonadas e os navios de guerra, em número de treze, com cerca de 32 barcos de transporte e navios mercantes, estão a caminho. Acompanhá-los-emos até o fim do mundo."

Dias depois, a inglesa esteve pessoalmente com o imperador. Estava na portaria do palácio assinando seu nome no livro de visitas quando ele a viu da janela e a convidou a subir. Tiveram longa conversa. Ela simpatizava com Pedro, gostava de conversar com ele, achava que era inteligente, bondoso e bem-intencionado. Depois, foi ver a imperatriz, que ficou feliz em trocar ideias com mulher tão culta, que já publicara livros sobre viagens e desenhava tão bem. Estava previsto que a inglesa visitaria a Biblioteca Imperial, que estava no mesmo lugar, a Ordem Terceira do Carmo, onde a deixara dom João VI. Eu estava lá à sua espera, como combinado, no dia 18 de julho, quando ela chegou assustada. Acabara de saber na rua que o ministério dos Andradas havia caído na véspera.

Maria tinha excelente impressão dos Andradas, sabia do seu valor, de como ajudara na independência do país, e se assustara com sua saída. E, dizia ela, a cidade estava agitada. Então me contou, como se eu vivesse fechado na biblioteca sem contato com o mundo, que de acordo com seus amigos, o motivo da demissão teria sido uma carta anônima que pintara dessa família um terrível retrato ao denunciar perseguições que faziam a seus inimigos. Mas outros, continuava ela, haviam-lhe dito que a carta nada tinha de anônima, pois fora assinada por trezentas pessoas que faziam as mesmas acusações. Em quem acreditar?

Por felicidade, minha a senhora inglesa teve sua atenção despertada por obras raras que eu lhe trazia – vindas da biblioteca do Conde da Barca, que havíamos comprado pouco antes –, e não me perguntou mais nada, o que me poupou de informar que a tal carta existira e fora entregue no palácio a Plácido de Abreu, criado de Pedro, por um desconhecido que o ameaçou de represálias caso a carta não chegasse logo às mãos do destinatário. Assustadíssimo, Plácido, que nunca se destacou pela coragem e sempre quis se dar bem com os poderosos, publicou um anúncio no *Diário do Rio de Janeiro* que nos fez rir no convento: "Plácido de Abreu faz saber que entregou à Sua Majestade o Imperador a carta que recebeu no dia 15 de julho de 1823."

Não sei se os adversários de Bonifácio eram menos ou mais que os trezentos signatários daquele documento, mas sei que o velho paulista não responsabilizou somente a eles por sua desgraça, mas também à senhora Domitila de Castro. A campanha contra o ministro tomara vulto durante a recuperação de Pedro, que recebeu muitas visitas, sobretudo de deputados, cada um com suas queixas dos Andradas, acusados de serem autoritários e prepotentes. E havia a antiga pendenga de seus adversários paulistas, ainda privados de seus direitos políticos, porque José Bonifácio impedira Pedro de lhes dar anistia. Nesse capítulo teria entrado Domitila como emissária de novo pedido de perdão ao imperador.

A demissão de José Bonifácio se dera de forma nada civilizada, o que era de se esperar, considerando os gênios fortes do imperador e seu ministro. Aconteceu no decorrer de uma reunião de trabalho corriqueira, que começou tranquila e terminou com os dois tão exaltados que Pedro ergueu-se da cama bruscamente e quebrou o aparelho que segurava suas costelas. A conversa mudara de tom ao tocar Pedro no assunto da anistia aos paulistas. "Ontem eu já esperei que Vossa Majestade me falasse disso. Estou informado que a anistia é empenho de Domitila e que essa mulher recebe para isto uma soma em dinheiro", respondeu José Bonifácio.

Não sei se Pedro acreditou na grave acusação que o ministro fazia à sua amante. Acho que não, pois respondeu a ele que daria a anistia aos que a pediam porque acreditava na sua inocência. Bonifácio replicou que inocentes prescindiam de anistia, que o perdão deveria vir depois do julgamento, que havia uma Constituinte para se ocupar do assunto, que era sabido que os interessados pagavam a alguém pelo favor e não concordaria com negócio tão vergonhoso. Foi então que Pedro quase quebrou novamente as costelas e o ministro, pouco se importando com elas, pediu demissão do cargo.

José Bonifácio saiu do governo, e imitaram seu gesto os irmãos Martim Francisco e dona Maria Flora, que era camareira-mor da imperatriz. Pedro anistiou os opositores dos paulistas, mas sentiu perder a colaboração dos Andradas. O decreto que exonerou os paulistas era uma carta de elogios. A demissão deixou profunda mágoa em Bonifácio: "Tinham lhe metido na cabeça que o tratava como pupilo, e não como soberano. Os meus esforços iam sendo cada vez mais infrutíferos, por causa de reações de ministros e áulicos, ou por mexericos e interesses pecuniários das Castros", disse, no plural, referindo-se também a outra irmã de Domitila que, antes da chegada da paulista ao Rio, fora amante do imperador.

Uma coisa era certa naquela mudança no governo: o reinado de Domitila, que teve início naquele momento, começava com o infortúnio de José Bonifácio.

♕ ♕ ♕

Apesar da discussão acalorada que havia levado à sua demissão em 16 de julho, o velho Andrada manteve bom relacionamento com Pedro nos meses seguintes, e no dia 12 de outubro, foi ao palácio cumprimentá-lo por seus 25 anos e primeiro aniversário da sua coroação. Chamou atenção na cerimônia, porque não passava despercebido em lugar algum, mas os olhos se voltaram também para Maria Graham e lady Cochrane, as duas inglesas recebidas de braços abertos na cidade. De Domitila não se viu sombra, porque ainda não chegara o tempo em que estaria em todas as cerimônias da corte.

Era tal a ansiedade de Maria Graham por ver a cerimônia que ela acordou cedo naquele dia para ir à missa na Capela Real e depois à sala onde Pedro receberia os cumprimentos. Chegou quando o imperador anunciava a lady Cochrane que ela agora era marquesa, visto que, na véspera, dera a seu marido o título de Marquês do Maranhão e a condecoração da Ordem Imperial do Cruzeiro. Khaterine Barnes era uma mulher muito bela, uns vinte anos mais jovem que o marido, tinha sangue espanhol e, por se casar com ela, lorde Cochrane foi deserdado por um tio. Por causa do sangue latino, Katherine se sentia à vontade na América do Sul.

Há algum tempo, desde que ouvira da amiga Maria Graham que ficaria feliz se lhe dessem a oportunidade de educar a princesa Maria da Glória, a jovem lady Cochrane, com ajuda da Viscondessa de Rio Seco, tramava conseguir para Maria esse cargo. Mas, no dia da festa, quando Maria a viu conversando baixinho com Pedro e Domitila e olhando em sua direção, imaginou que talvez estivessem comentando duas tolices que cometera pouco antes – no nervosismo, esquecera de tirar as luvas ao cumprimentar o imperador e beijara sua mão com demasiado ardor. Pedro apenas se divertira com a confusão, e agora, ele e Leopoldina ouviam com evidente prazer o que lhes dizia Katherine Cochrane.

Maria Graham olhou em volta e constatou que lhe agradava cada vez mais aquela corte despojada de formalismo e rigidez, na qual o imperador e a imperatriz conversavam com as pessoas que deles se aproximavam, fazendo Leopoldina apenas uma exigência: que falassem português. E quando Pedro conduziu a mulher para a cerimônia do beija-mão, lá se foi Maria atrás deles, impressionada com o riquíssimo uniforme de Pedro e com as joias da imperatriz, que usava vestido branco bordado a ouro e toucado de plumas com extremidades guarnecidas em verde. Nenhuma das mulheres presentes ostentava joias como as dela: "Seus diamantes eram soberbos, seu adorno de cabeça e brincos contendo opalas, tais como penso que não há no mundo, e os brilhantes, que circundam o retrato do imperador que ela usa, são os maiores que já vi."

Mas o que surpreendeu lady Graham durante o beija-mão foi perceber que existia um tipo de oficial no Exército brasileiro que raramente vira nos países que visitara: "Agradou-me ver alguns oficiais negros tomar a pequenina e branca mão de dona Leopoldina em suas mãos grosseiras e aplicar os lábios grossos africanos em pele tão delicada; mas eles contemplavam o imperador e a imperatriz com tal reverência que isto me pareceu uma promessa de confiança nos soberanos e uma demonstração de delicadeza para com eles."

E Maria se perguntava de onde teriam vindo os oficiais negros se os negros que vira até então eram escravos. Certa vez, chegara emocionada à biblioteca depois de ver no centro da cidade um grupo de escravos recém-chegados da África que seriam postos à venda. Por muito tempo fixou seu olhar naqueles olhares súplices que lhe perguntavam tantas coisas – o que estavam fazendo ali, para onde iriam, que vida era aquela? Chorou quando me contou esta passagem, lamentando a dura sina dos negros e, mais que nunca se tornou inimiga da escravidão.

Mas agora Maria estava numa festa em que nada lembrava as senzalas a não ser os oficiais negros que delas haviam se libertado por obra do destino ou por seus próprios méritos. E Maria foi chamada pelas amigas junto de Pedro e Leopoldina, e lhe foi dito que sua oferta de se ocupar da educação de Maria da Glória fora bem-recebida. Leopoldina lhe pediu que fizesse uma carta ao imperador sobre o assunto e viesse vê-lo no dia seguinte às cinco horas, o que Maria fez religiosamente. Dias depois, recebeu carta de Leopoldina em inglês e cheia de expressões amáveis: "Eu e o imperador estamos ambos muito satisfeitos em aceitar seu oferecimento para ser governanta da minha filha; o imperador quer mostrar-lhe minha grande estima." Ficou acertado que antes ela iria à Inglaterra ver a família e tratar da publicação de mais dois livros.

Maria veio à biblioteca se despedir de mim no dia 16 de outubro, contente com a novidade que o destino lhe oferecia, e, cinco dias depois, no 21 de outubro de 1823, partiu para sua terra natal. Retornou quase um ano depois, e chegou no momento em que Leopoldina precisava de companhia, afeto e compreensão – e tudo isso ela lhe deu generosamente.

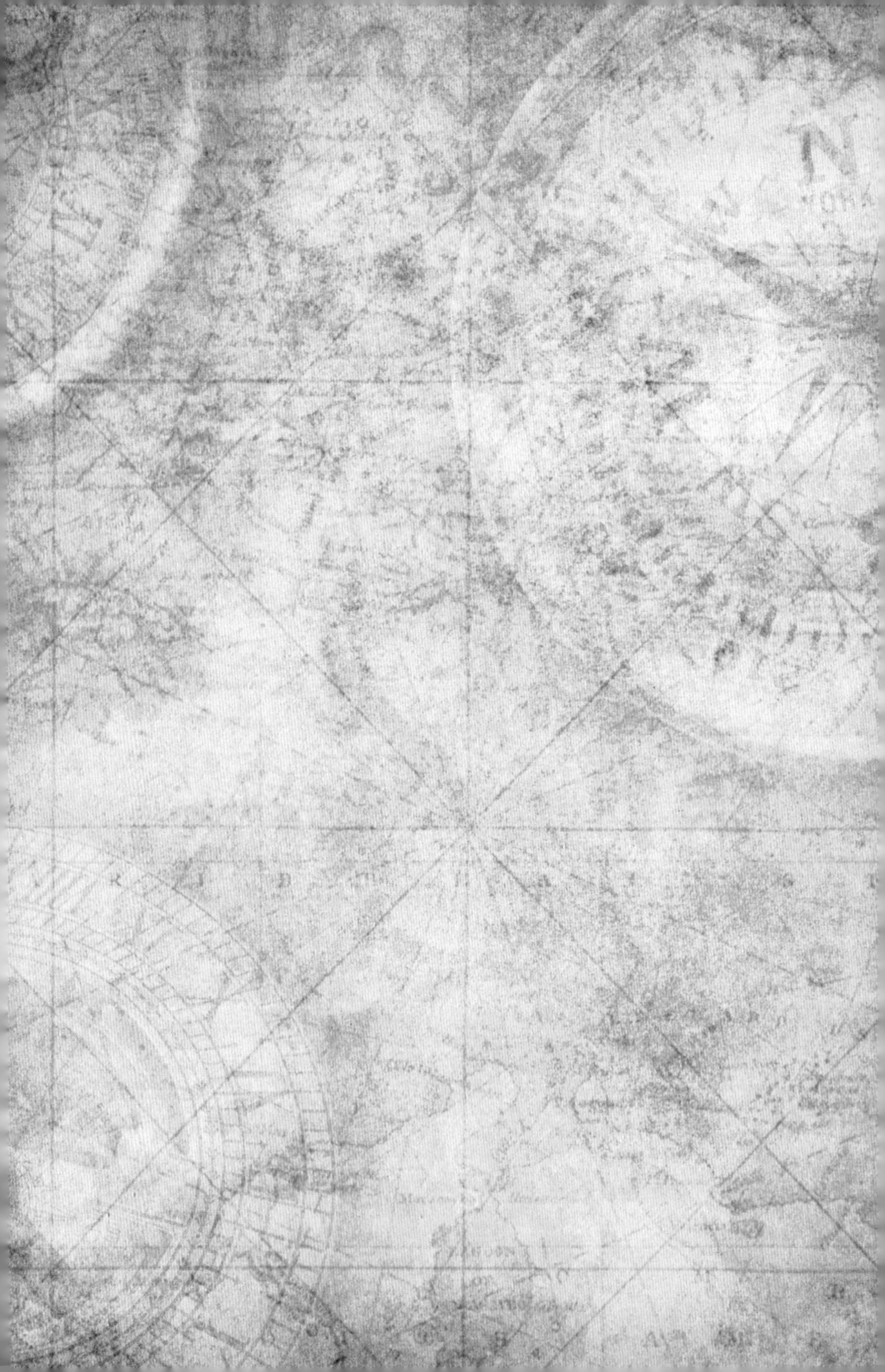

EXÍLIO DE BONIFÁCIO

Como já disse antes, José Bonifácio manteve um bom relacionamento com Pedro depois de sair do governo em 16 de julho de 1823. Prova de que havia entre eles algum entendimento é que, no dia 12 de outubro, o velho foi ao Boa Vista cumprimentar o imperador pelo aniversário. Quem os viu conversando naquele dia não podia imaginar que um mês depois, em 20 de novembro, o velho Andrada estaria sendo embarcado com seus irmãos no *Lucônia* para exílio de seis anos na Europa.

A quem estiver assustado com a mudança brusca de ânimo que levou o imperador a mandar para bem longe os seus aliados da véspera, devo lembrar que os Andradas, cujas virtudes sempre hei de louvar, cometeram alguns erros. O maior deles foi terem feitos muito inimigos, coisa que se deve evitar. Não existe pior praga que os inimigos e os Andradas tinham mais inimigos que os gafanhotos despejados por ira do Senhor no Egito antigo.

Mas, além dos inimigos, o que fez Bonifácio se perder foi a Assembleia Constituinte, que seria transformada pelos Andradas em arena de luta contra o imperador. O mais curioso é que ele se opusera à criação da Constituinte quando Pedro tocou na ideia, por temer a ação dos radicais. Um inimigo o teria visto dizer: "Hei de dar um pontapé nestes revolucionários e atirar com eles no inferno." E outro, ainda mais inimigo, afirmava que, na verdade, teria dito: "Hei de enforcar estes constitucionais na praça da Constituição." Frei Tarquínio achava que ele poderia ter dito as duas frases, visto que, como Pedro, às vezes perdia a cabeça e dizia besteiras das quais depois se arrependia – eram parecidos os dois, o leitor já deve ter percebido.

É preciso dizer que a provocação dos Andradas a Pedro se deu num momento difícil, se considerarmos as notícias que chegavam de Portugal: em 31 de maio de 1823, o infante Miguel havia liderado um golpe militar que permitira a seu pai recuperar os poderes de rei absoluto; os liberais portugueses estavam presos, mortos ou fugindo das perseguições. Ainda não se sabia como tudo aquilo ia terminar, mas uma coisa era certa: o absolutismo não estava morto. Mesmo considerando o aviso que nos dera dom João VI sobre tramas de Miguel e sua mãe para tomar o poder, o golpe nos surpreendeu. Por sorte, aconteceu quando lorde Cochrane já estava expulsando as tropas portuguesas das costas brasileiras.

A notícia da reviravolta em Portugal chegou antes da demissão de Bonifácio e não descarto a hipótese de que tenha contribuído para o nervosismo que levou ao desentendimento entre Pedro e seu ministro. Se antes o pesadelo que assustava todo mundo era o desembarque de tropas portuguesas nas costas brasileiras para retomar o antigo mando e levar Pedro de volta, agora essa ameaça se tornava mais real, e ninguém duvidava que Miguel em pessoa viria à frente dos soldados para subjugar o irmão rebelde.

Havia em Bonifácio uma contradição que saltava aos olhos de quem se esforçava por conhecê-lo melhor: ele teimava em afirmar que estava velho e, por isso, só desejava descansar, estudar, escrever seus livros, mas uma energia interior bem mais jovem que sua idade real o empurrava para o oposto disso. Enfim, se me entendem, Bonifácio era um velho muito jovem. Ouso dizer que ele fazia parte da tribo de homens que se conserva jovem por toda a vida, na qual não me incluo – já nasci velho.

Ao sair do governo, José Bonifácio veio com a mesma ladainha. Em entrevista ao jornal de oposição *O Tamoio*, que acabara de ser lançado, manifestou mais uma vez nostalgia pela velhice que ainda não conseguira gozar. Disse que nascera para ser um homem de letras e roceiro, e não para a política; que retornaria à sua fazenda para escrever suas memórias e outros livros "que corriam risco de virarem pasto de cupins".

Só depois ocuparia sua cadeira de deputado por Santos na Assembleia Constituinte.

Mas a prova de que a energia jovem que nele havia era mais forte que os seus sessenta anos é que, logo depois, sem descansar quase nada, retornou à Assembleia Constituinte, que discutia a primeira redação dos 272 artigos da Constituição. De início, não cometeu o erro de seus irmãos Antônio Carlos e Martim Francisco de Andrada, que, magoados com Pedro, não perdiam ocasião de fustigar o governo e, sobretudo, os portugueses que nele estavam, no que eram imitados pelos jornais de oposição.

Que propósito havia em atacar portugueses que haviam apoiado a independência? Bonifácio preferia se manter à parte e até se suspeitava que mantivesse seu diálogo com Pedro, já que uma semana depois de sua visita ao paço o imperador mandara publicar imediatamente leis feitas pela Assembleia, o que foi considerado prova de boa vontade com os constituintes e influência do ex-ministro.

Porém, a campanha contra os portugueses ganhou reforço imprevisto quando o jornalista Francisco Antônio Soares, sob o pseudônimo *Brasileiro Resoluto*, atacou em seu jornal dois oficiais lusos, o major José Joaquim Januário Lapa e o capitão Zeferino Pimentel Moreira Freire, que decidiram lhe dar uma surra, tudo terminando em grande confusão, pois os dois se enganaram de homem e espancaram o farmacêutico David Pamplona Corte Real, que nada tinha a ver com o caso.

Uma multidão invadiu no dia seguinte a Assembleia em protesto e Antônio Carlos, maior orador do Império, capaz de ressuscitar os mortos, não perdeu tempo: "Grande Deus! Já é crime amar o Brasil, ser nele nascido e pugnar pela sua independência e suas leis! Ainda vivem, ainda suportamos em nosso seio semelhantes feras". Martim Francisco e ele foram carregados pelo povo até às suas casas. José Bonifácio não fez discurso. Ficou em silêncio e, sozinho, foi para casa.

Para deter a crise, os ministros de Pedro pediram demissão. Havia entre eles portugueses e brasileiros. Pedro mandou à Assembleia, em reunião permanente, um emissário informar que havia um novo ministério; ao mesmo tempo, encaminhou pelo novo ministro do Império,

Francisco Vilela Barbosa, Marquês de Paranaguá, protesto contra insultos feitos por jornais incendiários a oficiais e ao imperador, jornais estes que seriam propriedade ou estariam sob influência dos Andradas. O imperador queria providências contra os abusos.

A Assembleia criou uma comissão para tratar do assunto e José Bonifácio foi escolhido um dos membros. Começou, então, o dia mais tenso das relações de Pedro com ela naquele início do império. Por volta das seis da tarde, a comissão leu para os deputados um parecer no qual, dirigindo-se ao ministro, lamentava o ocorrido, louvava as medidas tomadas pelo governo para manter a disciplina da tropa, e pedia esclarecimentos sobre a acusação feita: quantos oficiais haviam se queixado de insultos e quais jornais eles acusavam de ofensas?

Quando o sol se pôs, começou a noite que ficou conhecida como Noite da Agonia, porque angustiou deputados e governo às voltas com a primeira grande crise política do Império. Por volta da uma hora da madrugada chegou a resposta do governo aos deputados informando que os oficiais queixosos eram de todas as guarnições e os jornais que os haviam ofendido eram os recém-criados *O Tamoio* e *Sentinela da Liberdade*, de propriedade dos Andradas. Exigia punições contra os jornais. O dia amanhecia quando a Assembleia respondeu que os oficiais queixosos eram apenas oitenta, os jornais citados não eram dos Andradas e o ministro estava convocado para depor às dez horas da manhã do dia seguinte.

Faço aqui uma pausa para explicar que esses dois jornais haviam sido criados dias depois de os Andradas saírem do governo. *O Tamoio* fora registrado em nome de Antônio de Meneses Vasconcellos de Drumond, enquanto o outro periódico, de extenso nome – *Sentinela da Liberdade à Beira do Mar da Praia Grande* – pertencia ao genovês José Estevão Grondona: os dois serviam aos Andradas em sua luta contra o governo.

Vilela Barbosa chegou às onze horas, fardado e com espada. Os deputados pediram que tirasse a espada: "Esta espada é para defender a minha pátria e não para ofender os membros desta augusta Assembleia; portanto, posso entrar com ela." Ficou com sua espada e começou a responder às perguntas. Por diversas vezes advertiu aos deputados sobre o risco que representava para o Império o golpe absolutista em Portugal, mas muitos deles pareciam não se preocupar com isso, e quando lhe perguntaram o que a tropa exigia dos deputados, o ministro respondeu: restrições à liberdade de imprensa e expulsão dos Andradas.

Confusão, protestos, discussões entre deputados do governo e oposição, até que, mais tarde, chegou um oficial com um decreto do imperador dissolvendo a Assembleia por ter renegado "o juramento que fizera de defender a integridade do Império, sua independência e a dinastia de Pedro I". Os deputados se fecharam numa rebelião que durou 27 horas. Bonifácio passou ali todo o dia 11, dormiu num banco da Secretaria e, no dia 12, foi em casa tomar um banho e mudar de roupa. Havia uma grande confusão do lado de fora da Cadeia Velha, onde se reunia a Constituinte, porque nem todo mundo estava a favor dos Andradas. Vários deputados foram presos ao deixarem a Assembleia, mas ali não entrou a tropa.

Bonifácio morava agora no Catete. Sentado à mesa, se preparava para comer antes de retornar aos trabalhos quando chegou um oficial com convite do imperador para um encontro no palacete do Campo de Santana. "Devo me considerar preso?", perguntou. O oficial respondeu que estava ali apenas para levá-lo à presença do imperador e evitar desacato à sua pessoa no caminho. "Neste caso, posso acabar meu jantar e, se o senhor oficial quiser, estimarei muito que se sirva de alguma coisa". O oficial recusou e esperou o fim da refeição. Porém, alguma coisa mudou naqueles poucos minutos. Bonifácio saiu de casa acompanhado pela escolta, mas, no meio do caminho, veio em disparada um homem a cavalo que entregou nova ordem ao chefe do grupo. Dali, o ex-ministro foi levado para o Arsenal da Marinha, onde já se achavam os demais detidos. Foi vaiado por populares no portão e reagiu: "Hoje é o dia dos moleques", disse.

Recolhido à Fortaleza da Laje, dormiu aquela noite sobre um pedaço de tapete velho numa cela subterrânea imunda. No dia seguinte, foi transferido para a Fortaleza de Santa Cruz, onde dispunha de roupas de cama mandadas por sua mulher e melhores acomodações. Ali visitei Bonifácio, que mandou recado para Pedro no final de nossa conversa: "Diga a dom

Pedro I que me é indiferente morrer fuzilado ou de doença, mas que salve o trono para seus descendentes porque já o perdeu para si com a dissolução da Constituinte." Pedro não esqueceria o conselho.

Quase todos os deputados foram libertados nos dias seguintes. Continuaram presos os Andradas e seus seguidores, José Joaquim da Rocha, um dos líderes do *Fico*, fundador do Clube da Resistência, que participara da reunião na cela de frei Sampaio; o padre Belchior Pinheiro, sobrinho de Bonifácio que acompanhara Pedro nas viagens a Minas Gerais e São Paulo; Drummond de Vasconcellos, em quem ele havia confiado para distribuir a carta de Bonifácio no Rio em 1821 e proprietário de *O Tamoio*. No dia 20 de novembro, foram todos embarcados no *Lucônia*, onde já estavam seus familiares. O cônsul britânico Henry Chamberlain foi a bordo se despedir do amigo paulista, que lhe pediu para guardar seus 6 mil livros. Bonifácio partiu levando um adiantamento da pensão que lhe dera o Estado e que lhe permitiria viver com a família no exílio.

Ao ver da minha cela o navio que partia, fui tomado de tristeza e de sombria premonição sobre os anos que viriam. Pouco depois, frei Tarquínio de Jesus me trazia um manifesto clandestino que circulava na cidade, no qual Bonifácio dizia: "Fui o primeiro que trovejei das alturas da Pauliceia contra a perfídia das Cortes, o primeiro que preguei a independência e liberdade do Brasil, uma liberdade justa, debaixo da monarquia constitucional." Pedro também não estava feliz. Numa conversa, no mesmo dia, com Mareschal, disse que lamentava ter perdido Bonifácio e Martim Francisco: "O primeiro, sobretudo, que era inocente, só desejava meu bem e me queria como um filho."

A separação deixaria marcas profundas em Pedro e mágoa em Bonifácio, que escreveria no exílio: "Com meiguices pérfidas e obediência afetada, pode Pedro enganar-me: mas hoje desejo que entre mim e ele haja de permeio a cordilheira dos Andes ou o grande oceano. Quando tivesse todas as boas qualidades que não tem, basta um só defeito – ser filho de rei e também rei nascido e criado no despotismo, cujo espírito é para ele uma segunda natureza. Um tal homem não é homem de carne e osso, é um homem petrificado."

Mas estava escrito que a história dos dois não havia terminado. No devido tempo, os Andradas voltariam a apoiar Pedro, o que faz suspeitar que ele não estivesse de todo errado. Mas é certo que o Reinado de Domitila começava com o infortúnio do melhor ministro de Pedro e que ela colaborou, em parte, para sua infelicidade. Mas o tempo dá voltas e, quando ele retornasse ao convívio do imperador após seis anos, ela estaria partindo, infeliz e renegada.

REINADO DE DOMITILA

Quando recordo a saída de José Bonifácio do governo naquele agitado ano de 1823, vem-me à memória frase de um adversário do famoso paulista ao derrotá-lo, dez anos depois, em outra disputa: "Custou, mas demos com o colosso em terra", disse Diogo Antônio Feijó, regente do Império. O surpreendente em 1823 foi Domitila, recém-chegada à corte, ter conseguido derrubar o colosso em tão pouco tempo. Assim pensavam aqueles que associaram a desventura do grande Andrada à interferência da paulista, e que, desde então, e na medida em que ela crescia em fama, se fariam a mesma pergunta: que artimanhas usava ela para ter tamanho domínio sobre o imperador?

Dos diplomatas e agentes de negócios estrangeiros em serviço no Brasil, nenhum era tão bem informado quanto o Barão de Mareschal. Como ele tudo conhecia das grandes Cortes, foi o primeiro a afirmar que o Reinado da paulista começara no momento em que os bajuladores que viviam de favores imperiais perceberam ser ela a melhor forma de se aproximar do imperador. E seu domínio sobre Pedro cresceria de tal modo nos anos seguintes que lhe permitiria criar uma corte paralela, no palacete em São Cristóvão comprado por ele, onde iam beijar suas mãos todos os que queriam agradar o imperador.

A percepção do crescente poder da amante oficial levou os estrangeiros a frequentar esse palacete, por curiosidade ou astúcias da profissão, e também para tentar adivinhar o que tinha de especial aquela mulher. Mais tarde, cada um deles deixaria em suas memórias impressões sobre ela, e pareciam decepcionados com seus dotes físicos. Para os franceses, não seria a beleza o seu trunfo, visto que o Conde de Gestas, encarregado de negócios da França, destacava nela apenas "o exterior agradável num país onde não há mulheres belas", e seu sucessor, o Marquês de Gabriac, "a nobre regularidade dos traços, tão rara no país". Meu amigo Debret, um artista, nunca se referiu a belos traços que por acaso ela tivesse, mas à sua energia, aos olhos expressivos, à fisionomia sempre alegre, mesmas virtudes reconhecidas pelo cônsul espanhol Delavat.

Acho que o mais decepcionado com Domitila foi o americano Condy Raguet, que foi a uma cerimônia da corte ansioso por encontrar a mulher que fizera o imperador perder a cabeça. Esperava uma amante à altura das que já haviam passado à história e se deparou com uma mulher que lhe pareceu comum: "Como conseguiu ela seduzir o príncipe se nem grande beleza possui?" Apenas dois jovens oficiais estrangeiros que serviam ao Exército brasileiro se referiram a Domitila como uma bela mulher. O tenente-coronel de Granadeiros Alemães do Exército Imperial, C. Schlichthorst, e o tenente do 27º Batalhão de Caçadores, Carl Seidler, elogiaram seu belo rosto, cútis muito alva, olhos brilhantes, cabelos caindo em cachos escuros, traços encantadores, maneiras soberanas, e apenas um ponto negativo: a "extrema corpulência".

Não foi a beleza de Domitila que prendeu Pedro, já que, anos depois, quando encarregou o Marquês de Barbacena de procurar na Europa nova esposa para ele, não foi ela a lhe servir de modelo, mas a mulher do Marquês de Gabriac, que iluminava os salões do Rio com sua beleza naqueles anos e que, parece, resistiu ao assédio do imperador. É bem possível que a atração de Pedro pela Marquesa de Santos viesse dos dotes que chamaram a atenção de Debret – energia, olhos expressivos, fisionomia alegre, desenvoltura, personalidade forte. E outras virtudes que subjugam os homens, desde que Deus criou o mundo.

Domitila era mais velha que Pedro um ano. Nascera em 27 de dezembro de 1797, filha de dona Escolástica Bonifácia de Oliveira Toledo Ribas e do coronel açoriano João de Castro Canto e Melo. A mãe dizia ter sangue nobre herdado de um capitão espanhol que no século XI fundara a Vila de Ribas junto de Madri. Seu pai, nascido na ilha

Terceira, nos Açores, também se dizia fidalgo. Era da carreira militar, lutou nas guerras do Sul e tinha o apelido de *quebra-vinténs* por sua força física. Domitila não tinha muito estudo, porque naquela época não se cuidava da educação das mulheres. Escrevia e falava mal o português, mas era muito inteligente.

Em 13 de janeiro de 1813, casou-se aos dezesseis anos com o alferes Felício Pinto Coelho de Mendonça. O casal morou cinco meses em São Paulo e depois em Ouro Preto, Minas Gerais, onde nasceram os dois primeiros filhos, Francisca e Felício. Em 7 de março de 1819, estando Domitila grávida, seu marido a acusou de traição com o coronel Francisco de Assis Lorena, e tentou matá-la a facadas. Domitila fugiu para a casa dos pais. No mesmo ano, nasceu João, terceiro filho do casal. Em janeiro de 1820, Felício apresentou queixa à Justiça da traição da esposa, deu o nome do amante da mulher e pediu a guarda dos filhos.

Dois anos depois, em agosto de 1822, Domitila conheceu Pedro em São Paulo, e quatro meses após se conhecerem, em 17 de dezembro, ele lhe fez uma carta pedindo que viesse morar no Rio, para onde ela se mudaria em março de 1823. Antes, porém, chegou sua irmã mais velha, Maria Benedita, casada com Boaventura Delfim Pereira, que servia na Divisão Auxiliadora. Com ela, Pedro teve um romance até fevereiro, do qual nasceu um filho, em 4 de novembro de 1823. Domitila, ao chegar ao Rio, não desprezou Pedro pela traição, mas a irmã. Pedro ficou com Domitila e, para compensar Maria Benedita do abandono, daria a ela e ao marido os títulos de Barão e Baronesa de Sorocaba, e um bom emprego ao Boaventura, que se tornou superintendente-geral da Fazenda de Santa Cruz. Reconheceu como filho e cuidou da educação do menino Delfim, que seria anos depois diplomata.

Domitila perdeu o primeiro filho que esperava do Pedro em 1823. Porém, um ano depois, em 23 de maio de 1824, deu-lhe uma menina que seria uma de suas alegrias, Isabel Maria de Alcântara Brasileira. Por essa época, quando ninguém mais ignorava a situação em que viviam os dois, começaram na corte as primeiras reações à paulista. Certa noite, ela foi barrada num teatro de amadores no largo do Rossio, frequentado por gente importante. Pedro chegou pouco depois e se retirou ao saber do acontecido. No dia seguinte, a polícia foi ao teatro suspender as representações e entregar um mandado de despejo. Em entrevista a um jornal, o diretor da companhia afirmou que o teatro fora fechado porque impedira a entrada da *nova Castro*, alusão a Inês de Castro, amante de Pedro I de Portugal nos idos de 1300. Francisca, filha mais velha de Domitila, foi colocada pelo imperador no colégio de Madame Mallet, e muitas das melhores famílias tiraram dali seus filhos em protesto.

Em abril do mesmo ano, a Justiça decidiu a favor de Domitila no processo que lhe movia Felício pela guarda dos filhos; astúcia de Pedro, que conseguira que o marido traído deixasse correr à revelia o processo em troca do emprego de administrador da feitoria de Periperi, propriedade sua com plantações de café a doze léguas do Rio. Mas, como já contei, Felício escreveu carta insultuosa a Domitila e Pedro, numa noite chuvosa, percorreu a cavalo as doze léguas que o separavam do marido apenas para esbofeteá-lo e obrigá-lo a escrever uma carta com o compromisso de nada mais pretender da mulher nem a incomodar. Em 12 de outubro de 1824, dia do aniversário de Pedro, Domitila recebeu seu primeiro título: Viscondessa de Santos. No ano seguinte, na mesma data, ele a faria Marquesa de Santos.

Domitila trouxe consigo para a corte a família, que protegeu quanto pôde. No seu palacete viviam os pais, irmãos, irmãs, sobrinhos, cunhadas, o tio materno Manuel Alves, a tia-avó dona Flávia, as primas Santana Lopes. O Barão de Mareschal, sempre atento ao que pudesse magoar sua imperatriz, anotou em seus cadernos: "A família aflui de todos os cantos; uma avó, uma irmã e uns primos acabam de chegar". Por fim, a corte de Domitila ficou quase nas dimensões da oficial porque dela também faziam parte os que queriam favores ou desejavam agradar ao imperador. E logo começaram a dizer que Domitila cobrava por esses favores.

Sobre os negócios de Estado de Domitila, os favores que prestava em troca de recompensas em dinheiro ou mimos valiosos, também estes despertaram a curiosidade dos diplomatas, atentos ao assunto desde que José Bonifácio fizera a primeira denúncia. Assim, Lourenço Westin, cônsul-geral da Suécia, escreveu a seu governo em 12 de agosto de 1826:

"A paixão do imperador por essa mulher vai a ponto de fazê-lo esquecer a moral e os bons costumes. Ela tira partido disso para enriquecer." E Mareschal escreveu a Metternich: "Quem pretende favores ou graças faz-lhe a corte. É o canal das promoções. E o imperador dispõe de todos os lugares em favor de sua favorita e seus amigos. Só há uma virtude ou crime aqui: agradar ou desagradar à Marquesa de Santos."

O barão austríaco citava dois casos de favores da paulista: o antigo governador de Pernambuco, dom Luís Rego, recorrera a Domitila e fora recebido por Pedro e reintegrado nos cargos dos quais havia sido destituído por dom João VI; o Barão de Rio Seco obtivera o direito de herdar em Portugal título obtido no Brasil: "Em três semanas Luís do Rego e Rio Seco passaram da desgraça às mais altas honrarias, prova da influência daquela que lhes concedeu proteção." Mareschal sabia até quanto Rio Seco pagara pelo favor: 10 mil florins.

O que não faltaria no Reinado de Domitila seriam maledicências, como se verá, de modo que é melhor continuar a história, porque ainda há muito por contar.

NORTE REBELDE

A notícia da dissolução da Assembleia Constituinte se espalhou pelo Império. As reações não tardaram. Pedro, sozinho, sem José Bonifácio ao seu lado, enfrentou, nos meses seguintes, no Norte do país, a mais séria tentativa de dividir o Brasil em pequenas repúblicas. Retornou aos seus pesadelos o fantasma de uma nação retalhada em pedaços disputado pelos senhores locais.

Sua promessa era dar uma Constituição ao povo, de modo que se adiantou às reações e, mal haviam encerrado os trabalhos da Constituinte, convocou um Conselho de Estado para redigir uma. Depois, trocou ministros, demitiu e uns transferiu outros e, para dar a impressão de que tudo ia bem, desfilou pela cidade com seu Estado-maior, foi ao teatro com a imperatriz, fez as inspeções de sempre. Sabia que os republicanos o haviam aceitado porque fora além do que imaginavam – fizera a independência do Reino e convocara a Constituinte. Mas não ficariam de braços cruzados. Também eles queriam o poder.

Sobre a Constituição, lorde Cochrane o aconselhou a adotar o modelo inglês da Carta – "não há monarca mais feliz e com tanto poder quanto o da Inglaterra" – mas ele preferiu seguir o conselho dado pelo Duque de Palmela a dom João VI: dar ao povo uma Constituição já pronta, como fizera Luís XVIII, porque preferia o modelo francês. Isso evitaria a perda de tempo, já que a Assembleia dissolvida levara seis meses para votar apenas um artigo dos duzentos projetados e ele levou apenas um mês para fazer a sua, completa. Do ponto de vista do conteúdo, fez a coisa bem-feita. Tomou por base a Constituição iniciada pela Constituinte dissolvida, ou melhor, pelo texto de Antônio Carlos de Andrade, que não tinha inventado a pólvora, mas, como acontecia por toda parte, copiado o que havia de melhor nas que já estavam prontas.

Durante os quase trinta dias em que o Conselho discutiu a nova Carta, lá estava ele dando palpites, acrescentando, tirando coisas, ditando artigos e parágrafos ao Chalaça, pedindo mais clareza ao ministro Carneiro de Campos, principal redator do *Projeto de Constituição para o Império do Brasil organizado pelo Conselho de Estado sobre bases apresentadas por Sua Majestade Imperial, o senhor dom Pedro I, Imperador Constitucional e Defensor Perpétuo do Brasil*. O resultado foi melhor que o esperado, pois a Constituição recebeu elogios no estrangeiro e estudiosos ingleses achavam que era a segunda melhor das Américas, depois da dos Estados Unidos da América.

Mas Pedro esqueceu a promessa de convocar uma nova Assembleia para aprovar a Carta, temendo novo surto de radicalismo da oposição. Preferiu submeter o texto à aprovação das Câmaras municipais. A primeira convocada, a do Rio, reagiu como ele queria: colocou em lugar de destaque dois livros para recolher assinaturas – no primeiro, deveria assinar os que fossem a favor do juramento da Constituição que acabara de ser feita; no segundo, os partidários de uma nova Constituinte, que seria encarregada de fazer a Constituição. Nem um só habitante do Rio assinou o segundo livro, nem mesmo Joaquim Gonçalves Ledo, de volta do exílio desde 21 de novembro de 1823. A Constituição foi jurada no dia 9 de janeiro de 1824, segundo aniversário do *Fico*.

A estratégia de Pedro foi bem-sucedida – quando se apanha o adversário desprevenido, ela é sempre bem-sucedida. Feita a toque de caixa, a Constituição já estava aprovada quando começaram as reações contra a dissolução da Assembleia Constituinte. Primeiro na Bahia, depois no Ceará e, finalmente, em Pernambuco. Em Salvador, um general convocou os brasileiros "às armas contra o tirano estrangeiro", mas com a ajuda de deputados baianos que foram correndo para lá, a província foi se acalmando aos poucos. Em Pernambuco, rebelde desde 1817, a situação se complicou. Pedro quis partir para a província, como fizera com Minas Gerais e São Paulo antes da independência, mas os ministros o desaconselharam. Não era o momento. Foi uma pena, porque ele tinha certeza de que convenceria os rebeldes de suas boas intenções.

A rebelião em Pernambuco, confrontando forças a favor e contra o governo, continuou sem controle. Aproveitando-se da situação, Lisboa começou a preparar uma expedição contra o Brasil. Pedro fez uma proclamação aos pernambucanos pedindo união contra o inimigo: "O Império vai se pôr em armas para repelir tão injusta agressão." Deslocou forças de Pernambuco para proteger o Rio e foi mal-interpretado. Julgando-se desprotegidos, os pernambucanos o acusaram de traição: "Traidor, eu? Traidor do Brasil? Quem me faz semelhantes insultos? Acabemos, não só em Pernambuco, mas no Brasil, com os demagogos e revolucionários. A França e a América do Sul já viram os benefícios provenientes de tais Amigos do Povo."

Os revoltosos proclamaram a independência de Pernambuco em 2 de julho e chamaram as províncias do Norte a formarem uma República: a Confederação do Equador. Diante da ameaça de ser o Império brasileiro retomado por Portugal ou dividido em pedaços, Pedro sucumbiu: "Depois de cinco anos de interrupção dos acidentes epilépticos a que era sujeito, Sua Majestade Imperial foi de novo acometido, na sexta-feira, 4 do corrente, pelas sete horas da tarde, de acidente da mesma natureza, mas pouco violento, que durou de três a quatro minutos. Não obstante, passou a noite tranquilamente e sentiu-se hoje em tão bom estado que presidiu o Conselho", dizia uma nota assinada pelo doutor Domingos Ribeiro dos Guimarães Peixoto, cirurgião da Imperial Câmara e do Império e publicada no *Diário Fluminense*.

Para responder aos dois desafios, Pedro preparou rapidamente um exército de 5 mil homens e chamou lorde Cochrane em seu socorro. Desenvolveu, por iniciativa própria, um estilo que seria útil no futuro: tentava dar ânimo às tropas cuidando delas pessoalmente, jantava com os oficiais, passava em revista os soldados perfilados, tudo com hinos, salvas, fogos de artifício. Em 2 de agosto, Cochrane partiu para Recife levando 1,2 mil soldados comandados por Francisco de Lima e Silva. No dia seguinte, a imperatriz deu à luz uma linda menina, Francisca Carolina, nascida em 3 de agosto de 1824, depois chamada de *a bela Chica*.

A rebelião pernambucana seria sufocada em 17 de setembro e dois de seus chefes condenados à morte – os demais conseguiram fugir e o principal deles, Paes de Andrade, pediu asilo num navio inglês. Para vencer os rebeldes, Pedro suspendeu em Pernambuco a garantia do parágrafo 8 do artigo 179 que proibia prisões sem culpa formada; justificou a medida com o parágrafo 35 do mesmo artigo, que abria exceções "em caso de extrema gravidade"; e criou uma comissão militar para processar os chefes da rebelião, função que a Carta atribuía à Justiça. Por três vezes, negou sua obra. Mas a nação continuou unida e o leitor que decida se valeu o preço de duas condenações à morte. Para mim, ficou sem resposta uma pergunta: por que não poupou os dois infelizes, se tinha poderes para isso? Mas, desse pecado e de outros, ele só se redimiria mais tarde, com muito sofrimento.

♛ ♛ ♛

Para evitar novas ameaças de Portugal, faltava apenas o reconhecimento da independência pelas demais nações que, apesar dos esforços de muita gente, inclusive Leopoldina, que implorava ajuda ao pai, não avançava. Pedro sabia que tudo dependia de Portugal e que havia interesses da Inglaterra em jogo. Como convencer as monarquias europeias a ir contra os princípios da Santa Aliança e apoiar um imperador liberal que havia rompido com suas origens?

Antônio Teles da Silva, Marquês de Resende, representante do Brasil em Viena, informava em cartas a Pedro das provocações de Metternich, que costumava lhe dizer com ironia: "Senhor da Silva, não se preocupe, vai tudo bem na sua República." Pedro respondia: "Diga aí nessa corte que prefiro governar com uma Constituição porque quero governar sobre corações com brio e honra, corações livres."

De seu pai, não tinha notícias. Evitava lhe escrever. A situação em Portugal era delicada desde o golpe tentado por Miguel, que os liberais conseguiram deter. Mas Miguel tentara novo golpe e agora estava exilado na Áustria. Informado das aflições de dom João, Pedro lhe fez uma carta na ocasião: "Meu pai. O dever de filho e o amor que consagro a

Vossa Majestade me levam, pondo de parte a coroa sobre minha cabeça colocada pela generosa nação brasileira, a fazer constar o desgosto que tive quando soube dos desatinos do mano Miguel, e o quanto desaprovo seu proceder; se for verdade, segundo se diz, que ele foi traidor de Vossa Majestade, já de hoje em diante deixa de ser meu irmão..."

Aconselhou o pai a reconhecer a independência do Brasil – sem muito tato, já que afirmou que, sem o Brasil, o Reino luso nada seria. Precisava de Portugal para dobrar o resto da Europa, mas para tudo chegar a bom termo foi preciso a intermediação da Inglaterra, que para cá enviou sir Charles Stuart: "Veremos o que este espertalhão vem fazer", disse-me Pedro.

A nau que trazia Stuart entrou no porto do Rio a 17 de julho de 1825 e o inglês desembarcou em São Cristóvão, por ser mais perto da casa que lhe haviam destinado. No caminho avistou Pedro que se recolhia a Boa Vista – a impressão dele foi que o imperador estava curioso a seu respeito. Horas depois, se fez anunciar no palácio e o primeiro encontro dos dois foi um desastre: "Cuidou que estava com o pai e achou o filho, recuou e não avança mais", disse Pedro.

Mas Stuart era mais esperto do que ele imaginava. Dei-me conta disso quando me procurou, esperando que o ajudasse a vencer a resistência de Pedro. Também na mesma ocasião procurou dona Domitila de Castro – e dizia meu amigo frei Tarquínio que ele procurou quem ouvia seus pecados, eu, e o seu maior pecado, Domitila. Mas, depois de assinado o acordo, foi a Domitila que ele recorreu para acalmar Pedro, que ameaçava jogar o Barão de Mareschal pela janela, por lhe atribuir influência na redação de uma nota do inglês.

O certo é que a missão Stuart foi bem-sucedida. Portugal reconheceu a independência do Brasil e até José Bonifácio, exilado na França, ficou satisfeito: "Enfim, pôs o ovo a grã-pata e veio a lume o decantado tratado que saiu melhor do que esperava; ao menos temos a independência reconhecida; bem que a soberania nacional recebeu um coice na boca do estômago."

Stuart retornou à sua pátria com boa impressão de Pedro: "O caráter de quem se acha à frente do governo deste país terá influência tão grande nos assuntos dele dependentes que talvez convenha conhecer minhas observações sobre Sua Alteza Real." Na sua opinião, Pedro possuía uma audácia de caráter ímpar – "sem a crueldade do irmão" – que lhe havia permitido conquistar o que desejava; era propenso a ataques de cólera que, uma vez passados, lamentava mais que todos; mas dominava seu gênio quando pessoas que respeitava ousavam lhe dizer verdades, mesmo desagradáveis.

O que mais surpreendeu Stuart foi a capacidade de negociar do imperador: "No curso das negociações, sua moderação, aliada à pronta compreensão, foi tão notável que não vacilo em declarar que assuntos tratados diretamente com ele se resolveram mais rápida e satisfatoriamente do que com todos ou alguns de seus conselheiros oficiais."

Decididos os termos do tratado, Pedro escreveu ao pai: "É impossível que Vossa Majestade se negue a ratificar um tratado que vai pôr em paz tanto a nação portuguesa, de que Vossa Majestade é tão digno rei, como a brasileira, da qual tenho a ventura de ser imperador. Nesse passo, Vossa Majestade vai mostrar ao mundo que ama a paz e igualmente a um filho que anuiu às suas reais pretensões, concedendo pontos difíceis e bastante melindrosos" (referia-se ao preço pago pelo reconhecimento, 2 milhões de libras).

Estava selada a paz entre pai e filho. Em paz estavam seus corações: "Nesta ocasião", respondeu dom João, "só te digo que, na conformidade do que me pedes, ratifiquei o tratado. Tu não desconheces quantos sacrifícios por ti tenho feito; sê grato e trabalha para cimentar a recíproca felicidade destes povos que a Divina Providência confiou ao meu cuidado, e nisto dará um grande prazer a este pai que tanto te ama e a sua benção te deita".

Era 1825. O mundo reconhecia a independência do Brasil, que continuava com sua unidade territorial intacta.

VIAGEM À BAHIA

Desde que se casara com Pedro, Leopoldina tivera um filho por ano, para alegria do marido, que parecia querer semear a terra com seus descendentes. "Nove anos fui casado, nove filhos tive e restam cinco", diria ele mais tarde. Os partos de Leopoldina nunca foram sem dor, como dizem ser os das mulheres de muitos filhos. Queixou-se do médico português que a retalhou como um animal no primeiro; da desconfortável cadeira de parto no segundo; das dores no terceiro. Miguel, segundo filho, morreu no dia em que nasceu, João Carlos não completou um ano, e houve a tristeza de dois abortos espontâneos. Pedro sabia de cor o dia do nascimento dos filhos: Maria da Glória nasceu em 4 de abril 1819, Miguel, em 26 de abril de 1820, João Carlos, em 6 de março de 1821, Januária, em 11 de março de 1822, Paula Mariana, em 17 de fevereiro de 1823, Francisca Carolina, em 3 de agosto de 1824. Ter filhos dava mais alegria a ele que a Leopoldina – afinal, não era ele quem paria, dizia a Marquesa de Aguiar.

Depois da morte de João Carlos em 4 de fevereiro de 1822, ansiava por um menino, herdeiro do trono, seu sucessor. Até então, Leopoldina só lhe dera mulheres, o que não o desgostava, mas o deixava ansioso. Então, vieram lhe dizer dos poderes mágicos de uma francesa moradora da rua das Marrecas de dar filhos homens aos que o desejassem, e era tão grande o desejo do casal imperial que ela foi chamada por quem a havia indicado para fazer o milagre.

Madame chegou disfarçada, como se fosse visitante estrangeira, das que vinham beijar a mão de dona Leopoldina. A condição para exercer seus dons, se os tinha, era que fosse discreta, de modo a evitar murmúrios e boatos. Chegava sempre depois que o sol se punha, partia noite alta e ninguém, nem frei Tarquínio ou Mareschal, conseguiu saber o que fazia aquele tempo no quarto da imperatriz, de onde só se ouvia sussurros. O certo é que dona Leopoldina, em 2 de dezembro de 1825, pariu um homem, deixou dom Pedro numa alegria imensa e a francesa, viúva de um farmacêutico alemão, sem filhos, foi recompensada de forma generosa e pôde retornar à França com seu segredo – supondo-se que de sua magia tenha nascido o menino.

Na corrida para ter um filho homem do agrado de Pedro também entrou Domitila, que, sempre bem-sucedida em seus propósitos, pariu no mesmo final de 1825 o seu Pedro de Alcântara Brasileiro, mas não na mesma condição do menino louro que viria a ser Pedro II. Anos antes, o imperador também havia tido um filho com Maria Benedita, irmã de Leopoldina. Mas, embora não faltasse bastardos na história de sua família – afinal, fora um deles a iniciar o Ducado de Bragança que daria a terceira dinastia reinante em Portugal –, seu herdeiro seria mesmo aquele principezinho batizado num dia de festa, pequeno hiato de alegria no triste ano de 1826 (este terminaria com o menino Pedro órfão de mãe, uma semana depois de completar um ano).

Tenho motivos para suspeitar que, até o nascimento do menino Pedro, Leopoldina ainda não tinha certeza da traição do marido. Até meados de 1824, parecia ignorar ou fingia ignorar os boatos a respeito. Acho que as primeiras suspeitas surgiram quando a paulista começou a desfilar com desenvoltura pela corte, deixando em sua passagem nuvem de sussurros, olhares, frases reticentes. De início, Pedro tomava cuidados para que a esposa nada soubesse: "A imperatriz ia-me agarrando a escrever, mal valeram-me as suas orações", escrevia à amante. Chegaria o dia em que ele mesmo contaria tudo a ela, mas até lá, Leopoldina viveu na incerteza que ele ajudava a preservar.

A imperatriz sondou certa vez Pedro, para ver sua reação. Perguntou-lhe se era verdade que a marquesa sofria da doença de Lázaro como haviam afirmado outras damas. Ele disfarçou, demonstrando indiferença pela paulista, e no mesmo dia orientou a amante: "O melhor é que eu, quando sair de dia, nunca lhe vá falar, para que ela não desconfie do nosso santo amor e mesmo quando for para essas bandas ir por outro caminho e em casa nunca lhe falar em Mecê, e sim em outra qualquer madama, para que ela desconfie de outra e nós vivamos tranquilos à sombra do nosso saboroso amor."

Muitos dos que viviam ou trabalhavam no palácio ficaram preocupados quando ele transformou Domitila em dama de companhia da imperatriz. Foi depois que as damas da corte fizeram desfeita à paulista, retirando-se quando ela entrou no camarote imperial. Pedro queixou-se à mulher da injustiça por elas cometida contra a paulista, que não merecia tal ofensa, dizia ele, e obteve sua concordância para elevar a rival à condição de principal dama de companhia.

Leopoldina aceitou a sugestão, por superioridade, mas se arrependeu, porque esse assentimento permitiria à rival estar nas suas pisadas, controlando o que vestia, o que lia, comia, o que fazia, sempre a primeira, com domínio sobre as demais, que não a afrontavam mais porque temiam represálias ou precisavam de seus favores. Virou um fantoche nas mãos das mulheres e só Maria, a Marquesa de Aguiar, parecia-lhe confiável, apesar de não se sentir à vontade para conversar com ela certos assuntos. Muito menos comigo, frei e confessor do marido.

Tempos depois, quando não teve mais dúvidas da traição, a barreira do pudor se rompeu, e não hesitou em empregar, em carta ao amigo Johann Martin Flach, comerciante austríaco estabelecido do Rio, um nome feio da língua materna – apenas a primeira letra, acompanhada de reticências – para designar a amante do marido: "Infelizmente, minha situação está cada vez pior. Meu marido só quer saber da H...". Aliás, este feio nome, em português, era usado por muita gente para se referir à paulista.

Nunca foi fácil a vida de Leopoldina no Brasil, tendo de lidar com atritos entre as damas de companhia austríacas e portuguesas, com a rede de intrigas que existe em toda corte, jogo dos pequenos poderes pelos quais alguns quase se matavam. Por exemplo, o doutor Johann

Kammerlacher, médico que viera com ela, alvejado por essa rede, decidiu retornar ao seu país.

A imperatriz gostava das irmãs de Pedro, Maria da Assunção e Ana de Jesus, ainda muito jovens, que vinham lhe fazer companhia, e achava outra cunhada, Isabel Maria, afetuosa. Mas a sogra lhe parecia realmente desagradável e ousara uma vez lhe chamar a atenção publicamente: "É esta a educação que lhe deram na Áustria?", perguntou dona Carlota Joaquina, deixando Leopoldina vermelha de vergonha.

Não tinha muito apreço pela sogra, por causa de coisas horríveis que dela soubera na Europa, confirmadas por Pedro, que lhe falou com mágoa do comportamento da mãe. Dona Carlota sempre criava problemas: "Nada posso te enviar pela Condessa de Kuenburg, porque meu sogro não confia nela, já que está constantemente com a cara metade dele, a qual se comporta de forma vergonhosa; no que me tange tenho todo o respeito possível por ela, mas lealdade e consideração são impossíveis. Até meu esposo não os tem, embora se comporte exemplarmente", escreveu Leopoldina à irmã.

Apesar disso, quando a família real partiu para Lisboa, sentiu-se mais sozinha. Criada numa família harmoniosa, rodeada de irmãos, irmãs, sobrinhos, tios e amigos – entre eles, o compositor Franz Schubert e o pintor Thomas Ender, que com ela viera para o Brasil – havia aceitado de coração a família portuguesa que lhe deram. E, de repente, aquela família ficava reduzida a Pedro e os filhos.

De Pedro vinha sua felicidade, e é justo que se diga que, nos primeiros anos, ele se esforçou por vê-la feliz. Havia os momentos de cólera, que passavam rápido – eram frutos maus da doença ou da criação. Ela cedia quando ele chorava arrependido, pedindo perdão pelo que fizera, as desculpas cercadas de ternura. Então, sentia-se a mulher mais feliz no mundo.

Pedro gostava de sua companhia. A esposa era gentil, desembaraçada nas cerimônias da corte – dada sua criação em uma das mais civilizadas delas –, e sentia orgulho quando a levava nas recepções a oficiais estrangeiros de língua alemã, que chegavam para ajudar o Exército brasileiro.

Leopoldina percebia o modo como as mulheres olhavam o marido e como ele olhava as mulheres. Mas era Pedro, então, o ciumento, já que a proibia de ir à cidade sem ele e a manteve por um tempo um pouco reclusa. Por causa dos ciúmes, não lhe foi possível aprimorar o seu inglês: "Já que o ciúme português e o velho costume de serralho não permitem o ingresso de nenhum inglês no palácio", confessou à irmã, a quem pediu que não lhe mandasse vestidos de presente, pois o esposo não a deixaria usar: "Porque imagina que quando alguém se veste segundo a moda é porque tem segundas intenções e por isso, para manter a querida paz doméstica, me calo com paciência", escrevia no final de 1824, quando já estavam casados há sete anos.

O ciúme de Pedro podia impedir Leopoldina de aprimorar seu inglês, mas não lhe era desagradável, pelo contrário. Uma cena curiosa de ciúmes aconteceu quando Pedro apresentou à esposa o tenente alemão Carl Seidler, que viera para o Brasil atraído pela propaganda do austríaco Georg Anton von Schäffer sobre o paraíso à espera dos estrangeiros que servissem ao Exército brasileiro. Seidler chegou e viu-se perdido na burocracia. Atrevido, foi ao palácio falar como imperador – o relato do que aconteceu está no livro que ele me enviou anos depois, para ser dado à Biblioteca Imperial, sobre seus quatro anos no Brasil.

Seidler chegou cedo ao palácio e encontrou Pedro nas estrebarias, furioso, arreando seu cavalo porque nenhum serviçal havia ainda acordado. Disse ao imperador o que pretendia e foi encaminhado ao ministro da Guerra, que o designou para o 27º Batalhão de Caçadores. Para agradecer ao imperador, retornou ao palácio no dia de uma cerimônia pública e foi por ele apresentado à imperatriz. Ficou fascinado por ela. Leopoldina, que muitos no Brasil achavam sem beleza e graça, era para ele deslumbrante: "Jamais mulher exerceu uma impressão sobre mim como esta nesta hora; mal me atrevia a erguer os olhos para ela e, quando se voltou para mim e nossos olhares se encontraram, envergonhei-me como se tivesse cometido algum mal, ou como Adão que estivesse nu no Paraíso. Neste momento, eu teria dado tudo por uma coroa régia."

Leopoldina fazia perguntas ao jovem oficial em dialeto austríaco – "Meu marido manda-lhe perguntar... – e ele, encantado, nada respondia, alheio a tudo ao redor: "Que palavras, que som de voz e os gestos de que foram acompanhados. Esta é toda a riqueza que pude trazer do

Brasil, o Eldorado dos meus desejos." Pedro continuava com as perguntas, Leopoldina traduzia, mas o jovem parecia não ouvir: "Certamente ela consertou o que eu tinha estragado em minhas respostas, pois dom Pedro riu-se e beijou-lhe a mão; os circunstantes sorriram, pois era raro que ele fosse galante com sua esposa."

Mas, pouco tempo depois dessa cena presenciada por tanta gente, Leopoldina começou o seu aprendizado do ciúme que, por orgulho, não se havia ainda permitido. De algum modo teve por essa época a certeza da traição de Pedro. Escreveu à irmã: "Não reconhecerias mais em mim tua velha Leopoldina se me visses agora. Meu caráter brincalhão se transformou em melancolia, misantropia. Infelizmente, não consigo encontrar ninguém em quem possa depositar minha plena confiança, nem mesmo em meu esposo porque, para meu grande sofrimento, não me inspira mais respeito."

Uma de suas dificuldades fora fazer amizades com mulheres na corte. Não tinha afinidade com as que estavam ao seu redor, brasileiras nobres ou estrangeiras casadas com diplomatas ou comerciantes. Havia recebido educação primorosa, fora cercada toda a vida por gente culta, mas não era apenas isso que a diferia das outras. O que a tornava diferente era a paixão pela liberdade, privilégio, então, apenas dos homens. Era o que a fazia sair sozinha pelas florestas, galgando as mais altas montanhas, a pé ou a cavalo, para lá de cima dominar o mundo. Pelo caminho, assustava os matutos que ficavam de olhos arregalados se perguntando o que fazia a louca da imperatriz por aquelas bandas.

Se homem fosse, Leopoldina seria um navegante, um descobridor. Não, desculpe, seria um cientista, como muitos de seus compatriotas que buscavam no Brasil suas novas e fantásticas descobertas. Como Spix e Martius, nomes que ela admirava tanto. Talvez isso explique porque Leopoldina teve mais facilidade para fazer amigos homens, transformados em confidentes. Sentia-se bem com eles, não só pela deferência como a tratavam, mas porque os achava mais interessantes que as mulheres da corte, no que tinha razão. Seus grandes amigos foram o Barão de Mareschal, de quem não gostava muito no início, o comerciante Johann Flach, o oficial Bösche e o francês François Pascal Bouyer, um marselhês que havia escolhido para chefe de cozinha do palácio. Do círculo do poder, José Bonifácio foi íntimo e houve quem aventasse a hipótese de o paulista, eterno conquistador, ter por ela um sentimento que ia além da admiração. Sei que em mim confiava, mas, como já disse, se às vezes se sentia tentada a me confidenciar alguma coisa, logo se retraía por ser eu confessor do marido.

Talvez essa característica de Leopoldina, esse gosto pela liberdade, explique suas atitudes naqueles anos: a paixão por Pedro, a admiração que tinha pela coragem e ousadia do marido (lembrem-se do trecho em uma de suas cartas onde ela lhe implora que retorne da viagem a São Paulo porque somente sua presença e energia poderiam salvar o Brasil da ruína), a facilidade como aceitou seus planos e colaborou com eles, sua coragem em fugir com os filhos para Santa Cruz quando estavam ameaçados de prisão, sua astúcia em ficar no caminho de Santa Cruz à espera de Bonifácio para convencê-lo a ser ministro. Seu desempenho como regente num momento decisivo. Seus desesperados pedidos de ajuda ao pai para o reconhecimento do Brasil. Leopoldina foi, não tenham dúvidas, a melhor companheira que Pedro poderia ter na vida, mas os homens, ah! Os homens ...

Maria Graham seria, no Brasil, a grande amiga de Leopoldina. Eram parecidas, nas coisas de cultura e na paixão pela liberdade. Mas lady Graham era mais livre, podia sair pela cidade com seus amigos homens. A imperatriz gostaria de ter feito na vida o que ela fazia. Sair pelo mundo, o vasto mundo, na companhia de Pedro e dos amigos homens. Em meados de 1824, esperava com ansiedade a chegada de lady Graham de Londres, na certeza de que teriam muito a conversar. E, finalmente, poderia aprimorar o seu inglês sem despertar ciúmes em Pedro. Só tinha um temor. Que a inglesa despertasse ciúmes nas almas mesquinhas que habitavam o palácio, como Plácido de Abreu ou as amigas de Madame Santos, e fosse por elas perseguida.

"Comecei a ler sua obra sobre a Índia", escrevia para a amiga inglesa, que ainda estava em Londres cuidando da publicação de dois livros, revendo parentes e comprando material de ensino para Maria da Glória. Na viagem de retorno ao Brasil, iniciada em 3 de junho, a inglesa fez escala em Pernambuco no momento em que chegava à costa seu amigo lorde Cochrane para combater os revoltosos. Com a curiosidade e a coragem que lhe eram próprias, foi em terra conhecer o líder da revolta, Antônio Carvalho Paes Andrade, que chamava de senhor Carvalho. Tentou convencê-lo a aceitar a paz para evitar mais mortes. Passou uma tarde com ele e a família – mulher e duas filhas. Notou que falava inglês muito bem. Andrade aproveitou sua amizade com lorde Cochrane para falar de sua admiração pelo almirante e que, caso fosse derrotado, pensava em pedir proteção ao inglês – como de fato veio a fazer poucos dias depois.

Em Recife, lady Graham soube que Leopoldina dera à luz a um novo filho. Encontraria a família imperial maior, com mais crianças para ela educar. Gostava da ideia de educar nobres brasileiros. Chegou em 3 de setembro. Leopoldina estava, desde a véspera, ansiosa e animada: "Acho que encontrei em lady Graham uma boa educadora para Maria da Glória. Deus permita que a maneira de pensar equivocada daqui e a política da corte não me coloquem obstáculos nem afugentem a boa mulher."

Maria Dundas Graham tinha 41 anos quando entrou na Quinta da Boa Vista e nos cativou a todos. Mas ali ficou pouco tempo. Aconteceu o que Leopoldina previra: começaram as intrigas das amigas de Domitila, de Plácido de Abreu, que a imperatriz detestava, e até do padre René Boiret, que se metia em tudo. Maria Graham, livre como era, partiu. Em seus escritos atribuiria a Plácido e à sra. Santos, como chamava a amante do imperador, a culpa por sua partida.

"Meu destino foi sempre ser obrigada a me afastar das pessoas mais caras ao meu coração", escrevia Leopoldina para a amiga, lamentando ter sido privada de sua companhia, de seus conselhos, de sua amável conversação, "distração e consolo nas horas de melancolia". Nem podia ir ter com ela, que morava na rua dos Pescadores, com medo das intrigas de Plácido de Abreu. Revoltada, no dia 6 de novembro de 1824 escreveu à amiga: "Fique tranquila. Estou acostumada a resistir e a combater os aborrecimentos, e, quanto mais sofro pelas intrigas, mais sinto que todo o meu ser despreza essas bagatelas. Mas confesso, e somente à senhora, que cantarei um louvor ao Onipotente quando me tiver livrado de certa canalha."

Quatro meses depois, em março de 1825, a inglesa continuava no Brasil e Leopoldina combinava com ela um modo de que pudesse ver seus filhos fora do palácio: "Quero evitar que seja tratada grosseiramente por pessoas que, cada vez mais, me são insuportáveis." Mandou dinheiro para a ela, temendo que pudesse estar precisando e encomendou uma pequena medalha com cabelos de suas filhas para lhe dar de presente. Na última carta para lady Graham, que já estava de volta a Londres em junho de 1826, falou de mais um sofrimento que lhe seria imposto: "Dentro em pouco serei obrigada a fazer um novo sacrifício que será de me separar de Maria da Glória que deve partir para a Europa."

Corria o ano de 1825 quando comecei a perceber mudanças em Leopoldina. Ela parecia alheia a tudo, sobretudo não se importando com sua aparência. A imperatriz já não era vaidosa por natureza, rebelando-se contra tudo que reduzia sua ânsia de liberdade. Para que usar espartilho, como sugeria a Baronesa de Montet, se isto a incomodava? Para que cuidar dos cabelos, que caiam pelas costas, se tinha um bom livro para ler ou cartas a escrever para a família? Para que cuidar de roupas se, vestida com uma camisola velha, de chinelos, a saia muito usada esburacada presa com alfinetes, podia brincar melhor com os filhos? E o que havia de errado em vestir-se como uma cigana ou mulher do povo?

Mesmo pessoas que amavam dona Leopoldina se inquietavam com a displicência com que ela tratava a si mesma. Bösche, um dos oficiais alemães recrutados por Schäffer para o Exército, surpreendeu-se com seu modo de vestir quando ela foi com o marido receber militares que chegavam ao país: "O traje parecia mais de homem que de uma mulher. O chapéu redondo, polainas, túnica e, por cima, um vestido de amazona. Completavam o costume botas de montar com pesadas e maciças esporas de prata que lhe tiravam toda graça e atrativos pelos quais, em geral, unicamente a mulher domina e torna-se irresistível; e sua tez era avermelhada".

Quando, anos depois, li o livro de memórias do oficial, tive que concordar com a descrição que fizera da imperatriz. Mas ao chegar ao Brasil, Leopoldina era uma jovem bonita. O pastor inglês Walsh achava que ela era formosa, com seus cabelos louros, feições regulares e olhos muito azuis. Quem contemplava o retrato de sua juventude, pintado por Ender em Viena, não via diferença entre a moça do retrato e aquela que chegava com um sorriso nos lábios: os cabelos louros em cachos emolduravam um rosto oval no qual se destacavam os olhos azuis um pouco tristes, a boca infantil e a pele rosada. Porém, as sucessivas maternidades e a tendência para engordar fizeram com que fosse perdendo os atrativos da juventude.

Eu me perguntava se o seu modo de se vestir não seria uma forma de se opor à rival, porque, se já não era vaidosa, passou a ficar quase desleixada, dando preferência a roupas quase masculinas que contrastavam com sua alma doce e, sobretudo, com as roupas decotadas e enfeitadas de Domitila. Também me preocupava o oposto da moeda: por que Domitila tinha necessidade de se exibir, de estar próxima de dona Leopoldina, de incomodá-la com sua presença, se já tinha o que desejava, que era Pedro? Era como se estivesse a desenrolar-se à minha frente um curioso jogo de domínios que não poderia terminar bem, como não terminou.

Num determinado momento, julguei perceber que o que movia Leopoldina era a necessidade de mostrar os sentimentos superiores de sua alma, de aceitar as humilhações como parte de uma penitência, de esconder suas lágrimas numa máscara de bondade — suprema virtude em sua preocupação permanente com os pobres e desvalidos – quase como se fosse uma santa pronta para o martírio. Havia em seu comportamento não apenas a ostentação de sua superioridade, mas até uma certa provocação que lhe dava alívio, como se estivesse dizendo a Domitila: eu sou a esposa, isto você não me pode tirar, e nem Pedro será todo seu, visto que mais uma vez estou grávida dele e ficarei quantas vezes quiser, porque ele continua a me procurar. A percepção disso parecia incomodar Domitila mais que qualquer outra coisa, e a levava a exibir-se cada vez mais como amante. Era assim que alguns explicavam o pouco pudor com que se exibia e as humilhações que impunha à rival, sem que Pedro reagisse.

A certeza de que Pedro estava enlouquecendo em sua desmedida paixão por Domitila me ocorreu pela primeira vez quando ele, pondo de lado as conveniências, achou modo de transformar a amante em camareira-mor da imperatriz. Eu, que, como seu confessor, ouvia seus pecados já com certa impaciência, porque os conhecia de cor, disse que era cruel esse comportamento, e aumentei a penitência para umas tantas orações, certo de que de nada adiantaria. Mas quando, no final de 1825, ele incluiu Domitila na comitiva da viagem à Bahia, alegando ser ela a camareira-mor da imperatriz, compreendi que para isso lhe dera ele o cargo, para tê-la junto a si, vigiá-la sempre, dominado por seus ciúmes doentios, sem se importar com o sofrimento que produziria na esposa. Então, aproveitando estar ele em confissão, eu lhe disse que não iria à Bahia, que entendesse minha decisão como desejasse, e, sem mais palavras, retirei-me irritado.

Foi por essa ocasião que, levados não se sabe por quem, chegaram às mãos de Leopoldina pasquins e cartas anônimas que estavam fazendo furor na cidade, denunciando a falta de pudor do imperador ao impor na viagem a amante. E Pedro, sabe-se lá porque, foi comentar com a imperatriz o abuso dos pasquins que invadiam sua privacidade. Estava irritado e mais irritado ficou com a resposta de Leopoldina: "Por que se preocupar? Se for falso, não merece atenção; se verdadeiro, merece desprezo." Da frase, ditada pelo bom senso e orgulho, serviu-se ele para me dizer que a mulher não mais o amava. Mas naquela semana a tratou com mais respeito e atenção. Mais tarde, diria ao Barão de Mareschal que a indiferença de Leopoldina o havia afastado dela, porque as portuguesas e brasileiras lutavam por seus homens e ela não – de vítima, dona Leopoldina se transformava na culpada dos pecados do rei.

Notei, antes da partida em 3 de fevereiro de 1826, que o que mais preocupava Leopoldina era que Maria da Glória, muito esperta para os seus sete anos, pudesse perceber alguma coisa. Mas só ela tinha essa preocupação: as demais pessoas agiam como se tudo fosse natural e, durante a viagem, teve de suportar a rival desfilando pelo convés do navio com a menina como se a filha fosse dela, testando os limites de sua paciência. Em Salvador, Pedro foi acomodado no primeiro andar do palácio do governo, ficando a amante no segundo. A imperatriz foi colocada num edifício contíguo, o Palácio da Relação, e Maria da Glória numa passagem entre os dois prédios. Leopoldina tinha razão ao afirmar, no retorno: "Sob todos os aspectos, foi uma viagem desagradabilíssima para mim."

O desembarque em Salvador foi em 27 de fevereiro. Pedro desfilou com a imperatriz e a filha, seguidos da comitiva onde se destacavam as viscondessas de Santos, de Itaguaí, de Lorena, a Baronesa de Itapagipe, os barões de São Simão, de Rio Pardo, os viscondes de Lorena, de Cantagalo, de Barbacena, os servidores Francisco Gomes da Silva, Rocha Pinto, o cônego Boiret. As atenções convergiam para as mulheres: qual delas seria a amante? Fácil descobrir: a mais senhora de si. E um pescador vendo tudo aquilo e já sabendo da fama do imperador, teria dito: "Sim, senhor, tudo na Bahia está em alegria, e o maganão vai divertir-se bem."

Mal desembarcou em Salvador, Pedro deu início à sua intensa atividade habitual: visitou o Arsenal da Marinha, censurou o inspetor de trem por não ter feito obras que autorizara, proibiu o trabalho de escravos nas repartições em que seu senhores fossem empregados, visitou conventos, autorizou obras em diversos lugares, passou revista à tropa, orou na igreja do Bonfim, inspecionou fragatas em construção, distribuiu esmolas a orfanatos, deu dinheiro para obra sociais; recebeu em audiência mais de seiscentas pessoas, inspecionou a alfândega, a Casa de Arrecadação do Tabaco, o Hospital Militar, a igreja da Misericórdia etc. Isso apenas nos primeiros dias, mas continuou na mesma atividade até 17 de março, sem parar, como era de seu feitio.

Durante a ausência de dois meses do imperador, tive que me desincumbir de tarefa que me causou enorme sofrimento e não menor a Pedro e a Domitila. Como foi dito, no final de 1825, Leopoldina e Domitila deram à luz meninos que receberam na pia batismal o mesmo nome de Pedro. O de Domitila, que ficara aos cuidados da avó Escolástica enquanto a mãe ia à Bahia, veio a falecer na ausência dos pais, e coube a mim e a parte da corte acompanhar seu enterro e velório, o que me causou dor e reflexão sobre os destinos dos entes que tinha sob meus cuidados.

Houve embaraço entre os ministros ao saberem da morte, pois o menino não fora ainda reconhecido por Pedro; mas como muitos haviam ouvido dele a confirmação da paternidade, a criança foi velada na igreja do Engenho Velho, paróquia de São Cristóvão, em cerimônia assistida por ministros e conselheiros, e o corpo, escoltado por camareiros em libré, conduzido pelos viscondes de Santo Amaro, da Cunha, de Aracati e Taubaté ao lugar destinado "até que a vontade do pai seja conhecida" – em julho, Pedro ordenaria a sua transferência para o convento de Santo Antônio. A chave da tumba foi entregue ao Conde de Palma, mordomo-mor. Sofri com a morte do inocente, sem imaginar que o ano de 1826, que apenas começava, seria de muitas mortes e sofrimento.

    Pedro me contaria depois que, naquele início de março, entregue a seus afazeres em Salvador, pôs-se a pensar muito no pai. Imaginou que o fato de estar na Bahia era o motivo do pensamento: ali tivera dom João VI o primeiro contato com a terra que havia amado e o fizera feliz. No dia 10 de março, Pedro recebeu em audiência 577 súditos, visitou o convento de São Francisco, a capela de Nossa Senhora e lembrou-se da emoção do pai diante dos belos altares dourados. Afastou o pensamento que o impedia de se concentrar, esmagou a saudade e seguiu para Itaparica, onde visitou a Fábrica de Pólvora, deu despachos, participou de jantares, recebeu visitas, fez requerimentos e comprou dois negrinhos por 240 mil réis, sem imaginar que naquele dia 10 de março de 1926 dom João VI entregava sua alma a Deus em Lisboa.

MORTE DE DOM JOÃO VI

Em 10 de março de 1826, distante apenas dois meses de completar 59 anos, dom João VI morreu vítima de enfermidade misteriosa que começou no primeiro dia do mês com uma crise de fígado que o fez vomitar bílis. No dia seguinte, já estava bem-disposto e quis dar um passeio de carruagem ao longo do Tejo, até Belém, para respirar ar puro. Parecia recuperado no dia 4 quando acordou e almoçou, com o apetite de sempre, um frango corado, queijo e laranjas. Depois de digerir as frutas, porém, teve sufocações, vômitos e convulsões que o fizeram mergulhar em agonia de seis dias. As suspeitas sobre o que teria causado sua morte convergiram para as laranjas, que desapareceram da bandeja onde pareciam reinar inofensivas.

Sofrera muito o rei naqueles anos, um sofrimento sem fim. Tivera razão ao hesitar em deixar o Brasil, onde fora feliz, pois o retorno só lhe causou tristeza e desgosto. Embarcou de volta em 24 de abril de 1821 na nau com seu nome, acompanhado de 4 mil pessoas, mais os corpos de dona Maria I e do Príncipe Pedro Carlos. Chegou em Lisboa nos primeiros dias de julho, mas o desembarque só se deu no dia 4, cercado de nervosismo porque o governo liberal temia um golpe absolutista e, para evitá-lo, adotou medidas humilhantes para um rei: a nau em que viajara ficou incomunicável, rodeada de escaleres que impediam a passagem; foi proibido de nomear comandos militares e intendentes da polícia sem autorização das Cortes e nem pôde escolher dia e hora do desembarque. Apesar da afronta, desceu do barco sorrindo, porque estava feliz de reencontrar seu povo e porque sua alma mansa não sabia ser de outro jeito. Caminhou no Terreiro do Paço debaixo de rico pálio de cetim branco bordado de ouro, seguiu para a Sé de carruagem por estar cansado, e ali teve momentos de elevação da alma ao ouvir o coro dos melhores cantores e instrumentistas do Reino. Ao seu lado, estava o Infante dom Miguel.

Portugal estava dividido, descontente, endividado e ele nunca mais teria um momento de tranquilidade por conta de conspirações de sua mulher e filho, que pretendiam lhe dar de volta os poderes de rei absoluto, que nem desejava tanto, porque preferia viver o tempo que lhe restasse de vida de modo menos atribulado. A primeira das conspirações foi abortada pelos liberais em abril de 1822, e o rei não se surpreendeu ao descobrir que por trás da trama estava sua mulher: os conspiradores da rua Formosa queriam substituí-lo por uma regência presidida por Carlota Joaquina que não desistira de reinar um dia. Era gente da nobreza e do clero que manipulava a fé e desespero do povo: em maio, uma imagem de Nossa Senhora da Conceição que aparecera do nada na ribeira do Jamor, em Carnaxide, foi transformada em padroeira da restauração dos absolutistas e todos eles foram visitá-la em romaria, inclusive a rainha, que levou de presente uma lâmpada de prata para pedir à santa a volta dos bons tempos. Só um esquadrão militar conseguiu tirar dali "a Senhora da Rocha ou da Barraca" e acabar com a farsa.

Na segunda metade de 1822, a rainha fez mais uma das suas proezas: recusou-se a jurar a Constituição, como havia feito o rei e os que tinham juízo. Nobres e fidalgos foram à rainha, a mando do rei, implorar que jurasse. A eles, Carlota Joaquina respondeu: "Diga a El-Rei que eu não juro, porque fiz um sistema de não jurar em cousa nenhuma, não por soberba ou por ter nada contra as Cortes, mas porque fiz o sistema de não jurar; quanto às minhas filhas, a lei afirma que menores de 25 anos não precisam jurar." As Cortes responderam que se não jurasse, teria que deixar o Reino, como o Cardeal Patriarca de Lisboa fizera um ano antes. A rainha respondeu que estava muito doente, propôs se recolher à Quinta do Ramalhão com as filhas e, disse ela, logo que estivesse melhor de saúde, seguiria para Cádiz, sul da Espanha, por mar. Recolheu-se à casa e dali só saiu morta, anos depois.

Os liberais estavam ainda a decidir sobre o caso quando desabou sobre eles a pior das notícias: o Brasil fizera sua independência com Pedro. A perda da ex-Colônia estimulou mais uma revolta: o Conde de Amarante tentou restaurar o absolutismo em fevereiro de 1823, sem sucesso. Mas o que veio em seguida foi mais assustador: no dia 27 de maio, Miguel deixou uma carta ao pai explicando que aderia a uma rebelião militar por estar ameaçado de morte: "Sei que lhe dou desgosto, porém mais desgosto teria se me visse morrer envenenado, ou de outra qualquer desgraça." Dom João informou às Cortes que Miguel fugira à noite com o regimento 23; outros regimentos aderiram à revolta e seguiram em direção a Vila Franca, que deu nome ao movimento, Vilafrancada. Ali, Miguel conclamou o povo a se revoltar contra as Cortes: "Em nome do melhor dos reis temos sofrido o mais intolerável despotismo. Libertemos o rei."

Enquanto as Cortes conseguiam impedir que mais tropas se unissem aos revoltosos, em 28 de maio, bem cedo, foi nomeado um novo chefe de Exército, o general Jorge Avilez, recém-chegado do Brasil. Em meio aos boatos de demissões de generais suspeitos de apoiar os revoltosos, dom João VI foi com as filhas à procissão do Corpo de Deus, como se nada tivesse acontecendo, e no dia 30, lançou uma proclamação renovando seu juramento à Constituição: "Eu ainda não faltei uma só vez à minha palavra. Saberei manter a Constituição que livremente aceitei." Acrescentou, sobre Miguel: "Eu já o abandonei como filho e saberei puni-lo como rei."

À noite, o rei renegou o que dissera à tarde e deixou os liberais como baratas tontas: acompanhado do 18º Regimento de Infantaria, saiu às escondidas de Lisboa rumo a Vila Franca e aderiu ao movimento do filho. Miguel o recebeu com suas tropas e uma guerrilha de duzentos homens. Beijou as mãos do pai. O rei dissolveu as Cortes, reintegrou Carlota Joaquina em seus direitos e nomeou Miguel comandante-chefe do Exército. As tropas rebeldes entraram vitoriosas em Lisboa, o absolutismo foi restaurado e começaram as perseguições aos liberais. A família real foi a Carnaxide agradecer a Nossa Senhora da Conceição da Rocha a graça alcançada e, aos 21 anos, Miguel foi transformado em herói de Portugal, "libertador de seu pai e da pátria".

O ano de 1823 terminou bem para os absolutistas. Porém, no início de 1824 um crime misterioso abalou o Reino: no dia 29 de fevereiro foi encontrado no Palácio Real de Salvaterra, o corpo do primeiro Marquês de Loulé, Agostinho Domingos José Mendonça de Moura Barreto. O principal conselheiro de dom João VI fora assassinado. Um inquérito ouviu 130 testemunhas, acusou seis pessoas pelo crime, todas próximas de Miguel e de dona Carlota Joaquina. Dois meses depois, Miguel, comandante do Exército, liderou nova revolta a pretexto de "salvar o pai da pestilenta cáfila dos pedreiros-livres". Na verdade, queria deter a investigação.

Em carta a dom João, Miguel explicou seus motivos: "Meu rei, augusto Pai e Senhor: estremecido com os horrores da pérfida traição maquinada por terríveis associações maçônicas que, a brotarem raios de sua malvada impiedade, abrasariam a Reinante Casa de Bragança, reduzindo a cinzas o mais belo país do Universo, me resolvi, depois de ouvir os sinceros e mais fiéis votos dos bons portugueses, chamar às armas o brioso e imortal Exército português para a frente dele fazer triunfar a grande obra começada no sempre memorável dia 27 de maio de 1823, já que por fatalidade não esperada, seu êxito não tem correspondido à expectativa dos viventes".

E seguia a carta por aí, dizendo ainda Miguel que o pai estava rodeado de traidores, liberais e maçons, situação que exigia que fosse libertado; e concluía afirmando que o rei e pai não poderia deixar de aprovar sua heroica resolução "que tem por fim salvar Vossa Majestade das garras dos infames que o cercam e o têm conduzido ao precipício; e salvando Vossa Majestade de tão iminente perigo, salva fica a Real Família e a nação".

Miguel pedia também ao rei que lhe concedesse amplos poderes para agir, pois não havia tempo a perder. Nem havia ainda a proclamação chegado ao rei e já estavam presos seus principais conselheiros – Palmela, que vocês já conhecem, Vila Flor, que logo conhecerão, o Conde de Paraty, o Barão de Rendufe, intendente de polícia, o Barão de Portel, comandante da Guarda de Polícia, e mais oitocentas pessoas detidas em poucas horas. O rei foi feito prisioneiro no palácio e os diplomatas estrangeiros, liderados pelo francês Hyde de Neuville, exigiram vê-lo, o que impediu que lhe acontecesse o pior.

Mas, como eu sempre disse, dom João era mais esperto do que imaginavam todos. Sabia que a rainha estava por trás do golpe. Em carta ao irmão de Carlota Joaquina, afirmaria ser ela "a mais culpada e a primeira motora das intrigas e conspirações que me têm tramado"; também sabia que Miguel era um instrumento nas mãos da mãe. Passou a temer o filho, e foi surpreendente o modo que encontrou de dar um contragolpe nos dois traidores: depois de ouvir missa no dia 9 de maio, manifestou desejo, logo atendido, de dar um passeio ao Palácio de Caxias com as infantas suas filhas; com elas tomou a galeota real e, em meio ao Tejo, ordenou que seguisse em direção à nau inglesa *Windsor-Castle*, subiu a bordo e pediu asilo aos velhos aliados.

Imediatamente, assinou decretos destituindo o filho do comando das Armas, soltando quem tinha sido preso e prendendo os que haviam tramado o golpe. Miguel foi intimado a apresentar-se ao rei e, numa carta, pediu-lhe perdão: "Amar e servir a Vossa Majestade tem sido, desde que me conheço, a principal ocupação da minha vida, o único objeto da minha ambição." No dia 13 de maio, aniversário do pai, partiu a bordo da fragata *Pérola* para o seu primeiro exílio. Só no dia 14 de maio, depois do embarque do filho, o rei abandonou a nau inglesa, condecorou os diplomatas estrangeiros pela ajuda a ele dada, e retornou à sua vida mais melancólico que nunca porque, como dizia frei Oliveira Lima da Misericórdia, que me contou tudo isto, traição de mulher é coisa que se suporta, mas de filho é dor que não tem fim.

E agora, dois anos depois de todos esses golpes e sustos, Miguel ainda em seu exílio dourado na Áustria, estava o rei em agonia no início de março de 1826, e seu estado piorou de tal forma que no dia 5 recebeu os sacramentos. Diante da gravidade do quadro, a infanta dona Isabel Maria sugeriu uma reconciliação *in extremis* com dona Carlota Joaquina. Com seu espírito bondoso, e querendo chegar aos céus em paz com sua alma, o rei concordou, e saíram os emissários a buscar a rainha, que se recusou a vir porque, disse ela, estava muito doente, muito débil, fraca, não teria forças para uma viagem de carruagem até o Palácio da Bemposta. "Melhor assim. O rei foi poupado de uma entrevista suprema com a esposa desleal que o fez infeliz e ridículo", resumiu o frei Oliveira.

Antes de o rei entregar sua bondosa alma a Deus, já circulavam rumores de que fora envenenado. Algo peçonhento fora colocado nas laranjas maduras do Norte da África, ou no franguinho corado que tanto lhe dava prazer, ou nos queijos tenros da Serra da Estrela. Mais suspeitas despertaram as laranjas, diziam as más línguas, porque até chegar a elas tudo correra bem. Seria injusto e desrespeitoso dizer que o rei glutão morrera pela boca, visto que o enorme apetite nunca lhe pregara semelhante peça. Havia coisa naquelas laranjas e quando os murmuradores se fizeram a pergunta sobre quem estaria por trás da coisa, um mesmo nome veio ao pensamento dos tímidos e aos lábios dos atrevidos: Carlota Joaquina.

Que o mesmo pensamento ocorria a ricos e pobres, poderosos e humildes, ficou provado nos olhos arregalados de todos que puderam constatar pessoalmente que a morte do rei deu novo ânimo à rainha. Mais desconfiado ficou quem com ela conversou pouco depois, vendo-a receber o corpo diplomático com um entusiasmo de chamar atenção. Ao lhe apresentar condolências em nome do rei George IV, o embaixador britânico sir William Court procurou nela, em vão, vestígios da debilidade que a havia impedido de se despedir do marido; e ficou estupefato quando a rainha viúva, sem que nada lhe fosse perguntado, disse que o marido fora envenenado pelos bandidos que o cercavam há muito tempo, que tal gente usara um composto de arsênico de nome água-tofana, e que ela sabia a data exata em que a primeira dose fora administrada, assim como sabia que ela, Carlota Joaquina, seria a próxima vítima. O diplomata saiu dali lívido de susto e assombro.

Por quais motivos haviam assassinado um rei que não fazia mal a ninguém? De acordo com frei Oliveira, dom João VI, talvez por influência do filho Pedro, começava a se tornar um rei perigosamente liberal. Em sigilo, pouco antes de sua morte, havia encarregado o embaixador britânico de informar ao seu governo que era a favor de fazer algumas concessões constitucionais ao seu povo, e não o fizera por ser muito arriscado. Dizia-se também que o rei impedira o início de perseguições sangrentas contra os liberais, e isto havia selado seu fim. Mas voltemos ao leito de morte do rei, para dar continuidade à história.

O rei morria. Mais que seu sofrimento, afligia os conselheiros imaginar o que viria depois. Era preciso garantir uma transição tranquila, impedir que os absolutistas fizessem mais uma das suas. Por esse motivo, pediam ao rei que assinasse logo o decreto que transformaria a filha Isabel Maria em regente enquanto não se restabelecesse. Mas, por pura superstição, foi difícil para o velho rei assinar o documento – de acordo com frei Oliveira, "não se dizia no Reino que bastava se assinar um testamento para o doente morrer?" E, continuou o santo frei, "o que foi que aconteceu depois que ele assinou?"

Um dia depois dos funerais, a Infanta Isabel Maria, que já tinha 25 anos, foi ao Palácio de Queluz passar algumas horas com a mãe e as irmãs. De lá, voltou nervosa e chamou o embaixador britânico. Não tinha dúvidas que Carlota Joaquina tramava ocupar seu lugar ou nele colocar Miguel. A mãe havia se referido a revoltas militares que estariam para explodir, eximindo-se antecipadamente de culpa, e havia sugerido que demitisse alguns ministros. Isabel Maria explicou a sir William Court que pretendia cumprir promessa feita ao pai de esperar a decisão de Pedro sobre o trono, mas como a mãe ia receber herança de 2,5 milhões de cruzados, temia que usasse o dinheiro para financiar rebeliões e queria a proteção da Inglaterra. Quando Court sugeriu que ela poderia estar imaginando coisas, Isabel Maria respondeu: "Senhor, não conheceis como eu meu mano e minha mãe."

Nos dias que se seguiram, o inglês teve de concordar com ela: o 7º Regimento dos Lanceiros se rebelou exigindo dom Miguel como rei e dona Carlota como regente. Por sorte, as forças de Lisboa se recusaram a aderir ao golpe. Isabel Maria continuou regente, mas as irmãs romperam com ela. A mãe continuou decidida a morar em sua companhia no Palácio da Ajuda e deu ordens para fechar a pedra e cal a passagem que levava aos aposentos das infantas – aqui, o frei fez uma pausa para acrescentar que, segundo as más línguas, dona Carlota gostava de ocultar suas patuscadas das filhas. Isabel Maria teve uma de suas crises nervosa, foi aos banhos de Caldas da Rainha para se curar e prevenir ataque de epilepsia, e quando o diplomata inglês foi visitá-la, rompeu em choro desesperado. Pobre Isabel Maria!

♛ ♛ ♛

Pedro recebeu a notícia da morte do pai mais de um mês depois, em 24 de abril. Junto com ela, em papéis timbrados, a notificação de que era o herdeiro do trono e, portanto, poderia ser coroado Pedro IV de Portugal. Foram dias confusos aqueles, com muita decisão a tomar em meio à certeza de que nunca mais veria o pai. Dez dias depois, começariam os trabalhos do Parlamento brasileiro e não se podia descuidar do Brasil. Nem de Portugal, que esperava uma resposta. Os mais próximos de dom João sabiam o que desejava seu coração: Pedro, o filho querido, como sucessor, para unir novamente na mesma Coroa o que havia separado. Ao partir, aconselhara o filho a tomar a Coroa do Brasil antes de algum aventureiro, e agora lhe dava oportunidade de desfazer o que fizera. Era isso o que desejava o rei.

Mareschal foi o primeiro a correr ao palácio após a chegada da notícia da morte do rei – porque era apressado e assim exigia sua profissão. Da conversa com Pedro, concluiu que ele estava tentado a ficar com as duas Coroas. Mas, pouco depois, Pedro anunciou que abdicaria do trono de Portugal em nome de Maria da Glória e ficaria no Brasil. Então, Mareschal informou a Metternich que fora decisiva na renúncia a intervenção da Viscondessa de Santos, "brasileira *très emportée*."

Pela primeira vez, o barão estava mal-informado. Na verdade, sem tirar o mérito da marquesa, devo informar que pesou na decisão a opinião de seus oito conselheiros, a quem pediu orientação. Entre eles, estava eu, que respondi por escrito o que já lhe dissera a viva voz: que não via inconveniente se ele conservasse as duas Coroas. Meu sangue português falou mais alto, porque eu achava que ele seria o melhor governante para os dois países, mas fui voto vencido. Os demais se dividiram, mas um deles se destacou: Felisberto Caldeira Brant, Visconde de Barbacena: "Todos os argumentos que Vossa Majestade usou em defesa da nossa independência se voltariam contra o senhor", disse ele.

Barbacena sugeriu que conservasse a Coroa pelo tempo necessário para garantir a independência das duas nações, confirmasse a regência da irmã, desse anistia aos presos políticos e uma Constituição a

Portugal, convocasse as Cortes e abdicasse em nome da filha Maria da Glória. Foi o conselho de Barbacena o que mais lhe agradou, de modo que, na abertura do Parlamento, pôde dizer com orgulho: "Era o que me cumpria fazer. Agora, conheçam alguns brasileiros incrédulos que o interesse pelo Brasil e o amor por sua independência é tão forte em mim, que abdiquei da Coroa portuguesa para não comprometer os interesses do Brasil, do qual sou defensor perpétuo."

Pedro ainda pôde ouvir o ferrenho adversário Bernardo Pereira de Vasconcellos, relator da primeira lei votada pela nova Assembleia reconhecendo seu filho Pedro como herdeiro, dizer em discurso: "Este reconhecimento consolida o sistema brasileiro, enchendo de alegria o coração dos brasileiros, e lhes oferece no futuro elementos de uma pura consolação quando a Providência chamar Vossa Majestade Imperial para coroar com a verdadeira glória as virtudes pelas quais o mundo já dá a Vossa Majestade Imperial o nome de herói do século XIX."

A vida continuava. Em 30 de agosto de 1826, ele recebeu uma carta anônima dessas que costumavam chegar ao palácio e que nunca deixava de ler, porque através delas se mantinha informado de coisas que seus súditos não queriam ou não podiam lhe dizer diretamente. Assinada por alguém que se dizia o *Português Brasileiro*, a carta enumerava os males do Brasil: "A divisão entre brasileiros e portugueses; a guerra do sul; a cega paixão amorosa que Vossa Majestade Imperial há tributado a mulher indigna de tal sorte por sua má conduta e baixa educação; a existência de um partido, no Rio de Janeiro, que não só queria uma nova forma de governo, mas também o assassínio de dom Pedro I, havendo um prêmio de 100 mil cruzados para quem alçar o punhal."

LEOPOLDINA, A CHAMA QUE SE APAGA

Quando Isabel Maria nasceu, em 1824, Pedro não a reconheceu imediatamente como filha. Dois anos depois, em 20 de maio de 1826, sob efeito da dor pelo filho perdido pouco antes, e que não havia legitimado, reconheceu a menina a quem conferiu o título de Duquesa de Goiás e tratamento de alteza: "Declaro que houve uma filha de mulher nobre e limpa de sangue, a qual ordenei que se chamasse dona Isabel Maria de Alcântara Brasileira, e a mandei criar na casa do Gentil Homem da Minha Imperial Câmara, João de Castro Campo e Melo..." – assim começava o documento registrado nos livros da Secretaria de Estado dos Negócios do Império e assinado por vários ministros.

Pedro tentou anular o registro na Igreja que dava à menina pai desconhecido, e teve séria briga com o bispo dom José Caetano Coutinho, que impediu que fosse rasgada a folha do antigo Livro de Batismos. A partir de então, reconheceu todos os filhos. A legitimação da pequena Isabel foi feita diante das autoridades, de um cônego da Capela Imperial e do abade René Boiret, mestre das infantas, feito capelão-mor da Armada, um daqueles, segundo frei Tarquínio, que alimentava as fantasias de Pedro e Domitila com livros edificantes sobre Luís XV e suas amantes.

Houve uma grande recepção em casa da marquesa para festejar o aniversário e a legitimação da menina, a convite dela e do imperador, com presença de todos que, por conveniência e oportunismo, aceitavam aquela situação, entre eles os ministros e a leva de brasileiros titulados por Pedro – viscondes de Inhambupe, de Cantagalo, de Barbacena, Barão do

Rio Pardo etc. –, todos em gala e já sem o luto devido a dom João VI. O imperador chegou em carro de seis cavalos como em grandes cerimônias, e o coronel João de Castro Melo se apresentou com a menina nos braços.

Dias antes, numa conversa delicada e aflita, Pedro havia pedido à sua mulher consentimento para reconhecer a filha da amante: "Não devo deixar meus filhos na miséria e no abandono porque eles não têm culpa dos atos por mim cometidos", justificou. Leopoldina fez esforço para não chorar. Pedro explicou que seguia o exemplo dos seus antepassados. Mais tarde, diria a Mareschal: "Não fiz nada sem que a imperatriz não soubesse antecipadamente e não tivesse consentido." Contou também à esposa que haveria uma festa pelo reconhecimento em casa de Domitila, no dia do aniversário da menina, 24 de maio.

No dia da festa, Leopoldina, sabiamente, fugiu da situação constrangedora – foi à caça, galgou morros, montanhas, atravessou florestas, até ficar extenuada. Chorou, por fim, em algum canto esquecido. Quatro dias depois, para meu desespero, não pôde se furtar a receber a nova duquezinha, trazida ao palácio pelo avô orgulhoso: "Tudo posso sofrer e tenho sofrido, menos ver esta menina a par de meus filhos. É o maior sacrifício recebê-la, estar na sua presença", disse. Mas nem isso lhe foi poupado.

Um mês depois, em 29 de junho, festejou-se São Pedro em casa de um dos nobres titulados por Pedro. Vieram beijar a mão da imperatriz todos os que haviam beijado a de Domitila. E Pedro, acompanhado de Leopoldina e das filhas, passou o dia junto à marquesa, como um sultão, tendo ao lado os pais da amante e a menina legitimada, de modo que Mareschal não resistiu em me dizer com ironia: "A despeito de tal mistura, o dia passou-se tão alegre e tão tranquilo como se a poligamia fosse legalmente estabelecida no país."

Começava o calvário de Leopoldina, a quem não era dado nem mais o direito de fingir que nada sabia, porque o assunto era notícia de jornal. No *Diário Fluminense*, que publicou artigo elogiando a atitude de Pedro de reconhecer a filha bastarda, lia-se: "Não é por esse lado que se enfraquecem as monarquias, pelo contrário. A História nos faz ver que iguais adoções dos soberanos têm feito mais de uma vez a fortuna dos povos e a salvação dos impérios."

Leopoldina sofria, mas não reagia. Sua indiferença ao que se passava ao lado do palácio – a marquesa se mudara para um palacete bem perto, comprado por Pedro – preocupava Maria Graham e a Marquesa de Aguiar que, certo dia, questionaram sua extrema tolerância com os pecados do marido. Leopoldina respondeu que suportava a traição porque sabia que era ela a mulher que ele mais respeitava e admirava no mundo. Até esse momento, lady Graham também interpretava a discrição de Pedro como prova de respeito pela esposa: "As relações com madame Castro são encobertas tanto quanto possível, o imperador mantém uma certa distância, quase sempre indo aos encontros na calada da noite, e ela se apresenta em público na companhia das irmãs e do cunhado." Mas agora que Leopoldina sabia tudo, como se comportaria ele?

A impressão que me dava Leopoldina era a de uma vela que ia se apagando aos poucos, sem que fizesse esforço para manter a chama viva. Desde dezembro do ano anterior, depois do parto do menino Pedro, não estava bem de saúde. Tivera um parteiro competente, mas não conseguira se recuperar como das outras vezes. E da viagem à Bahia, voltara com fortes dores reumáticas e outras dores da alma, causadas pela humilhação de aparecer em público ao lado da amante do marido, sabendo que todos a estavam comparando a ela ou, no mínimo, dizendo: "Pobre imperatriz!" E para piorar, ao retornar, soube da morte "do melhor e mais terno dos pais", dom João VI. Era como se ficasse cada dia mais só.

Leopoldina também sofria porque, dentro em pouco, teria que se separar de Maria da Glória, carinhosa e aplicada nos estudos. A filha deveria ir para a Europa preparar-se para reinar, pois o pai havia abdicado à Coroa de Portugal em seu nome. E também estava prometida ao tio Miguel, canhestra tentativa de Pedro de aplacar a sede de poder da mãe e do irmão.

Metternich gostou da ideia: a neta de Francisco I, rainha de Portugal e casada com um ardente defensor do absolutismo. Leopoldina, não. Escrevia a Maria Luísa: "Alegra-me muito que meu cunhado tenha mudado para melhor, especialmente porque querem casá-lo com minha filha. Deus permita que seja uma união feliz, pois tenho que te confessar que cada vez mais me convenço de que apenas paixão mútua e amizade podem fazer um casamento feliz, e nós, pobres princesas, somos tais quais dados, que se jogam e cuja sorte ou azar depende do resultado." Era assim que ela se sentia na vida: uma peça de um jogo de dados lançado na mesa – e queria que a filha tivesse destino diferente.

Uma negra melancolia começou a tomar conta de sua alma. A Leopoldina, que parecia uma criança quando aqui chegara, que ria muito e se divertia com as novidades, brincalhona, gentil, carinhosa, quase sempre bem-humorada, às vezes crítica e sempre ocupada lendo, desenhando, tocando piano, brincando com os filhos, escrevendo cartas, redigindo lista de livros para comprar, desaparecia aos poucos cedendo lugar para outra sem interesse em nada, doente, acamada ou sentada numa cadeira junto à janela, os livros abandonados no colo.

Ali fui encontrá-la. Pedi permissão para sentar-me na cadeira em frente, e pus-me a recordar os bons tempos. Lembrei de seus primeiros dias aqui, seu espanto infantil com as borboletas gigantes da floresta da Tijuca, com árvores cobertas de flores de incrível beleza, com plantas exóticas enroscadas em seus troncos, tudo o que nos primeiros tempos lhe parecera o Éden, "não fosse o calor e os mosquitos", dizia ela. Lembrei das sementes que ela punha a secar e do dia em que capturou numa armadilha uma nova espécie de preguiça – que seguiu junto com as sementes como presente para o pai, levado pelo Barão de Neveu. Recordei de suas aulas de equitação e do dia em que pegou sarna, como outros estrangeiros.

Ela foi se deixando levar pela minha conversa, e me veio à memória um dia em 1824, no qual se embrenhou sozinha pela floresta, perdeu-se, arranhou-se nos espinhos das mimosas, nas folhas cortantes de juncos, nas raízes das árvores e plantas e caiu trinta vezes, assustando-se com o rugido das onças, com os porcos-espinhos e o grunhido dos macacos berradores. Leopoldina compreendeu o que eu queria lhe dizer: que tudo parecia assustador naquele dia, mas ela voltara para casa e Pedro estava à sua espera. Fizemos longo silêncio e, quando lhe sugeri que recomeçasse seus passeios pelo seu paraíso, abaixou os seus olhos e respondeu num fio de voz: "Frei Antônio, Adão e Eva foram expulsos do Paraíso."

Em setembro, adoeceu de uma apoplexia o senhor Castro, pai de Domitila. Pedro não saía de sua cabeceira. Leopoldina fez o que lhe pediu o marido, de modo que quando a Marquesa de Itaguaí lhe perguntou, depois de um conselho, porque se sujeitara a ir com o marido visitar o pai da marquesa que agonizava e depois ainda subira com ele à igreja da Glória para rezarem os dois pelo homem, Leopoldina respondeu: "Cada um reza de seu modo. Ele pedirá pelo Castro e eu rogarei a Deus que lhe abra os olhos."

Leopoldina dava a impressão de que estava conformada, mas se enganaram todos. Sua reação veio como uma tempestade que não se anuncia. O tempo começou a mudar quando descobriu que estava novamente grávida. Mareschal veio a mim eufórico perguntar se era verdade e, na mesma noite, comunicou a Francisco I: "É com grande satisfação que anuncio a Vossa Majestade que Sua Majestade está novamente grávida, o que, na presente circunstância, considero um bem enorme para os augustos esposos, porque evitará, pelo menos por algum tempo, uma desunião, pois, apesar de sua paixão ridícula, o imperador faz perfeita justiça às virtudes da esposa."

A imperatriz descobriu também na mesma época que lhe custara enorme batalha – "maior que as dos gregos e romanos" – conseguir que Pedro nomeasse seu amigo Schäffer como encarregado de negócios do Brasil nas Cidades Hanseáticas, mas que Domitila não precisara fazer tanto esforço para que ele desse, no dia do seu aniversário, 12 de outubro de 1826, títulos a toda família Castro Melo: a viscondessa virou Marquesa de Santos, seu pai, visconde, seus irmãos, gentis-homens, dois parentes viraram guarda-roupas, e Delfim, esposo da infiel Maria Benedita, tornou-se Barão de Sorocaba.

O casal teve uma séria discussão – Pedro a criticara por gastar muito e a privara de seus cavalos – e Leopoldina explodiu. Em 21 de outubro, sentou-se em sua escrivaninha e fez uma carta ao marido que pouco aparecia no palácio, ficando todo tempo ao lado do pai de Domitila. Na carta, dava-lhe um ultimato: como havia um mês ele não dormia em casa, desejava que fizesse uma escolha entre ela e a concubina, ou então lhe permitisse retirar-se para junto de seu pai, em Viena. Assinou: Maria Leopoldina, Arquiduquesa d'Áustria, e não, como de hábito, Imperatriz do Brasil.

A primeira pessoa informada da existência da carta foi o cozinheiro francês François Pascal Buyer. A segunda foi Mareschal, que ela chamou para dizer que as queixas que agora fazia ao marido terminavam em discussões, que suportara quatro anos de gravidez simultânea com a marquesa, mas não suportaria mais nada; que Pedro havia dado mais atenção ao pai moribundo de Domitila que a ela, também doente, e pagara luxuoso enterro do Castro, enquanto lhe negava dinheiro e a chamava de perdulária. Para terminar, pedia ao amigo que avisasse a seu pai que pretendia abandonar o paço, refugiar-se no Convento da Ajuda e ali esperar a decisão de Francisco I, a quem pedia que mandasse um enviado que dali a levasse para bem longe.

O barão ouviu o desabafo sem nada responder, sabendo que dificilmente o pedido da imperatriz seria atendido, e temendo pelas represálias da parte de Pedro, que vieram sem tardar – diante da possibilidade da fuga da mulher, passou a mantê-la vigiada todo o tempo pelas damas de companhia e por Plácido de Abreu, o mesquinho barbeiro elevado a secretário de finanças do palácio. Mas, aparentemente, o ultimato de Leopoldina surtiu efeito, porque ela teve seus cavalos de volta e Pedro tomou a seu cargo suas despesas.

Dias depois, no final de novembro, Pedro deveria viajar para o Sul, onde estava a pior herança que lhe coubera: a Guerra da Cisplatina, que se aproximava do fim (o tratado de paz seria assinado seis meses depois, em maio de 1827). Às vésperas da partida, preocupou-se com a saúde da esposa, que estava agitada, com insônia e dores de cabeça, que o médico atribuiu à gravidez. Leopoldina chorava muito e deixava-se sucumbir por profunda tristeza. Em vão tentavam distraí-la com passeios de carruagem ao redor da Boa Vista. Pedro foi solícito e atencioso com ela e, no dia 20, suspendeu o embarque das tropas, decidido a não partir. Mas os médicos o tranquilizaram: não havia riscos para Leopoldina, disseram, e ele partiu no dia 24 de novembro.

Pedro já havia partido havia uma semana quando o estado de saúde da esposa piorou. Em 30 de novembro, o Barão de Mareschal, que ia ao palácio todos os dias saber notícias da imperatriz, teve uma conversa privada com o ministro Paranaguá. Aconselhou que ele sugerisse a Domitila se afastar do palácio. Explicou que ela estaria recebendo cartas anônimas com ameaças; que haviam disparado dois tiros contra seu irmão; por fim, o barão abriu o jogo: achava que a presença de Domitila no palácio só podia fazer mal a Leopoldina, e não conseguia atinar o motivo pelo qual a marquesa não percebia o que parecia tão evidente a todos.

Durante alguns dias, Domitila acatou a sugestão, mas, no dia 1º de dezembro, a imperatriz abortou um feto masculino; seu estado se agravou e, uma semana depois, os médicos não tinham esperança de salvá-la. Leopoldina agonizava, e todos rezavam por ela à espera de que entregasse sua alma a Deus. E foi nesse momento que a Marquesa de Santos entendeu de estar junto da rival, alegando ser seu direito como camareira-mor da imperatriz.

Imprudência e loucura foram as palavras corretas usadas por Mareschal para definir o comportamento de Domitila naquele momento. Como eu estava junto ao leito de Leopoldina, não percebi de imediato como tudo se passou. Certo é que se assustaram os que viram Domitila atravessando os cômodos "com ares imperiais" em direção ao quarto de Leopoldina, "como se fosse tomar posse de tudo" – esta foi a impressão dos que ali estavam. Também chamou atenção o tom arrogante e escandaloso de seus lamentos.

Chamada por alguém, correu à porta a Marquesa de Aguiar que, segundo o costume, havia sido a dama de companhia incumbida de presidir as consultas médicas. Quando viu a marquesa se aproximando, veio avisar a todos nós. Domitila estava na porta quando foi barrada pelo Marquês de Paranaguá: "Por favor, minha senhora. Aqui, não." A Marquesa de Aguiar, o mordomo-mor, Marquês de São João da Palma, e eu, frei Antônio de Arrábida, ajudamos a fechar a passagem. Domitila recuou e Leopoldina pôde morrer em paz.

A imperatriz foi velada por sete dias, e num deles, a Marquesa de Aguiar me deu para ler uma carta que me gelou o coração. Havia sido ditada por Leopoldina no dia 8 de dezembro de 1826, às quatro horas da manhã, e era dirigida à irmã querida, Maria Luísa. Nunca uma carta me fez chorar tanto. Ali estava escrito: "Minha querida mana! Reduzida ao mais deplorável estado de saúde e tendo chegado ao final de minha vida em meio aos maiores sofrimentos, terei também a desgraça de não poder explicar-te os sentimentos há tanto tempo impressos na minha alma. Minha mana! Não tornarei a vê-la! Não poderei outra vez repetir que te amava, que te adorava! Pois, já que não posso ter tão inocente satisfação, ouve o grito de uma vítima que de ti reclama, não vingança, mas piedade e socorro para meus inocentes filhos, que órfãos vão ficar em poder de si mesmos ou das pessoas que foram autores das minhas desgraças."

Leopoldina explicava, então, que em vista de seu estado de saúde, ditava à Marquesa de Aguiar, sua única amiga, a carta com os últimos rogos de sua alma aflita. "Há quase quatro anos, minha adorada mana, por amor de um monstro sedutor me vejo reduzida ao estado de maior escravidão, e totalmente esquecida pelo meu adorado Pedro. Ultimamente, acabou de dar-me a última prova de seu total esquecimento, maltratando-me na presença daquela mesma que é a causa de todas as minhas desgraças. Muito e muito tinha a dizer-te, mas faltam-me forças para me lembrar de tão horroroso atentado que será sem dúvida a causa da minha morte."

Depois, informou que contraíra dívidas com amigos que gostaria que fossem pagas, e concluiu: "A Marquesa de Aguiar fica encarregada de te dar os mínimos detalhes sobre as minhas queridas filhas. Ah, minhas queridas filhas! Que será delas depois da minha morte? É a ela que entreguei a sua educação até que o meu Pedro, o meu querido Pedro não disponha o contrário. Adeus minha adorada mana. Permita o Ente Supremo que eu possa escrever-te ainda outra vez, pois que será o sinal do meu restabelecimento."

O que mais Leopoldina temia ao deixar a vida está nas primeiras linhas da sua carta: que sua morte desse a Domitila domínio sobre tudo o que ainda não conseguira – sobre Pedro, com quem poderia se casar, sobre seus filhos "que, órfãos, vão ficar em poder das pessoas que foram autores das minhas desgraças". Mas seus temores resultaram infundados, porque Domitila nada conseguiria do que desejava e, naquele trágico triângulo amoroso, Leopoldina, morta, seria a vitoriosa.

O que se viu nas ruas da cidade depois que os sinos anunciaram a morte de Leopoldina foi comovente e assustador. O povo, que rezava a novena das quarenta horas na Capela Imperial e rezas de todos os dias nos abrigos e asilos que ela havia ajudado, saiu às ruas desesperado, os escravos se lamentando em voz alta: "Nossa mãe morreu! O que será de nós?" Nunca se viu tristeza tão profunda, pois ninguém na família real havia sido amado como aquela estrangeira que espalhava bondade por onde passava – e a bondade é a virtude que os homens mais admiram.

O povo elegeu, de imediato, uma culpada pelo sofrimento da imperatriz e tentou puni-la. As patrulhas de cavalaria não conseguiram impedir que a casa da Marquesa de Santos fosse apedrejada e quase invadida, sendo ela e os familiares retirados às pressas para lugar seguro, muito assustados. Mareschal parecia surpreso com as manifestações "de um amor e admiração de que não achava capaz este povo", dizia ele. O barão vivia num mundo aparte, que correu a se refugiar em suas casas naquela noite turbulenta.

Leopoldina morreu no dia 11 de dezembro de 1826 por volta das dez horas e um quarto da manhã. Horas depois, foi assinada a certidão de óbito pelos médicos diante do ministro do Império. A seguir, os cirurgiões fizeram pequena incisão no abdome da morta, para introduzir no corpo substâncias corrosivas e aromáticas – a lei portuguesa proibia que cadáveres de mulheres fossem embalsamados. Durante a noite, o corpo ficou mergulhado em banho de vinho e cal para provocar o endurecimento das carnes e, no dia seguinte, vestido com grande uniforme imperial, foi colocado num caixão de chumbo, cuja tampa foi soldada. Desse primeiro ataúde passou para um segundo de madeira, mais simples, exposto numa câmara-ardente para receber as honras funerárias da corte e do povo que, apesar da distância entre a cidade e o Palácio São Cristóvão, para lá se dirigiu para o último adeus à imperatriz.

No dia do cortejo, o segundo caixão foi encerrado num terceiro, também de madeira, fechado à chave e coberto com veludo preto com galões de ouro. Seu destino era o Convento da Ajuda, e o cortejo impressionou o francês Debret. Um destacamento de cavalaria abria a marcha. Depois, vinham doze cavalos das estrebarias do imperador e, em seguida, em uniforme funerário e também a cavalo, autoridades, conselheiros, criados do paço, camareiros, todo o clero da Capela Imperial, sacristãos, cônegos, monsenhores. Após esses, vinham as carruagens e o carro funerário puxado por oito animais cobertos com mantas de veludo negro, rodeado por duas filas de lacaios com imensos círios. Por fim, o povo, tudo terminando bem tarde com o corpo depositado no mesmo lugar onde ficara o da rainha dona Maria I em 1816, até o filho o levar para Portugal.

O hábito da maledicência gerou, naqueles dias, o rumor de que o aborto de Leopoldina fora causado por um pontapé que lhe dera Pedro na barriga grávida, rumor que atravessou os mares em relatos de diplomatas, de nada adiantando argumentar que Pedro fora, sim, cruel com a mulher, mas não seria capaz de tal agressão, e que chegara a suspender o embarque para o Sul no dia 20 por causa da doença da mulher, só concordando em partir quando os médicos lhe garantiram que não havia risco para ela; ou que partiu no dia 24 e só uma semana depois se deu o aborto. Nada conseguia deter o prazer de tais intrigas.

A carta ditada por Leopoldina à Marquesa de Aguiar antes de sua morte certamente contribuiu para os rumores brotados da indignação dos que a leram, aumentados à proporção que seguiam seu curso. Assim, foram surgindo mais intrigas, como a que sugeria que a imperatriz teria sido envenenada por seu médico, doutor Navarro de Andrade, a mando de Domitila, que na imaginação do povo assumiu a feição de dona Carlota Joaquina, julgada capaz de qualquer atrocidade. Correu rápido também a notícia, verdadeira, de que a paulista fora impedida de entrar no quarto de Leopoldina pelo ministro Paranaguá, que por este motivo foi aplaudido pelo povo durante o enterro.

Apesar de negar a agressão de Pedro à mulher, eu não tinha dúvidas de que alguma coisa de grave acontecera entre ele e Leopoldina na frente de Domitila, que estava no palácio para exercer sua função de camareira-mor. É provável que a imperatriz tenha desabafado sua mágoa, ofendido Domitila, talvez, quem sabe, pronunciado o feio nome em alemão que só ousava usar em carta (mesmo assim, apenas a primeira letra seguida de reticências). Ou tenha dito verdades também a Pedro ou exigido mais uma vez que ele escolhesse uma das duas. Tudo era possível no desespero em que se encontrava Leopoldina.

Anos depois, quando frei Tarquínio organizou para a Biblioteca a correspondência do imperador, constatamos que Pedro, ainda sem saber da morte da esposa, havia escrito de Santa Catarina, na mesma hora, quase as mesmas cartas para as duas mulheres da sua vida: "Minha querida esposa do meu coração", para Leopoldina, e "Minha querida filha e amiga do meu coração", para Domitila, e para as duas dava as mesmas informações. Mas para Domitila acrescentaria frase que interpretamos como resposta ao ultimato da esposa: "Nada mais digo senão que sou teu do mesmo modo, quer esteja no céu, no inferno ou não sei onde."

Mas, quando, dias depois de escrever as tais cartas, recebeu pelo navio americano *Emma* a notícia da morte da mulher, ele se desesperou. Mais ainda quando, no navio seguinte, vieram cartas aflitas de Domitila e Paranaguá pedindo que retornasse logo. Passou a temer que alguma coisa grave acontecesse aos filhos e à Domitila na sua ausência, e por sua culpa.

Pedro retornou imediatamente ao Rio. Em carta à amante, ainda no dia da chegada do Sul, falou do desgosto pela morte de sua "adorada esposa", dos cuidados e preocupações com ela, Domitila, e com os filhos, que o impediam de dormir e comer havia três dias; e do pesadelo que tivera com Leopoldina no dia da sua morte, que o teria feito pressentir o pior. Começou aí, dizia ele, sua aflição por se unir à amante e "junto ao seu peito depositar suas lágrimas pela morte da amada esposa" – ao ler esta frase, o sábio frei Tarquínio fez uma pausa e disse: "Era mesmo de seu feitio chorar a morte da esposa no peito da amante."

Na mesma carta, prometia à amante vingança contra os que a haviam destratado: "Pedro I, que é teu verdadeiro amigo, saberá vingar-te de todas as afrontas que te fizeram, ainda que lhe custe a vida." Cumpriu a promessa. Primeiro, demitiu quase todos os ministros, Paranaguá, Baependi, Caravelas, Inhambupe – à exceção do Visconde de São Leopoldo, que estava com ele no Sul, e do Marquês de Laje, amigo da marquesa. O motivo da demissão foi um relatório que os ministros haviam lhe enviado sobre a morte da imperatriz no qual ousaram dizer, em palavras formais, o que todos pensavam e sabiam: que durante seus delírios, Leopoldina "indicara os motivos do desgosto e ressentimento que haviam se apoderado de seu espírito e causado sua desgraça, e que tendo isto chegado ao conhecimento do público, excitou nele grande murmuração com ameaças de vingança."

Depois de demitir os ministros, ocupou-se de nós, que havíamos ousado barrar a entrada da marquesa no quarto de Leopoldina na hora de sua morte: a camareira-mor da imperatriz, Marquesa de Aguiar, o mordomo, Marquês de São João da Palma, o ministro Paranaguá e eu, frei Antônio de Arrábida, fomos afastados de nossas funções; ficamos algum tempo no esquecimento, livres de suas perturbações, até que um dia nos chamou de volta, completamente esquecido das possíveis ofensas que lhe havíamos feito ou que nos fizera.

Imediatamente após sua chegada do Sul – nem tinha visto os filhos –, apareceu Mareschal para visitá-lo e o achou abatido. Contou que ao entrar no palácio sentira falta de Leopoldina vindo esbaforida ao seu encontro; fazia falta aos seus ouvidos as queixas que sempre ouvia dela: por que a deixara sem notícias? Que ingrato fora! Também emocionado, o barão contou o que se passara na cidade. Acrescentou que achara as manifestações populares justificáveis – o que ele ouviu com desprazer. O barão partiu, ele foi ver os filhos, depois anunciou à corte que se retiraria, como costume, para um luto de oito dias, no qual não atenderia ninguém – mas o povo comentou que os dois primeiros dias ele passou em casa de Domitila.

Durante o luto, Pedro escreveu carta ao sogro Francisco I sobre a morte da mulher, afirmando que a tristeza só o abandonaria "quando Deus o chamasse para junto dela". E ainda compôs um de seus horríveis sonetos para ela, no qual se perguntava o que fizera a Deus para merecer tal castigo, liberdade poética que achei demasiada. Os versos exaltavam as virtudes da esposa: "Deus eterno porque me arrebataste a minha amada imperatriz/ eu não sei o motivo e o que fiz/ ela me amava com o maior amor/ eu nela admirava sua honestidade/ sinto meu coração por fim quebrar de dor/ o mundo nunca mais verá em outra idade/ um modelo tão perfeito e tão melhor/ d'honra, candura, bonomia e caridade." Quando li a poesia, não pude deixar de imaginar que Leopoldina, se viva fosse, adoraria aqueles versos.

Porém, o domínio que Domitila tinha sobre ele era tal que o imperador compareceu às exéquias de Leopoldina nos dias 25 e 26 de janeiro com as filhas e lá estava ela entre as damas do paço, fazendo questão de realçar uma gravidez de poucos meses, para que todos vissem. Foram recebidos friamente pela corte e durante o longo serviço se retiraram com os filhos para refeição na tribuna que lhes era destinada. Mas a sombra de Leopoldina não lhes daria mais sossego e mudaria o destino da marquesa no sentido oposto do que ela desejava.

O SEGREDO DA IMPERATRIZ

Meses depois da morte de Leopoldina, foi revelado um segredo conhecido de poucos: as dívidas que ela contraíra ao logo dos anos sem conhecimento de Pedro. Em 28 de março de 1827, o Parlamento votou uma soma de 80 contos de réis para pagar as tais dívidas, e dom Romualdo, arcebispo da Bahia que expôs o problema aos deputados, explicou que o dinheiro "fora todo derramado no seio dos pobres e desgraçados da capital". O deputado Cunha Matos confirmou o que dizia o orador, e disse que a imperatriz ficara devendo um conto de réis a monsenhor Miranda, um parente dele, e a mesma quantia a um amigo seu. Assim, veio a público um segredo que constrangia muita gente e que teria sido motivo de desentendimento entre Pedro e Leopoldina – o principal, na opinião do Barão de Mareschal: a dificuldade da imperatriz de controlar seus gastos.

Criada numa corte rica, Leopoldina se viu em corte modesta, com um imperador com fama de pão-duro. Uma das primeiras discussões do casal por causa de gastos ocorreu em abril de 1818, quando Cristiana von Künburg, dama de companhia preferida de Leopoldina, chamada por ela Annony, retornou à Áustria. Domitila quis lhe dar uma soma em dinheiro de presente, negada por Pedro. Então ela pediu ao pai que recompensasse Annony, "já que meu esposo quer o dinheiro português utilizado somente para portugueses".

Era comum a troca de presentes entre as Cortes, mas a generosidade de Leopoldina surpreendeu a corte brasileira. Numa das primeiras cartas ao pai depois do casamento, pediu que ele presenteasse o marido com doze lindos coches e alguns cavalos de origem inglesa e árabe: "Ele merece, porque sou feliz com ele." Em retribuição, presenteava a família austríaca com coisas do Brasil, porque queria que conhecessem o novo Reino. Como a generosidade fazia parte da sua natureza, nunca deixou de enviar presentes para a família e de dar dinheiro a seus protegidos – os empregados que haviam ficado na Áustria, os amigos que fizera no Brasil e que lhe tinham prestado favores e, sobretudo, os pobres, uma preocupação que vinha da infância e da sua religião. Sem ajudar aos pobres, Leopoldina não conseguiria viver.

O maior credor da imperatriz foi o comerciante e hoteleiro austríaco Johann Martin Flack, a quem recorria de início para comprar presentes para os familiares ou para si mesma: cães, cavalos, insetos, borboletas, camelos, cabras, carros para crianças, boas bebidas, iguarias, petiscos alemães, almoços encomendados de véspera. Depois, com Flack se comprometendo a "não falar nada a meu marido a respeito", pediu-lhe empréstimos e fez do comerciante intermediário de pedidos de dinheiro a outras pessoas. Também pediu empréstimo a Schäffer – "no maior segredo" – e ao banqueiro André Pires de Miranda, Barão de São Marcos, de um conto de réis para presentear Maria Graham.

A investigação sobre as dívidas revelou que a imperatriz pagava somas exorbitantes aos intermediários dos empréstimos: para um certo Henrique Santos, pediu que conseguisse 8 mil contos, "4 para o senhor e 4 para mim". Mas a grande surpresa para Mareschal, que de tudo era informado, foi saber que a imperatriz estivera nas mãos de um agiota que fizera chantagem para receber seu dinheiro. Leopoldina escreveu aflita a Schäffer pedindo que a salvasse, pois "o homem dizia querer fazer bulha".

Dessa forma, viram-se alguns austríacos do Rio às voltas com um segredo que ninguém podia saber – sobretudo o imperador, já que tudo era feito às escondidas dele – e para o qual tentavam encontrar solução. Leopoldina gastava muito dinheiro, é certo que grande parte dele com os pobres, mas a partir de determinado momento os gastos pareciam preencher um vazio deixado pelo amor de Pedro, do qual ela perdia a atenção e o carinho; e só serviram para que tivessem infindáveis discussões e para um afastamento que a fazia sofrer mais ainda.

Pedro tentou controlar os gastos da esposa. Quando a Câmara decidiu certa vez de quanto seria a ajuda ao casal, ele a fez aceitar o que era oferecido, mas a soma não a satisfez. Ela, então, disse a Flack: "Meu esposo – que ó Deus, não se importa com mulheres – fez-me concordar com 60 contos de réis para minhas despesas pessoais, que me custam 34 contos de réis, sem incluir alimentação e vestuário, e centenas de outros gastos", e pediu ao amigo que conseguisse "com nossos amigos e irmãos" mais 80 ou 100 contos de réis.

Mareschal, quando o segredo de Leopoldina foi revelado, fez a conclusão que considero perfeita da difícil situação. Em carta para Metternich e Francisco I, afirmou o que já me havia dito: "Se, em geral, o procedimento do imperador causou justas aflições à imperatriz e contribuiu indiretamente para a sua morte, é igualmente justo reconhecer que muitas das altercações dos dois esposos provinham da desordem que desde muito tempo existia nos negócios da imperatriz."

E na pequena roda que discutiu naquele dia o assunto na nossa comunidade, destacou-se frei Rangel, que muito entendia de história e observou: "Maria Antonieta, sua tia, também se distinguiu por enorme prodigalidade. Seria moléstia da Casa da Áustria?"

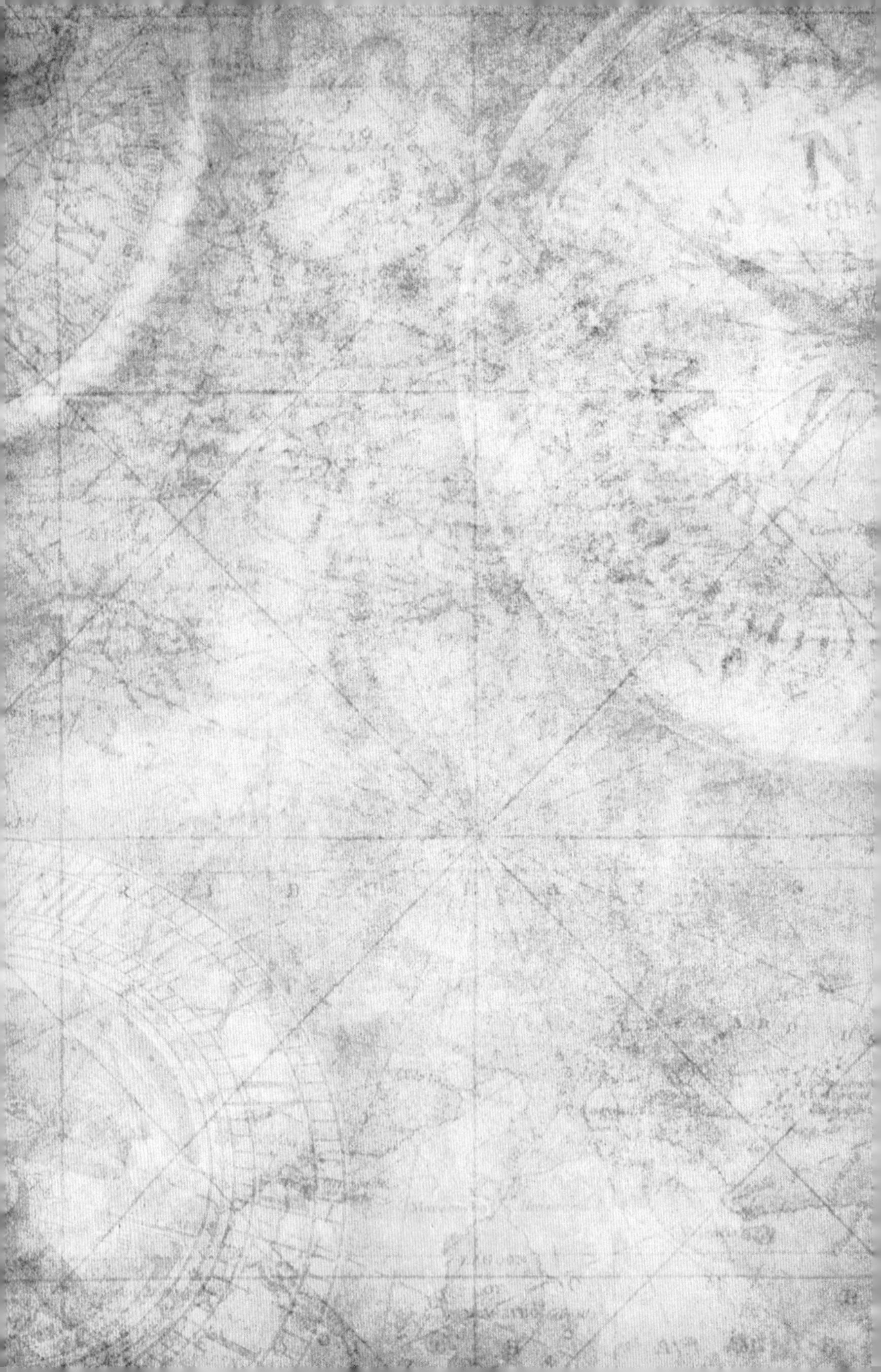

ADEUS, DOMITILA

Mesmo banido do paço, dali me vinham notícias e gente a me sondar sobre Pedro, certo de que eu o conhecia melhor que ninguém. Um dia chegou Mareschal dizendo sem rodeios sobre Leopoldina: "Ela deixou um vazio perigoso." Temia que Pedro se casasse com a amante: "Só o amor próprio e a vaidade do príncipe podem impedir esta loucura." O casamento era, então, assunto que ocupava os diplomatas. Um deles, Condy Raguet, julgou perceber em Domitila ares de pretendente à sucessora; outro, o sueco Olfers, foi informado que fiéis da marquesa andavam a procura de provas de suas origens nobres, de seu parentesco com Inês de Castro cujos brasões a paulista passou a usar. Jornais ingleses davam como certa a união em pouco tempo.

Mais esperançosa ficou a marquesa no verão de 1827, quando Pedro a levou com a filha Isabel para uma temporada na fazenda do padre Antônio Correia, onde estivera com Leopoldina nos verões de 1824 e 1825, os dois preocupados com a princesa dona Paula, que nascera com saúde muito frágil. Agora, estava ali com a amante e a filha, sorvendo os bons ares da serra, reforçando as pretensões da marquesa e escandalizando a irmã solteirona do bondoso padre. Terminado o verão, porém, eis que na sessão de abertura da Assembleia Geral em 3 de maio de 1827, os deputados levaram um susto porque, ao falar de dona Leopoldina em seu discurso, Pedro perdeu a voz, engasgou e lágrimas escorreram por seu rosto. Chorava o imperador pela falecida.

Seus confusos sentimentos não se revelaram apenas nessa ocasião: três semanas mais tarde, em meio à festa pelo aniversário da Duquezinha de Goiás, sua filha com a marquesa, ele abandonou a sala e os convidados. Domitila saiu pelo palácio à sua procura e foi encontrá-lo chorando, abraçado ao retrato da esposa. Explicou à amante que abandonara a festa ao se dar conta de que a mesa do banquete estava no mesmo lugar onde ficara o ataúde da falecida esposa. Leopoldina estava mais presente entre eles do que estivera em vida, percebeu Domitila, já no sexto mês de gravidez do filho concebido em novembro de 1826 durante o sofrimento da imperatriz. Poucos dias depois dessa cena insólita, decidiu se casar novamente. Foi então que começou o jogo de gato e rato que passo a contar aos leitores.

♛ ♛ ♛

Em 16 de junho de 1827, Pedro chamou ao palácio o Barão de Mareschal, que venho citando já em diversos capítulos e agora apresento, com todas as suas qualidades, deixando ao leitor o trabalho de descobrir seus defeitos.

Wenzel Philipp Leopold von Mareschal era diplomata, encarregado dos negócios da Áustria no Brasil desde 1819. Havia estudado na Academia Militar de Viena e lutado nas guerras contra Napoleão. Tinha pouco mais de quarenta anos e, com seus modos cordiais, tornara-se amigo de Leopoldina e Pedro – e de mais gente, porque não havia no mundo pessoa mais educada. Nunca cortejara Domitila como os demais diplomatas nem fora às suas festas. Sua posição de representante do país da imperatriz não permitia, dizia ele. Sua função era enviar relatos do que se passava no Brasil, centro das atenções da Áustria desde o casamento de Pedro e Leopoldina: "Não se esqueça, frei Antônio, que os netos de Francisco I herdarão as Coroas de Portugal e Brasil."

Sabia tudo, o barão. Seus pequenos olhos azuis cintilavam ao ouvir uma novidade. Aproximou-se de mim por motivo que o leitor pode suspeitar e nos tornamos amigos – foi ele a espalhar a história de que eu, sempre que passava uma carraspana em Pedro, mostrava, a quem estranhasse a ousadia, a minha batina, como a dizer: ela me dá direito. Não era verdade, mas o barão era tão astucioso ao inventar suas histórias contadas com ricos e bem-humorados detalhes, que não havia quem não acreditasse. Também disse a meu respeito num de seus relatórios: "Homem que merece a confiança de seu amo e suficientemente prudente para jamais perdê-la por inteiro". Isso era verdade.

Agora, Mareschal estava diante de Pedro ansioso por saber o motivo pelo qual fora chamado. O imperador chegara de bom humor gracejando sobre um acidente ocorrido pouco antes: sua carruagem quebrara na vinda da cidade para São Cristóvão. Viera em cavalos de tropa. Depois, falou de recepção recente aos enviados de Bremen e Hamburgo. Finalmente, a sós, balbuciou frases que teve de repetir três vezes para que o barão entendesse: "Sois meu amigo e não quero fazer nada sem vos consultar. Lamentarei eternamente a perda de minha mulher, mas devo e desejo me casar novamente. Dizei-me francamente: o imperador me desaprovaria?"

Mareschal levou um susto. Imaginou que Domitila havia conseguido o que desejava e Pedro preparava o terreno para lhe dar a má notícia. Sabia que o casamento entre os dois era impossível, por estar ainda vivo o marido da paulista – mas Pedro não seria o primeiro rei a conseguir mudar as leis a seu favor. Ficou aliviado quando ele completou o pensamento: queria se casar com uma princesa europeia. Faltou pouco para o barão dar um salto de alegria. Prontamente respondeu que Francisco I não deixaria de aprovar um casamento que visava o interesse de seus netos e do Império brasileiro. Sorria ao dizer isso, pois toda sua aflição desaparecera e o motivo da conversa agora lhe agradava: encontrar noiva para Pedro. Ah, de onde estivesse, Leopoldina lhe seria agradecida.

Os dois se puseram a nomear princesas nas quais poderia recair a escolha. Então, o imperador manifestou desejo de que fosse uma das irmãs de Leopoldina. Mareschal, sem mais conter seu entusiasmo, o aconselhou a escrever ao sogro, o que apressaria o casamento, pois enviar um emissário à Europa atrasaria o projeto em um ano. Em relato no mesmo dia a Francisco I, resumiu as vantagens da união de Pedro com mais uma princesa da Casa de Habsburgo: "Tal casamento restabelecerá nossas relações e facilitará os negócios com Portugal, e penso mesmo que a princesa que conceder a mão a dom Pedro, se agir com inteligência, não terá que se arrepender de sua decisão."

Foi de Pedro a iniciativa de mencionar Domitila na conversa com Mareschal. Disse que ela já fora informada de sua intenção de se casar. Estava grávida, pretendia lhe dar uma pensão generosa, mas sentia necessidade de se afastar dela porque estava infeliz com seu comportamento, em desacordo com seus princípios religiosos.

Não tinha com quem se confidenciar, explicou. Os ministros eram todos partidários da favorita e havia posto para fora do palácio aqueles em quem confiava; por isto se abria com ele, o barão. Já Mareschal sabia que Pedro estava infeliz. Seus informantes no palácio – e ele os tinha por toda parte – lhe haviam dito que nos últimos tempos Pedro vagava pelos cômodos, calado, melancólico; certo dia, abraçara o menino Pedro e, talvez pensando na falta que lhe fazia a mãe, disse: "Pobre filho, você é o príncipe mais infeliz que existe".

Cinco dias depois dessa conversa com o austríaco, Pedro escreveu a Domitila dizendo que não mais iria à sua casa. Mas o barão refletiu melhor naqueles dias sobre o caso e concluiu que, para dobrar as irmãs de Leopoldina, não bastaria que ele não visse mais a amante. Seria preciso que Domitila fosse para outro país ou província, de modo que retornou ao palácio para sugerir que Pedro mandasse logo a marquesa para Lisboa ou Santos, e sua filha, a Duquezinha de Goiás para estudar na Europa, se quisesse se unir a mais uma Habsburgo.

A resposta de Pedro revelou seu bom caráter: "É impossível expulsar a marquesa, barão. Não posso fazer-lhe esta proposta no estado em que se encontra. Depois do golpe que lhe dei, anunciando minha determinação de me casar novamente, e não vê-la mais, mandá-la embora seria causar uma revolução e provocar a morte da mãe e da criança. Não posso cometer ato tão bárbaro que ninguém aprovaria nem teria o direito de exigir de mim. A marquesa sabe o que se passou. Não a estou abandonando por fastio ou mau humor, mas por convicção e dever. Não tenho nada a reclamar dela. Nunca fez nem fará mal a ninguém."

Mareschal me repetiu o discurso com todos os pontos e vírgulas. Pedro também lhe disse que não via motivos para privar a marquesa de suas propriedades, e que pretendia continuar amigo da mãe de seus filhos – Isabel Maria e o que estava por nascer. Cumpriria a promessa de não mais vê-la e só ir à sua casa quando nascesse a criança, mas ela teria direito de visitar a filha no palácio, porque a havia criado, e não seria justo privar a menina do amor da mãe.

O barão notou que durante os três quartos de hora que durou a conversa, Pedro estava muito sério, melancólico. Mais uma vez reconheceu que fora nobre a maneira como se referiu à amante: "Prefiro vê-lo exprimir tais sentimentos a presenciar uma ruptura brusca e violenta, resultado de um capricho e fastio."

Dois dias depois, Pedro chamou de novo Mareschal e lhe passou uma descompostura por ter ousado não acreditar em sua palavra, de que não veria mais Domitila: "Senhor, o coração humano...", começou o barão, suando frio, pensando consigo mesmo que se o casamento com as austríacas não vingasse, a culpa seria imputada a ele, que talvez fosse até jogado pela janela. Tomou coragem e disse: "Senhor, foi Vossa Majestade a me falar que queria romper com sua amante e se casar novamente. Ora, se deseja se casar novamente, a primeira coisa a fazer é colocar um ponto final na relação culposa, porque nossa lei não admite a pluralidade de mulheres. Se fôssemos mulçumanos, seria diferente. Mas, graças a Deus, somos cristãos." Pedro nada respondeu.

Em julho, Mareschal tinha motivos para louvar, em seus relatos a Viena, o comportamento do imperador, que não via mais a marquesa, aparecia em público apenas com os filhos e chamara de volta ao Conselho de Estado o Marquês de Palma, desafeto de Domitila, um dos que haviam barrado a passagem da marquesa para o quarto de Leopoldina naquela noite triste. Tudo correu de acordo com o que desejava Mareschal até às seis e meia do dia 13 de agosto, quando José de Castro, irmão de Domitila, foi ao palácio informar ao imperador que ela dera luz a uma menina: "Que se chamará Maria Isabel de Alcântara Brasileira, que reconhecerei futuramente e lhe darei então o título de Duquesa do Ceará", escreveu ele ao barão, transformado em testemunha de sua intenção, caso viesse a faltar. Nos dias 14 e 15 foi visitar a filha e Domitila, e dali saiu com o coração aos saltos. Ah, aquele coração...

Dez dias depois, uma notícia deixou em polvorosa a já agitada corte do Império: haviam tentado matar a tiros a irmã de Domitila, Maria Benedita – o leitor há de se lembrar dela, aquela que tivera um romance com Pedro antes dele trazer Domitila para o Rio. O atentado foi em 23 de agosto de 1827 na ladeira da Glória, onde vivia a Baronesa de Sorocaba com o marido. As suspeitas recaíram sobre a marquesa, de quem se dizia que tinha ciúmes de Pedro com a irmã. Três dias antes do atentado, o imperador havia ido com as filhas à festa religiosa na igreja de Nossa Senhora da Glória, e depois assistira aos fogos de artifício na casa de Maria Benedita, casada com o Barão de Sorocaba, administrador da Fazenda Santa Cruz. Divertiu-se muito e chegou a dançar com a filha Maria da Glória. Retornou para casa às onze horas da noite e, no dia seguinte, foi para a fazenda com o Sorocaba preparar a casa para receber a família que ali passaria uma temporada.

Benedita – segundo Mareschal, "*une bonne pâte de femme*" – retornava para casa tarde da noite quando, no caminho entre o portão e a alameda que levava à porta de entrada, um tiro foi disparado contra sua carruagem, que teve os vidros estilhaçados. Mandou mensagem urgente ao marido informando o acontecido. Sorocaba e Pedro retornaram à cidade imediatamente. Informado das suspeitas de Benedita de que o tiro teria sido disparado por oficial do Batalhão São Paulo, íntimo da marquesa, e que seu irmão, José Castro, acompanhava o criminoso, Pedro demitiu o intendente-geral da polícia, mandou prender o suspeito e transferiu para o Sul o irmão da marquesa.

No mesmo dia em que retornou de Santa Cruz, Pedro apanhou a pequena Maria Isabel, recém-nascida, e a levou para junto dele no palácio, exigindo que Domitila partisse para a Europa no navio que estava no porto, sob pena de ser envolvida no inquérito judicial. Domitila protestou inocência, recusando-se a partir precipitadamente, já que, disse ela, isso seria uma confissão de culpa. Prometeu que partiria em outubro, sem falta, quando estivesse melhor do resguardo, e também melhores as estradas para São Paulo, para onde pretendia ir. Ele cedeu.

Sua reação de levar mais um filho bastardo para conviver com os legítimos escandalizou alguns. Mareschal correu a justificar sua atitude a Francisco I: "Levando seus filhos naturais para o palácio, o imperador completou a separação de sua amante, cuja partida, cedo ou tarde, será inevitável. Talvez seja inconveniente que seus filhos morem no palácio tratados com os mesmos cuidados que os demais, mas nas presentes circunstâncias neste país, não saberíamos onde colocá-los."

No palácio, era agora uma ninhada ao redor dele, todos seus. Adorava os filhos, arranjava tempo para se ocupar de sua educação, saúde – era ele quem vacinava as crianças contra a varíola, doença que tivera quando menino –, quem lhes dava remédios quando adoeciam, levava-os para passear, ele a cavalo, as crianças na carruagem, e divertia-se com eles tocando sua música. Mareschal costumava dizer que para deixá-lo satisfeito bastava elogiar um dos filhos. Agora, estavam todos ali, no palácio, com ele, uma revoada de pássaros ao seu redor, pássaros de Leopoldina e Domitila que numa bela tarde de primavera vieram em minha direção, correndo, para me saudar.

Até então eu estivera envolvido no meu trabalho na Biblioteca Imperial, organizando a *Flora fluminensis*, fabulosa obra de frei José Mariano da Conceição Vellozo encontrada entre os velhos manuscritos e que, desde 1825, Pedro me autorizara a publicar na Tipografia Nacional, para alegria minha e de Leopoldina. Eram textos e desenhos de 1.600 plantas e vegetais que seguiriam para serem litografados em Paris para compor os onze volumes da mais completa obra de ciência natural feita no país por um cientista brasileiro, um franciscano. Isso me distraía e alegrava meus dias. Então, ele começou a rondar a biblioteca, a aproximar-se, até o dia em que, sem mais rodeios, veio dizer que precisava de novo de seu mestre e confessor junto dele. Agora estava eu ali, feliz, cercado das crianças e empregados, uma gritaria infernal: "Frei Antônio voltou, frei Antônio voltou!"

♛ ♛ ♛

Quando voltei ao palácio, não tinha a menor ideia sobre como andavam as relações entre Pedro e Domitila. Anos depois, quando estávamos frei Tarquínio e eu organizando na biblioteca a correspondência de Pedro, enriquecida com as cartas a Domitila que nos chegaram amarradas em fita de cetim vermelho e dentro de envelope pardo e anônimo, pudemos avaliar o que se passou naquela segunda metade de 1827 e como os dois amantes puderam enganar o astuto Wenzel Leopold von Mareschal. Estava ali, nas cartas, o que o barão mais desejara saber durante um certo período, e não conseguira, nem com ajuda dos seus informantes, porque ninguém sabe enganar melhor que dois amantes, quando querem.

De acordo com meus cálculos, Pedro ficou afastado de Domitila quatro meses, de maio a setembro. Mas frei Tarquínio, mais criterioso e realista nos seus, afirmava com precisão que ele começou a cumprir a promessa feita a Mareschal por volta de 21 de junho e só resistiu até 10 de setembro, como demonstravam algumas cartas. De minha parte, acho que o atentado a Benedita ao invés de afastá-los, aproximou-os mais ainda. Chalaça dizia que era muito difícil para ele resistir aos encantos e protestos de inocência da mulher que mais amou. Quanto à astúcia usada por eles para enganar Mareschal – era preciso que o barão acreditasse que eles não mais se viam –, essa foi a dos comuns amantes: os encontros eram bem tarde da noite e ela deixava a porta aberta.

As cartas, do período em que estiveram afastados, eram formais, cartas de amigos. Pedro deixou do lado o borbotão de palavras com as quais se despedia antes ("deste teu filho, amigo, amante fiel, constante, desvelado, agradecido e verdadeiro") para assinar apenas "o Imperador"; e o texto mal chegava a cinco linhas dando notícias da saúde dos filhos comuns: Isabel Maria tomou purgante de óleo de mamona e deitou uma lombriga, ele velou à noite a menina que estava já bem, sofrera ele mesmo problemas dos rins. Assim corria uma carta de setembro que parecia igual às do período até que, de repente, ele não resiste: "Mas o que mais me atormenta é não poder estar contigo como antes; e estimo que tu também estejas boa de saúde porque em bondade de corpo, digo elegância e bom modo, ninguém te poderá exceder. Adeus, até terça--feira quando espero vê-la no teatro e depois em tua casa."

Já se vê que estavam os dois de novo se amando, como provou frei Tarquínio em sua argumentação lógica – "por qual motivo iria vê-la depois do teatro?" – sobre a carta que sela o fim da separação. A partir daí, e por um certo tempo, como se verá, tudo correu bem entre eles, que trocavam juras de amor, marcavam encontros, combinavam modos de enganar Mareschal, brigavam, faziam as pazes. Em algumas cartas ele descrevia detalhes da sua relação que frei Tarquínio e eu preferimos não aprofundar dada a nossa condição. Nessas cartas, compreendia-se porque Titila, como Pedro a chamava na intimidade, o chamava de *demonão*.

O imperador foi à caça no dia 25 de setembro somente para lhe oferecer o que conseguisse abater, mas já tinha encontro marcado com ela: "Adeus filha, até às onze, que lá estarei sem falta para ter a maior das satisfações que é abraçar-te, beijar etc."; e ela, também caçadora, aproveitou para lhe pedir favor para um amigo. Dessa vez, ele recusou porque ela queria para o protegido o lugar de um dos seus servidores: "Em qualquer outra coisa que não envolva prejuízo de terceiros, sempre estarei pronto para servir aos seus afilhados." Em outubro, nem passou pela sua cabeça exigir que ela cumprisse a promessa que fizera de sair aquele mês da cidade e, no dia do seu aniversário, 12 de outubro, a corte ficou agitada: de repente lá estava Domitila junto às princesas, no lugar da camareira-mor que, misteriosamente, não aparecera para trabalhar. À noite, no teatro, lá estava ela no camarote que ele lhe havia comprado. Mareschal, sempre atento, reparou que ele não tirava os olhos dela.

Mais presentes e afeto nos dias seguintes – botões de rosa, passarinhos que caçara na véspera, um versinho de amor: "A rosa que te ofereço/ aceita como um penhor/ da amizade mais sincera/ e do mais perfeito amor." Mas, no final do mês, dia 27, Mareschal lhes dá um susto: "Minha querida filha e amiga do coração. Fala-se pela cidade que eu vou à tua casa e assim o foram dizer ao Barão de Mareschal que mo deu a entender e eu fiz-me desentendido, falando-lhe muito do casamento, em meu sogro etc. À noite combinaremos nosso modo de viver, pelo qual gozemos (durante esse espaço antes do casamento) um do outro, sem que tampouco andemos nas viperinas línguas dos malditos faladores que se querem divertir conosco."

Até o final de outubro, Mareschal estava convencido de que os dois não se viam mais. Porém, no início de novembro, começaram as dúvidas: "Estou convencido de que ele a vê e que ela retomou o domínio sobre ele. Mas existe um mistério: o imperador continua a receber-me e conversar comigo da mesma maneira, e tenho certeza de que ele sabe que eu sei o que se passa. De meu lado, coloco a mesma reserva." Assim, o jogo do gato e rato continuava.

Por essa época, houve uma reveladora briga entre os amantes. Ele enviara um anel para ela, não como presente, mas como empréstimo, provavelmente das joias de família, e pediu que devolvesse. Ela devolveu, mas um outro: "Remeto o anel, que não é o mesmo. Eu não sou tolo nem devo ser enganado. Assim como me enganas nisto, me poderás enganar em qualquer coisa." No mesmo dia chegou ao palácio um rapaz com uma viola encomendada por Domitila para um padre, seu primo: "Se não é para ti, eu ficarei com ela", disse ele. Ela reagiu com raiva e ele com mágoa: "Sinto muito a tua raiva por parecer que não te acredito. Eu, meu bem, se fosse por ti tão acreditado, não teria havido os motivos que fizeram despertar em mim a ideia do casamento. Se não te tivesse amor, me contentaria de me... contigo e depois assim como fanfá, mas pelo contrário, eu morro por ti e qualquer coisa já me parece desprezo, novos amores teus etc." Domitila devolveu o anel.

Depois dos desentendimentos, ele pedia desculpas, e não foi diferente dessa vez: "As saudades que tenho de ti, o amor que te tenho, o não poder estar contigo, em suma, a minha desgraça, é que me faz atormentar-te com estas asneiras." Convinha a Domitila atiçar seu ciúme: "Remeto-te o par de meias pretas e não as calces sem outras por baixo. Muito curto está o teu vestido de chita. Eu sinto muito que tu estivesses dando à perna na escada para me mostrar o vestido curto. Irei o mais cedo que puder para estar em teus braços, único lugar onde repousa tranquilo e satisfeito este teu filho, amigo e amante etc. O Imperador."

Mareschal continuava mergulhado em dúvidas no final de novembro: "Os partidários da favorita espalham o boato de que a ligação existe como antes e que o imperador continua a vê-la; se isto acontece, é de maneira misteriosa e as pessoas do palácio não estão informadas." O barão acreditava que a marquesa ainda tinha poderes sobre o imperador para pedir por seus protegidos, mas perdia prestígio. Nenhum de seus amigos fora confirmado no novo ministério, e nenhum dos novos ministros privava de sua intimidade. Ao mesmo tempo, a família Castro Melo estava sendo afastada aos poucos – irmãos, cunhados, a avó e até um protegido, o bispo de São Paulo, haviam deixado a casa. A corte de Domitila se esfacelava.

Houve um momento de grande ansiedade entre novembro e os primeiros dias de dezembro, quando Domitila suspeitou que estivesse novamente grávida. Passado o susto, Pedro retornou ao romantismo que era a marca de sua correspondência – "Estive lendo as cartas amorosas de Madame de Sevigné que muito me fizeram recordar o nosso bom tempo" – mas desde o caso do anel e outros, arrisco a dizer que já havia nele desconfiança de Domitila. Foi nessa época que lhe fez um pedido: "Uma coisa te pediria, mas temo não ser atendido, que era queimares todas as cartas que te tenho escrito. Se me fizeres isso, eu te remeterei as tuas, que cá tenho guardadas!" (felizmente, para frei Tarquínio, ela não as queimou; mas das cartas delas, apenas duas ou três vieram ter às nossas mãos).

Pedro passou a frequentar a casa de Mareschal na Tijuca para melhor controlar os passos do barão que, por sua vez, sentia-se honrado com sua visita e podia melhor sondar suas pretensões. Um dia ia almoçar, no outro, jogar xadrez. Na verdade, a impressão que me davam era que os dois estavam se controlando mutuamente. Mareschal se perguntando: será que ele ainda está com a marquesa? Pedro se perguntando: será que ele suspeita que eu ainda estou com a marquesa? Para o barão, a sua palavra ao seu amo, o imperador da Áustria, estava em jogo.

Acho que foi no dia 15 de dezembro que Mareschal foi ao palácio apresentar a Pedro as provas de que ele teria reatado com Domitila: a carta de doação da marquesa para as despesas da guerra no Sul, promoções dadas a seus irmãos. Pedro explicou os favores como forma de indenizar os Castros pelo que haviam sofrido com o caso da ladeira da Glória, já que nada fora provado contra eles, e mudou de assunto: falou de seu temor em ser rejeitado pelas noivas pretendidas e se definiu como o mais infeliz dos homens.

Mareschal saiu amaldiçoando a incompetência de seus informantes; os amantes continuaram a se ver: "Quero saber muita coisa: primeiro como passaste; segundo onde foste passear; terceiro a que horas chegastes; quarto, porque havia luz às onze e meia na sala redonda de baixo e quinto se te divertistes bem sem que olhasses algum amor passageiro", escrevia ele enciumado, e depois vinha o ato de contrição: "O primeiro abraço é meu, para ti, aceita-o como dado por teu filho que muito te ama do coração, posto que às vezes se tenha portado com alguma grosseria, contudo, a fruta é fina, embora a casca seja grossa."

Domitila usava todas as suas armas naquele jogo, reação natural de quem conseguira imenso poder sobre uma corte, e corria o risco de tudo perder, já que lhe escapava aquele que lhe dera tudo. Com garras afiadas, ela então lhe fez sérias acusações que ele respondeu de modo grosseiro: "Muitas cartas tenho recebido tuas que me têm escandalizado pela tua pouca reflexão ao escrevê-las; mas nenhuma tanto como a de hoje em que me dizes que nossos amores são reputados como amores passageiros. Tu entendes amor pela maniversia. Está claro que só a tua carne é quem chama a fazer a coisa, e não o prazer de estar com o teu filho, o que é capaz de dispor-te a fazeres com outro qualquer."

Pedro se afastava porque recebera da Europa notícia de que o grande empecilho ao casamento era a marquesa. Precisava arranjar forças para se afastar dela. Barbacena já estava a caminho do Rio de Janeiro para lhe explicar a situação. Foi por isso que, no dia 27 de dezembro, quando ela completaria trinta anos e insistiu para que ele fosse à sua casa, recusou o convite. Sua presença ali seria a prova de que teriam reatado: "Eu te amo, mas amo a minha reputação, agora também estabelecida na Europa inteira pelo procedimento regular e emendado que tenho tido. Só o que te posso dizer é que minhas circunstâncias políticas estão ainda mais delicadas do que já foram. Tu não hás de querer a minha ruína, nem a ruína do teu e meu país e assim visto isto, além das minhas razões, se me faz novamente protestar-te o meu amor; mas ao mesmo tempo dizer-te que não posso lá ir."

As cartas para a querida marquesa voltaram a ficar raras e formais, até que Domitila adoeceu, coisa simples. Ele ficou preocupado, enviou-lhe receita de remédio — água quente e meia colher de flor de enxofre —, implorou que se cuidasse, chorou por ela. No fundo do seu coração existia amor por ela, explicou na terceira carta no mesmo dia 27 de janeiro de 1828. O mês terminou com ele rezando para que ela melhorasse. Mesmo doente, Domitila lhe pediu um favor para um protegido e ele respondeu "o seu afilhado há de ser servido por estar muito nos termos da razão e da lei."

Em 15 de fevereiro, ele lhe perguntou se estava bem, se não lhe fizera mal a umidade à saída do teatro em carro sem cortinas e informou que a filha Maria Isabel iria visitá-la à tarde. Em meados de março, recebeu dela um ramalhete de cravos; em abril, um peru, que mandou assar devolvendo metade para ela. Nessa época, Domitila já estava informada de que ele comprara um palacete em Botafogo, afastando-se ainda mais dela: "Estimarei que se divirta no seu passeio a cavalo hoje a Botafogo, que ouço que para lá não irá tão cedo por eu ir lá morar."

Em abril, Mareschal relatava a Viena: "Sei que o imperador faz o possível para obrigar a senhora de Santos a se afastar. Após ter recusado peremptoriamente, ela cedeu e prometeu retirar-se logo que recebesse notícias do casamento. Não tenho dúvida de que sua resistência atual sustenta-se na esperança de que as negociações possam falhar. O imperador está tão decidido a casar que, no caso de uma recusa geral, pretende ir pessoalmente à Europa procurar uma esposa. Suas intenções são boas, mas a falta de notícias me coloca em uma posição muito embaraçosa" – as irmãs de Leopoldina ainda não haviam dado uma resposta.

Numa das poucas cartas de Domitila que chegou até nós, ela mostra sua mágoa com o afastamento: "Filho. Não é pelos seus conselhos que buscamos ambos separar, mas sim porque vejo que sem que haja uma coisa certa, Vossa Majestade me tenha aborrecido tanto e me dito coisas que eu não sou merecedora. Assim, senhor, a minha presença não lhe há de mais ser fastidiosa nem Vossa Majestade casando nem deixando de casar e só dessa maneira terão sossego meus inimigos. Fique Vossa Majestade na certeza de que serei eternamente grata a tantos benefícios que lhe devo. Sou de Vossa Majestade amiga e criada Domitila." Mas não partiu.

Em 10 de maio, Mareschal informou a Metternich: "Quanto à senhora Santos, ela se comporta de maneira bastante tranquila e não se fala muito na sua pessoa em público. Ela casa a filha com o seu irmão

José de Castro, e as bodas estão marcadas para o dia 24. Sua resistência em se conformar aos desejos de Sua Majestade de que se afastasse daqui prova que não perdeu a esperança de reatar suas antigas relações. Ele acabará, talvez, por se reaproximar dela; espero o contrário, se bem que não possa responder nada."

Domitila resistia e nem pensava em partir até que Barbacena chegou pelo *Lady Wellington* em 12 de maio de 1828 com péssimas notícias das quais Pedro sabia um terço – fora recusado por diversas princesas. Domitila era o problema. Sua tolerância chegou ao limite. No dia seguinte, fez um ultimato à amante: "O Marquês de Barbacena é chegado e sua vinda é motivada pela necessidade de me expor em viva voz os entraves que tem havido ao meu casamento em consequência de sua estada aqui na corte, de onde se torna indispensável sair por este mês até o meado do futuro junho o mais tardar, esta é minha derradeira resolução, bem como carta que lhe escrevo a não me responder com aquela obediência e respeito que lhe cumpre como minha súdita e, principalmente, criada."

Temeroso de que, ainda assim, ela não obedecesse, ameaçou: "O caso é mui sério. Esta minha comunicação deve pela marquesa ser tomada como um aviso, que lhe convém aproveitar; o que não fazendo, é da minha honra, do interesse deste Império e da minha família que eu tome uma atitude soberana e que, pelos muitos modos que a lei me subministra, eu haja de dar andamento a negócio de tanta magnitude. Conto que nada disto será necessário, porque conheço o amor que consagra à pátria e à sua família. Mas fique certa que esta é a minha derradeira resolução."

Domitila respondeu e sua carta foi para nós uma surpresa, porque nela não existe romantismo ou desespero de mulher abandonada ou abalada pelo sofrimento, mas o espírito prático de uma mulher de negócios que deseja conservar de um romance desfeito pelo menos os bens materiais: "Recebi ao meio-dia a carta de Vossa Majestade e não respondi logo, como devia, por causa de uma grande dor de cabeça que me acompanhava. Agora, que me acho melhor, agradeço a Vossa Majestade a honra que me fez, pois se Vossa Majestade tivesse feito isso há mais dias, já estava decidido. Eu, senhor, largo todas as minhas chácaras com bem custo do meu coração. Assim, espero que

Vossa Majestade me dê outras propriedades iguais em tudo às que tenho. Eu não quero viver mais em chácaras; sim, quero uma boa casa na cidade e julgo que o Plácido não porá dúvida de ceder as suas casas para este fim. Restam só duas chácaras da escolha de Vossa Majestade que equivalem às três... Beijo a augusta e benfeitora mão de Vossa Majestade."

Pedro respondeu: "nunca esperei menos de seu juízo e lhe agradeço o grande sacrifício que faz por mim". Domitila replicou com rancor: "Senhor. Perdoe-me que lhe diga isto: não preciso de conselhos, não sou como Vossa Majestade. As minhas respostas são nascidas do meu coração. Sairei até o fim do mês que vem. Tive criação e sei conservar minha palavra. Não busco pretexto para adiar minha viagem: sei cumprir o que prometo. Provera Deus que Vossa Majestade assim fosse. Hei de sair até o fim do mês e peço ao senhor que não me incomode mais."

Mesmo assim, Pedro ainda teve que lhe fazer outra carta informando que a filha saía no dia 2 de julho e gostaria que ela se fosse pelo menos seis dias antes: "Porque muito convém que os que dizem que a marquesa está para sair digam que a marquesa saiu. A sair a marquesa ao mesmo tempo, ou depois de minha filha, faz-me mal incalculável. Não ouça conselheiros que querem sua perdição; faça o que lhe digo, pois lhe falo sério e como quem tem sincera amizade e é seu amo afeiçoado." Domitila respondeu que combinara o dia com o Visconde de Gericinó, amigo dos dois a quem Pedro pedira que a convencesse a partir. Mareschal atribuiu a confusão ao fato do visconde ser um beberrão.

Domitila deixou o Rio em 27 de junho de 1828, um dia depois do que ele havia pedido, mas logo estaria de volta.

MIGUEL, REI DE PORTUGAL

O Marquês de Barbacena partiu para a Europa com Maria da Glória no dia 5 de julho de 1828, dez dias depois da partida de Domitila. Sua missão era entregar a menina ao noivo, Miguel, em Portugal – já haviam sido celebrados os esponsais – ou ao avô, Francisco I, em Viena. Mas Maria da Glória não chegaria a nenhum dos dois destinos. Perto de Gibraltar, Barbacena soube que Miguel dera mais um golpe e fora coroado rei de Portugal em 7 de julho, dois dias depois da partida da noiva do Rio. Imaginou a aflição de Pedro no Brasil pela filha e fez o que ele faria: não seguir para Portugal.

A hipótese da menina ir para os braços do avô também foi descartada por Pedro, temendo que a filha se tornasse refém de Metternich, como acontecera com o filho de Maria Luísa. Maria da Glória acabara de completar nove anos e era uma menina linda, uma pequena rainha em alto-mar olhando a natureza com a mesma alegria da mãe, deslumbrada com os pássaros, ondas, completamente alheia aos homens que, ao redor, decidiam seu destino. As circunstâncias e costumes da realeza determinavam que fosse levada pelo mar como uma fragata, ou como os dados jogados na mesa, a que aludira sua mãe certa vez. Ao casá-la com menos de dez anos, Pedro fez o que era costume e já acontecera com sua mãe, Carlota Joaquina.

Não se dera conta Maria da Glória, entretida com seus estudos e brincadeiras, mas seu destino havia mudado naquela primeira metade de 1828. Até seis meses antes, Miguel, seu futuro esposo, estava exilado na Áustria por conta, como já sabem, dos golpes tentados contra o pai, e conformado em ser apenas o consorte da futura rainha. De repente, de volta a Portugal no início de 1828, rompeu as promessas feitas ao irmão mais velho e se fez coroar rei. Para que o leitor compreenda o que se passou, conto a história de Miguel do início, e deixo a quem está lendo estas linhas a tarefa de tirar suas conclusões sobre o caráter do infante.

♕ ♕ ♕

Miguel nasceu em Lisboa em 26 de outubro de 1802 e, dias depois, ainda convalescendo do parto, dona Carlota Joaquina fez questão de assistir ao batizado do filho que se tornaria seu predileto. O menino foi levado à pia batismal por oito grandes do Reino, cada um deles com um apetrecho para a ocasião, vela, veste, massapão. Recebeu o nome do arcanjo Miguel, o que mais tarde seus seguidores interpretariam como um sinal da sua missão na terra, de "chefe da milícia celeste, defensor da Igreja, vencedor de Satã, emissário Angélico que o senhor Deus dos Exércitos mandou a Portugal para vencer os inimigos da Religião Católica Romana e da Monarquia."

Dúvidas sobre quem seria seu pai havia já antes dele nascer, porque todo o Reino sabia das patuscadas da rainha, e dela se dizia que dos nove filhos que tivera, quatro, os primeiros, eram do marido (entre eles, Pedro) e os demais ninguém sabia de quem seriam. Para Miguel, os maledicentes elegeram três possíveis pais – o Marquês de Marialva, dom Pedro José de Menezes Coutinho; o médico particular de dona Carlota e um criado do palácio. O povo escolheu o mais humilde e cantou nas ruas e tabernas: "Dom Miguel não é filho de El-Rei dom João/ é filho de João dos Santos / caseiro do Ramalhão."

Tinha cinco anos Miguel quando viemos todos para o Brasil. Era um menino esperto. Gostava de imitar as travessuras do irmão mais velho, como beliscar as irmãs, assustar os visitantes do palácio e os criados, correr como um doido por toda parte. Eu o apanhei certa vez durante a cerimônia do beija-mão a rir muito com Pedro, que costumava dar piparotes em bajuladores que se curvavam diante dele. Aos dezesseis anos, uma travessura com fogos de artifício quase lhe custou a perda da mão esquerda, que sofreu inúmeras cirurgias e ficou deformada. Mas, dos irmãos, era o mais saudável. Não havia herdado, como os demais, o sofrimento da epilepsia. Só teve lombrigas, febres, gripes.

Quatro anos mais novo que Pedro, era mais bonito e mais bem-humorado. Mas não agradou a Leopoldina quando ela desembarcou no Rio de Janeiro em novembro de 1817: "Com cabelos pretos como o meu Pedro, porém mais curtos, cheirava a fumo e vinho azedo; não foi um encontro agradável." Tinha quinze anos. Como Pedro, adorava cavalos, caçadas, touradas, mas nunca teve o mesmo interesse pela música, artes, literatura, política. Pedro tocava vários instrumentos, cantava, compunha, Miguel não tinha esses dons. Era ofuscado pela personalidade forte do irmão.

Muito independente, Pedro reagia à simples ideia de que alguém pudesse dominá-lo – Bonifácio e eu sofremos as consequências desse zelo. Miguel, de natureza débil, era domável: deixou-se ao longo da vida dominar pela mãe. Seria ela, em sua ambição, a lhe dar um lugar na história de Portugal. Seria ela a levar os filhos a uma guerra que durou dois anos, dividiu Portugal e ficou conhecida como "a guerra dos dois irmãos". Disto falaremos.

Algum tempo depois do retorno da família a Lisboa, em 1821, Pedro temeu por Miguel e lhe escreveu, com a linguagem franca e desabusada dos irmãos, pedindo que retornasse ao Brasil. Dois temores guiavam sua mão: que Miguel, sob influência da mãe, tentasse um golpe contra o pai, e que a família real portuguesa terminasse como seus parentes franceses em 1789: "Não faltará quem lhe diga que não largue a casa do Infantado, mande-os beber da merda; também lhe hão de dizer que, separando-se, o Brasil vem a ser rei de Portugal, torne-os a mandar à merda. Venha para o pé de seu mano que o estima, para, a seu tempo, namorar e casar com minha filha."

Dom João havia informado a Pedro que havia nobres conspirando para colocar Miguel no trono, mas confesso que fomos surpreendidos pelas duas tentativas de golpe lideradas pelo infante nos anos seguintes. Da primeira, conseguiu se safar apenas com uma advertência do pai, mas na segunda foi mandado para o exílio na Áustria. Antes de chegar a Viena, ficou um tempo em Paris e até nos chegaram ecos de sua passagem pela cidade: respondera às críticas a seu comportamento feitas por seu tio, o rei Luís XVIII, com uma carta que matou de vergonha o pai; brigara em lugares públicos porque teriam lhe matado o cão favorito; dera tiros no pátio do hotel onde ficou hospedado e frequentara mulheres do mundo.

Essa última informação se chocava com a afirmação do Conde de Rio Maior, um dos nobres a seu serviço que, talvez para desmentir boatos que diziam ser Miguel femeeiro como Pedro, dissera ser ele "pouco inclinado ao belo sexo, ainda que o não aborreça". Quando me contaram a novidade, concluí que os dois irmãos eram mesmo diferentes: um odiava maçons e o outro se tornou um deles, de nome Guatimozin; um era pouco inclinado às mulheres, e o outro não vivia sem elas.

Informado das proezas de Miguel em Paris, dom João o pressionou a seguir imediatamente para Viena. Os que controlavam seus passos descobriram, porém, que o infante tramava fugir para a Itália com um sobrinho de sua mãe – traquinagens de jovens de vinte anos que queriam ser livres. Se tivesse escapulido, talvez Miguel viesse a se tornar um outro homem. Mas Metternich descobriu o plano, evitou a fuga e, quando a comitiva chegou à Áustria, dispensou as pessoas que não considerava boa companhia para o príncipe. No final do ano, o homem mais poderoso da Áustria teve nova surpresa: Miguel se apaixonou pela princesa Ludovica Guilhermina da Baviera e queria se casar. O pai da moça respondeu a Metternich que filha sua não se casava com príncipes de países às voltas com revoluções. Mais uma vez, Miguel perdeu a chance de, quem sabe, ter uma vida diferente.

O jovem passaria os anos de exílio na Áustria em festas, bailes, quadrilhas, caçadas de perdizes e galinholas, prática de tiro ao alvo, jogo de bilhar, corridas de trenó no inverno, águas termais em Baden no verão, enquanto seu irmão esculpia a independência de um país, com os riscos que sabemos.

Em 1825, Metternich achou que ele precisava aprimorar sua educação. Miguel estudou, esforçou-se, mas o mundo das ideias não o seduzia. Ao ser informado disso, frei Tarquínio deu razão ao Marquês de Barbacena, que costumava dizer do infante: "É tão ignorante que escreve seu nome Migel."

Miguel morria de saudades dos seus, e fazia duas cartas por mês ao pai – de dom João recebeu apenas três em todo o tempo que ali ficou – e ao ser informado de sua morte, sofreu violentos ataques dos nervos, perdeu a voz, o apetite, fechou-se deprimido em seus aposentos. Metternich o convenceu a tomar os ares recomendados pelo médico. Começaram, então, a chegar a Viena notícias dos movimentos de absolutistas que não queriam Pedro como sucessor do pai, porque era um liberal defensor de constituições e havia feito a independência do Brasil. Preferiam Miguel. Um dos seguidores conseguiu atravessar a barreira de segurança em torno do infante para se jogar aos pés do "salvador de Portugal". Metternich o pôs a correr. Não queria confusões com Pedro.

Ao mesmo tempo, o ano de 1826 havia sido o mais trágico na vida de Pedro, um ano que começou com a morte de mais um filho, dele com Domitila, seguido pela morte do pai e, antes de terminar, a de Leopoldina; e a tudo isto vinha se acrescentar a guerra no Sul, a crise econômica e as dúvidas sobre o futuro de Portugal.

Era evidente para todos nós o risco do Reino cair em mãos de sua mãe e seu irmão. Pedro fizera o possível para evitar o pior: confirmara a irmã como regente, decretara anistia para os presos políticos, dera uma Constituição aos portugueses e abdicara em nome da filha impondo duas condições para que a abdicação fosse válida: que Miguel se casasse com Maria da Glória e jurasse a Constituição. Por fim aceitara que Miguel se tornasse regente e seu lugar-tenente em Portugal. Mas não era isso que Miguel queria. Queria mais. Porém em Viena, controlado por Metternich, que não esquecia nunca que a rainha-menina era neta de Francisco I, pareceu conformado com seu destino. Já dona Carlota Joaquina, não.

Por via clandestina, Carlota conseguiu enviar uma carta ao filho: "Já saberás estas desgraçadíssimas notícias que vieram do Rio de Janeiro, tudo isso tratado pela corja pedreiral que quer dar cabo dos soberanos da Europa e de nós ambos." A mãe lhe pedia encarecidamente que não jurasse à maldita Constituição nem se casasse com Maria da Glória porque a nação inteira, a nação honrada, a tropa, a magistratura, o clero saudável, não queriam a carta, o casamento, nem Pedro como rei: "Só querem a ti. Diga abertamente que não queres jurar a carta porque a salvação da alma está acima de todos os bens do mundo; tudo nele é transitório e acaba num instante e a alma perdida não se recupera mais; tem sempre fé em Nossa Senhora da Rocha que nunca te há de faltar. Se chegas a jurar por desgraça tua e nossa, dás um golpe mortal em ti, em toda a nação e, em primeiro lugar, em mim." Depois, orientou o filho: no retorno a Portugal, deveria ter cautela ao comer e beber, porque havia no caminho assassinos encarregados de matá-lo: "Não te fies em ninguém, não abra seu coração para ninguém, espere novas cartas minhas, mas não fale desta a ninguém."

Ninguém soube da carta nem percebeu mudança em Miguel, que era bom em dissimulação. Parecia conformado com o desejo de Metternich e das potências europeias, que queriam paz na península Ibérica, e de sua irmã regente, Isabel Maria, que lhe pedia "fidelidade e amor ao nosso augusto irmão e rei". Assim, na presença de representantes de Portugal e do Brasil, ele jurou a Constituição em 4 de outubro de 1826. No dia 29, foram os esponsais com a sobrinha Maria da Glória nos Paços Imperiais de Viena, na presença de Francisco I.

Mas Carlota Joaquina não havia perdido a partida. Com uma desculpa qualquer, Miguel não foi para o Brasil, como lhe pedira Pedro, para ali se casar com Maria da Glória. Combinou com o irmão que permaneceria em Viena à espera da maioridade de 25 anos, em outubro de 1827, para só então retornar a Portugal. Começou a viagem por Paris, Londres e Portsmouth, onde embarcou na fragata *Pérola*, que desde novembro o governo liberal pusera à sua disposição. Desembarcou em Belém em 22 de fevereiro, onde uma multidão o esperava. Mas, para se tornar regente, teria de cumprir o acordado em Viena. Assim, no dia 26, jurou à Constituição: "Juro fidelidade ao Senhor dom Pedro IV e à senhora dona Maria II, legítimos reis de Portugal."

Diriam depois os defensores do absolutismo que ele não jurou sobre a Bíblia, mas sobre exemplar de *Os burros*, de José Agostinho de Macedo, e movera os lábios sem pronunciar as palavras. Também foi dito que, ao jurar, Miguel parecia distante, confuso, melancólico, hesitando em palavras ditas em voz tão baixa que ninguém ouviu. De Carlota Joaquina não se viu a sombra. No mesmo dia, Miguel substituiu o ministério por gente de sua confiança e, em 13 de março, dissolveu a Câmara dos Deputados. Então, os liberais começaram a fugir, para escapar das perseguições, prisões e do "cacete miguelista", como foi batizado o pedaço de pau usado pelos seguidores de Miguel para agredir os opositores.

O movimento para que Miguel fosse aclamado rei começou no aniversário de dona Carlota Joaquina, 25 de abril. Nas ruas, o povo, animado por gente de dona Carlota, gritava: "Viva dom Miguel, rei absoluto!" Os sábios sugeriram ao infante convocar as Cortes tradicionais – que não se reuniam desde o período entre 1697 e 1698 – para reforçar a obediência às tradições do absolutismo. Mas ninguém mais sabia como se convocava essas cortes. Depois de consultas aos alfarrábios, elas foram reunidas em 23 de junho de 1828.

Às três da tarde, os 304 eleitores tomaram lugar numa sala elegantemente forrada de damasco. Por volta das cinco, entrou Miguel vestido ao antigo uso da corte, precedido da comitiva real e de uma infinidade de gente elegantemente trajada, porteiros da maça, reis das armas, arautos, passavantes. Ao som de charamelas e trombetas, dirigiu-se ao trono e foi eleito rei. Ali, foi dito que era dele o direito à Coroa, que os filhos de Pedro eram estrangeiros e foi anulado o que fizera Pedro como rei de Portugal, porque o cargo não lhe competia. Três dias antes, em 20 de junho, haviam sido enforcados em Lisboa nove estudantes acusados de assassinar dois absolutistas. Suas mãos e cabeças ficaram penduradas nas forcas durante dias como aviso aos liberais.

Em 7 de julho, dia em que Miguel fez seu juramento como rei, as cenas de horror se multiplicavam pelo país. O infante desceu de seus aposentos com o manto real, cetro de ouro, chapéu na cabeça com adorno de plumas brancas, botão e presilha de brilhantes, seguido de nobres que seguravam seu manto; ajoelhou-se sobre a almofada de damasco carmesim guarnecida de galão de ouro, mudou o cetro para a mão esquerda, colocou a direita sobre o missal e a cruz e fez o juramento em voz alta, que todos ouviram.

A partir daí os liberais sofreram as penas dos infernos, perseguidos, presos, assassinados, torturados. Os com mais sorte conseguiram fugir, pedir asilo à Inglaterra e França. Por duas vezes, tentaram reagir, sem sucesso. Bateram em retirada. Mas um pequeno grupo conseguiu conquistar a ilha Terceira, dos Açores, e dali começou a organizar a resistência que três anos depois seria comandada por Pedro. Muitos vieram buscar asilo no Brasil. Ao partir para o exílio na Europa, o general Saldanha, neto do Marquês de Pombal, e que logo conheceremos melhor, pronunciou frase profética: "Nada deterá Miguel. Só Pedro!"

♛ ♛ ♛

Mais ou menos por essa época, Pedro, influenciado pelos acontecimentos externos e perturbado por uma oposição que não lhe dava trégua, deixou-se tentar pelo demônio que subjugara seu irmão – não estou me referindo a dona Carlota Joaquina, mas ao absolutismo. Por necessidade da profissão, sou um especialista no Diabo. Sei que usa os métodos mais desonestos para nos seduzir. Mas a tentação é uma oportunidade de mostrar o que somos, se resistimos ou cedemos a ela. E Pedro resistiu.

Aconteceu, o que só acontecia com Pedro: tentado pelo demônio, ele decidiu pedir conselhos a dois amigos, escolhendo dois, o Marquês de Paranaguá e eu, daqueles que havia banido do palácio antes por termos barrado a Marquesa de Santos na antessala do quarto de Leopoldina. Já há algum tempo estávamos novamente a gozar de sua confiança.

Pedro nos enviou bilhetes. O meu dizia: "Meu mestre e amigo. Muito desejo que por escrito e o mais breve possível me dê sua opinião acerca dos seguintes quesitos: 1) em que estado de fermentação revolucionária considera o Brasil?; 2) que remédios acha que se lhe pode dar?; 3) será conveniente emendar a Constituição?; 4) será melhor, depois de me conciliar com diferentes soberanos influentes que estão indispostos contra mim, ver se eles mandam uma força para apoiar a nossa em caso de necessidade; ou dar uma nova Constituição que seja verdadeiramente monárquica?; 5) em que época se deverá pôr em prática esse plano?

Eu conheço o seu interesse por mim e meus filhos. Por isso, conto com sua opinião dada francamente e sem rebuços. Seu amo e amigo, Pedro."

Não me custou muito tempo de meditação e reza a resposta do meu coração. Há muito eu conhecia aquele menino que ajudara a formar, conhecia suas dúvidas, seu bom coração, sua grandeza e lealdade. Sabia que não se deixaria sucumbir ao Diabo com facilidade, que preferia a luz à sombra, voar que mergulhar no abismo, e sem rebuços como me pedira, respondi à sua carta.

Respondi ao meu amo e amigo que a fermentação revolucionária em que se encontrava o Brasil era ainda resultado das mudanças e transformações trazidas pela emancipação e adoção da monarquia constitucional; resultado do choque entre os ríspidos costumes e duros hábitos de um povo de senhores e escravos com a civilização adventícia; de uma população acostumada com um governo mais miliciano que civil, e que se via, de repente, entregue às doces garantias e meigas fórmulas de um governo misto, recebendo cada indivíduo sensações disparatadas e por isso mui nocivas. O remédio seria união e firmeza no Poder Executivo, exatíssima execução da lei; organização e disciplina das Forças Armadas, vigilância do Poder Moderador, boa-fé e harmonia entre todos os poderes.

Respondi ainda mais francamente no terceiro quesito, sobre a conveniência de se emendar a Constituição: "Permita-me dizer, Majestade, que a que temos ainda não está entendida, e se nela mexemos, uns gritarão que se lhe tirou tudo, outros, pouco, e todos que foram atraiçoados ou iludidos. A Constituição existente encarnou princípios. Falou ao paladar da opinião, lisonjeou a reforma política. Todas essas obras, Senhor, são na sua origem obras das circunstâncias. O grande reformador das coisas, é o destro e potente uso que as reduz ao justo. Deixe a nossa mostrar o seu peso. O tempo, Senhor, não se força."

Por fim, concluí sobre os demais quesitos: "Meu Imperador, meu Senhor, meu Amigo, eu seria um vil traidor, um ingrato, se ocultasse a Vossa Majestade o horror que me causou o projeto do quesito quatro. Julguei ver reproduzidas as horríveis cenas de 1793. Queime, Senhor, o papel que contiver esse quesito, que só pensado se julgaria crime, quanto mais, sabido. Ele nos arrastaria à mais espantosa ruína. Senhor, o sangue-frio e a vigilância impassível são os primeiros garantes da vitória na guerra defensiva. Desculpe o Defensor Perpétuo do Brasil ao monge-bispo repetir esse princípio."

Para sempre achei que aqueles foram os melhores conselhos que lhe dei em sua vida. Que se diga a seu favor que ele não queimou os papéis que denunciavam que sua alma liberal se deixara tentar pelo demônio: deixou que a posteridade visse que fora tentado e resistira. Quanto a mim, devo confessar que o episódio me permitiu um momento feliz: o de ter vencido o Diabo. Não é sempre que conseguimos.

À PROCURA DE UMA ESPOSA

Domitila partiu e, na sua ausência, prosseguiu o esforço para se conseguir uma noiva para o imperador, esforço que no total durou dois anos, com sucessivas derrotas porque, embora até hoje não se saiba o número exato das que o recusaram, existe a suspeita de que pelo menos dez princesas europeias resistiram ao assédio de meia dúzia de emissários.

Nobres estrangeiros acostumados a essas situações atribuíram as recusas a um erro de Barbacena: diziam que nenhum emissário de corte europeia havia exposto de forma tão ridícula um príncipe em sua história. Que não se pedia a mão de uma princesa sem antes sondar sua disposição de aceitar ou não; sobretudo, não se fazia o pedido sem ter certeza de receber um sim. Pedro teria passado por constrangimento por inexperiência ou incompetência de Barbacena.

Mas não se pode botar a culpa em um só, porque foram muitos os encarregados de buscar a noiva, inclusive gente coroada, como Francisco I. Teriam todos eles cometido o mesmo erro? Oficialmente, estavam à procura da nova esposa Barbacena, que deixara o país em agosto de 1827 com essa missão, e o Marquês de Resende, representante do Brasil em Viena; além deles, Francisco I e Metternich.

Fidalgos brasileiros na Europa também se envolveram no assunto. Ao sogro, Pedro pedira autorização para se casar novamente porque, disse, seus filhos precisavam de uma mãe. Acrescentou que preferia noiva da casa austríaca, uma das irmãs de Leopoldina, e que temia que seus erros o pudessem prejudicar – um reconhecimento da dificuldade que tinha em ser um marido fiel. Jurava a Francisco I que havia se convertido em bom moço: "Minha maldade acabou. De hoje em diante não cairei nos erros nos quais tenho caído, e dos quais me arrependo e tenho pedido perdão a Deus, prometendo não mais os cometer."

Da lista fez parte, sem sair do Brasil, o Barão de Mareschal, pelas implicações políticas do consórcio e porque o assunto o divertia. Nove vezes deu parecer sobre as pretendentes e se tornou conselheiro do imperador, a quem chegou a dizer, com franqueza de amigo, que o entusiasmo das candidatas esbarrava nas dúvidas sobre sua conversão em moço comportado. O barão, como já sabemos, também o aconselhou a se livrar da marquesa e da filha – a primeira deveria ser mandada a São Paulo, e a segunda, para ser educada na Europa – se quisesse convencer as casas nobres europeias de seu desejo de "se emendar e viver conforme ordena a Santa Religião". Mas, também já sabemos, ele custou a seguir o conselho.

Convém lembrar que suas proezas amorosas eram conhecidas no além-mar, pois os agentes diplomáticos continuavam em sua labuta de informar seus governos dos mínimos detalhes do que se passava aqui e porque jornais europeus continuavam interessados nas histórias picantes em torno daquele jovem que criara um império no Novo Mundo. A morte da esposa, suas amantes e a favorita eram tema de conversas nos salões nobres e consta que muitas princesas não quiseram aceitá-lo com medo de ter o mesmo destino de Leopoldina.

O sogro foi malsucedido nas investidas, até em sua própria família. No início de 1828, Pedro recebeu carta de Francisco I comunicando que suas filhas não queriam se casar com ele: "As *démarches* na Baviera não tiveram o sucesso que eu gostaria!" Uma delas, a princesa Maria, de temperamento difícil segundo Leopoldina, via com horror a possibilidade do casamento e censurava a precipitação de já haver um navio à sua espera no porto: "Este navio no mar é um verdadeiro pesadelo para mim: eu o vejo permanentemente na minha cabeça. Ir para a América! Meu Deus, só esta ideia me faz tremer, ir a um outro mundo, abalado por lutas e problemas, casar com um homem que eu não conheço – que cruel resolução." Eram bem diferentes de Leopoldina as irmãs. Alguma coisa havia mudado ou Metternich já não tinha o mesmo poder sobre aquele Reino.

A abordagem seguinte foi a Mariana Ricarda, 24 anos, princesa de Nápoles, filha do falecido rei da Sardenha: "Remeto o meu retrato para que a noiva não se espante quando vir esta cara tosca, mas honrada, a primeira vez", escreveu Pedro para Barbacena, cheio de esperança. Ela também o recusou. Barbacena e Francisco I desviaram a mira em direção a três princesas de Württemberg, sobrinhas do imperador da Áustria. Pedro, já aflito, nem se incomodou com o detalhe de que eram protestantes, desde que ficasse garantido no contrato nupcial que os filhos seriam criados na religião católica. Mas também elas o recusaram, assim como as consultadas a seguir, duas princesas suecas tão alvas que pareciam albinas, disse Barbacena para consolar o amo.

Quando as recusas já eram suficientes para incomodá-lo, suspeitou de manobras austríacas para prejudicá-lo e também de feitiços da amante: "Se as princesas, da Sardenha ou de Nápoles, me falharem, fico quase acreditando em agoiros, pois de quatro delas nenhuma me querer, parece suspeito." As suspeitas foram atiçadas pelos envolvidos na missão: "É Viena que impede seu segundo casamento, o que comprova a patifaria não só de seu sogro, que é um santo velho, mas de Metternich, que é um maroto de terceiro pelo. Peço-lhe em nome de tudo o que há de mais sagrado e pela alma de todos os seus defuntos que não creia em Mareschal", escrevia-lhe o amigo Resende. Barbacena também duvidava de Metternich: "Um homem que teve artes de dar uma arquiduquesa a Bonaparte e não acha em toda a Europa uma princesa para o imperador do Brasil, é suspeito." Acrescentava que o boicote visava a que ele não tivesse mais filhos, de modo que seus herdeiros nos tronos de Brasil e Portugal fossem os nascidos de Leopoldina.

Mas o sogro parecia empenhado na missão e dizia a Barbacena: "Não desistirei em minhas diligências até achar uma perfeitíssima noiva para meu genro e uma mãe carinhosa para meus netos." Em uma carta chegou, a fazer crítica velada à filha Leopoldina: "O ponto principal é que seja linda e espirituosa para fazer meu genro feliz, e não tímida e negligente como era minha filha." Havia um acordo entre genro e sogro:

logo que o casamento fosse arranjado, a pequena Maria da Glória passaria a viver com o avô em Viena, onde seria preparada para ser rainha de Portugal: "Minha filha irá aos pés de Vossa Majestade, logo que chegue minha noiva, conforme prometi", escrevia Pedro. A menina partiu antes, não chegaria a Viena e logo estaria de volta ao Brasil.

Como Francisco I se casara quatro vezes, um dia lhe mandou um recado através de Barbacena: "Se lhe cair a talho de foice, diga a meu sogro que moro num país quente, tenho vinte e nove anos, e lembre-se dos seus tempos para calcular a necessidade em que estaria." Parecia que estava a viver castamente. Também não escondeu de Francisco I o constrangimento que lhe causavam as sucessivas recusas: "Não posso ocultar a profunda mágoa que experimenta meu coração por tão repetidas recusações, e que de certo me induziram a esquecer-me de tal negócio, se não tivesse comprometido minha palavra com Vossa Majestade."

Sabíamos que seu orgulho estava sofrendo com as recusas, ele, que raramente as recebera em sua vida, de modo que quando explodiu certo dia, ninguém ficou surpreso e salvou-se quem pôde. Foi em agosto de 1828, quando chegou carta de Resende informando sobre a recusa da princesa Cecília da Suécia. Naquele dia, Chalaça odiou todas aquelas jovens que faziam seu amo sofrer e ficar nervoso com todos ao redor: "A tal cartinha de Resende, escrita em Londres em 18 de julho, relativa ao casamento, deu-me o que fazer, pois que Vossa Excelência bem conhece o gênio do nosso amo que botou para fora, falou, gritou, escreveu, e eu, tremendo, deixei passar o dia, escrevi tudo que me mandou (que me assusta ainda quando me lembro e guardo para lhe mostrar à sua chegada). Com algumas reflexões, aumentando à proporção que a cólera o ia deixando, consegui acalmar o imperador e evitar a formidável inconveniência de comunicações e ordens tão insólitas", escreveu o secretário a Barbacena.

Outro que aquentou a sua fúria foi Mareschal que, alguns dias depois, foi obrigado, em função de seu cargo, a entregar a Pedro uma carta de Metternich contestando qualquer suspeita de que estaria prejudicando a procura da noiva. Pedro se recusou a ver a carta e os retratos de duas princesas que lhe mandara o príncipe e disse ao barão ser "o cúmulo da patifaria o *rusé* do Metternich lhe enviar aqueles retratos visto que uma delas já o tinha rejeitado e a outra era aleijada." Metternich também lhe tinha sugerido uma princesa negra do Haiti, herdeira da dinastia criada por ex-escravos no pequeno país do Caribe. A verdade é que o rei do absolutismo não gostava do príncipe liberal e não duvido que tenha manobrado para prejudicar Pedro. Naquele dia, Mareschal saiu do palácio maldizendo a hora em que escolhera a profissão de diplomata, que o obrigava a cumprir semelhantes missões.

Quanto ao Chalaça, astuciosamente não enviou a carta ditada sob efeito da ira, no que fez bem. Sabíamos os dois que a raiva logo passaria. Mas, abalado pela última recusa, decidiu não se casar mais: "Pelo navio *Norton* recebo carta de Resende na qual me diz que a princesa Cecília da Suécia desprezou o oferecimento de casar-se comigo. Com esta são quatro repulsas! Quatro repulsas recebidas em silêncio são suficientes para comprovarem ao mundo inteiro que eu busquei fazer o meu dever procurando casar-me; receber uma quinta envolve desonra não só à minha pessoa, mas ao Império; portanto, estou decidido a desistir da empresa tão firmemente como você sabe que sou capaz de estar."

Depois de ordenar ao marquês que parasse com as negociações, ele desabafou: "Não há remédio que ser desgraçado. Irra com tanta perfídia. Quero sossego, quero viver com quem me parecer, casar-me com quem quiser. Agradeço-lhe o seu trabalho, mas eu, desprezado quatro vezes, não quero a quinta. Para com todos os negócios do casamento e desfaça o que tiver feito, salvo se a senhora já estiver embarcada."

Depois, voltaria atrás e autorizaria Barbacena a continuar a procura. Mas ainda esperaria quase um ano pela noiva desejada. E era um pouco culpado da demora porque, embora não se possa descartar manobras de Metternich para prejudicá-lo, as dificuldades vinham também das suas exigências: a noiva deveria ter nascimento, formosura, virtude e educação. Das quatro qualidades era indispensável a segunda, dissera. Chegou a sugerir o modelo de beleza que o seduzia, que, como disse antes, não era a Marquesa de Santos, mas a Marquesa de Gabriac, esposa do cônsul francês, tida na época como a mulher mais bela do Rio de Janeiro.

No início de 1829, finalmente, recebeu um sim. De uma princesa da Dinamarca. Mas dessa vez, foi Barbacena a recuar assustado, porque a noiva era muito feia. Se a aceitasse, disse ele ao Chalaça, não poderia voltar ao Brasil porque seu amo o mataria e, na melhor das hipóteses, o jogaria pela janela. Assim, a única que o aceitou, foi dispensada com desculpas de praxe. Pedro recebeu a notícia e os argumentos de Barbacena e pensou que nunca mais se casaria na vida, sem suspeitar que a decisão estava por um fio, e logo uma lhe diria sim.

Muito menos suspeitou que seu destino seria decidido não pelos emissários empenhados na missão, mas por uma mulher, a Grã-duquesa de Baden, com ajuda do Visconde de Pedra Branca, Domingos Borges de Barros, baiano rico que vivia há muitos anos na Europa, e de dois aventureiros, o coronel Antoine Fortuné de Brack, antigo oficial do Exército de Napoleão e Bernard Dumoulin, todos eles envolvidos na missão depois de informados das muitas recusas ao jovem imperador liberal e também que havia uma recompensa para quem achasse a prometida.

À prometida se chegou por via indireta, após tentarem casá-lo com uma das três belíssimas filhas de Estefânia de Beauharnais, parenta de Napoleão. Essa ideia, tida pelo Visconde de Pedra Branca, não agradou a Barbacena, que temeu problemas com Metternich, que havia jurado acabar com a raça de Napoleão sobre a terra. Mas o Grão-duque de Baden, pai da pretendida Luísa, recusou o pedido. Talvez não tenha acreditado no que diziam os emissários – que Pedro era um bom pai, fora um bom marido, era amigo leal, homem severo –, já que respondeu: "Não, o desejo de ver uma princesa de Baden imperatriz não me fará consentir com o sacrifício de uma criança da minha família."

Então, para contornar a situação delicada, a grã-duquesa sugeriu aos emissários: "Se dom Pedro admira Napoleão, porque minha sobrinha Amélia da Baviera, a filha de Eugène, não poderia substituir minha Luísa? Creio que aqueles dos quais ela depende não seriam tão intransigentes como meu marido." Logo chegou às mãos de Pedro um relatório com a nova sugestão, mas ele não ficou impressionado. Temeu nova recusa. O curioso é que a moça aceitou o pedido. E era a mais bela das princesas da Europa. Justamente como ele havia pedido aos céus, que, diz o povo, às vezes escreve certo por linhas tortas.

Certo dia, quando estávamos na quarta ou quinta recusa, Mareschal me veio perguntar muito sério se eu acreditava estar o imperador cumprindo promessa que lhe fizera: "Sua Majestade me prometeu viver castamente como um santo durante oito meses", disse ele. Imediatamente nos pusemos a rir. Pedro casto! A cidade sabia que na ausência de Domitila ele não ficara entregue a retiros espirituais. Quando começou a desviar seu cavalo para o centro da cidade, vieram notícias ao convento de que seu novo interesse era a modista francesa Clémence Saisset, mulher de um comerciante de papéis pintados da rua do Ouvidor, e que lhe daria um filho, mais um Pedro de Alcântara Brasileiro, que nasceria em Paris em 23 de agosto de 1829. Havia também comentários sobre uma uruguaia de nome Carmen Garcia, e de outras que não me lembro.

O certo é que casto ele não ficou, mas a tristeza por ter sido recusado por tantas princesas fez com que aumentassem a solidão e as saudades de Domitila, aquela que caíra em seus braços numa tarde de agosto de 1822 sem impor qualquer condição. Bem que ela tentara retornar antes, animada por cartas apaixonadas que ele nunca deixou de lhe mandar: "Ah! Minha filha, não te posso explicar a saudade que o meu coração sofre, saudades que se tornam mais agoniantes quando considero que sou a causa de me ter separado de ti; mas, enfim, filha, não há remédio, uma vez a pedra jogada! O amor que te consagro é inextinguível em mim, e muitas vezes quando considero a minha solidão descem lágrimas pela perda da minha querida Leopoldina e por ti", escreveu-lhe dois meses depois da separação. "É próprio dele", murmurou anos depois frei Tarquínio ao arquivar a carta na qual atribuía sua solidão à ausência das duas mulheres de sua vida e mais uma vez as unia em pensamento e na saudade.

Mas Leopoldina estava morta, Domitila viva e ele, rejeitado por outras, morria de saudades e ciúmes imaginando que a perderia para sempre: "Não olhes para ninguém, basta que eu te tenha sido mau." Era envenenado por cartas anônimas sobre deslizes de Domitila em São Paulo, onde teria como amantes dois estudantes do Curso Jurídico. Em determinado momento, mandou vigiá-la, já que em seus arquivos encontramos ordem para "debaixo de todo segredo procurar saber que moléstias tem tido a Marquesa de Santos e se era verdade o que se dizia de sua má conduta". Os boatos diziam que ela engravidara em São Paulo e parecia isso tão seguro que o cônsul da Suécia informou a seu governo.

Domitila também sentiu saudades dele e da vida no Rio. Escrevia aos amigos: "Eu aqui vou passando os meus dias, sem ainda saber qual será o venturoso dia que me aviste com essa corte, onde existe tudo quanto me interessa e pode dar alegria". Mas quando, seis meses depois de deixar o Rio, ela lhe escreveu no final de 1828, informando que pretendia retornar, Pedro foi tomado de pânico. Temia que sua presença na corte causasse ainda mais danos à sua imagem no estrangeiro e não sabia o que ela realmente pretendia vindo até ele.

Como a marquesa era teimosa, e já fora difícil afastá-la da primeira vez, usou via indireta e fez carta ameaçadora à sua mãe em 11 de dezembro de 1828: "Neste instante recebo carta da sua filha marquesa dizendo sem mais cumprimento que saía para cá no dia vinte e três deste; protesto altamente contra, e em nome de toda a nação a quem sua presença faz mal nesta corte e província por causa do meu casamento. Uma pessoa que saiu do nada por meu respeito devia, por reconhecimento eterno, fazer o que eu lhe tenho até pedido. Provas sobejas tenho de que sua intenção é opor-se ao meu casamento."

Ameaçou suspender a mesada da marquesa "e de toda aquela pessoa de sua família que eu me possa persuadir que influi para esse sucesso!" Surtiu efeito. Dona Escolástica Bonifácia respondeu imediatamente: "Sinto n'alma que uma produção do meu desgraçado ventre viesse ao mundo para dar motivo de inquietações a Vossa Majestade." Domitila também respondeu: "Creio que não ofendo nem pretendo incomodar Vossa Majestade. Eu o respeitarei sempre como meu soberano e meu amo e nada mais, e lhe juro não me intrometer em sua vida". E ela não veio.

Mas, em 8 de abril de 1829, abalado por mais um fracasso na procura da noiva – desta vez, ele chamou Domitila de volta pedindo que chegasse na Semana Santa, para lhe proporcionar "uma aleluia completa". Chalaça correu a me contar a novidade: "O contratempo da Dinamarca excitou em nosso amo a paixão nunca sufocada pela marquesa, e já a mandou buscar." Não se sabe como, a notícia chegou aos jornais. Um deles informou que ela era esperada no final do mês "de volta à corte, onde se julga, tomará o distinto lugar que ocupava, pois vem em inteira graça."

Doido de saudade e paixão, correu a Itaguaí para buscá-la ainda no porto e dali a levou para Santa Cruz. Domitila chegou mesmo em estado de graça, como dissera o jornal, e já no dia 24 de maio deu grande jantar e baile pelo aniversário de Bela, a Duquesinha de Goiás. Os convites, com novas regras da etiqueta, marcando jantar para as quatro horas, seguido de baile etc. fizeram Pedro zombar do modismo: "Se é estilo ser às quatro, à *la bonheur*; mas se não é, então às três. Pode mandar o coche." Zombava daquela que dizia ter tirado do nada, mas estava feliz por ela estar ali e a cobria de mimos, presentes, braçadas de lírios do campo – "peço-te que pelo menos um dos lírios goze do teu calor no teatro."

Mas cinco dias depois de enviar os lírios do campo à amante, que há dois meses estava em seus braços e no sétimo céu, ordenou a Barbacena que reiniciasse as negociações para achar noiva: "Em consequência do desgosto que tive por não ver realizar-se o meu casamento em Dinamarca por motivo de *laideur* da noiva, escrevi-lhe pedindo que não continuasse a tratar de semelhante negócio. Agora, porém, vindo a razão em meu socorro e tomando o lugar da raiva, estou resolvido a continuar a empresa, e assim lhe ordeno que prossiga com toda a circunspeção, tendo sempre em vista não me fazer representar uma ridícula figura neste mundo em detrimento de minha força moral". Na mesma carta ordenava a Barbacena que trouxesse de volta a filha.

Ele não sabia, mas já estava quase chegando ao porto navio com novidades sobre a nova pretendente, inclusive um retrato da noiva, de dezessete anos, que o faria perder o fôlego – era uma das princesas mais lindas da Europa, filha de Eugène de Beauharnais, herói das Guerras Napoleônicas. Dona Amélia Augusta Eugênia Napoleona de Leuchtenberg aceitara se casar com ele e respiraram aliviados os emissários e amigos mais próximos. E a frase que mais me fez rir sobre aquela surpresa foi de seu amigo Gordilho da Barbuda, que disse, com a malícia de sempre: "A mansa ovelhinha não receou o lobo esfaimado."

AMÉLIA NO CORAÇÃO

Quando a Grã-duquesa Estefânia sugeriu que os emissários de Pedro fossem à procura de sua sobrinha da Baviera, para lá seguiram eles, ansiosos por conhecer a princesa Amélia de Leuchtenberg que havia nascido em Milão em 31 de julho de 1812, quando seu pai, Eugène de Beauharnais, filho de Josefina e enteado de Napoleão, era vice-rei da Itália. E ficaram impressionados com a jovem: "Aí tem Vossa Majestade Imperial o retrato da linda princesa que, aconselhada por seu tio, o rei da Baviera, inimigo de Metternich e doador, como Vossa Majestade, de constituições liberais, ousa passar os mares para se unir a um soberano que todos os ministros austríacos na Europa pintam como o assassino de sua mulher", escreveu Barbacena ao imperador.

Para ter certeza das qualidades da noiva, o marquês enviara a Munique Ernesto Frederico de Verna, homem de muito bom gosto. Não podia correr riscos. O padrão de beleza sugerido por Pedro era a Marquesa de Gabriac, esposa do embaixador da França no Rio de Janeiro, que considerava a mulher mais bela que já vira – "Ele a andou cobiçando em segredo", disse frei Tarquínio a propósito. Mas Amélia era mais bela que a marquesa e, diante da jovem, Verna ficou extasiado e garantiu a Barbacena: "Posso afirmar a Vossa Excelência, sob palavra de honra, que é mais formosa que o retrato que a Vossa Excelência entreguei."

Ao ver, dois meses depois, o retrato da noiva, Pedro foi tomado de euforia que nos pareceu próxima da loucura. Sua resposta a Barbacena revelou esse estado de ânimo: "Meu marquês, meu Barbacena, meu amigo e não sei que mais. Quão satisfeito estou pelo negócio do meu casamento ir desta vez ao fim!" A noiva era a sua "salvadora, a salvadora do Brasil" e no retrato que lhe enviou em retribuição ao que recebera, escreveu em francês: "*Vous êtes un présage de bonheur por moi, e pour tout le Brasil, e au même temps la terreur de factieux e des revolutionnaires.*"

Não sei se Amélia entendeu o que ele queria dizer. Eu não entendi. Mas está provado que os amorosos se entendem. Encerrava a carta ao amigo afirmando: "Agora só me resta fazer votos ao Céu para que quanto antes eu a tenha em minha companhia, fazendo as minhas delícias e felicidade, bem como a de meus filhos e do Império."

A euforia tinha uma explicação. A verdade é que o imperador sem medo estivera todo o tempo em pânico, até receber a resposta afirmativa da jovem. Amélia era tudo o que ele queria e tinha a impressão de que não suportaria uma recusa da jovem. Em tom melodramático, chegou a pedir ao marquês que repetisse à moça frase que escrevera para ela com lágrimas nos olhos: "*Mon coeur appartient à ma chère Amélie e si je n'avais pas le plaisir de voir réussir cette negociation, certainemente le tombeaux será mon repos eternel, c'est mon coeur qui parle e le temps m'aidera à le prouver.*"

O túmulo seria seu destino se ela o recusasse, dizia ele, e queria que Barbacena repetisse a frase para a desejada. Quando ele me leu aquele trecho, não tive dúvidas de que seu coração não suportaria mais uma recusa. Mas não havia ainda terminado de me ler a tal carta: "Meu entusiasmo é tão grande que só me falta estar doido; eu não sossego, eu só suspiro pelo dia feliz, o dia ou da minha salvação ou da minha sentença de morte. Sinto não poder adivinhar o que seria mais agradável ao meu amor, à minha adorada Amélia para lhe provar de antemão a minha paixão, a fim de fazê-lo, e poder à sua chegada logo ser olhado, não só como esposo, mas como verdadeiro devoto."

Frei Tarquínio, estudioso da alma humana, e da alma de Pedro em particular, atribuiu a explosão de sentimentos à gratidão que ele sentia pela mulher que não acreditara nas calúnias sobre ele espalhadas na Europa. Depois de tantas recusas estava tão grato e deslumbrado pela beleza da noiva que se apaixonara por ela ao ver seu retrato, tal como acontecera com Leopoldina naquela tarde distante de 1816, em que recebera o de Pedro numa bandeja de prata. Ele pedia a Barbacena que mostrasse a carta a Amélia para que ela ficasse ciente de que seu futuro esposo – "é realmente homem de bem e de caráter e que sabe e sempre saberá em fatos desmentir calúnias e provar o que diz". Afligia seu coração pensar que, de repente, Amélia poderia voltar atrás e dar ouvido às calúnias.

A paixão por Amélia só fez aumentar com a carta que veio em seguida, do Marquês de Resende, amigo de infância, juventude e de toda a vida, que sofrera naqueles dois anos pelas humilhações a ele impostas: "Senhor, não fui eu quem escolheu esta princesa, e por isso posso e devo ser acreditado. Ela é bela, e é esse o seu menor predicado. É a única de tantas princesas pedidas que teve ânimo para desprezar as intrigas e passar o oceano para unir a sua à sorte de Vossa Majestade. Mas tudo isso é menos que o fundo da virtude, da boa educação, da bondade, da doçura, da dignidade, do juízo e da instrução que a adornam. O amigo da infância, da puberdade e da virilidade de Vossa Majestade assim lhe diz: creia-o como sempre o tem acreditado. Faça feliz a única princesa que o quis, e a que, pelo que vejo, sinto e creio, pode e há de encher as medidas do seu coração."

Resende terminava a carta descrevendo a noiva e fazendo observações só permitidas entre amigos muito íntimos: "Um ar de corpo como o que o pintor Corregio deu nos seus quadros à rainha de Sabá, e uma afabilidade que aí há de fazer derreter a todos, fez com que eu exclamasse na volta para casa: valham-me as cinco chagas de N. S. Jesus Cristo, já que pelos meus enormes pecados não sou Imperador do Brasil. Que fará o nosso amo na primeira, na segunda e em mil e uma noites? Que sofreguidão! Os dedos hão de parecer hóspedes..."

Em 30 de maio de 1829, foi assinado em Cantuária, na Inglaterra, o contrato nupcial. Mas em 9 de julho, o *Morning Post* ainda dava como certo o casamento com a Marquesa de Santos. Mais bem-informado, o *Times* do dia 25 anunciava que a futura imperatriz do Brasil era uma das mais completas princesas da Alemanha em educação, beleza e graça: "O povo da Baviera vê com pena sua partida para terras distantes." O casamento foi celebrado em Munique em 2 de agosto e Barbacena respirou aliviado durante a cerimônia ao ver ao redor de dona Amélia, princesas que haviam recusado seu amo: "É indubitavelmente a mais linda e mais bem-educada princesa da Europa e quando a vi emparelhada a duas primas que foram primeiramente pedidas, dei graças a Deus. Vossa Majestade Imperial gozará do prazer doméstico em toda sua extensão."

Havia uma cláusula naquele casamento que não estava escrita: a exigência de que a Marquesa de Santos saísse de cena antes de nela entrar a nova imperatriz. Enquanto preparava a viagem de dona Amélia e de Maria da Glória, Barbacena manifestava a Chalaça sua preocupação com o assunto. Temia encontrar a marquesa ainda a reinar e sabia o domínio que ela tinha sobre Pedro: "Se assim for, teremos o maior dos escândalos." Também a princesa Augusta Amélia, sogra de Pedro, temia coisa parecida e, delicadamente, advertiu ao genro: "Assim, meu filho, ouso agora vos dar este nome doce, afaste dela tudo o que possa lhe dar ideia de uma falta do passado a fim de não assustar no futuro este jovem coração que é a pureza mesmo."

Pedro já havia conseguido se livrar das amantes recentes que apareceram em sua vida quando começou a se afastar de Domitila: a uruguaia Carmen Garcia retornara a Montevidéu sem problemas; a modista francesa Clemence Saisset – "ajudada pelo espantoso cinismo do marido", disse frei Tarquínio – conseguiu tirar dos mediadores boa quantia para amparar o filho que teria do imperador. Por fim, mandara para a Europa o jovem Rodrigo, fruto de sua relação com a irmã de Domitila, a Baronesa de Sorocaba. O menino estava sob os cuidados de Barbacena e Resende, a quem Pedro pedira: "Esperando que não se escandalize pela minuciosidade, peço-lhe que o mande aprender nossa língua, pois não quero que depois de grande me apareça dizendo 'minha cavalo', 'minha pai' etc."

Agora, era cuidar da marquesa. Em carta de 10 de junho de 1829, Chalaça tranquilizou Barbacena: "Não faz ideia da alegria do nosso amo com a recepção do retrato; está contando os minutos que tarda o paquete imediato para ver se nele já vem tudo ultimado e dar parte às Câmaras; está tudo pronto ou aprontando-se para fins de setembro, que é quando cá o espero junto com a imperatriz e a rainha. Nosso amo, depois da chegada do paquete, mudou de vida: não dorme fora de casa, faz suas visitas sempre acompanhado do camarista e nada de novo. Pensa bem que a Senhora lhe há de agradecer o fato de ele, logo que recebeu a notícia, não ter mais amores e que deve igualmente ser agradável à Senhora ver que ele, apesar de os não fazer, não perde uma amizade política e decente, no que mostra a firmeza do seu caráter e como sabe vencer-se."

Mas não foi fácil convencer Domitila, que nunca se conformara em reinar na sombra e a quem ele nunca conseguira negar coisa alguma, que devia sair de cena como qualquer modista da rua do Ouvidor. Não, ela não partiu sem rumor. Assim, por volta do dia 10 de junho, ficamos sabendo, através de Chalaça, que houvera um *barulho* entre Pedro e a marquesa depois que ela recebera uma carta dele pondo fim no romance: "Sinto muito perder a tua companhia, mas não há remédio."

E o barulho se fez mais intenso depois, do dia 24 de junho, quando chegou da Europa o contrato nupcial e ficou claro que a noiva poderia chegar a qualquer momento. Encarregado de negociar as condições da separação, o ministro José Clemente Pereira foi à casa da marquesa, onde já não ia Pedro desde que recebera o retrato de dona Amélia, participar-lhe que, tendo ele ajustado casamento, queria que ela deixasse o Império. A ideia era que Domitila fosse para a Europa. Receberia como compensação trezentos contos pelos prédios que ele lhe dera de presente, toda a mobília neles existentes e juros do montante à sua disposição num banco europeu. Domitila explodiu, disse que não saía em caso algum. A pedido de Pedro, foram em romaria convencê-la um cunhado, Manuel Alves de Ribas, um irmão, José de Castro, e até seu médico. E ela tornou a dizer não. Irritado com sua teimosia, Pedro lhe deu três dias para cumprir sua ordem, sob pena de lhe cortar todas as regalias: ela ignorou o aviso. "A Ex.ma arrumou os pés à parede", dizia Chalaça com humor. A situação era complicada.

Domitila não queria ir para a Europa, para Minas Gerais ou São Paulo, onde "antes fora tão desfeiteada"; queria ficar no Rio. Não precisava ser na chácara imensa que ele lhe dera. Aceitava uma casa modesta no centro da cidade, queria ficar perto para ter chance de novamente atraí-lo. Mas ele não cedeu e, depois de ameaças, começou a tirar tudo o que lhe havia dado – que era muito e dava provas do poder que conquistara: assim, foram-lhe retirados os proventos que recebia das diferentes repartições da Casa Imperial, que, a partir do dia 28, receberam ordem de não lhe dar coisa alguma; também perdeu os criados e escravos a seu serviço, pagos por ele; e foram-lhe devolvidos os animais até então tratados nas cavalariças e pastos do palácio, onde os criados e criadas receberam ordem, sob pena de demissão, de não a visitarem nem dela receberem visitas. E devolveu os presentes singelos que ela lhe dera – flores secas, folhas, ramos, retratos – com mensagens muito pessoais de amor. Domitila chorou desesperada.

Chorava, suplicava, implorava e ele resistia, não cedia. A Marquesa de Aguiar, esquecida dos ensinamentos cristãos, me veio dizer, sem papas na língua, que a desgraça da marquesa era motivo de alegria para muita gente, pelo que Domitila fizera a dona Leopoldina em vida, pela ousadia de perturbar sua morte; Deus era grande, ouvira suas preces, pagava caro a paulista porque outra mulher, mais jovem, mais bela, prestes a se tornar imperatriz, exigia que Pedro a mandasse embora e ele obedecia, submisso como fora a ela nos tempos de Leopoldina. Deus era grande. A Marquesa de Aguiar, que não retornara à corte, apesar dos pedidos de Pedro, estava vingada e não escondia seu contentamento.

A desgraça de Domitila não desagradou aos que haviam sofrido por sua culpa – os Andradas, os marqueses de Palma e Paranaguá, as damas de companhia de Leopoldina, os criados e escravos do paço que ela não tinha sob seu domínio, e muito mais gente. Sua casa, onde pouco antes reinava a alegria, na festa de aniversário da duquezinha, com toda a corte aos seus pés, agora parecia estar de luto. O que mais a fazia sofrer era pensar que havia retornado a pedido dele, imaginando que seria para sempre, que se casaria com ele, e fora rejeitada. Daí a decisão de resistir em seus domínios, de desafiá-lo. Mas o esforço foi demasiado e ela se descontrolou: "Ela despropositou", disse o Chalaça sobre a ira e o ódio da mulher. Não sairia dali, não sairia dali, dizia. Diplomatas, outrora recebidos em seus salões, relatavam a seus governos o caso em detalhes e a um deles, o francês Henri de Pontois, a paulista explicou que não partia porque "a Constituição protegia seus direitos".

O tempo passava, o navio com a noiva estava para chegar e todos se afligiam porque a marquesa não se ia, suportando todas as humilhações usadas como forma de persuasão: ela e sua mãe foram reduzidas a *damas honorárias* do paço; sua filha, a Duquesa de Goiás, foi retirada do Boa Vista e levada para Niterói, de onde seria mandada para se educar na Europa – e quando Domitila quis notícias da duquezinha, ele respondeu que "passava bem, continuaria a passar melhor, sendo escusado tornar a mandar saber mais". Por fim, Domitila implorou piedade: "Pelo amor de Deus, condoa-se de uma desgraçada". Mas ele fez ouvidos moucos, como se ao vê-la implorar se desfizesse o encanto que o havia mantido preso tanto tempo.

Já era 17 de agosto quando ela cedeu: os prédios que lhe dera de presente foram por ele recomprados e registrados no tabelião Perdigão em nome dela; e tudo mais que havia prometido foi acertado. Finalmente, o Chalaça pode acalmar Barbacena: "No dia 24 sai toda aquela Sacra Família para São Paulo." E no dia 28, o *Diário Fluminense* registrou em nota curta e maldosa: "A Excelentíssima Senhora Marquesa de Santos partiu ontem desta corte para a cidade de São Paulo. Sua mobília está embarcada a bordo do bergantim *União Feliz*, que segue para Santos no dia 29 do corrente." A marquesa partiu grávida do último filho de Pedro, e rica: sua fortuna seria avaliada, anos depois, em 838.480 mil réis.

Chegava dona Amélia para reinar. Um mês e alguns dias depois, Pedro correu ao porto, em 10 de outubro, mal teve a informação de que se aproximava a fragata que trazia sua mulher e a filha. Não teve paciência para esperar o desembarque: pegou uma barca veloz e foi esperá-las fora da barra; dali passou para um escaler e pouco depois estava frente às duas mulheres que haviam sido sua preocupação aqueles meses: a rainha-menina, sua filha, e a esposa. E ninguém esperava pelo que aconteceu então. Abraçou primeiro a filha, e era tanta a sua emoção por vê-la sã e salva diante dele que perdeu quase os sentidos nos braços de Maria da Glória; e Amélia veio rápido socorrê-lo; pálido e emocionado, ele comoveu o coração romântico e sensível da jovem esposa; entenderam-se como velhos namorados, cochichou Barbacena. E nos anos em que viveu com dona Amélia Augusta Eugênia Napoleona de Leutchenberg, ele se tornou o mais comportado dos maridos. Acreditem!

♕ ♕ ♕

Naquele dia, ele não pode ficar a bordo com a esposa; teve que voltar à terra porque, explicou Barbacena, faltava a benção da Igreja católica aos noivos. No dia seguinte, quis sentar-se no mesmo carro com Amélia quando iam para a igreja, mas Barbacena lembrou que prometera só entregá-la depois da benção. Chorou durante o *Te Deum* na Capela Imperial e a comoveu; quando a cerimônia terminou, antes que Barbacena inventasse mais alguma coisa, a levou para casa.

No dia seguinte, antes dos cumprimentos do corpo diplomático, foi com ela à igreja da Glória para agradecer à santa de sua devoção a graça recebida. Depois, criou a Ordem da Rosa em homenagem à mulher, presidiu o lançamento de uma corveta batizada *Amélia* e fez do cunhado, o príncipe Augusto, que com ela tinha vindo, Duque de Santa Cruz – e percebeu que a adolescente Maria da Glória, lançava ao belo moço olhares que bem conhecia. Então, fomos todos ao teatro – impossível imaginar a vida de Pedro sem teatro – e a um piquenique em Paquetá rico em iguarias, presuntos, queijos, passas, amêndoas, nozes, doze garrafas de Bordeaux, paios, toucinhos deliciosos, e agradecemos a Deus aquela fartura de comida e de felicidade.

O RETORNO DE BONIFÁCIO

Eis que, em novembro, vimos com alegria entrar porta adentro do palácio José Bonifácio, retornado do exílio de seis anos. Ele chegara meses antes à cidade, mas foi um triste desembarque, pois sua amada mulher, Narcisa, falecera durante a viagem. Bonifácio desceu arrasado, olhou em torno sem entusiasmo, deu-se conta de que mais uma vez a vida o golpeava fundo, e o exílio lhe pareceu uma benção, porque passado junto dela, que fora o grande afeto de sua vida. O imperador mandou que eu fosse vê-lo e lhe dissesse de sua tristeza, e também que o queria ver. Eu assim o fiz, e não me surpreendi ao ver que o "velho", como o chamava Pedro, não guardara rancor. O tempo apagava tudo e era dele uma frase que me agradava muito: "Não costumo desamar aqueles a quem amei."

Foi apenas coincidência que José Bonifácio retornasse à cena no momento em que dela saía a Marquesa de Santos, tida como causadora de sua desgraça. Estava no Rio desde julho, mas só apareceu no palácio depois das festas do segundo casamento e de uma troca de mensagens com Pedro nos bastidores. E agora estava ali sendo apresentado pelo imperador à imperatriz Amélia com a frase: "Este é o meu melhor amigo", o que o deixou muito feliz.

Passamos todos para uma sala ao lado e os dois contaram para Amélia as aventuras de 1822. Só muito depois, no vinho do porto, o velho interrompeu Pedro: "Deixe-me dizer a verdade porque é do interesse de Vossa Majestade, de seus filhos e de nós todos." E o aconselhou a mudar de ministério o mais rápido possível, porque as coisas não estavam bem. E com isso concordamos todos. Esse foi apenas o início de muitas conversas entre os dois. Pedro, depois, ofereceu-lhe um ministério, que ele recusou, e dobrou sua pensão de aposentado.

Em meio à felicidade, Pedro não se dera conta de que o governo liderado pelo português José Clemente Pereira estava fraco, impopular e suscetível aos ataques da Câmara e da imprensa liberal. Mas ele mesmo não tinha mais a popularidade antiga, corroída pela morte de Leopoldina e por seu envolvimento na questão portuguesa suscitando antigas suspeitas de que queria novamente unir Portugal ao Brasil. Mas até então, não se dava conta dessas dificuldades.

Pedro seguiu o conselho de Bonifácio: demitiu Pereira e formou um novo ministério no dia 4 de dezembro, e com Barbacena na Fazenda, e escreveu um código de conduta para os novos ministros, os quais deveriam respeitar a Constituição, evitar malversações do dinheiro público, combater a corrupção, economizar, não provocar as Câmaras, discutir as propostas antes de serem apresentadas aos deputados e falar sempre a verdade com ele, o imperador, "ainda em coisas de meu desprazer".

Três dias depois de escolhido o ministério, quando vinha da Boa Vista, sofreu grave acidente de carro na rua do Lavradio, do qual saíram com poucos ferimentos a imperatriz, seu irmão e a pequena rainha; mas ele fraturou duas costelas, teve contusões na testa, alguma distensão no lado direito e perdeu os sentidos por cinco minutos. Foram todos levados para a casa do Marquês de Cantagalo, que era próxima. O imperador foi atendido por médicos e cirurgiões e operado de um tumor formado no quarto direito. Não era grave seu estado de saúde, mas quis se confessar comigo e lá fui eu ouvi-lo mais uma vez.

Em janeiro de 1830, Pedro retornou ao Boa Vista e, no dia 20, apresentou a imperatriz à sociedade numa das mais belas festas do Império. Nos salões do Paço do Senado, foram armadas seis mesas imensas decoradas com arranjos florais, cada uma delas com trinta convidados, servidos por sessenta criados que lhes ofereceram pratos variados e sobremesas, entre elas os *nevados*, novidade no país. O baile começou com a imperatriz dançando uma valsa, também uma novidade, com o irmão, príncipe de Leuchtenberg, e continuou com músicas de Faccioti, Mangiorannini, João dos Reis e Rossini, compositor preferido de Pedro – que ele conheceria pessoalmente dentro de pouco tempo.

Por melhores que sejam as lembranças da festa, dela me ficou o travo amargo de ter ali começado a desgraça de meu amigo Francisco Gomes da Silva, o Chalaça, acusado no dia seguinte pelo *Astréa* de não ter se comportado na festa com boas maneiras. Dizia o jornal que, num determinado momento do baile, ele teria ofendido o mestre de danças Lacombe ao tentar introduzir contradanças que não estavam no programa; depois, repreendera músicos e insultara um general. Teria abusado do álcool.

Fiquei a imaginar os motivos pelos quais Chalaça teria sido levado a tamanhos destemperos, já que não era de seu feitio implicar com mestres de dança. Só depois me dei conta que o artigo fazia parte de campanha contra os amigos portugueses de Pedro, e que a desgraça de Chalaça, que começou naquele momento, seria a desgraça de todos nós, inclusive de Pedro.

Para escapar do calor do verão, Pedro partiu para a fazenda do padre Correia, com os filhos e dona Amélia, que a irmã do padre achou perfeita. Chegou ao seu refúgio preferido debaixo de trovoadas, pegou forte gripe, mas se divertiu muito nos dias que ali passou e concluiu um negócio que o deixou satisfeito: "Comprei o Córrego Seco por 20 mil contos". Queria criar ali a Fazenda Imperial. Estava gozando as delícias do lugar quando chegou carta de Miguel informando da morte da dona Carlota Joaquina.

"Meu querido mano da minha maior estima", começava a carta de Miguel que informava ter tido dona Carlota "morte verdadeiramente cristã" e não se esquecera o filho ausente: havia lhe deixado uma joia. Miguel se referia também à parte da herança de dom João VI que lhe cabia. Pedro retornou imediatamente ao Rio e pôs luto de oito dias. Uma semana antes, havia publicado no *Diário Fluminense* um artigo com sérias acusações ao *usurpador*. Acusava o irmão de ter atentado várias vezes contra a vida do pai "até que por último o matou com desgostos e, segundo dizem, com veneno, como afirmou o cirurgião Aguiar aqui nesta corte, e que em Lisboa pagou com a vida em doze horas o ter contado o horroroso feito."

Não conseguiria nos meses seguintes libertar-se da questão portuguesa que seria o motivo de sua desdita. Era o seu fado. Para cá tinham vindo perseguidos políticos portugueses lhe pedir asilo e ajuda; depois, começaram a chegar missões liberais representando os refugiados na Europa, e os que resistiam na ilha Terceira. Não podia lhes negar ajuda e apoio. Desde 15 de junho de 1829, havia reconhecido um governo para a ilha e o palacete onde vivera Domitila foi transformado em residência da pequena rainha de Portugal, rodeada por uma corte de portugueses para receber os liberais que vinham ao Brasil em missão política.

Era agradecido e premiava aos que ajudavam sua filha. Em carta a Barbacena, pediu por um destes servidores no seu modo divertido e amigável: "Meu marquês. Vagou o lugar de juiz da balança da Casa da Moeda: já são sete cães a um osso; parece-me que este lugar está bem para nele ser provido o Filipi, que tantos serviços fez à minha filha. Continue a passar bem e não faça caso do calor para o sentir menos. Seu amo e amigo. Pedro."

E os liberais portugueses estavam inquietos, porque as potências europeias pareciam propensas a reconhecer Miguel. A Inglaterra tentava se manter neutra, mas os diplomatas enviados ao Rio – Stuart, Strangford, Gordon – não haviam conseguido se entender com Pedro: "Tem duas manias: compor músicas e fabricar constituições", dissera Stuart. A rainha-menina fora bem recebida em Londres, para onde a levara Barbacena naquela viagem na qual tudo dera errado. Mesmo doente, o rei George IV tratara Maria da Glória como uma pequena rainha: ofereceu à menina um baile infantil, tentou se comunicar com ela em português, mandou que um artista da corte pintasse seu retrato e não escondia seu desgosto com seu casamento com Miguel, olhado pela família real inglesa como um monstro. Mas as gentilezas do rei não significavam apoio incondicional da Inglaterra às pretensões de Pedro. Os vastos interesses do Império pesariam na decisão.

Assim, em meados de 1830, pela mesma porta pela qual chegara Bonifácio entraram os emissários de Londres, Paris e Viena para pedir que Pedro definisse claramente o que pretendia: a Coroa para si? Para a filha? Ou se reconciliar com o irmão, que continuaria rei, casando-se com a menina, e contentando a todos? Nunca reconheceria Miguel, jamais consentiria em seu casamento com a filha e lutaria em qualquer ocasião pelos direitos de Maria da Glória, foram suas primeiras respostas. Mas seus conselheiros o convenceram a ganhar tempo, impondo ao irmão condições que ele se recusaria a cumprir.

A resposta levada pelo Marquês de Santo Amaro à Europa em fevereiro de 1830 condicionava o casamento a uma decisão de Maria da Glória quando atingisse a maioridade: exigia de Miguel o reconhecimento da sobrinha como rainha, anistia geral para os presos políticos, e pagamento das despesas feitas com a menina quando ele aceitara se casar com ela. Claro que Miguel recusou. Miguel era um problema do qual Pedro não conseguiria se livrar tão facilmente.

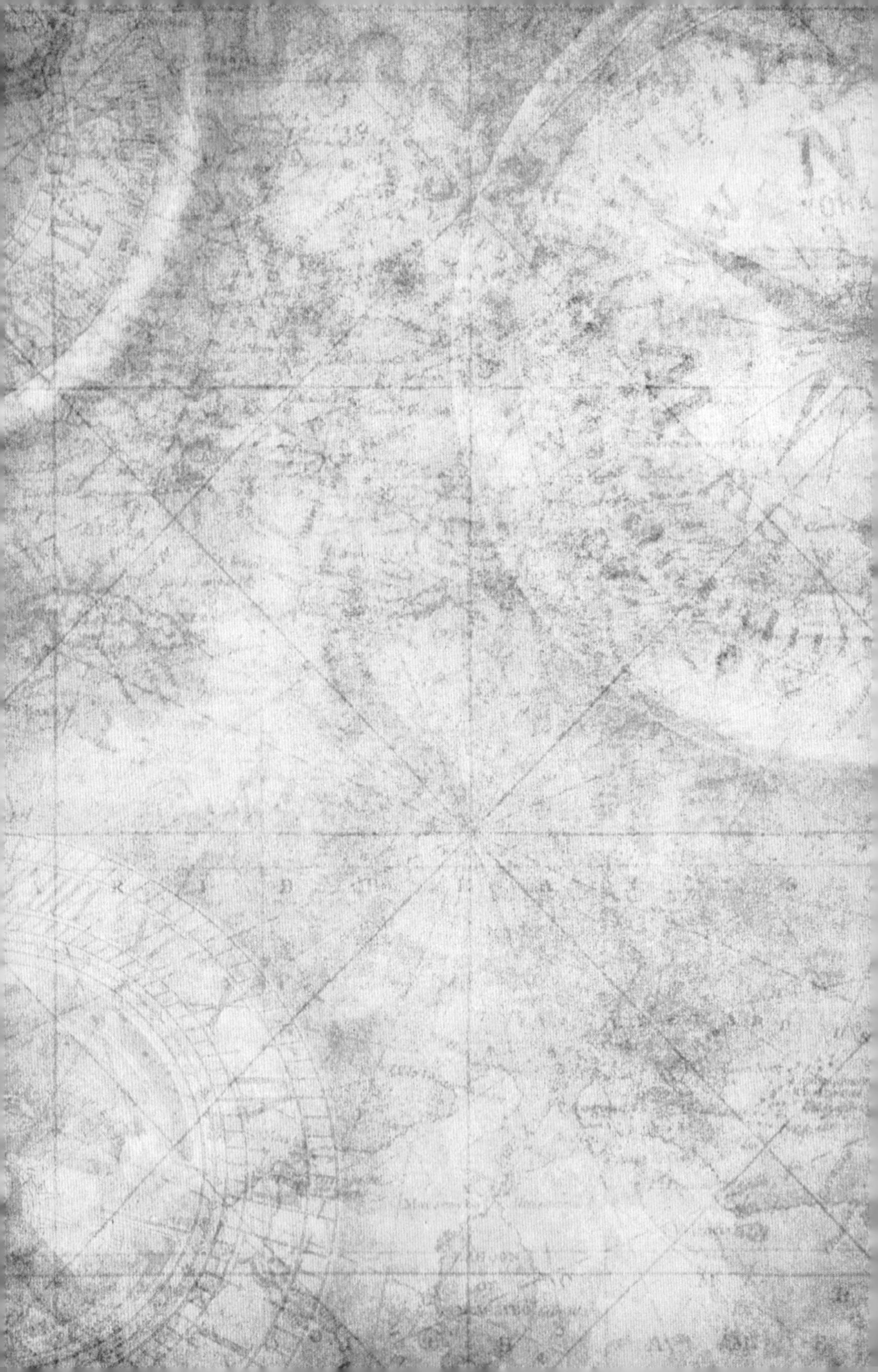

O GABINETE PORTUGUÊS

Muitas vezes me perguntei como tudo acabou no espaço de um ano; como tudo desabou como um castelo de papel em tão pouco tempo. Pois estava Pedro no verão de 1830 gozando das delícias da fazenda do padre Correia e da convivência com a nova mulher e, um ano depois, mal terminava o verão de 1831, lá estava ele num navio fora da barra, prestes a seguir para a Europa depois de ter abdicado a favor do filho, um menino que apenas completara cinco anos.

O menor dos percalços naquele ano difícil foi sua preocupação com o fato da imperatriz custar a engravidar. Sem muito esforço, a não ser o necessário, conseguira engravidar bom número de mulheres, mas agora isso não parecia tão fácil. Em carta ao Marquês de Resende, em abril de 1830, tratou o assunto com humor: "Em casa por ora nada, mas o trabalho continua, e em breve darei cópia de mim e farei a imperatriz dar cópia de si, se ela me não emprenhar a mim, que é a única desgraça que me falta sofrer."

Também com humor tratou de assunto um tanto surpreendente, que era o de ter se tornado um marido fiel. Afirmou que permanecia firme em seu propósito de "não... senão em casa", acrescentando que o milagre se dava não por motivos religiosos, mas porque lhe escasseava a capacidade. E concluía, ironicamente fatalista: "Vamos indo com os pés para a cova para depois nos encontrarmos no vale de Josaphat, onde cabemos todos, segundo diz a Escritura, e padre Vieira o prova em um dos seus sermões."

A verdade é que o milagre se devia a dona Amélia, mais que tudo. Não apenas porque sua beleza era estonteante e, segundo Chalaça, ele nunca tivera mulher tão bela em seus braços, mas, sobretudo, por ter forte personalidade, embora tenha parecido a Gordilho da Barbuda uma mansa ovelhinha. Com apenas dezessete anos, ela nos surpreendeu a todos. Em pouco tempo pôs ordem na casa. E para isso bastou fazer o que Leopoldina, com seu feitio manso e excessivo amor por Pedro, não conseguira.

Assim, Amélia recusou-se a receber a Duquezinha de Goiás, que foi mandada para bem longe (um colégio na Europa). Depois, despediu criados nos quais não confiava e manteve distância de damas brasileiras, protegendo-se na muralha formada por servidores que havia trazido da Baviera. Afastou do palácio qualquer pessoa suspeita de ter servido à marquesa ou coisa que lembrasse a passagem da paulista por ali. Diriam até que contribuiu para o afastamento de Chalaça da corte, pouco depois, e de Plácido de Abreu, que fazia parte da *canalha* à qual se referiu Leopoldina numa carta a Maria Graham.

Como conseguira dona Amélia o milagre de isolar toda esta gente? Convém lembrar que ela era mais madura que princesas da sua idade, por circunstâncias da vida, porque não nascera numa corte poderosa, era de nobreza secundária, neta de Josefina Bonaparte, filha do enteado de Napoleão, e sua infância fora de vicissitudes com o infortúnio do pai. O sofrimento a havia amadurecido, mas, além disso, teve bons conselheiros, de sua mãe e de Barbacena, sobre o que não devia aceitar no casamento. E antes de chegar, impôs as condições e transformou Pedro, ele sim, numa mansa ovelhinha. Assim, o ano de 1830 corria tranquilo, com dona Amélia pondo ordem na Boa Vista, onde agora só se falava o francês, sem se dar conta de que o mundo lá fora sofria profundas transformações que afetariam sua vida.

Contar o que se passou em 1830 requer paciência e memória, porque foram tantas coisas que não sei precisar quando começou uma e terminou a outra. Foi o ano em que os amigos portugueses de Pedro foram afastados de seu convívio; ano em que acabou a amizade entre Pedro e Barbacena; ano em que o Parlamento lutou por exercer seus direitos e obrigou Pedro a recuar; o ano em que o radicalismo voltou a mostrar suas garras e assustou os moderados; ano em que Pedro percebeu, antes de todo mundo, que era hora de partir.

Mais uma vez, deixo a critério dos leitores decidir quais desses motivos mencionados acima levaram à desgraça de Pedro. Adianto minha opinião: acho que cada um teve seu peso nos acontecimentos e, como acontece no teatro, todos foram postos em cena ao mesmo tempo pelo autor do espetáculo, que tanto pode ser o Criador como sua criatura, o homem. O acontecimento a mover os demais foi a disputa entre Pedro e o Parlamento pela definição de seus respectivos poderes, a essência da Constituição que Pedro dera ao Reino.

Há algum tempo os deputados exigiam do governo partilha igual de direitos, alegando que havia um desequilíbrio na balança do poder. Como a eles cabia legislar sobre orçamento, fizeram essas leis em 1830, cortaram despesas dos ministérios e exigiram que os ministros viessem à Câmara justificar seus gastos – um deles, do Exército, os ameaçou com suas tropas e foi obrigado a engolir a ofensa.

Haviam mudado os representantes do povo. O Parlamento não era mais formado por deputados eleitos às pressas depois da independência, muitos dos quais, em 1823, nem sabiam o que era monarquia constitucional. Em 1830, aqueles eram homens mais preparados e combativos. Embora o Senado, vitalício, continuasse submisso à Coroa, havia, oito anos depois da independência, uma Câmara rebelde que sabia se defender e se tornava popular.

Ao mesmo tempo, Pedro continuava com sua eterna dificuldade para substituir ministros. Em 1830, os deputados preferiam que ocupasse a chefia do ministério alguém com quem pudessem dialogar e, a partir de determinado momento, pareceu a muitos deles que o homem certo era o Marquês de Barbacena que conhecia o poder de muitos ângulos – havia sido deputado, ministro, general nas guerras do Sul, diplomata. Por sua vez, Barbacena, nas andanças pelo mundo, descobrira que um ministério não se sustenta se não tiver a confiança do Parlamento e achava que poderia conquistar essa confiança. Era o encontro de duas vontades.

O leitor já conhece Barbacena, cujo nome de batismo era Felisberto Caldeira Brant Pontes, nascido no arraial de Mariana, Minas Gerais, em 1778, vinte anos mais velho que Pedro e, em 1830, no auge de sua carreira de homem público. Havia desempenhado três importantes missões que lhe dera o imperador: levar a menina rainha à Europa, conseguir uma noiva para ele e empréstimos na Inglaterra. Com sucesso, diziam seus amigos, enquanto os inimigos afirmavam que fracassara em todas elas – retornara com a rainha, precisara de ajuda para arranjar a noiva e recebera sua percentagem de sempre pelo empréstimo.

Sob comando de Barbacena, a guerra no Sul do Brasil entre 1826 e 1827 havia sido um desastre. Mas a prova de que tinha se saído bem nas outras missões era que, em 1830, ele era ministro da Fazenda, mordomo-mor da imperatriz e podia exibir no peito a Grã-cruz da Ordem da Rosa e a Imperial Ordem de dom Pedro I – único brasileiro a recebê-la. Acho que o enredo para torná-lo chefe do gabinete começou no dia em que José Bonifácio foi ao palácio depois de anos de ausência, sugeriu a substituição de Clemente Pereira e antes de terminar a noite, Pedro o convidou para o cargo. José Bonifácio recusou e o imperador pediu a Barbacena que o convencesse.

A conversa entre Barbacena e o velho teve diálogo muito curioso: na esperança de convencê-lo, Barbacena argumentou que ninguém tinha mais influência sobre o imperador que José Bonifácio, lamentando não possuir os talentos do amigo, ou ele, suas manhas, ao que o paulista teria respondido: "Cousa impossível, porque Vossa Excelência não teria as suas manhas se tivesse os meus talentos". Pouco depois, Bonifácio foi ao palácio sugerir a Pedro a substituição de José Clemente Pereira por Barbacena.

Se o leitor tiver boa memória e gratidão pelos que lutaram pela independência do Brasil, vai se recordar do português José Clemente Pereira à frente da multidão que, no dia 9 de abril de 1821, levou a Pedro o documento assinado por milhares de pessoas pedindo que ficasse por aqui; vai se lembrar também que, por artes de José Bonifácio, ele foi, depois da independência, mandado com outros para o exílio, suspeito de defender a República e de querer despojar o príncipe regente de seus direitos obrigando-o a jurar previamente a Constituição. Depois voltou por artes de Pedro, que atraía para junto de si os que antes afastava. Tornou-se ministro. Agora, estava na mira dos Andradas e de Barbacena.

Convém acrescentar, o que o leitor talvez não tenha percebido, que por trás da demissão de Clemente Pereira, havia a ideia de Barbacena e alguns deputados de afastar do imperador seus amigos portugueses, que teriam junto a Pedro um poder que os incomodava. Diziam seus inimigos que a proximidade do poder os havia tornado arrogantes, prepotentes, intrigantes. Bonifácio fazia questão de afirmar que não se referiam a mim quando faziam essa descrição. Do ciclo português ao redor do imperador, eu era apenas aquele que ouvia os seus pecados, enquanto os demais...

Não sei qual nome foi mais usado para designar esse grupo – gabinete português, gabinete secreto –, mas sei que os mais visados eram Francisco Gomes da Silva e João Rocha Pinto; e, num degrau abaixo, João Carlota e Plácido de Abreu. Clemente Pereira fazia parte do grupo por nascimento, mas não do círculo de amigos íntimos do imperador, e tinha uma vida política construída em paralelo à do imperador, mas não à sombra dele. Tinha sua própria história. Derrubá-lo foi interpretado como a vitória dos brasileiros Bonifácio, Barbacena e Abrantes sobre os portugueses Clemente, Chalaça e Rocha Pinto.

A verdade é que resistia nas profundezas da alma nacional o conflito com os portugueses. As desconfianças do tempo da independência ressurgiam, alimentadas pelos acontecimentos em Portugal. Não bastava Pedro afirmar que abdicara do trono em nome da filha por amor ao Brasil. Persistia o temor de que tentasse unir os dois Reinos; incomodava que ele tivesse duas cortes – a sua e uma outra para a filha, bem ao lado do palácio, no palacete que havia pertencido à Marquesa de Santos. A chegada ao exílio dos liberais perseguidos por Miguel só fez aumentar a desconfiança. Os liberais brasileiros agiam como se não tivessem bebido na mesma fonte de ideias e ideais. Era tudo mágoa antiga ainda não sarada. E o mesmo acontecia entre os portugueses.

O mais odiado membro do *gabinete secreto* era Francisco Gomes da Silva, o Chalaça, cuja vida era recheada de aventuras: nascera nobre, filho do Visconde de Vila Nova da Rainha com uma aldeã de dezenove anos, criado pelo pai até os oito anos e abandonado por ele ao se casar com moça nobre. O ourives Antônio Gomes aceitou cuidar dele em troca de recompensa financeira e um cargo na corte. Foi mandado para o seminário de

Santarém, onde adquiriu excelente cultura e aprendeu várias línguas. Veio para o Brasil com a família real e trabalhou como ourives. Porém, em 1810, tornou-se criado do paço e moço de confiança de dom João VI.

Como dona Carlota suspeitava que ele a espionasse a mando do marido, o que levou à sua expulsão do palácio, Chalaça montou negócio de dentista e cirurgião sangrador, amancebou-se com Maria Pulquéria, conhecida como Maricota Corneta, que tinha uma hospedaria, e, em 1818, dono de uma taberna frequentada por boêmios, tornou-se amigo de Pedro. Tinham em comum o gosto pela pândega e por mulheres. Depois do retorno da família real, Pedro o chamou de volta ao palácio.

Era impossível não gostar do Chalaça, pois ele tinha um dom que sempre agrada aos mortais: sabia fazer rir, e daí lhe veio o apelido, dado por Pedro. Dele se disse muitas mentiras e verdades, mas afirmar, como frei Tarquínio, ter sido ele o mais leal amigo de Pedro, era desmerecer Rocha Pinto e João Carlota, também leais. Rocha Pinto era de origem nobre, família abastada, mas, sem iniciativa na vida, a não ser para conquista de damas da corte. Dos três, Carlota era o de origem mais humilde; nascera pobre e, era tão agradecido a Pedro, que se torna praticamente sua sombra. Os três estariam junto ao imperador na hora de sua morte.

Era fácil gostar dos três amigos e, da mesma forma, desgostar de Plácido Antônio de Abreu, acusado desde os tempos de dom João VI de tirar vantagens dos cargos: como responsável pelos gastos do palácio, revendia o que sobrava na dispensa do rei; em 1819, recolheu a produção de frango do Reino e cobrou propina de quem desejasse a ave. Chegou a tesoureiro da Casa Imperial e foi acusado de desviar dinheiro sob sua guarda. Mesmo analfabeto e ignorante, tornou-se homem rico a ponto de, em 1823, doar ao Império sua galera e pagar soldo de soldados para ajudar nas lutas pela independência. Ficou mais rico em 1828 ao casar-se com dona Ana Rita, filha do Marquês de Inhambupe. Em 1830, foi afastado por Pedro do palácio, acusado de deslealdade, motivo o qual já se verá.

O primeiro sinal de que o *gabinete português* começava a cair em desgraça foi, como já disse, o ataque do jornal *Astréa* ao comportamento de Gomes da Silva na festa para dona Amélia. O que Pedro não imaginava era que a campanha contra seus amigos estivesse sendo alimentada por seu próprio ministério. Embora houvesse boatos de que a nova imperatriz não queria o Chalaça por perto, por suspeitar que fora ele a estimular nos velhos tempos os romances do marido, foi Barbacena, com quem Gomes da Silva trocara íntima correspondência por ocasião da escolha da segunda esposa, a pedir sua cabeça. Ou melhor, a cabeça dos amigos portugueses, a pretexto de que estariam fazendo intrigas dos ministros com o imperador.

A ideia não fora de Barbacena, mas de deputados da oposição a quem ele fizera uma pergunta: o que desejavam em troca de um período de trégua? Os portugueses, eles responderam. Então, Barbacena convenceu outros ministros – Calmon, Alcântara, Caravelas, Rio Pardo e Paranaguá – e levaram o pedido a Pedro. Como exigiam, em primeiro lugar, o afastamento de Gomes da Silva e Rocha Pinto, ele os mandou para a Europa com pensões pagas do seu próprio bolso. Em carta de abril de 1830, explicou a outro amigo, o Marquês de Resende: "Ministerial e constitucionalmente, foram postos fora, ao que anuí por interesse deles e meu; não que estejam fora da minha graça e a prova é que lhes dou pensões. Gomes vai encarregado de arranjar meus negócios, com salário de 25 mil francos anuais, e Rocha de passear com 18.750."

Confesso que senti falta dos dois, e não imaginava que fôssemos nos encontrar ainda, debaixo do mesmo céu que nos vira nascer, ao compasso do pior som que já ferira nossos ouvidos: o dos canhões. Mas disso tratarei depois. O que importa agora é contar a vingança do Chalaça, que deu um tiro no que viu e acertou mortalmente num alvo que não queria ferir.

♛ ♛ ♛

A certeza de que fora afastado por Barbacena fez com que Chalaça desenvolvesse pelo ministro ódio sem fim. Achava que o mineiro era o que havia de pior num homem: intrigante, prevaricador, mentiroso, desleal, interesseiro, mesmas qualidades que nele via Barbacena: "A única gente a quem não cortejou ostensivamente foi a que amava a pessoa do imperador", dizia. Não posso afirmar que o que se passou a seguir não tenha o mínimo dedo de Chalaça, que o metia em tudo. Frei Tarquínio acredita que se vingou num trabalho de intriga que levaria à queda do gabinete de Barbacena, sem imaginar que o veneno excessivo também levaria ao fim do Primeiro Império e do seu amo como imperador do Brasil.

Barbacena era o ministro em quem Pedro mais confiava, aquele a quem mais recorria e mais azucrinava com seus bilhetes que nos últimos tempos terminavam com a otimista frase "união, olho vivo e ronque o mar", o que significava "não se incomode com a bulha da oposição e dos jornais, vamos em frente". Ninguém poderia suspeitar, considerando-se a troca de gentilezas e amizade, que logo se transformariam em ferrenhos inimigos.

A estratégia de Barbacena para se manter no poder – a dos ministros europeus que se sustentavam no cargo através do diálogo com a oposição e com a Câmara, deu certo até determinado momento. Em seu discurso de posse havia lembrado que, num regime constitucional, nenhum ministro poderia se sustentar no posto sem a confiança de seus representantes. Conseguiu em parte essa confiança, mas perdeu a de Pedro. Suas relações com o imperador se deterioram rapidamente, e o lema de Pedro em cada bilhete ao ministro se desfez como papel na água.

De dom João VI se dizia que bastava ele nomear um ministro para que o pobre homem se tornasse seu inimigo. Pedro tinha a mesma disposição para desconfiar dos seus, mas o caso Barbacena foi diferente. Era como se estivéssemos a assistir a uma peça de Shakespeare desenrolada na Boa Vista. De repente, o veneno da suspeita, tão comum nessas tragédias, tomou conta da alma de Pedro, inoculado pelo Chalaça, que teria descoberto na Europa que Barbacena gastara em demasia nas missões que fora encarregado e o aconselhava a fazer uma segunda auditoria nas contas. Barbacena já havia recebido dois alvarás de quitação do imperador datados de 1º de dezembro de 1829 e 14 de abril de 1830.

Era verdade que Barbacena gastara uma soma fabulosa que Pedro deveria pagar ao Tesouro. Pelas contas do marquês, ele ficara devendo 180 mil libras. Pedro ficou com a pulga atrás da orelha, começou a rever as contas e pediu ajuda ao ministro no que se referia aos câmbios: "Quero começar a pagar esta soma que indubitavelmente devo ao Tesouro.

É mister que as minhas contas sejam apresentadas mais claras que as dos outros..." Tinha pressa em pagar, pedia desculpas pelo incômodo, mas "o Tesouro está às portas de uma bancarrota e que se não lhe valermos pagando cada devedor o que tem obrigação e perseguindo o governo os ladrões de todos os gêneros e espécies que o têm e ainda o estão entisicando, nada se poderá arranjar".

Barbacena percebeu que Pedro suspeitava dele. Mas não correu a lhe dissipar as suas dúvidas nem esclareceu sobre os câmbios. Na mesma época Pedro passou a implicar também com outro ministro, o Marquês de Abrantes, conservado por Barbacena no ministério porque participara da aliança para derrubar Clemente Pereira. Pedro implicava com a morosidade de seus funcionários e desorganização da sua pasta: "As minhas cartas que estão na sua Secretaria já lá não têm nada que fazer. Eu quero pôr os meus papéis em ordem, portanto, mandemos já. O prazo que marcou outro dia para trazermos findou e a indolência de seus oficiais continua. Sinto muito escrever-lhe em um tom tanto forte; mas assim mo pede o meu gênio, que em casos tais não cede à razão." Calmon preferia conversar com o monarca em seu camarote no teatro que responder aos bilhetes: "Vou ao teatro só para ouvir ópera, e para me serem comunicadas notícias tão interessantes como estas que acabam de chegar, estou no meu palácio, digo-lhe já."

Mas a divergência com Barbacena era muito mais séria e não lhe podia fazer uma carta com a mesma franqueza dizendo que suspeitava que tinha sido roubado por ele. Comentava-se entre diplomatas que Barbacena era acusado de pequenas trapaças – diferenças de câmbio na compra de uma baixela, de um colar, da falta de duas carruagens que haviam desaparecido. Seus amigos diziam que era rico, não precisava roubar ninharias. Nascera rico, filho de exploradores de minérios em Minas Gerais e sua mulher era herdeira de fazendeiros baianos e comerciante de escravos. Além disto, Barbacena recebera sempre uma percentagem pelos empréstimos conseguidos na Inglaterra. Era rico, mas havia gente que, como Pedro, suspeitava das contas.

Na última semana de setembro de 1830, Pedro lhe mandou uma carta pedindo o cargo de ministro da Fazenda para Paranaguá e sugerindo que passasse para a pasta dos Negócios Estrangeiros. Barbacena colocou o cargo à disposição, recusou o outro ministério e foi demitido no dia 30. Pedro comunicou em carta a Rocha Pinto na Europa que seus inimigos já não estavam no ministério, mas não convinha fazer planos para voltar para que não pensassem que tirara o ministro para que seus amigos retornassem. Malicioso, fez alusão ao caso amoroso de Rocha com a Marquesa de Santo Amaro: "Parabéns por já estar em Londres, Santo Amaro *et reliqua*, não sei se me explico bem; mas entende-me, não é assim? Parece-me ouvi-lo dizer – metade bastava."

Com seus amigos íntimos ele era assim, cheio de malícias em torno de romances clandestinos, mas o importante na carta é um trecho que nada tem a ver com o que diz antes, um trecho no qual recordou Cândido de Voltaire com seis personagens que por motivos diversos passam o Carnaval em Veneza. Cada um tem seu motivo para estar ali. Um deles, o que interessa a Pedro, diz: "Fui o rei fulano e por ter perdido meu Reino vim passar o Carnaval em Veneza." Depois de citar a frase, Pedro acrescentou que não queria passar o Carnaval em Veneza se fosse esse o motivo. A impressão de que não via nada de grave no horizonte naquele momento foi reforçada por convite à irmã Ana de Jesus, que caíra em desgraça com Miguel por causa de amores com o Marquês de Loulé, para que viesse com o marido morar no Brasil. Mas a alusão à peça de Voltaire também deixava crer que a ideia de perder o reino lhe passara pela cabeça.

Ao mesmo tempo que Barbacena se despedia do ministério, e os amigos portugueses ainda se ajeitavam na volta à Europa, o conflito entre a Câmara e a Coroa chegava no final de 1830 a um ponto crítico. O Senado vitalício arranjara um jeito de restituir ao governo uma verba rejeitada pela Câmara e o autorizara a continuar a cobrar impostos antigos até que fossem substituídos por novos. Bernardo de Vasconcellos pediu união das duas Câmaras para discutir o assunto. Três deputados foram ao Senado. Uma grande multidão os acompanhou. No caminho, encontraram Pedro que foi saudado com gritos quase inaudíveis de "Viva o Imperador Constitucional". A Câmara venceu o Senado na disputa e, numa daquelas suas reações surpreendentes, Pedro apoiou a Câmara contra o Senado.

Antes de continuar o relato do que aconteceu naquele final de ano, faço uma pausa aqui para expor uma curiosa teoria de frei Tobias do Amor Divino sobre as contradições de Pedro que explicam o que ele fez acima, apoiando a Câmara em prejuízo de si mesmo. Peço desculpas por estar sempre citando algum frei, mas acontece que eles eram naqueles tempos dos mais informados sobre o que se passava no mundo – de ouvir em confissões e do ouvi dizer propriamente, além de estudiosos. E frei Tobias dizia haver no imperador sentimentos opostos resultantes de sua educação e de suas opções. O absolutismo que moldara na infância sua índole indomável nele se alternava com a admiração incontida pelos princípios do constitucionalismo, por cuja beleza fora arrebatado muito jovem. Resistia a se deixar comprimir nos moldes constitucionais, mas, ao mesmo tempo, submetia-se a eles.

Nunca alguém definira de modo mais perfeito o imperador, de maneira que quando ele expôs essa teoria, houve silêncio ao redor à espera de sua conclusão, vinda depois de assoar o nariz. A prova de que Pedro era um imperador constitucional, continuou ele, seria o fato de nunca ter vetado leis aprovadas pelo Parlamento reduzindo seu poder e ampliando atribuições dos conselhos das municipalidades e juízes de paz: "Ele as sancionava, abdicando de sua atribuição constitucional de vetá-las. Em resumo, é um déspota liberal", concluiu o santo frei.

Os adversários também reconheciam que, se houve perseguições aos opositores no reinado de Pedro por conta das comissões militares que julgaram rebeldes separatistas em 1824 no interior do Nordeste, não se comparava ao que ocorrera na França, Portugal e em outras monarquias, justamente por causa da vocação liberal do imperador, reconhecida até por seus inimigos. Antônio Carlos de Andrada, por ele exilado em 1823, diria anos depois a seu respeito: "Foi o príncipe mais liberal de quantos tenho conhecido. Se tinha veleidades de poder absoluto, tinha-o num dia, no outro se convencia de que não era praticável; pecava mesmo por muito liberal e eu costumava dizer-lhe, no tempo em que tinha intimidade com ele, que era um príncipe *sans-cullotes*."

Para que não digam que estou sempre recorrendo a religiosos em amparo de minhas observações, peço novamente licença, não para citar mais um deles, mas para colocar na tribuna o mais ferrenho adversário de Pedro no Parlamento em 1830, o já citado acima deputado Bernardo Pereira de Vasconcellos. Nascido em Minas Gerais, 35 anos, uma terrível doença paralisara seus membros inferiores cinco anos antes – resultado de vida dissoluta, diziam os inimigos; envenenamento, afirmavam os amigos. Seus cabelos ficaram brancos, a pele enrugada, o andar lento, a respiração difícil, mas ele compensara a doença aprimorando suas deficiências, tornando-se o mais brilhante dos deputados, aquele que mais astuciosamente sabia defender os direitos do Parlamento.

No final de 1830, da tribuna do Parlamento, Vasconcellos lembrou como tudo mudara nos últimos anos: em 1826, a imprensa fora emudecida, os jornalistas perseguidos e deportados, dizia ele: "Agora a diferença é enorme. Existe liberdade de imprensa e escritores liberais. A Câmara vota com maior liberdade, há lei de responsabilidade para agentes do poder público, as eleições são feitas com calma e regularidade", sem se dar conta do elogio ao imperador. Eram duas fases do governo de Pedro que ele recordava. Os liberais eram gente de verbo fácil e generoso, mas em guerra contra o governo, não lhes convinha reconhecer o mérito de Pedro. Raro é o governante que reconhece valor em opositores.

E Pedro ainda era popular, mas seu governo sofria o desgaste de crises sucessivas. Não tanto quanto nos tempos da independência, mas ainda tinha apoio de parte da população. Mas também os deputados viviam momento de grande popularidade obtida num ano produtivo no qual, além de cortar gastos e reduzir os corpos militares e de funcionários, começaram a redigir um Código Criminal e haviam elaborado leis de orçamento. Crescia a oposição ao imperador, a vontade de lhe cortar as asas, ganhava força a questão federativa e, com ela, os republicanos.

Certo dia, Pedro pediu a seus ministros que lhe dissessem com franqueza o que estava acontecendo. O Marquês de Baependi, Manoel Jacinto Nogueira da Gama, foi muito claro: "A força moral de Vossa Majestade tem infelizmente diminuído por efeito das mais atrozes calúnias e a mais revoltante injustiça. Ao contrário, a força moral dos deputados tem consideravelmente aumentado, como provam os periódicos da oposição e o concurso diário dos espectadores em suas galerias, a ponto de lhes ser ultimamente franqueado a estrada no salão da Câmara." Baependi, seu ministro da Fazenda em 1823, quando se demitiu em protesto contra a dissolução da Constituinte, tinha estofo para lhe dizer a verdade. Pedro, ele mesmo, testemunhara a euforia popular com os deputados.

Então, em 20 de novembro, aconteceu o imprevisto. Cresciam nas províncias do Norte e em São Paulo os movimentos em defesa de uma monarquia federativa, que pretendia reduzir o poder da Coroa central a favor dos governos de províncias. Em São Paulo, o principal defensor da ideia era o italiano Libero Badaró, editor do *Observador Constitucional*. Encorajados por ele, estudantes saíram às ruas e foram presos por ordem de um juiz da comarca. Quatro homens cercaram Badaró e o assassinaram com um tiro no estômago. Antes de morrer, ele acusou o juiz de ser o mandante do crime – o juiz foi preso e, mais tarde, absolvido por falta de provas. Em todos aqueles anos, nunca havia acontecido de um opositor ser assassinado. E mesmo não tendo nada a ver com o crime, indiretamente Pedro foi atingido.

Terminava o ano quando Barbacena lhe desferiu golpe mortal. Como o leitor já deve ter percebido, frei Tarquínio de Jesus, frei Oliveira da Misericórdia, frei Tobias do Amor Divino e eu cultivávamos no convento o hábito de comentar o que se passava ao redor. Sobre as desavenças de Pedro com seus ministros, concluímos que ele sempre arranjou um modo de trazê-los de volta, como acontecera com Clemente Pereira, José Bonifácio, Januário da Cunha Barbosa. Dele não se poderia dizer que deixara inimigo, salvo talvez os maridos da Domitila, da Baronesa de Sorocaba, da Clemence Saisset etc. Com Barbacena não seria diferente, imaginávamos: um dia ele retornaria chamado por Pedro.

Mas não se ataca impunemente a honra de um homem, como fez Pedro açulado pelo Chalaça. Barbacena tinha um nome a defender. Escreveu para Pedro uma carta, que ele não leu. Tentou que fosse publicada no *Diário Fluminense*, o qual, por ordem de Pedro, a recusou. Então, quando procurou Pedro em São Cristóvão e não foi recebido, mandou-lhe dizer que a Constituição lhe dava direito de publicá-la. Naquele momento, a ira do imperador contra o ex-ministro era tamanha que declarou inimigo quem frequentasse sua casa e, por isso, Plácido de

Abreu foi demitido. Então, Barbacena tornou pública e carta e nela fez uma previsão que se cumpriu de modo extraordinário.

Datada de 30 de dezembro de 1830, a carta fazia uma análise dos acontecimentos no país misturados com seu drama pessoal e alertava para a gravidade do momento: "Estes fatos, Senhor, jamais aparecem reunidos senão no momento ou às vésperas de uma revolução. Um dos tios-avôs de Vossa Majestade Imperial acabou seus dias em uma prisão de Sintra. Vossa Majestade Imperial poderá acabar os seus em alguma prisão de Minas a título de doido, e realmente só um doido sacrifica os interesses de uma nação, da sua família e da realeza aos caprichos de criados caixeiros portugueses."

No trecho final, Barbacena tentou convencer Pedro do erro que estaria cometendo: "Eu retiro-me para o engenho, mas não posso encetar a minha viagem sem suplicar a Vossa Majestade Imperial que pondere o abismo em que se lança. Ainda há tempo, Senhor, de manter-se Vossa Majestade no trono como deseja a maioria dos brasileiros, mas se Vossa Majestade indeciso continuar, com palavras de Constituição e brasileirismos na boca, a ser português e absoluto de coração, sua desgraça será inevitável, e a catástrofe que queira Deus não seja geral aparecerá em poucos meses; talvez não chegue a seis."

Pedro abdicou quatro meses depois.

ORGULHO E HONRA

Então, Pedro teve a ideia de ir a Minas Gerais. Surgiram inúmeras explicações para a viagem, que parecia inusitada àquela altura. Borges da Fonseca, redator do jornal radical *O Repúblico*, que vivia num mundo de barricadas imaginárias e provavelmente sonhava ver minha cabeça cortada por afiada guilhotina, informou aos leitores que fora ideia minha a viagem, para que Pedro pudesse fugir da revolução prestes a estourar no Rio. Para outros carbonários, ele escolhera as montanhas para melhor organizar o golpe absolutista que tramava. Até o Chalaça, na Europa, acionou sua imaginação fértil: em suas memórias, afirmaria que seu amo foi a Minas impedir uma insurreição prestes a começar ali.

O mais fértil em explicações foi o jornalista João Loureiro: Pedro teria ido a Minas Gerais porque queria ver se as famosas águas da província davam fecundidade à imperatriz; porque não queria se encontrar com os ingleses que vinham lhe fazer novas exigências no pagamento da dívida externa; e nem com o Marquês de Loulé, que chegava de Portugal casado com sua irmã, para viver no Brasil. Minha explicação é mais simples: Pedro foi a Minas Gerais em 1830 em busca de uma resposta que deveria dar a si mesmo, tanto que, no dia da abdicação, diria ao diplomata francês Henri de Pontois: "Há dois anos eu via este momento aproximar-se e disso me convenci durante a viagem a Minas."

Partiu para Minas Gerais com dona Amélia e uma comitiva de dezesseis pessoas por volta das oito horas da manhã do dia 29 de dezembro de 1830. Mais uma vez lá estava eu no quintal do Boa Vista para abençoar aquela viagem tão diferente da que tivera minha benção oito anos antes. Não estava diante do Quixote que fora a Minas Gerais em 1822 convencer os habitantes da província de que podiam confiar nele porque tudo daria certo. Não era mais o jovem que dormia ao relento como um tropeiro, com a cabeça apoiada na sela, o pensamento nas estrelas e o coração em paz. Não havia paz, agora, naquele coração aflito, dividido entre portugueses e brasileiros. Aos primeiros não podia abandonar, porque estavam a lhe pedir ajuda; pelos segundos, abandonara o trono dos antepassados para lhes dar independência; como provar aos dois que os amava igualmente? Era o que ele ia pensando estrada afora através de vilas, cidades, montanhas, vales.

A viagem foi um desastre. Pedro logo percebeu que alguma coisa havia mudado naquelas imensidões por onde passara feliz e confiante da primeira vez: os moradores de cada lugarejo corriam para a estrada para saudá-lo e à imperatriz, mas agora era uma recepção fria, sem emoção. As autoridades vinham acolhê-lo respeitosamente, ele desfilava sob pálio, fazia breve discurso – confiassem nele, continuassem unidos – e seguia viagem com um travo de amargura na alma. Não conseguia vencer a indiferença que em alguns lugares beirava a hostilidade. Em Barbacena, terra do marquês que demitira havia pouco, os sinos dobraram finados durante todo o dia em que esteve ali. Em Ouro Preto, onde entrara triunfante oito anos antes, a frieza do povo o desconcertou. Depois que ele partia, apedrejavam as casas onde tinha ficado em cada vila e apupavam as pessoas que o haviam recebido.

Então, na travessia das montanhas, sentindo que os brasileiros já não o amavam como antes, começou a amadurecer a ideia da abdicação. O primeiro a ser informado da ideia foi Manuel Antônio Galvão, que encontrou no caminho porque esse ia tomar posse como presidente de Minas Gerais: "Não, Majestade, não é o caso, reflita melhor!", disse o homem, aflito. Aflitos também ficamos eu e o Marquês de Caravelas, José Joaquim Carneiro de Campos, quando ele comunicou sua decisão, ao chegar. Não adiantava argumentar que a indiferença dos mineiros se devia ao fato de ter escolhido a província errada para sua incursão, já que Minas era a terra de Barbacena e Bernardo de Vasconcellos; que havia gente a seu favor, gente como o inglês John Armitage, que dizia que em dez anos, ele fizera mais pelo Brasil que Portugal em três séculos. Sua resposta era a sempre a mesma: "Nunca perdoarão meu pecado de origem, que é não ter nascido no Brasil."

Todos nós sabíamos que pesava na conta que agora lhe cobravam uma guerra no Sul que custara a vida de 8 mil soldados e afetara as finanças; um Tesouro pobre, uma dívida externa que crescia, sua insistência em conservar ministros velhos, obtusos e incompetentes, a impaciência do povo com tudo isso, a impressão de que cuidava mais dos problemas do país natal que do país adotivo, um certo esgotamento com seu modo centralizador de governar. Tudo isto seria bem explorado pela imprensa, que nunca fora tão livre, como dissera da tribuna Bernardo de Vasconcellos e demonstrava, na direção do jornal *Aurora Fluminense*, Evaristo da Veiga, autor com Pedro da letra do Hino da Independência, que começava sua carreira de deputado.

Mas, o ponto de partida para o que veio a seguir foi o reinício de uma guerra que acreditávamos terminada. Bastou uma fagulha jogada por um insensato para que portugueses e brasileiros começassem a se agredir nas ruas do Rio como nos velhos tempos. Começou em fevereiro e não houve um só dia de paz em março, sobretudo depois que um jornal anunciou que Pedro retornara de Minas Gerais e já estava no Boa Vista. Para saudar seu retorno, portugueses das ruas da Quitanda, Direita, Pescadores e Rosário acenderam luminárias e fogueiras; os brasileiros não. E quando, no dia seguinte, ele entrou na cidade, mais de quinhentos portugueses se puseram à frente da carruagem para conduzi-lo ao palácio. Então, alguns tentaram obrigar os brasileiros a acender luminárias e ousaram chegar em frente à casa do jornalista e gritar: "Põe luminária, Evaristo. Põe luminária, Evaristo."

Para responder ao insulto, os brasileiros foram às ruas no dia seguinte dar "vivas à Constituição, ao Brasil e ao imperador enquanto constitucional", e tudo poderia ter terminado apenas nos vivas se, de repente, estudantes comandados por Borges da Fonseca, do jornal *O Repúblico*, não se pusessem a quebrar vidraças e luminárias dos portugueses, que partiram para cima deles com paus, pedras e fundos de garrafas quebradas, resultando tudo numa confusão que recebeu o nome de Noite das Garrafadas.

O que ouvíamos no convento, vindo das ruas, não era mais só gritaria, cada grupo exigindo que o outro gritasse o que lhe convinha – "viva o imperador absoluto Pedro IV, viva o imperador constitucional, viva o imperador enquanto constitucional, viva o imperador qualquer coisa..." Eram gritos de dor, urros de raiva, barulho das vidraças estilhaçadas e ninguém para deter aquela fúria.

O conflito chegou aos palacetes, casas, conventos. Mesmo nossa confraria se envolveu na confusão no momento em que frei Custódio saiu porta afora imprecando contra os ímpios liberais, e atrás dele foi frei Tarquínio gritando que sua obrigação era servir a Deus e não ao absolutismo; do púlpito, frei Maria Velazques atacou o liberalismo ateu, ao qual respondeu frei Montalverne condenando o absolutismo herege; enquanto isso, o cônego Januário da Cunha Barbosa acusava os republicanos de tentarem dividir o país e frei Oliveira gritava com quem gritasse perto dele, porque queria fazer em paz seus estudos e orações.

Mesmo os adversários reconheceriam que Pedro procurou manter-se à parte, como um poder acima dos grupos em conflito, mas a verdade é que ele não sabia como controlar os distúrbios porque qualquer interferência sua seria interpretada como opção por um dos lados. Assim, as provocações continuaram. No dia 17 de março ele foi assistir a um *Te Deum* de ação de graças por seu retorno de Minas Gerais, receber os diplomatas e dar beija-mão aos súditos. Pois um grupo de cinquenta portugueses montados a cavalo e usando jaquetas do Reino foi recebê-lo na estrada, e seguiu com ele até o paço, irritando ainda mais os brasileiros que, em represália, puseram-se a dar vivas à monarquia federativa debaixo das janelas do imperador.

A Câmara respondeu à *insânia lusitana* da Noite das Garrafadas com petição assinada por 22 deputados pedindo a punição para os estrangeiros, pois a ordem pública, o Estado e o trono estariam ameaçados. Pedro reuniu o Conselho de Estado e decidiu, em 19 de março, fazer um ministério só de brasileiros. Mas nenhum dos nomes escolhidos tinha prestígio suficiente para obter a paz. Então, recolocou Francisco

Lima e Silva no comando da região militar do Rio, soltou oficiais brasileiros presos nos distúrbios e advertiu ao Conde de Sabugal para que contivesse os excessos da comunidade portuguesa.

Antes que a situação ficasse sem controle, algumas vozes tentaram alertar para o risco que seria encurralar Pedro e deixá-lo sem saída. Uma delas foi o cônego Januário da Cunha Barbosa, que em 1821 lhe dera trabalho como adversário e agora defendia "o grande Pedro I que fizera do Brasil uma nação respeitada no mundo em contraste com países surgidos da América espanhola". Evaristo da Veiga também advertiu aos que pregavam a deposição do imperador: "Nem é certo que Sua Majestade tenha de deixar o Brasil: em um tempo quis ir-se e nós quisemos que ele ficasse: que, pois, há de novo para que mudemos de opinião? As aberrações do governo? As prevaricações de alguns ministros? Isso é gente que a espada da lei em um momento reduz a pó, a terra, a cinza, a nada."

Com certo temor vi se aproximar o dia 25 de março, o sétimo do juramento da Constituição. Havia todo ano naquele dia uma grande festa popular que começava com os foguetes anunciando o momento em que a família imperial deixava a Quinta da Boa Vista. O povo corria, então, para o Campo de Santana. A imperatriz e filhos chegavam de carruagem, o imperador a cavalo, com tal garbo, dizia frei Tobias, que fascinava a multidão. Permanecia montado porque lhe cabia comandar a parada que terminava, depois dos desfiles de tropas e fuzilaria e salva de canhões, com a guarda de honra, tão ricamente trajada que fazia inveja aos europeus. Bösche dizia que uniformes tão magníficos como os de Pedro e dos oficiais do Estado-maior não vira nem na Europa. As ruas do desfile eram atapetadas de folhas de laranjeira e louro.

Era sempre uma bela festa, mas esse 25 de março de 1831 não seria como os outros. Por alguma razão que não me lembro, o desfile, que seria no mesmo Campo de Santana, foi transferido para a tarde. Mas, desde cedo, o povo foi para as ruas e muitos brasileiros haviam tirado dos baús os símbolos da luta pela independência, o chapéu de palha amarela com folhas de cafeeiro e fitas verdes; uns poucos exibiam o distintivo federalista, mote dos republicanos para dividir o poder do imperador. A festa terminaria com um *Te Deum* na igreja de São Francisco de Paula para o qual o imperador não fora convidado. A indelicadeza nos incomodou. Afinal, ele havia doado a Constituição ao país, ela era fruto da sua persistência, seu estudo, seu trabalho, e muitos dos liberais que agora a festejavam haviam sido contra ela, por causa da dissolução da Constituinte. Decididamente, estavam todos loucos.

De início, Pedro recusou-se a ir à cerimônia já que não fora convidado. Mas, convencido pela imperatriz e por alguns ministros, fez como nos velhos tempos: montou em seu cavalo e partiu em direção à igreja. Sua entrada suscitou surpresa e respeito, e lhe deram folhas nas cores verde-amarelo que ele, como sempre fizera, colocou no chapéu. Então, houve um diálogo curioso entre Pedro e alguns opositores. Aproximou-se dele um homem e disse: "Viva o imperador enquanto constitucional." Pedro respondeu que sempre fora e continuaria a ser constitucional: "Tanto que sem me convidarem, aqui estou", concluiu. Outro homem interrompeu para dizer que não fora convidado porque era uma cerimônia só para brasileiros: "E eu, por acaso, não sou brasileiro?", perguntou. Os que estavam ao redor pareceram desconcertados e um terceiro respondeu que era seu dever vir mesmo sem ser convidado, e a este preferiu não responder, de tal forma era insensato o que dizia.

Durante o sermão, frei Montalverne dirigiu-se a ele, advertindo que resistisse à sedução do absolutismo, que poderia apagar os brasões da glória que conquistara, e ele fez um sinal de que concordava. Mesmo entre os mais bem informados, como o inteligente Montalverne, surtira efeito o veneno destilado por certos jornais que o acusavam de coisas que não lhe passavam pela cabeça. Terminada a cerimônia, houve vivas a tudo que se possa imaginar – à soberania da nação, à Constituição, à liberdade, à independência – menos a ele, que havia criado as condições para tudo isso. E um participante gritou na sua frente: "Viva dom Pedro II", e ele, surpreso, respondeu: "Ainda é uma criança." Ao sair da igreja, uma voz isolada ainda gritou "Viva dom Pedro enquanto constitucional."

Do lado de fora, Pedro encontrou o afeto que não tivera na igreja. Um desconhecido se aproximou, pegou em seu braço, fitou-o nos olhos e perguntou de modo respeitoso se pretendia governar sempre pela Constituição: "Nunca tive outra intenção", respondeu. "Neste caso,

Senhor, podeis contar com o nosso amor e fidelidade", disse o homem e beijou sua mão. Muitos ao redor também manifestaram seu carinho lhe oferecendo folhas verde-amarelas em tal quantidade que ele pensou sufocar. E tantos quiseram ajudá-lo a montar no cavalo, que quase caiu. Ao recordar anos depois a noite em que Pedro sentiu o peso da solidão na igreja onde tivera tantas alegrias, lembrei frase de Draiser, novo representante austríaco, recentemente chegado à cidade. Informando a seu governo sobre a situação – talvez com satisfação, pois, ao contrário de Mareschal, não gostava do imperador –, dizia sobre Pedro que: "Ele está sozinho, completamente só, todo mundo o abandona e o deixa completamente isolado."

Pedro seguiu da igreja para o Campo de Santana, onde ia assistir aos fogos de artifício. Muitos julgaram vê-lo chegar pálido, preocupado, assustado. O mais audacioso dos adversários, o jovem Borges da Fonseca, contaria anos depois, sem que ninguém lhe desse crédito, porque não tinha apreço à verdade, que naquela noite o imperador quase foi assassinado. Teria sido ele, Borges da Fonseca, condutor da quebradeira na cidade, que usava seu jornal para espalhar falsas notícias, a salvar sua vida. Antes de Pedro chegar à igreja, ele tomara um punhal do suposto assassino: "Fui receber o imperador ao descer ele do carro e guiando-o fui abrindo caminho até que o deixei protegido, em meio ao povo, no centro da igreja. Findo o ato, o reconduzi para evitar o assassinato." Pouca gente acreditou na história.

Quando recordava aqueles dias que antecederam a abdicação, frei Tobias costumava lembrar que Pedro terminou seu Reinado do modo como vivera, em meio aos espetáculos vistosos da monarquia, que lhe permitia receber o respeito e afeto de que tanto precisa qualquer governante. Assim foram aqueles dez últimos dias em que assistimos a paradas militares, *Te Deum*, fogos de artifício, tudo alternado com as manifestações e conflitos de rua que não haviam cessado. Uma procissão fechou o ciclo de humilhações, como explicarei a seguir.

Pedro tinha por hábito acompanhar do paço as procissões, e quando ele chegava à janela, o povo tirava o chapéu e ficava descoberto até que se retirasse. No dia 1º de abril, ele fez como de costume ao se aproximar a procissão, mas muita gente não tirou o chapéu. Já estava nas ruas o jornal de Borges da Fonseca com a falsa notícia de que brasileiros haviam sido assassinados nos distúrbios da véspera. Era dever do povo resistir ao tirano, dizia o jornal e os oradores que animavam o povo, de modo que uma multidão foi para o Arsenal de Guerra clamar vingança contra os assassinos de mortes que não haviam acontecido.

Advertido por seus comandados do que acontecia, o marechal Francisco Lima e Silva, comandante militar da cidade, dirigiu-se ao paço, que era bem perto, e aconselhou Pedro a recolher-se ao Boa Vista. O oficial parecia constrangido e triste. Em resposta à pergunta do imperador se ainda seria possível fazer alguma coisa para garantir a ordem, respondeu que era impossível deter os distúrbios sem uso das tropas, mas como ele, Pedro, havia determinado que não fossem usadas, agora já não tinha condições de garantir se os soldados, incitados pela situação, obedeceriam às suas ordens.

Estávamos a apenas três dias do desfecho quando Pedro decidiu convocar uma Assembleia Geral no dia 3 de abril. Tarde demais: haviam recomeçado as desordens na cidade. No dia 4 de abril, aniversário de Maria de Glória, não pôde furtar-se a participar com a filha do beija-mão dos súditos portugueses mesmo sabendo que seria pretexto para manifestações dos brasileiros. Então, levou os filhos à cerimônia e colocou Pedro, o herdeiro de cinco anos, em meio aos diplomatas estrangeiros, como se estivesse pedindo às monarquias europeias proteção e reconhecimento do filho. Era como se soubesse o que estava para acontecer e tentasse, através do filho, salvar tudo o que havia construído com suas mãos e seu esforço.

Estavam todos na ceia quando chegaram notícias de que haviam recomeçado os distúrbios na cidade. Foi cercado por ministros e diplomatas aflitos. Era preciso fazer alguma coisa para conter os agitadores, diziam eles. Na memória dos estrangeiros, vinham cenas aterrorizantes acontecidas em seus países. Pedro, então, manifestou a esperança de que tudo se acalmasse com a chegada de um batalhão de Santa Catarina, e adiantou-se um dos convidados para dizer que não se esquecesse que havia brasileiros e portugueses dispostos a lutar por ele. Bastava um pedido. Muito sério, Pedro respondeu: "Jamais consentirei em expor o Brasil, por minha causa, às calamidades de uma guerra civil. Só existe um meio de tudo resolver com honra e dentro da Constituição: abdicar em favor de meu filho." Estava dito o que até então fora sussurrado, suspeitado. Imediatamente, os convidados tentaram dissuadi-lo, mas os liberais portugueses presentes gostaram da ideia: a abdicação significava deixar o Brasil e se dedicar por inteiro à causa liberal portuguesa, pensavam eles.

Mas não só os que estavam ali se inquietavam com o que poderia acontecer nos próximos dias. Estavam preocupados também os defensores da monarquia constitucional, senadores e deputados da oposição que haviam desafiado Pedro e agora já estavam perdendo o controle da situação. A insurreição estava nas ruas, liderada por chefes de maltas de nome Girão, Lafuentes e demagogos como Borges da Fonseca. A situação podia se transformar numa guerra civil de consequências imprevisíveis.

Às pressas, reuniram-se Bernardo de Vasconcellos, Evaristo da Veiga, Custódio Dias, o senador Nicolau Vergueiro, Diogo Antônio Feijó e outros para discutir o que fazer para não perder a guerra. Eram os guardiões do trono, como os denominou um historiador. Não queriam o pai, mas queriam o filho. Imaginavam que durante a minoridade do menino Pedro teriam condições de fazer as reformas necessárias ao país. Mas, antes, era preciso impedir o avanço dos radicais nas ruas. Então, foram aos militares, o que significava ir aos Lima e Silva.

Há muito os Lima e Silva eram a força militar do Império. Filhos e netos de militares, não havia outra profissão para quem nascia naquela família: os cinco irmãos serviam no Exército, todos oficiais graduados (o marechal de campo Francisco Lima e Silva, 46 anos, o marechal José Joaquim Lima e Silva, 44; o general Manoel da Fonseca Lima e Silva, 40, e os dois mais novos, João Manuel e Luís Manoel Lima e Silva. E ainda havia o filho de Francisco, Luís, que se orgulhava de ter conquistado aos vinte anos o título de Veterano da Independência por sua participação nas lutas na Bahia). Mas para quem pretendia deter os radicais, o Lima e Silva mais importante era Francisco, o mais velho, homem de confiança do imperador e governador das Armas do Rio de Janeiro.

Chamados pelos deputados para conversar, os três mais velhos, que tinham no Exército cargos de comando, chegaram desconfiados. O general Manoel de Fonseca Lima e Silva, o mais influente na tropa, os advertiu nem bem começaram a falar: "Não contem comigo nem com meus amigos para a república." Não, não era para isso que estavam ali. Não, não era a república o que queriam. A monarquia ainda seria a forma de manter o país unido em sua imensidão e quando viesse a república – certamente, um dia ela viria – não haveria como destruir o que fora unido pela monarquia. Queriam apenas tempo para aprimorar a nação. E ali eles discutiram a forma de deter os radicais, caso fossem além dos limites permitidos.

Apesar das manifestações de rua e dos temores da imperatriz e de todos nós, Pedro foi no dia seguinte ao desembarque do 14º Batalhão de Caçadores de Santa Catarina como se nada houvesse e sem evitar as ruas com barricadas. E sua carruagem foi parada por um grupo de manifestantes que fechava uma rua. Deu-se, então, uma curiosa conversa entre eles. Adiantou-se o que parecia ser o chefe e lhe perguntou se poderia confirmar diante de todos que era mesmo um monarca constitucional. Ele respondeu que sim, que havia dado uma Constituição ao país, que deviam confiar nele, mas que se as desordens continuassem, seria obrigado a agir com rigor. Os manifestantes gostaram da resposta e da franqueza – era ele mesmo, não havia dúvida – e o deixaram partir.

Então, uma chuva dispersou os manifestantes. Mas, no dia 6, voltou o sol com a notícia de que os chefes da rebelião seriam presos. O povo começou a se reunir no Campo de Santana onde, ao cair da tarde já, havia 4 mil pessoas. Pedro nomeou novo ministério nesses mesmo dia, chamando seis ex-ministros – o Marquês de Paranaguá, o Visconde de Alcântara, o Marquês de Baependi, o Conde de Lages, o Marquês de Inhambupe, o de Aracati, e fez uma proclamação aos que estavam na rua contra ele: "Brasileiros! Uma só vontade nos una. Para que tantas desconfianças que não pode trazer à pátria senão desgraças? Desconfiais de mim? Assentis que poderei ser traidor daquela mesma pátria que adotei como minha? Ao Brasil? Ah, brasileiros! Sossegai. Eu vos dou a minha imperial palavra de que sou constitucional de coração e sempre sustentarei essa Constituição. Confiai em mim."

No Campo de Santana, um juiz de paz começou a ler a proclamação para a multidão ali reunida, mas não conseguiu terminar a leitura; o papel lhe foi arrancado das mãos, feito em pedaços e atirado ao chão. Em seguida, foi criada uma comissão com três representantes do povo para ir a São Cristóvão pedir a reintegração do ministério deposto e deposição do que acabara de ser nomeado. Pedro recebeu os emissários com amabilidade e teve com eles uma franca conversa: ficassem cientes de que era mais constitucional que qualquer um deles, que era um governante simples que não fazia caso de honrarias, olhassem como estava vestido; mas nomear um ministério era direito que lhe garantia a Constituição; fez uma pausa, pegou o documento, leu para eles o artigo que lhe dava esse direito, e concluiu: "Tudo farei para o povo, mas nada pelo povo."

Os emissários levaram então ao Campo de Santana a resposta de Pedro. O povo ouviu em silêncio até que provocadores puseram-se a gritar: "Morra o traidor!" Vendo que os radicais começavam a controlar o movimento, o marechal Francisco Lima e Silva tomou o caminho do palácio para tentar convencer Pedro a pôr fim à crise chamando de volta o ministério por ele demitido. Pedro respondeu que não abria mão de seus direitos: "Porque se eu o fizer, Marechal, perderei todos eles e ficarei nas mãos dos aventureiros que estão assustando todos vocês." Depois, explicou, nada fizera fora da lei: "Prefiro abdicar a aceitar imposições violentas contrárias à Constituição."

O imperador confiava em Lima e Silva, que lhe prestara grandes serviços nas lutas pela independência na Bahia, no Norte, contra os rebeldes da Confederação do Equador, como presidente de Pernambuco, e agora, como seu governador das Armas. Vendo que nada conseguiria mudar sua decisão, o militar explicou os riscos que havia, e que ele não desconhecia, e prometeu tomar a frente da revolução para garantir a monarquia. Pedro respondeu que não esperava dele outra atitude: "Vá, confio-lhe o destino de meus filhos." Os dois se abraçaram emocionados e se despediram para sempre.

No galope de volta à cidade, Francisco Lima e Silva veio pensando nas coincidências da vida: em dezembro de 1825, como um dos principais servidores da imperatriz Leopoldina, tivera a honra de ser escolhido para levar em seus braços o recém-nascido príncipe herdeiro, Pedro, na cerimônia de apresentação do menino à corte do Brasil. Agora, cinco anos depois, apressava-se no galope para a cidade, decidido a salvar seu trono. Que Deus o ajudasse!

Partia o Mareschal com seus soldados e começava para nós, no palácio, a noite mais angustiante de nossas vidas, da vida dos amigos e servidores reunidos ao redor de Pedro à espera de alguma coisa que não sabíamos ainda o que seria. A imperatriz dona Amélia não conseguia esconder a preocupação, pois já vivera na infância coisa parecia. Os diplomatas estrangeiros estavam ali para o que fosse necessário, sobretudo o francês Pontois e o inglês Ashton, representantes de duas das nações mais poderosas. Por volta das onze horas, chegou a informação de que a Artilharia, o Batalhão de Granadeiros e dois regimentos dos Caçadores haviam aderido à revolução.

Pouco depois, chegou outra notícia alarmante: os radicais tinham o domínio da multidão. Queriam ocupar o Palácio de São Cristóvão e proclamar a República federativa. Aí, houve um movimento subterrâneo só entendido por quem estava no meio do terremoto: de repente, o Batalhão do Imperador, encarregado de guardar o palácio e comandado por Manuel da Fonseca Lima e Silva, mandou dizer que havia aderido ao movimento. A sorte estava lançada. Pedro despachou, então, o intendente da polícia Lopes Gama à procura do senador Vergueiro para que fizesse um novo ministério. Ficamos à espera, pois nada nos restava fazer. O tempo parecia ter parado.

A conversa no salão fluía com longas pausas, como se quiséssemos ouvir o que vinha de fora. Todos no palácio estavam acordados, salvo as crianças, mas todos falavam baixo, como se temessem acordá-las ou acordar qualquer coisa inesperada. Num determinado momento, em resposta a alguma coisa que lhe dissera Pontois, Pedro deu uma explicação para a sua atitude intransigente e inflexível: "Prefiro descer do trono com honra a governar desonrado e envilecido. Não nos iludamos. A contenda se tornou nacional. Todos quantos nasceram no Brasil estão nas ruas contra mim. Não me querem para o governo porque sou português. Seja por que meio for, estão dispostos a se livrarem de mim. Espero por isso há muito tempo."

Depois de uma pausa, continuou de modo sereno: "Meu filho tem uma vantagem sobre mim: é brasileiro e os brasileiros gostam dele. Reinará sem dificuldades e a Constituição lhe garante os direitos. Descerei do trono com a glória de findar como comecei, constitucionalmente." Deu um longo suspiro e concluiu num desabafo: "Eu imaginava que 23 anos nesta terra, dos quais dez dedicados à causa pública, me haviam dado o direito de ser brasileiro."

Pouco antes das três horas da madrugada ouvimos na escadaria da entrada as firmes passadas de um oficial, o major Miguel de Frias, que entrou sério e contrafeito. Fora escolhido por seu superior, Lima e Silva, para trazer oficialmente ao palácio a exigência dos revoltosos de que o ministério deposto fosse readmitido – exigência que Lima e Silva viera pessoalmente avisar a Pedro pouco antes. O major ficou à parte, contrafeito. Não sabia o que fazer. Esperava.

O intendente enviado à procura de Vergueiro chegou pouco depois informando que o senador não havia sido encontrado. Alguém insistiu com Pedro para que chamasse de volta o ministério demitido, como pediam os revoltosos, e tudo estaria resolvido. Ele respondeu: nunca. O major Miguel Frias continuava à espera e ninguém ali suspeitava que ele era um republicano e um ano depois tentaria um golpe na praça do Rio e seria derrotado pelo mais jovem dos Lima e Silva, Luís, que se tornaria o mais famoso militar do Segundo Império. Frias, naquela noite, era monarquista.

Passava das três da madrugada quando Pedro se retirou para o gabinete e dali voltou minutos depois com um papel que entregou ao major: "Aqui tem a minha abdicação." O major se assustou, bateu continência, ficou um momento indeciso. No papel estava escrito: "Usando do direito que a Constituição me concede, declaro que hei mui voluntariamente abdicado na pessoa do meu muito amado e prezado filho, o senhor dom Pedro de Alcântara. Boa Vista, 7 de abril de 1831."

Houve consternação, choro e tristeza ao redor, tudo muito confuso, como se de repente todos acordassem do sono em que estavam entorpecidos; as pessoas pareciam não acreditar no que estava acontecendo.

A imperatriz chorava desconsolada, os empregados do palácio também, os diplomatas cercavam Pedro aflitos, alguns ministros corriam atrás do major Frias, que havia partido há alguns minutos. Alguém foi no seu encalço e o pegou já na estrada das Laternas: que retornasse ao palácio; queriam mais tempo para convencer Pedro a não abdicar. Retornaram ao palácio e, quando estavam entrando no pátio, ouviram a voz de Pedro vindo de uma das janelas: "Deixe-o ir." E Frias tornou a partir na sua missão e ninguém pôde fazer mais nada.

Quase na mesma hora, Pedro chamou à uma sala reservada Henrique de Gazotte, vice-cônsul da França, e lhe pediu para ir imediatamente a Paquetá levar a José Bonifácio uma carta que já estava pronta desde cedo. Os dois homens partiram quase na mesma hora: o major Frias levando no embornal o documento mais importante que tivera em mãos na sua vida, que seria recebido com euforia no Campo de Santana; o vice-cônsul, sem saber que efeito causaria no destinatário o envelope que tinha em mãos, pegou no cais de São Cristóvão um barco rumo à ilha onde morava agora Bonifácio. O dia amanhecia.

Gazotte, já navegando nas águas da baía, ouviu o rumor dos vitoriosos na cidade comemorando a abdicação, de início perto, depois sempre mais longe à medida que o barco avançava em direção à mais bela ilha da baía. Era ainda muito cedo quando bateu à porta José Bonifácio, que encontrou lendo numa varanda junto a um pequeno jardim na casa, de frente para o mar: "E então, Gazotte, o que o traz por estas bandas assim tão cedo?", perguntou Bonifácio, desconfiado. O vice-cônsul lhe entregou o papel timbrado sem dizer nada.

Na carta, datada do dia 6 de abril, Pedro dizia: "É chegada a ocasião de me dar uma prova de amizade tomando conta da educação do meu muito amado e prezado filho, seu imperador. Eu delego em tão patriótico cidadão a tutoria do meu querido filho e espero que, educando-o naqueles sentimentos de honra e patriotismo com que devem ser educados todos os soberanos para serem dignos de reinar, ele venha um dia a fazer a fortuna do Brasil, do qual me retiro saudoso. Eu espero que me faça esse obséquio acreditando que, a não me fazer, eu viverei sempre atormentado. Seu amigo, Pedro."

Bonifácio estava emocionado. Em poucas palavras, o vice-cônsul explicou o que tinha acontecido nas últimas horas. O velho pediu licença, retirou-se para seu escritório, sentou-se à escrivaninha e escreveu as palavras que aquietariam o coração do imperador: "A carta de Vossa Majestade veio servir de pequeno lenitivo ao meu aflito coração, pois vejo que apesar de tudo, ainda confia na minha honra e pequenos talentos para cuidar da tutoria e educação de seu augusto filho, o Senhor dom Pedro." Terminava acrescentando que nunca soubera desamar a quem uma vez amara e desejando ao soberano votos de felicidade na escolha que fizera.

No palácio, Pedro se preparava para partir. Desde que tomara a decisão, parecia aliviado porque a tensão daqueles dias chegara ao fim, e não havia mais dúvidas nem angústias. Num certo sentido, tudo terminava bem, não manchara seu nome nem sua honra, e não havia mais o medo e o tormento de fazer a escolha errada. De repente, recuperou a energia, saiu do abatimento e da prostração dos últimos dias e mergulhou no que tinha que fazer. E, começou a agir como se nada de grave tivesse acontecido. Como se a vida recomeçasse ali.

VIAGEM PARA O EXÍLIO

Pedro começou a organizar a viagem de volta a Portugal. Disse preferir que o embarque fosse em São Cristóvão, em escaleres que o levariam ao navio inglês *Warspite*, oferecido para a viagem. Pediu aos representantes da França e Inglaterra, que haviam se oferecido para acompanhá-lo ao porto, que não viessem armados, e recusou a sugestão de guardas para sua proteção: não havia nada a temer e "seria violar a Constituição". Disse ainda que queria partir como homem comum, não como um imperador – e por isso vestiria roupa sem ornamento, insígnia ou medalha; e que dos cinco filhos, só levaria Maria da Glória, rainha de Portugal. Os demais teriam de ficar porque, nascidos depois da independência, representavam a dinastia brasileira que se perpetuava.

Ao falar na separação dos filhos, sua voz tremeu. Que nenhum servidor acordasse qualquer das crianças; queria se despedir enquanto dormiam, seria menor o sofrimento. E quando, pronto para partir, aproximou-se dos quartos dos filhos, todos compreendemos que queria ficar só; mas ficamos à espreita, seus servidores e eu, temendo algum mal-estar súbito. Ele foi de cama em cama, primeiro a de Januária, depois a de Francisca, a *bela Chica*; ao chegar junto ao leito da pequena Paula Mariana, cuja saúde o preocupava, a menina adormecida sentiu sua presença, estendendo os braços de olhos fechados. Ele a acalmou junto ao coração e conseguiu que adormecesse sem perceber nada. Então, aproximou-se do leito do menino Pedro, louro como a mãe, um anjo dormindo, e sentiu que chegava ao limite. Lágrimas desceram em seu rosto, fez uma carícia junto ao rosto do filho, sem tocá-lo, saiu rápido e desabou em soluços no corredor, onde chorávamos todos, silenciosamente.

Dali para a porta da saída, um aperto de mão para alguns que ficavam, abraços em outros, muitos choravam, outros perplexos confusos, ele tranquilo, sereno. Nunca manifestaria remorso ou arrependimento pela decisão tomada naquela noite dramática, porque não costumava se arrepender do que fazia nem olhar para trás; havia sempre muita coisa a fazer pela frente. Lembrei-me do que dissera aos soldados portugueses rebelados em 1821: "Sou forte, tenho braços, posso trabalhar para sustentar minha mulher e filhos", como se fosse um homem comum. Partia sem olhar para trás, mas as saudades da terra onde havia vivido a maior parte de sua vida, da gente que aqui deixara, não o abandonariam jamais.

O dia estava clareando quando saiu do palácio com sua pequena comitiva – a imperatriz, a menina rainha, o Marquês de Loulé, sua irmã e cunhado; o Marquês de Cantagalo, o Conde de Sabugal, o médico particular, doutor João Fernandes Tavares, o fiel amigo João Carlota – rumo aos escaleres que já o esperavam na praia de São Cristóvão. Não havia ali nenhum brasileiro ilustre ou abastado para se despedir dele, mas o sol foi testemunha da afeição da gente simples, brancos, negros, negras e mulatos que moravam nos arredores e que acompanharam chorando a carruagem até a praia, onde os marinheiros ingleses tiveram quase de usar a força para afastá-los dos escaleres nos quais se agarravam para não deixá-lo partir.

Nos primeiros degraus da escada do *Warspite* o esperava o almirante Baker. Os marinheiros ingleses olhavam com curiosidade aquele rei que partia para o exílio sem insígnias ou medalhas, vestido com fraque marrom e chapéu redondo. O que mais comoveu oficiais e tripulantes foi a tristeza de dona Amélia, a jovem imperatriz que chorava sem parar. O almirante francês Grivel, que fora ajudante de campo do seu pai, Príncipe Eugène de Beauharnais, durante a campanha da Rússia, acompanhou-a ao camarote e buscou em vão animá-la. Pedro tentava confortá-la: "Acalme-se, querida. Em breve você vai ver de novo sua mãe." Mas não havia conforto para a jovem que sofrera muitos golpes na vida e tinha de suportar mais aquele, num momento em que se sentia imensamente feliz.

Por volta do meio-dia, susto a bordo por causa de tiros vindos da cidade. Todos correram à amurada, inclusive Pedro, apreensivo. Ficou tranquilo ao ser informado mais tarde que os tiros festejavam o filho que acabara de ser apresentado à multidão de uma janela do paço da cidade. Debret me contaria depois que, em pé numa cadeira, para que fosse visto por todos, sustentado pelo tutor José Bonifácio, que se pusera atrás dele, o menino de cinco anos parecia assustado, mas já não chorava mais, como havia feito todo o caminho até a cidade. Ao acordar, e esta parte eu havia presenciado, encontrara em sua cama a coroa imperial, e um monte de gente ao redor, menos o pai. Perguntou por ele, muitas vezes. Onde estava? Reclamou sua presença. E a mamãe Amélia? Ninguém respondia.

Comeu alguma coisa, puseram-lhe o mais belo traje em cetim e foi colocado sozinho numa carruagem, longe das irmãs, tendo à sua frente sua aia, a Condessa de Rio Seco, dona Mariana, chamada por ele Dadama, que o acompanharia toda a vida. A carruagem partiu. Ao aproximar-se da cidade, na embocadura da rua dos Ciganos, foi cercado por uma multidão que gritava seu nome – "Viva dom Pedro II, nosso imperador!" – e se pôs a chorar. Mais assustado ficou quando manifestantes desatrelaram os cavalos e puxaram o carro eles mesmos. Dadama o acalmou, sem mesmo tocar nele, porque não se conforta um rei como se fosse criança comum. Agora estava na praça, na sacada do palácio, em pé em cima da cadeira forrada de cetim, sustentado pelo tutor.

Aos cinco anos, o anjo louro de Leopoldina olhava tudo com perplexidade e entendia pouca coisa. Não lhe parecia mal-intencionada a gente que gritava seu nome. Mas preferia que o pai estivesse ali perto, ficaria mais confiante e feliz. Onde estaria ele que não aparecia? Foi assim que o amigo Debret interpretou a cena que registrou em seu caderno de desenhos. O pintor estava em meio à multidão e, de repente, percebeu que o menino lhe recordava o filho que perdera anos antes, dor profunda que o fizera vir para o Brasil, e que continuava viva; então, meu amigo chorou pelo filho, pelo menino-imperador, por Pedro, por si mesmo, e eu chorei com ele porque estávamos os dois muito tristes: "Nada mais tenho a fazer aqui", disse Debret, e retornou ao seu país três meses depois, em 27 de julho de 1831 – mais um dos nossos a partir.

A salva de artilharia e mosquetões que fizera tanta fumaça e barulheira acalmou o coração de Pedro, que sabia seu significado: sinalizava que os moderados haviam vencido a partida e garantiam a sucessão; que os radicais estavam contidos e o país a salvo. Estava, portanto, aliviado quando chegaram representantes diplomáticos para se despedirem, entre eles o austríaco Daiser, que não gostava de Pedro desde que o imperador lhe respondera com maus bofes a uma pergunta sobre suas tendências políticas: "Sou liberal como lhe disseram, senhor Daiser. Sei que por este motivo tive a felicidade de desagradar ao senhor Metternich, o que me deixou bastante contente."

Daiser engoliu a resposta e muitas outras daquele imperador atrevido com quem seu antecessor, Mareschal, dava-se tão bem. Absolutista ferrenho, pôde expressar naquela semana ao seu amo Metternich sua felicidade pela derrocada de Pedro: "Se há um culpado pela desgraça do imperador é ele mesmo, que lançou o germe de todas estas ideias de liberalismo, independência brasileira, americanismo, soberania do povo, ódio contra os portugueses e contra o regime colonizador. Foi ele a cavar sua desgraça em suas proclamações e escritos que tanto me enojaram nos jornais mais desenfreados." Ah, como Daiser estava feliz!

Vieram a bordo apenas dois de seus ex-ministros, para pedir proteção. Existem duas versões de sua reação à chegada do Barão de Rio Branco, ex-ministro da Guerra, dizendo que corria perigo de vida. Segundo Daiser, ele teria rido, mas um marinheiro que escreveu um livro sobre a viagem afirmou que Pedro abraçou o amigo longo tempo e tentou acalmá-lo. Também preocupado chegou o Marquês de Paranaguá, Francisco Vilela Barbosa, que queria retornar a Portugal onde poderia viver de pensão de professor (aí existe um equívoco de Daiser, porque Paranaguá era brasileiro). Segundo o austríaco, Pedro o proibiu de retornar a Lisboa antes que sua filha estivesse reinando, e como o ex-ministro argumentasse que não tinha do que viver, teria respondido: "Porque não roubou como Barbacena?"

E vieram os credores. Nobres titulados por Pedro, muito ricos, como o Marquês de Jundiaí, Joaquim José de Azevedo, e seu filho, o Visconde de Rio Seco, João Carlos de Azevedo, assustados com a possibilidade de não receberem o dinheiro emprestado para pagar dívidas de dona Amélia, da Marquesa de Loulé e dele mesmo. Pedro prometeu pagar o que devia quando tivesse vendido seu patrimônio; naquele instante, não tinha condições. Então, dona Amélia intercedeu pelos credores e ele respondeu com maus modos: "É impossível, não posso fazer nada. Em geral, nosso casamento só tem me custado muito dinheiro; e é tudo que tenho dele até agora." Referia-se aos filhos que ela ainda não lhe dera. Não sei se essa história é de Daiser, mas não a descarto como inverídica, porque em Pedro a grosseria se alternava frequentemente com a delicadeza, e ele sempre ficava furioso com a questão dos gastos.

Havia toda aquela gente ao seu redor, a lhe pedir proteção, favores, dinheiro, ninguém se dando conta, por causa do seu caráter altivo, independente, do drama pessoal que estava vivendo, que nem era perder a Coroa brasileira, mas deixar seus filhos para trás, partir sem eles. Então, chamou os diplomatas mais importantes para lhes fazer um pedido: estando garantido o filho como sucessor, queria ter as filhas de volta, que seguissem viagem com ele. Claro que o menino deveria ficar porque seria o futuro imperador do Brasil, mas seria justo privar as meninas do pai?; e seria justo privar a ele de tê-las junto a si? Queria que Ashton e Pontois obtivessem do novo governo consentimento para levar as meninas. Era isso.

Os dois diplomatas se assustaram. Estavam diante de um caso diplomático complicado: como reagiria o novo governo que tomara posse na véspera? Rapidamente, reuniram-se com os de sua profissão que representavam monarquias, para saber se havia direito estabelecido sobre aquela situação, conversaram com brasileiros e concluíram todos que as meninas não deveriam partir. Eram irmãs do imperador, princesas brasileiras interessadas na sucessão, deveriam ficar para garantia da monarquia. E ele, mais que qualquer outro, deveria saber disso.

Pedro ouviu tudo em silêncio. Só então redigiu seu último decreto: "Tendo maduramente refletido sobre a posição política deste império, conhecendo quanto se faz necessária minha abdicação e não desejando mais nada neste mundo senão a glória para mim e felicidade para minha pátria: hei por bem usando do direito que a Constituição me concede no capítulo 5, artigo 130, nomear, como por este imperial decreto nomeio, tutor de meus amados filhos o muito probo, honrado e patriótico cidadão José Bonifácio de Andrada e Silva, meu verdadeiro amigo."

Em carta, explicou aos novos donos do poder: "Não vos hei, Senhores, feito esta participação logo que a augusta Assembleia Geral principiou seus importantíssimos trabalhos porque era mister que o meu amigo fosse primeiramente consultado e me respondesse favoravelmente, como acaba de fazer, dando-me mais uma prova de sua amizade. Resta-me agora como pai, como amigo da minha pátria adotiva, e de todos os brasileiros por cujo amor abdiquei de duas Coroas para sempre, uma oferecida e outra herdade, pedir à augusta Assembleia que se digne confirmar esta minha nomeação. Eu assim espero, confiado nos serviços que de todo o meu coração fiz ao Brasil, e em que a augusta Assembleia Geral não deixará de querer aliviar-me desta maneira um pouco as saudades que me atormentam, motivadas pela separação de meus filhos e da pátria que adoro." Assinou: "Bordo da nau inglesa *Warspite* surta neste porto aos 8 de abril de 1831. Décimo da Independência e do Império. Pedro."

Resolvida essa questão, começou a tratar de seus interesses: vender todo seu patrimônio para que tivesse de que sobreviver na Europa com a comitiva que o seguia e viveria às suas custas. Pretendia levar vida modesta – "se não puder andar a quatro cavalos, andarei a dois" – mas havia toda aquela gente para sustentar e, orgulhoso, não queria ficar indefeso no exterior, sem recursos para sobreviver, dependendo de seus parentes coroados das nações europeias, humilhação que não suportaria. Ter recursos era ser independente, era fazer o que lhe desse na telha. De modo que passou dias fazendo uma relação de tudo o que possuía, nela incluindo fazendas, casas, mobílias, quadros, pratarias, carruagens, animais, e determinando o que seria vendido ou doado a seus filhos, servidores e escravos. Tudo foi catalogado para facilitar o trabalho dos encarregados da tarefa.

Precisava de um procurador que se ocupasse da venda dos bens, e apareceu gente interessada no cargo. José Bonifácio foi de grande ajuda, pois logo que soube que havia subido a bordo um certo senhor

Buschental, genro dos barões de Sorocaba, sobrinho da Marquesa de Santos, escreveu-lhe: "Samuel Phillips me deu uma notícia que me aflige: que o célebre Buschental entra neste negócio como Pilatos no Credo. Quer fiar-se Vossa Majestade em um maroto, como tal reconhecido, e amigo do seu maior inimigo? Não vá entregar nas mãos de um traste os seus interesses pecuniários." Por sugestão de Bonifácio escolheu como procurador a Samuel Phillips & Cia, de propriedade de parentes e correspondentes dos Rothschild de Londres, comerciantes no Rio.

Fez a lista dos bens com seu estilo e à sua maneira, para orientar os procuradores como lhe parecia melhor, e ali estava "um palacete chamado da rainha como está mobiliado, a quinta do Macaco, sem escravos, os escravos em hasta pública quando haja comprador para todos juntos; uma casa em Botafogo, o palacete Leuchtemberg em São Cristóvão; a chacrinha chamada Biju, defronte da Joana; a chácara que foi do Elias; contígua à Boa Vista; a casa da chácara na Praia Grande sem as cocheiras; as cocheiras, a fazenda da Concórdia no Córrego Seco."

José Jerônimo Monteiro, que substituíra Plácido de Abreu no cargo de tesoureiro imperial, mandou-lhe a lista de carruagens, que eram sessenta, dos mais variados tipos e tamanhos, das quais três francesas ricamente decoradas, e as librés, deixadas todas para seu filho, e 32 cavalos: "Todos os que estão na coudelaria de Euxocim e que são meus, deixo-os a meu filho." E tudo o que não deixava para o filho deveria ser vendido.

Também deixou para o filho a fazenda do Corgo d'Anta, mas levou consigo toda a prataria, que podia ser vendida em caso de necessidade – "inclusive a que servia na procissão do Corpo de Deus e estava em casa do ourives Manuel Teodoro Xavier".

Mandou vir do palácio o necessário, para ajudar o comandante inglês a tornar mais confortável a viagem. Assim, João Valentim Faria de Souza Lobato, servidor fiel, trouxe de lá dezoito lençóis finos, doze fronhas finas, 24 tolhas finas de mão, mais dois urinóis imperiais, e chorava como os demais ao arrumar as coisas. Umas para vender, outras para embarcar, outras para serem doadas: livros, quadros, objetos de prata, os "livros que ficaram em mãos do Peçanha sobre as contas de Barbacena", quadros dos palácios, prata da fazenda de Santa Cruz, roupa de mantearia – a nova para o filho, a velha para a Misericórdia – castiçais de prata, selins. Hotentote, um dos cavalos preferidos, ficaria para o filho. Havia ainda na lista dos bens os minerais que trouxera de Minas, livros e mapas existentes no seu quarto, todos os livros de sua biblioteca – desde 1828, ele tinha um bibliotecário, Germando Lasserre, para cuidar de seus livros, dos quais se ocuparia ele mesmo em Paris.

Mas o homem que muitos acusavam de ser forreta demasiado agarrado ao dinheiro não se esqueceu de seus servidores e escravos: deixou terras para eles, perdoou suas dívidas e, para cada um dos escravos, uma pataca diária. Dos dez escravos que o serviam – Manuel do Nascimento, Nicolau José, Fernando Pereira, Amaro Batista, João Bernardo, Firmino Alves Joaquim Maria, Manolino Antônio, Vicente Cozinheiro e José Pequeno – levou seis consigo, e logo estariam a bordo.

Sem constrangimento, tratou das dívidas públicas com o novo governo: "Eu desejo que o Tesouro me pague o que me deve e que espere o pagamento do que lhe devo para quando forem vendidas minhas propriedades particulares e as mobílias que estão nos palácios, quer nacionais quer meus, deixando eu para meus filhos o que for preciso para o seu serviço particular." E pedia uma ordem para Londres de 50 mil libras, quinta parte da herança que recebera de dom João VI, ali depositada. Explicou: "Eu nunca falaria em coisa de dinheiro principalmente agora, se tivesse com que aparecer com decência na Europa." Arrolava ainda 308 apólices de conto de reis, diamantes, e mais a baixela, louça "e tudo que decora todos os palácios, porque tudo foi comprado por mim ou deixado por meu pai."

A resposta do Marquês de Caravelas encheu seu coração de gratidão. José Joaquim Carneiro de Campos fora escolhido, juntamente com o marechal Francisco Lima e Silva e o senador Nicolau Vergueiro, membro da regência que governaria na minoridade do menino Pedro. Vocês talvez não se recordem dele, pois apareceu no início desta história, mas Caravelas foi o principal redator da Constituinte de 1824, depois ministro da Justiça, Negócios Estrangeiros e Conselheiro do Império. Com emoção e respeito, despedia-se do seu imperador: "Não posso terminar esta carta sem protestar a Vossa Majestade Imperial os sentimentos do mais profundo respeito e verdadeira gratidão que sempre me animaram e ainda animam para com a vossa augusta pessoa, de quem conservarei sempre a mais viva saudade."

Então, pelo menos um de seus ex-ministros sentiria sua falta, sentiria saudades. Acariciava ainda a ideia quando chegou a informação de que funcionários subalternos do novo governo haviam apreendido uma soma em dinheiro que mandara trocar na cidade – fora tirado das mãos de um oficial inglês da corveta *Volage*, encarregado da tarefa. Reclamou da apreensão ao governo: "Eu espero e mesmo não ponho dúvida de que me serão entregues ao meu procurador para que venha imediatamente me trazer." Assim foi feito. O dinheiro lhe foi restituído, porque o governo sabia que ele era honesto e nunca ninguém ousara dizer o contrário. E ainda lhe informaram que não devia nada ao Tesouro.

Antes da partida, Pedro recebeu cartas dos filhos e correu a responder. Para Januária, de 9 anos, ele escreveu: "Tuas cartas me têm aliviado um pouco este coração aflito." Para Francisca, de 7 anos: "Minha querida Chiquinha, tu não podes fazer uma ideia (nem a tua idade te permite) do que são saudades; elas me tragam o coração a ponto que o meu consolo é chorar." E no meio da correspondência, uma carta minha o fez chorar: "Aqui fico pobre, doente e desamparado, mas na decidida resolução de sair do Brasil e ir mendigar um asilo e um bocado de pão por esse mundo até que a morte termine a minha dor, meus sofrimentos; mas ao menos terei a consolação de acabar sendo de Vossa Majestade servidor fiel."

Já era 12 de abril. Pedro havia abdicado há cinco dias e dali não partia. Confabulavam, assustados os diplomatas e a gente dos navios. Não queria partir sem deixar tudo acertado, organizado e ficavam todos tensos na espera, o povo nas amuradas, praias, morros, atentos ao *Warspite* e às naus ao redor, sem entender nada – ele vai voltar, não vai voltar, desembarcou, enfrentou o governo – o que inquietava os novos governantes. Do alto do morro Santo Antônio, estávamos eu, frei Tarquínio e frei Oliveira a contemplar as naus sem saber o que estaria acontecendo, mas tranquilos porque estavam no poder os sentinelas do "pequeno imperador nosso patrício, símbolo da união e integridade do Império", como o definiu Evaristo da Veiga.

A última carta foi para o filho: "Meu querido filho e meu imperador. Muito lhe agradeço a carta que me escreveu; eu mal a pude ler porque as lágrimas eram tantas que me impediam de ver; agora que me acho, apesar de tudo, mais descansado, faço esta para lhe agradecer a sua e para certificar-lhe que enquanto vida tiver, as saudades jamais se extinguirão em meu dilacerado coração. Eu me retiro para a Europa: assim é necessário para que o Brasil sossegue."

Pedro preferiu viajar com dona Amélia e parte da comitiva na nau *Volage*; dona Maria II seguiu na fragata francesa *La Seine* com os marqueses de Loulé, dona Leonor da Câmara, o Conde de Souzel, o Barão da Saúde, o engenheiro Pézerat. Apreensivo, fez uma carta ao comandante Thibault proibindo-o de tocar qualquer porto dos domínios portugueses e registrou no grosso livro negro, que seria seu diário a bordo, os seguintes pensamentos: "Às seis e meia da manhã de 13 de abril, o Brasil devolvia ao cabo de 23 anos, tostado pelo sol, marcado por seus estilos de vida, homem feito, monarca abdicante de duas Coroas, o príncipe menino que nele se abrigara com os pais, os irmãos, a corte, um português abrasileirado, um brasileiro adotivo, um brasileiro adotado."

De longe, a cidade que o havia amado o viu partir e nunca ninguém saberá se com alívio ou tristeza, porque a alegria da mudança havia arrefecido os ânimos e já havia quem maldizia o novo governo. Certo que houve tristeza e alegria, mas não creio que ninguém tenha sentido o prazer do Barão Daiser Silbach, cujo ódio por Pedro ficou registrado nas palavras que escreveu a Matternich quando o navio se perdeu no horizonte: "Enfim, partiu e só sinto que seja para a Europa. Já tendes aí muito embaraço. Não será esse homem que vai diminuí-los." O barão tinha razão! Ele nada faria para diminuir os embaraços dos absolutistas.

Antes da partida, havia confessado a Pontois seu desejo era cobrir o rosto para não ver o Rio de Janeiro nunca mais. E ao Conde Fries, que a única coisa que o afligia era "deixar meus filhos e minha pátria". Mas, quando o navio partiu e ele contemplou de longe a cidade onde havia passado os melhores anos de sua vida, chorou. Fazia o caminho de volta homem feito, sem ilusões, e sem saber o que o destino lhe reservava, mas eu, ao lhe acenar de longe o lenço branco, estava mais que nunca ciente de que, fosse o que fosse que estivesse à sua espera, ele, tomaria as rédeas como fazia com seus cavalos mais fogosos, imprimiria o trote e seguiria em frente.

Ao meu lado, frei Tarquínio olhou impassível a cena e disse: "Imagine o susto do pobre Miguel quando souber quem está indo ao seu encontro."

NA EUROPA, ENTRE REIS

A fragata *Volage* atravessou o mar levada por bons ventos e só nos três últimos dias de maio enfrentou temporal que fez sofrer dona Amélia, grávida de três meses. Não tenho dúvida de que Pedro ficou feliz com a gravidez, porque ter filhos lhe dava tanta alegria que era como se o Senhor o tivesse encarregado de povoar sozinho a terra. Passado o vendaval, fez um desenho da borrasca para *Nhonhô*, como chamava, na língua dos escravos, o filho Pedro, e voltou ao trabalho, que era, com ajuda do secretário Plasson, escrever cartas, copiar documentos e redigir textos que explicassem sua abdicação, para evitar que "jornais assalariados do meu infame e traidor irmão possam ofuscar a minha glória".

Durante a travessia, anotou no grosso livro de capa preta que foi seu diário de bordo que abdicara por volta das três e meia da madrugada de 7 de abril e não usara as forças militares contra os revoltosos para evitar a guerra civil: "Desse modo, poupei a vida de meus amigos e patrícios e busquei segurar a Coroa em meu filho."

No dia 30 de maio, chegou com sua comitiva à ilha de Faial, onde as naves refizeram as provisões de frutas, hortaliças e gado; gratificou com peças de ouro mercadores pobres que foram a bordo vender suas coisas e saiu a conhecer a ilha que estava em poder dos liberais. Das seis ilhas do arquipélago dos Açores, eles haviam conseguido domínio sobre quatro, desde a conquista, em 1828, da ilha Terceira. Faial era, pois, território amigo, e ali perto, na Terceira, estava o comandante destas vitórias, o Conde de Vila Flor, que nem devia saber ainda do acontecido no Brasil. Então, Pedro lhe fez carta contando que abdicara e chegava à Europa para lutar pela causa da filha, "pela pátria que a ambos nos deu o nascimento e que ambos serviremos até o túmulo". Lida horas depois por Vila Flor aos soldados, a carta causaria tamanho alvoroço que eles partiriam à conquista da ilha de São Miguel, uma das duas ainda em poder dos absolutistas, e a conquistariam. O arquipélago era território livre, território liberal.

Pedro prosseguiu viagem sem saber desse sucesso, e só retornaria àquelas ilhas oito meses depois, para dar início à reconquista de Portugal. Dali, naquele dia, partiu refeito e feliz. A imensidão do mar, as ondas cortadas pela fragata e o vento no rosto realçavam uma sensação de liberdade que tentou explicar ao filho, para que um dia compreendesse quem fora seu pai: "Nasci muito independente para gostar de ser soberano em uma crise em que eles têm ou de esmagar os povos que governam ou serem esmagados por eles. Acho-me em perfeita saúde, o sofrimento vem apenas da separação dos filhos e da pátria que adoro, mas quando considero que sou agora simples particular, sinto alívio dos meus tormentos, pois nada é melhor que ser livre e independente."

Mas, por mais sedutora que fosse a liberdade, não conseguia vencer nele a consciência do rei, porque o poder vicia os homens desde que aprenderam que é melhor mandar em muitos homens que apenas em si mesmo; e havia a honra a defender, que era coisa séria naqueles tempos, e a glória que era sua irmã, de modo que, antes de pôr o pé em terra, escreveu aos reis da Inglaterra e da França pedindo ajuda para recuperar o trono da filha. E já não havia como voltar atrás, porque a lenda em que se transformara chegara ali antes dele.

Dessa forma, mal aportou a nave em Falmouth, sul da Inglaterra, e acabara de presentear os oficiais que o trouxera com anéis e bolsas de ouro, foi cercada por escaleres com ingleses que tinham negócios no Brasil e gente interessada em conhecê-lo. Em Cherbourg, França, seu destino, onde desembarcou finalmente em 10 de junho, havia festa para saudar o príncipe liberal. Os marinheiros gritaram nove vezes "vivas a dom Pedro", as fortalezas deram salvas de 21 tiros, e ele do navio passou com sua comitiva para uma galeota de quarenta remos forrada de veludo vermelho. Em terra, estavam à sua espera três ricos coches que seguiram por alas formadas por 5 mil homens até a prefeitura. No dia seguinte, houve parada militar de 6 mil homens gritando "Viva dom Pedro", e lá se foi ele inspecionar arsenais e estaleiros, como se ainda fosse imperador.

Mal havia se instalado no palácio que lhe destinara o prefeito de Cherbourg e começavam as visitas, a primeira delas do deputado de extrema-esquerda Armand de Briqueville para saudar "o herói doador de duas Constituições", e trezentos oficiais que haviam servido ao general Eugène de Beauharnais para beijar a mão de sua filha, dona Amélia. Vieram também amigos e exilados alertados de sua chegada pelos jornais franceses – o Marquês de Resende, Francisco Gomes da Silva, o Chalaça, Augustus Frederick, filho de jornalista Hipólito da Costa e um emissário do advogado francês Gilberton, que colocava fortuna e vida à sua disposição. Mensagens foram recebidas vindo de lorde Cochrane, oferecendo seus serviços – "*I solicit permission to offer my humble services to your Magesty*" – e do coronel de Brack, que negociara o casamento com Amélia. O Barão Hyde de Neuville, ex-embaixador francês em Portugal que salvara a vida de dom João VI no último golpe absolutista, oferecia-lhe casa em Paris e pedia para fazer parte da expedição contra dom Miguel.

Dos que vieram procurá-lo, ficou impressionado com um homem magro, de estatura mediana, olhar vivo – era o general João Carlos Saldanha, neto do Marquês de Pombal, ministro poderoso de seu bisavô, dom José I. Saldanha, um dos líderes da causa liberal portuguesa, estava envolvido também nas lutas dos liberais espanhóis e vinha lhe oferecer o trono de Espanha, que os liberais esperavam conquistar – ele agradeceu e respondeu que só queria o trono de Portugal, para a filha. Mas gostou de Saldanha, que seria um dos generais da sua guerra.

Chalaça, ao reencontrá-lo depois de três anos, teve a impressão, pela primeira vez na vida, de que ele estava cansado. Disse ao amigo que seu desejo era chegar logo a Paris, e dali seguir para a Baviera, em visita à sogra, e depois à Áustria, para a rainha-menina conhecer os avós, tios e primos. Queria fazer o que nunca fizera, conhecer a Europa, seus parentes.

Porém, o governo britânico lhe pedia que fosse à Inglaterra. A velha aliada de Portugal estava preocupada, de modo que pediu a Chalaça e

Resende que o acompanhassem a Londres. Enquanto isso, a primeira tarefa de Francisco Gomes da Silva, de novo no cargo de seu secretário, foi encaminhar ao ministro dos Negócios Estrangeiro da França um documento no qual Pedro informava que ele e Amélia passariam a usar o título de Duque e Duquesa de Bragança, "que lembra recordações caras a sua augusta família e à dinastia que a providência colocou no trono da França."

Pedro chegou a Londres em 26 de junho. O rei William IV lhe ofereceu um palácio para se hospedar, mas ele preferiu o Clarendon Hotel. A primeira visita foi de lorde Palmerston, ministro dos Negócios Estrangeiros. Um magnífico coche veio buscá-lo no dia seguinte para o encontro com o rei. E começaram as recepções: da primeira, saiu às três e meia da madrugada já convidado para outra, oferecida pela rainha. Eram muitas as belas damas presentes, mas ele se comportou bem, garantiu o Chalaça.

Havia muita curiosidade em torno daquele jovem que ousara fazer a independência de uma Colônia – existiria outro igual? – criara um império no Novo Mundo e tinha ideias liberais – seria isso possível? Não houve um só dia sem recepções – na casa da Duquesa de Saint Albany; na embaixada francesa, oferecida por Talleyrand, que o achou uma personalidade cativante; na prefeitura de Londres, precedida da tradicional cerimônia em que o convidado bate às portas da cidade para que sejam abertas – ele já as encontrou abertas, prova de que era considerado visitante incomum. Os aristocratas ingleses pareciam admirados de suas boas maneiras e polidez. "Esperavam um selvagem do Novo Mundo", concluiu o Chalaça, certo de que aqueles povos antigos nada entendiam do mundo novo, afinal, dizia ele, um jornal de Rouen não o descrevera como um belo homem, alegre, afável, "com a cor da pele um pouco brasileira"?

A romaria dos que queriam conhecê-lo continuou nos dias seguintes, quando vieram o Príncipe de Esterházy, o Barão de Wessemberg, o almirante Robert Otway, lorde Saint Vincent, lordes Clinton, Wellington, Neumann, Aberdeen e os membros do gabinete Palmerston, Grey e Holland – o qual teria dito ao Marquês de Resende: "Temos um homem felizmente diferente do Infante dom Miguel."

Não paravam de chegar convites para recepções: da Duquesa de Kent, de Hertford, de Palmerston, de Holland, de lorde Hill, de modo que não houve noite em que ele pudesse descansar. Porém, aquele movimento era conveniente para a causa de sua filha. Muitos vinham se colocar à disposição para a luta em Portugal: James Ewbank, Bernard Castle, Barão de Bulow. Pedro era o centro das atenções e não lhe desagradou ser nomeado membro honorário da Literaty Union, mas mandou o secretário responder negativamente a uma dama que lhe enviou seis bilhetes de uma rifa de pintor da moda – o que o Chalaça fez com prazer.

Então, o rei o convidou para sua casa de campo em Windsor, onde Pedro dormiu de 21 para 22 de julho, e ali o recebeu com todos os seus ministros para tratar do mesmo assunto: de que forma o governo inglês poderia ajudar a expedição contra o governo absolutista? Com muitos interesses em Portugal, a Inglaterra pretendia ajudar de algum modo, porque lhe era simpática a causa liberal, mas não queria se envolver diretamente. Pedro percebeu logo que dali não viria a ajuda financeira que precisava, e que teria de achar dinheiro por outros meios. Ao retornar ao hotel, mandou convocar os negociantes portugueses estabelecidos em Londres para angariar fundos. Uma decepção: dos quarenta chamados, apenas 21 compareceram.

Ainda estava em Londres quando, certo dia, não se sabe bem o motivo, preocupou-se com o último fruto de sua relação com a Marquesa de Santos, a menina Maria Isabel, que as circunstâncias, ou o temor de ofender dona Amélia, não haviam permitido que conhecesse. Mal pisara na França, havia escrito para a outra filha com Domitila, Isabel Maria, a Duquezinha de Goiás, interna num colégio em Paris, informando de sua chegada e que se encontrariam logo. Pediu a Resende que escrevesse à marquesa dizendo que também queria que a menina, nascida em 1830, viesse estudar na Europa. Cinco meses depois, ela respondeu: "Quando ele se dignar a mandar buscar sua filha eu estou pronta para acompanhá-la por ter há longo tempo projetado, ainda antes dele dar esta grande prova de amor paternal, de ir a Paris a fim de dar à minha estimada filha a educação que ela merece." Domitila na Europa? Ali morreu o assunto.

No dia 24 de julho, Pedro decidiu retornar à França, atendendo ao convite de Luís Filipi para participar do primeiro aniversário dos *três dias gloriosos* que o haviam conduzido ao poder. Ocupou lugar de honra nas cerimônias, acompanhou o rei a cavalo nas solenidades no Panthéon, na Bastille, ao seu lado passou em revista as tropas e, segundo o *L'Écho de Paris*, os dois primos se tratavam de modo familiar. O rei destacava para o ex-imperador o povo, os belos uniformes da guarda nacional, as tropas alinhadas e em meio aos vivas ao rei, a Lafayette e à liberdade, ouviram-se também vivas a dom Pedro. Os jornais franceses deram em detalhes a estreita relação dos primos – almoçou com o rei, foi apanhado em seu hotel em um carro da corte e ao lado do rei saiu em carruagem descoberta; durante a revista, trazia a comenda da Legião de Honra, e parecia maravilhado com o que via.

Mas os jornais insinuavam também que não estava em Paris apenas para festejos. Continuava a crise entre França e Portugal, desde que o governo de Miguel cometera abusos contra franceses – um marujo chegara a ser chicoteado em praça pública em Lisboa. Em represália, a Marinha francesa entrara no Tejo e se apossara de oito navios portugueses da armada de Miguel. Pedro pedira ao primo que as corvetas *Urânia* e *Orestes* fossem entregues à causa da rainha. Luís Filipi concordou, desde que as tripulações se manifestassem pela causa liberal. Pedro não podia garantir pelo juramento, não houve acordo e ele retornou para Cherbourg na madrugada do dia 30.

Pedro apostou suas fichas de novo na Inglaterra e para lá partiu uma segunda vez, no dia 2 de agosto com dona Amélia e a filha. Repetiram-se as festas, recepções, o fim de semana com o rei em Windsor, as conversas com os ministros, sem resultado sonante. Agora, sua ideia era conseguir um empréstimo junto a uma casa bancária. Mas não era um bom fiador. Não seria fácil convencer qualquer financista de que ele, com 7 mil homens para enfrentar um exército de 80 mil, era um bom investimento.

De Londres, mandou-me uma carta na noite em que quatrocentos portugueses exilados desfilaram diante de sua filha: "Por estes dias parto para a França, pois Londres é mui caro e não posso com a despesa, apesar de andar com o prumo à mão; veremos se em França será melhor.

Vou vender a minha prata e as joias para fazer fundo, para poder viver e andar de camisa branca e engomada, sem dever a ninguém coisa alguma." Respondi que lhe ficava bem uma roupa amarrotada, que o padre nosso recomendava perdão aos devedores, e ele deve ter se rido bastante.

Retornou à França, e foram várias as versões sobre o retorno precipitado. Um jornal francês disse que voltara porque não queria causar embaraço ao rei da Inglaterra que, às vésperas de sua coroação, não podia reconhecer Maria da Glória como rainha de Portugal sem causar um incidente diplomático. Dona Leonor Câmara, dama de companhia da rainha-menina, informou-nos em carta: "Depois de estarmos aqui alguns dias, de ter andado a rainha atrás da Duquesa de Bragança, de ter aparecido em público sem distinção alguma, acordou o imperador com a lembrança de que o governo inglês não a tratava como rainha e, tendo a certeza de que não, cara a cara com lorde Palmerston, diz hoje que quer ir já para Paris. Os conselheiros têm sido como os figurantes do teatro: Ele é que fala, Ele é que escreve, Ele é, enfim, quem tem ouvido não a tudo e a todos. Eu estou com dó d'Ele, porque tudo lhe sai torto."

Mas a *rezingona*, como ele chamava a aia da filha, não conhecia as sutilezas da política como Resende, que nos disse ter ele deixado Londres às pressas porque não conseguira o empréstimo "para botar a procissão na rua"; e sobre essa partida, Chalaça acrescentou que ele se cansara do jogo das potências – os ingleses o empurrando para os franceses, que o empurravam de volta aos ingleses –, amanheceu de mau humor e deu uma banana para todos.

Sua intenção era morar em Paris numa casa simples, tanto que escreveu de Cherbourg a um amigo dizendo o que queria: "Você poderá pensar que desejo um palácio, mister é que o advirta que fui imperador que tratou da pátria e não de si, e por isso nada possuo: portanto, uma casa barata e decente é o que me convém." Mas o rei pôs à sua disposição o belo Château de Meudon, restaurado por Napoleão nos arredores de Paris, e para lá se mudou, inicialmente. E foi tanta gente a pedir audiência, que não havia descanso para o Marquês de Resende e Chalaça. Nem parecia um rei destronado, diziam eles; logo se mudou para uma casa da *rue de Courcelles*, 10, no centro de Paris, para economizar – o que nunca lhe desagradava, porque tinha muita gente às suas custas, nove salários mensais para pagar.

A vida social de dom Pedro continuou intensa, porque era de seu feitio e assim exigiam seus planos, e não podia recusar convites do rei, seu primo. Alguns eram verdadeiras imposições, para que participasse das cerimônias, o que não lhe desagradava. E havia, recepções, teatros, bailes. Mas nem tudo era festa.

As negociações para conseguir um empréstimo para a expedição não avançavam, e tinha de lidar com brigas e dissensões entre exilados portugueses e com a ansiedade de alguns deles que, movidos por um sofrimento que se fazia insuportável, queriam começar logo a guerra. Na eram apenas nobres e intelectuais, mas também milhares de soldados jogados de um galpão infecto para outro por governos que não queriam se indispor com Miguel, o provável vencedor da contenda, com seu poderoso exército.

Comparado com o que haviam sofrido no governo do Miguel, com as perseguições, assassinatos, condenações à morte, a vida dos opositores de Pedro no Brasil tinha sido um paraíso; e a única mancha havia sido as perseguições aos revoltosos que por curto período ameaçaram a independência e unidade do Império. Mas não havia exilados brasileiros em parte alguma, porque todos haviam retornado com ele ainda no poder. E já se dizia por aqui, e confirmaria José Bonifácio depois, que aqueles que o haviam levado à abdicação estavam arrependidos. Tinham cometido um erro de cálculo: não queriam sua partida, mas apenas que abaixasse um pouco a cabeça.

Agora ele estava na França, lidando com iguais, que eram os reis da Inglaterra e França; com políticos como Tayllerand, que fazia tudo para o ajudar, e Palmerston, que nem tanto; com financistas que hesitavam em lhe dar um empréstimo, com portugueses que se impacientavam e com o espectro de uma guerra real que certamente devia lhe tirar o sono, porque nunca estivera em uma. De modo que, num determinado momento, voltaram as crises renais que o atacavam desde 1828 – quando passou a usar o litotritor, aparelho para desfazer cálculos de um certo doutor Civial, enviado de Paris por Domingos Ribeiro dos Guimarães

Peixoto, bolsista do governo brasileiro que ali estudava medicina e se tornaria um dos grandes dessa ciência no Brasil.

Não tenho dúvidas de que as crises tiveram origem nas difíceis negociações e nos desgostos com liberais portugueses. Muitos, inclusive Palmela, acreditavam que ele era rico e poderia, com sua fortuna, financiar a guerra. "Bastaria para nós que desatasse os cordões da bolsa, que suponho estar bem recheada, pois se duas fragatas nos desse, bastavam para colocar a rainha no trono", dizia o marquês. Não daria, como se viu. Seria necessário muito mais.

Uma carta de Rocha Pinto, vinda de Londres, informou-lhe o que diziam outros portugueses, coisas de uma mesquinharia sem nome: que não se esforçava para obter o financiamento; não queria gastar seu dinheiro na empresa; não estava acostumado a *cheiro de pólvora*; usaria *seus ataques* de epilepsia para fugir da guerra e assim por diante. Então ele sentou-se à mesa e respondeu às ofensas.

"Quanto aos portugueses, eu sei dar o desconto a infelizes que se julgando perdidos deitam a culpa sobre quem a não tem. Os portugueses convocados na Inglaterra nada deram e nem quiseram emprestar. Dizem que eu por cá nada tenho feito. Já não propus emprestar 25 mil libras? Não me prestei a assinar como tutor, como os contratadores exigiam? Não falei tantas vezes a lorde Palmerston até que ele me desenganou, dizendo que nada faria por causa do princípio de não intervenção, e que eu visse se a França podia ajudar? Que culpa tenho eu de não conseguir o empréstimo se todas essas propostas foram, segundo agora me dizem, manobra da Santa Aliança? Direi que Lafayette procura por todos os modos ver se podemos aqui contrair o empréstimo. Porque no ano passado não se fez a expedição? Por falta de dinheiro. Logo, o culpado do ano passado é o culpado deste ano – a falta de dinheiro e não eu. Minha consciência não me acusa de ter deixado de fazer o que posso."

Estavam impacientes os liberais portugueses. Um dos mais críticos era o Marquês de Lavradio, cujo pai fora vice-rei do Brasil: "Sua Majestade Imperial passa o tempo em divertimentos de caça e outros igualmente fúteis. Falta paciência quando se considera que um homem que poderia sem custo algum terminar tantas misérias e ganhar barato uma glória imortal anda cuidado em cozinha e nos rabos de cavalo; bem diz ele que nasceu para carvoeiro." E a Condessa de Ficalho, que tinha três filhos na luta e estava encarcerada no Convento de Carnaxide, em Portugal, estava pessimista: "Se o imperador continuar a passear e mais nada, Portugal acabou-se." O futuro mostraria que estavam enganados.

Em meados de setembro, Pedro decidiu chamar Palmela, que se encontrava na ilha Terceira para o livrar do desgaste que era negociar com franceses e ingleses. O marquês era um gênio em negociações e mais uma vez seria decisivo na definição do seu destino.

O diplomata chegou a Paris em 27 de setembro de 1831 e, com ajuda de dona Amélia, convenceu Pedro a aceitar a regência do governo liberal no exílio, que ele não queria. Então, constituiu um conselho de ilustres exilados – Palmela, o Conde de Funchal, Candido José Xavier, dom Francisco de Almeida, José da Silva Carvalho e Agostinho José Freire.

A Palmela ele pareceu hesitante, com dúvidas, o que o diplomata atribuiu à sua personalidade e a intrigas de liberais. De natureza desconfiada como o pai, ainda não se acostumara às recentes mudanças em sua vida; tudo era muito novo para que se adaptasse tão rapidamente. Vinha de um governo de dez anos num país onde conhecia toda a gente, até mesmo os mais humildes súditos que trabalhavam no porto, no cais, na alfândega, no comércio, muitas vezes pelos nomes, que o viam cruzar a cidade em seu cavalo, explorando seu território com prazer, e lhes dando a impressão de que tudo ia bem.

Agora estava rodeado apenas de portugueses, mas não se sentia tão português quanto eles, porque toda sua vida havia sido longe de Portugal, rodeado de gente um pouco parecida com portugueses, mas diferente. Era difícil explicar seus sentimentos aos que o rodeavam. Só para seu filho abriria o coração, no aniversário do menino: "Não posso deixar de, como bom brasileiro, felicitar-te pelo dia de hoje. Não posso deixar de te recomendar que estudes e que te faças digno de, um dia, imperar no Brasil, minha pátria."

Se lessem aquela carta os liberais portugueses teriam mais motivos para duvidar dele; o acusariam de ser mais brasileiro que português, e não se recordariam que há pouco tempo os brasileiros o acusavam de ser mais português. Por isso, calava-se e dava a impressão de hesitante. Mas o motivo principal para tentar adiar a partida da expedição era a gravidez de dona Amélia: não queria partir sem conhecer o filho. Sentia imensas saudades dos que haviam ficado no Brasil. Procurava compensar abraçando as duas que lhe haviam restado, Maria da Glória e a Duquesinha de Goiás, que saía do convento do Sacré Coeur aos domingos para passar o dia com ele. A madrasta aceitava a filha da marquesa, já que isso o fazia feliz, e a criança não tinha culpa dos pecados dos pais. Mas havia mais um a caminho. Estava acima de suas forças e de sua vontade partir sem vê-lo nascer.

Em outubro, divergiu mais uma vez dos liberais sobre a data da partida. Informou que só sairia com a expedição libertadora o mais rápido possível, como eles queriam, se o almirante inglês Greg Rose Sartorius, comandante da esquadra liberal, lhe garantisse que ela poderia ser feita com sucesso durante o inverno. Desejava também a garantia de que a Inglaterra e a França não interviriam. Então, Palmela intuiu o que lhe ia na alma e lhe fez uma carta recordando sua generosidade e pedindo que não comprometesse interesses tão sérios "pelo desejo, aliás, natural e louvável de permanecer no seio de sua família". Mas a expedição teve de ser adiada porque dois navios foram apreendidos pelas autoridades inglesas depois de denúncias de miguelistas. Dos restantes, só um tinha condições de navegar. Assim, ele pôde esperar o nascimento do filho.

MAIS UM FILHO

A mudança para a *rue de Courcelles*, nos últimos dias de setembro, aliviou um pouco suas preocupações. A simpática rua lhe permitiu viver um exílio de homem comum. Fazia passeios a pé, entrava em lojas, livrarias e surpreendeu certo dia, com uma forte pancada no ombro, o jovem Manuel de Araújo Porto Alegre, que seu filho faria depois Barão de Santo Ângelo, no *boulevard des Capucines*. O rapaz ficou atônito ao se deparar com o ex-imperador rindo para ele: "O que faz aqui senhor Araújo, pois também emigrou?" Araújo disse que viera do Brasil com o mestre Debret para estudar artes; ele perguntou pelo francês e ofereceu a casa aos dois. Era curioso o encontro porque meses antes da abdicação encomendara a Araújo a reprodução de um retrato seu para Amélia, e dos filhos para a avó, dizendo: "Tu entregarás estes retratos à minha sogra na Baviera e de lá irás estudar arte na Itália." Mas abdicou pouco depois e foram Bonifácio e Evaristo da Veiga a conseguir a bolsa de estudos em Paris para Araújo. Por um momento, naquela tarde, ele se sentiu no Brasil.

Pedro aproveitou naquele período tudo o que Paris oferecia de boa música, como convidado do camarote real da Ópera de Paris, *Théâtre des Italiens*, *Théâtre Français*. Certa noite, foi apresentado a um de seus compositores preferidos, Gioachino Rossini, que gentilmente lhe ofereceu partituras suas, o que lhe permitiu apresentar também suas composições; ficou feliz quando Rossini lhe informou que regeria uma das suas sinfonias num concerto de 30 de outubro de 1831, à frente da orquestra do *Théâtre des Italiens*. O concerto não foi um sucesso nem um fracasso, mas um crítico alemão, Ludwig Boerne, mesmo sem assistir ao espetáculo, foi implacável: "Domingo passado houve no *Théâtre des Italiens* um concerto a que eu não assisti. Começou com uma '*Ouverture à grand orchestre*'. Imaginem quem era o compositor? Dom Pedro, imperador do Brasil. É supérfluo dizer que a música era detestável. O Senhor imperador andaria mais acertado enxotando o seu irmão sanguinário de Portugal e não os pacíficos expectadores do teatro."

Da pequena corte que se transferira do *châteaux de Meudon* para a *rue de Courcelles* – Chalaça, Resende, Palmela, Cândido Xavier, o Marquês de Lavradio, Agostinho Freire e outros portugueses – destacava-se, por sua experiência militar, o Marquês de Fronteira, José Trazimundo Mascarenhas Barreto, 29 anos, que começara nos granadeiros com dezesseis anos e, desde os dezoito, estava nas lutas liberais. Como ajudante de campo do Conde de Vila Flor na província do Alentejo, enfrentara os absolutistas em várias batalhas, estivera preso na Torre de Belém – na praça de Peniche, quase fora fuzilado – e fugira para o exílio com a jovem esposa, dona Maria Constança da Câmara. Retornou a Portugal em 1826 para novamente ser perseguido em 1828, quando Miguel se tornou rei; teve seus bens sequestrados, partiu de novo para o exílio, dali para a conquista da ilha Terceira e agora esperava o momento de retornar à sua terra para lutar contra os absolutistas.

A pequena corte trabalhava, conversava, discutia e também se divertia, enquanto podia. Fronteira se gabava de ter ensinado a Pedro, com o Conde de Taipa, as danças da moda, que ele não conhecia, e me diria depois que ele era dotado para todas as artes, menos para a dança. Naqueles saraus, dona Amélia e dona Eugênia eram as únicas damas.

Pedro saía de casa para a missa ou passeios ao ar livre nos dias de bom tempo; nos dias de frio intenso, ficava cuidando dos livros, lendo, ao pé de dona Amélia grávida de oito meses, ocupado em reuniões, escrevendo cartas ou tocando clarinete, flauta, piano; ou então, saía para treinar tiro ao alvo com diferentes armas de fogo – era um bom atirador e ia para a guerra. Também passou para o piano suas composições e as ofereceu aos filhos de seu primo rei. Recebeu a visita da sogra, a princesa Augusta Amélia. Visitava exposições de pintura no Palácio de Luxemburgo, participava de jantares nas *Tuileries* com Luís Filipi. Recebia de admiradores mimos, poemas, versos e, de inimigos anônimos, panfletos ofensivos.

Finalmente, chegou o grande dia, que não era para ele o da partida para a guerra, mas o do nascimento de mais um filho. No dia 1º de dezembro, dona Amélia deu à luz a uma menina, que recebeu o nome da mãe. Estavam casados há dois anos. Dias antes, o Marquês de Resende escrevera, em seu nome, a José Joaquim da Rocha, representante do Brasil na França, prevenindo-o que a imperatriz estava prestes a ter um filho com direitos à Coroa brasileira, conforme o artigo 117 da Constituição, e convidando-o a assistir ao ato e assinar o termo como testemunha.

Aqui faço mais uma pausa para lembrar aos leitores que José Joaquim da Rocha esteve naquela famosa reunião na cela de frei Sampaio, onde conspiramos todos num dia de 1821. Era um dos homens do *Fico*. Agora, representava o novo governo em Paris e servia ao filho de Pedro.

Para garantir os direitos à sucessão, foram dezoito as testemunhas do parto, das quais quinze, introduzidas no quarto, afirmaram ter visto a menina ainda presa pelo cordão umbilical, como mandavam as regras de reconhecimento, entre elas José Joaquim da Rocha, nobres como o Barão de Pheffel, da Baviera; Planat de la Faye, da Casa de Leuchtenberg; os condes franceses de Flahaut e Montesquieu; um representante da Suécia, o Marquês de Macio; antigos médicos do paço, Barão de Inhomirim e Barão da Saúde; o doutor Tavares, que fez o parto, o doutor Orfila, médico da Duquesinha de Goiás, o diplomata brasileiro Luís de Sousa Dias e os amigos Resende, Chalaça e Rocha Pinto. O cônsul brasileiro em Paris, Francisco de Paula Ferreira, homem covarde, recusou-se a comparecer.

No dia seguinte, 2 de dezembro, aniversário do filho Pedro, que completava seis anos, deu um jantar de quarenta talheres, que se prolongaria das seis da tarde às nove da noite, mas que terminou com nota triste e muita inquietação: no momento dos brindes, quando lembrava os filhos que deixara no Brasil, sentiu-se mal e acabou desfalecendo durante a crise do mal que sempre o afetara. Não resistira ao nervosismo da véspera, ao nascimento da filha, às saudades dos filhos distantes; fora vencido pelo sofrimento e como sempre acontecia nos momentos de muita tensão, seu corpo gritou por ele. Mas também como acontecia antes, três dias depois estava de pé, saiu a passeio, foi à missa e visitou a filha Isabel no convento.

Recebeu por aqueles dias uma boa notícia: saíra o empréstimo do Tesouro britânico por mérito de dois homens de negócios, o francês Ardouin e o espanhol Juan de Dios Alvarez Mendizabal, que viria a ser ministro do governo liberal em seu país. O momento de paz foi seguido de atritos com portugueses, pois se recusara a assinar o empréstimo na qualidade de tutor de dona Maria II. Alguns foram duros com ele, depois se desculparam. Um deles foi José Inácio de Abreu e Lima, brasileiro de 37 anos que se destacara nas lutas pela libertação da Venezuela e da Colômbia como capitão do exército de Bolívar.

No conflito com Pedro em Paris, Abreu e Lima fez considerações bastante críticas ao regente do governo liberal no exílio. Reconhecia seu caráter e coração excelentes, mas criticava o que lhe parecia uma preocupação demasiada com dinheiro, "considerações mesquinhas que deviam desaparecer à vista dos grandes interesses e perspectiva de alegria e mesmo de felicidade que se apresentam a Sua Majestade Imperial". Depois, desculpou-se pelas críticas: "Nossos sofrimentos, Senhor, a lembrança de nossas famílias perseguidas e martirizadas, devem servir-nos de desculpa."

Os portugueses se desesperavam porque tinham em mãos o maior trunfo já conseguido para a vitória – à frente da luta estava o pai da rainha, autor da Carta Constitucional – e não queriam dele nenhuma hesitação. Por essa época, Pedro me escreveu informando seus planos para o futuro: depois de restituir o trono à filha, pensava em viver em qualquer canto da Europa: "Passarei contente a viver retirado da carreira pública e descansado em qualquer canto da Europa onde possa dar a meu filho e filha que está a nascer aquela educação de que há de carecer, bem como aos mais que possa para o futuro ter." Queria, mais que nunca, ser um homem como os outros, às voltas com a família, com o prazer de viver, e não com o dever a cumprir. Era, em sua hesitação, como se intuísse que não sairia vivo daquela guerra.

O último dia de 1831 foi passado por Pedro na Real Biblioteca, cercado de livros. Começado o ano decisivo, 1832, em primeiro de janeiro recebeu para jantar o almirante Grivel, que o trouxera para a Europa, tocando e cantando para os convidados. No dia seguinte, foi ver os patinadores no gelo. No dia 3, compareceu a uma noite de música no camarote real do primo para ouvir Luigi Lablache, o maior baixo da Europa. No jantar do Dia de Reis, recusou-se a participar do tradicional jogo do Bolo-Reis – a quem tocasse a amêndoa caberia as honras da realeza; a amêndoa caiu para a filha, que seria dona Maria II.

No dia 8, recebeu de Mendizabal a notícia de que os navios estavam prontos; começaram as reuniões diárias com os portugueses. No dia 10, respondeu cartas dos filhos. No dia 12, jantou com a mulher e a sogra em *Tuileries* – Luís Filipi e a mulher foram escolhidos como padrinhos de Maria Amélia –, e, no dia 13, recebeu visita de Lafayette, que tanto havia trabalhado pela causa liberal, para lhe desejar um desfecho feliz à sua cruzada. Nos dias seguintes, Pedro fez seu testamento, posou para um pintor com farda de general português e recebeu o passaporte que havia pedido a Casimir Périer, presidente do Conselho da França. No jantar de despedida no dia 24, na *rua de Courcelles*, houve muito discurso e choro.

Pedro acordou cedo no dia 25 de janeiro, às seis da manhã, com a casa cheia. Mais de duzentas pessoas participaram do café da manhã de despedida – grandes de Portugal exilados em Paris, suas famílias, políticos da revolução de 1820, ministros e deputados franceses. Às 7h45, abraçou dona Amélia e a filha, a quem dirigiu breves palavras sobre sua missão, terminando o discurso solene com um pedido de pai: que obedecesse à madrasta. Saiu rápido sem olhar para trás, seguido de Palmela, do Marquês de Loulé, Cândido José Xavier e Paulo Martins de Almeida, todos emocionados. Subiram na primeira carruagem, que logo partiu com as demais.

Um jornal francês que apoiava os absolutistas noticiou a partida com um *jeux de mots*: de dom Pedro ele passaria a ser conhecido como *dom Perdu*, porque ninguém acreditava que à frente de um exército de 7,5 mil homens conseguisse derrotar o de dom Miguel com 80 mil. E o surpreendente é que ele conseguiu.

NAS ILHAS

Saindo de Paris, as carruagens seguiram a estrada para Nantes, onde chegaram quatro dias depois. Pedro ficou hospedado no Hotel de France e, na mesma noite, as autoridades municipais lhe ofereceram um baile onde se demorou até às três da madrugada. Retribuiu com jantar financiado por Mendizabal. Antes de prosseguir viagem, quis se confessar e comungar com o bispo da diocese. Seguiu em um barco a vapor para Belle-Isle, ilhota a seis léguas da costa da Bretanha onde estava a frota da rainha, e lá chegando, não deve ter ficado animado com o que viu.

"Em frente de Belle-Isle estava ancorada nossa famosa esquadra, composta de três velhos navios comprados em Londres à Companhia das Índias, um vapor fretado e algumas embarcações de pequeno lote, todos batizados com pomposos títulos de fragatas, corvetas e brigues, nomes de *Rainha de Portugal*, *Dona Maria II* e *Amélia*", recordaria Abreu e Lima. Não era esquadra de assustar inimigo e o exército que nela embarcaria era o que restara das expedições liberais malogradas, em 1828 e 1829: soldados e marinheiros há anos no exílio, levando vida de privações, vagando por barracões ingleses e franceses, e mercenários e voluntários de várias nacionalidades e origens, inclusive nobres como o Conde de Saint-Leger, sobrinho de Hyde de Neuville, e Lasteyrie, sobrinho de Lafayette.

As movimentações para a partida começaram no dia 5 de fevereiro quando o almirante Sartorius apanhou Pedro no hotel e dali seguiram para o *Rainha de Portugal*, onde oficiais e marinheiros os esperavam perfilados. Como preâmbulo da viagem, Pedro, que trajava uniforme de oficial português, passou em revista as guarnições depois de todos terem jurado fidelidade e obediência à rainha e à Constituição.

No dia seguinte, a esquadra ornada com pavilhão tricolor partiria rumo à ilha Terceira, só ficando ali a nave *Juno*, à espera de novas tropas. Antes, Pedro fez uma carta de agradecimento ao prefeito e deixou mil francos de esmola para os pobres da cidade.

A viagem foi incomoda por causa do inverno, da pouca disciplina da equipagem e mau estado dos navios. Um temporal obrigou Sartorius a seguir para a ilha de São Miguel. Durante a fúria dos ventos, Pedro se distraiu compondo mais um hino com Luís Mousinho de Albuquerque, fidalgo e poeta de quarenta anos, até recentemente capitão-general e governador da ilha da Madeira. A recepção dos moradores de São Miguel foi, segundo Palmela, "delirante de entusiasmo", e das festas que se seguiram, os liberais lembrariam de um jantar com quinze arrobas de doces oferecidos pelas freiras do convento. Pedro visitou quartéis e participou de mais festas e recepções até 2 de março, quando a esquadra seguiu para seu destino. Mal desembarcou na Terceira, escolheu um ministério, do qual fazia parte Palmela, e começou a organizar as coisas no seu pequeno Reino.

No dia 18 de março, chegou a *Juno* com as tropas. Entre os soldados, havia dois jovens escritores que se tornariam famosos: Alexandre Herculano e Almeida Garret. Para chegar até ali, Garret, de 32 anos, exilado em Londres que começara na luta como líder estudantil na revolução de 1820, tivera de pedir dinheiro emprestado e vender algumas de suas roupas. Herculano era mais jovem. Tinha 21 anos e estava no exílio desde agosto de 1831. Era considerado um rebelde mesmo entre os revolucionários, recusando-se até a vestir o uniforme militar distribuído aos soldados: "Usarei por qualquer modo decente do meu fraco braço e da minha mal-aparada pena em favor da causa da liberdade da rainha; mas peço que me dispensem desta vestimenta. Servir à pátria vestido de palhaço está acima das minhas forças. Se queriam arlequins em vez de soldados, deviam ter dito isso lá em terra."

Quando frei Tarquínio juntou esses dados, ouvidos aqui e ali, copiados de lá e acolá, para recompor a história tal como se passara, teve impressão que estava frente a uma daquelas farsas picarescas que deram fama a escritores medievais. Algo de extraordinário e romântico havia naquela expedição comandada por um príncipe que fundara um Império imenso e agora estava numa pequena ilha, cercado de homens notáveis, unidos por uma causa nobre, e prestes a atravessar o mar até Portugal com uma esquadra que mal se sustentava sobre as ondas e um exército vestido, segundo o jovem Herculano, com roupas carnavalescas.

Bem longe, em Paris, ainda ressoavam nos ouvidos do Marquês de Resende as palavras que o grande Chateaubriand lhe dissera aquela semana sobre Pedro: "Que belo papel pode fazer o vosso amo." Mas não seria fácil a missão.

Havia entusiasmo nos homens que iam para a guerra, mas pouca experiência bélica. Muitos nunca haviam pegado uma arma. Eram recrutas, não soldados, e esse era apenas um dos problemas. O batalhão naval comandado pelo coronel inglês G. Lloyd Hodges desembarcou quase todo embriagado, e os franceses recrutados nas ruas pelo general Salazar Freire não tinham melhor conduta. As armas e munições vinham de Londres, nem sempre tão rápido como se desejava por causa da falta de recursos, mas aos poucos e com paciência os oficiais portugueses que haviam feito a campanha dos Açores conseguiram organizar aquele exército, com a ajuda de Pedro: com seu hábito de querer saber tudo e de deslocar-se para ver tudo, entusiasmava os convocados que nele sentiam decisão e firmeza.

Como as forças estavam concentradas na ilha de São Miguel, e o arsenal, na ilha de Faial, Pedro começou a navegar entre as duas ilhas, indo de uma a outra sem demonstrar cansaço, às vezes lamentando não poder fazer o percurso a cavalo, cujas manhas conhecia, mas em barcos a vela, que não dominava; mesmo assim, meteu-se um dia a grande marinheiro tomando o leme de uma nave, e por pouco a aventura não terminou em desastre quando abalroou outro transporte e quase pôs a pique o barco em que estava.

Sua "atividade prodigiosa", como a definiu Palmela, incluía não apenas as visitas de surpresa a toda parte, mas também leis e decretos com os quais tentava estabelecer as bases de uma administração que pudesse gerar frutos, como os que determinaram instrução pública nos três graus, organização das finanças ou das casas de órfãos: "Não passava um dia sem que ele assinasse um decreto ou lei", recordou Palmela. Por causa de sua atividade, Pedro se tornava cada vez mais popular entre os moradores da ilha e soldados.

Muito assiduamente, chegavam cartas dele para os filhos, que José Bonifácio cuidava der ler para as crianças, muitas vezes me convidando para estar presente. Ele tentava explicar aos filhos a importância do que estava fazendo nas ilhas, sabendo que, mesmo que não entendessem naquele momento, compreenderiam um dia. Era angustiante ver o menino Pedro, a quem a maioria das cartas eram dirigidas, muito sério mesmo aos seis anos, atento à leitura, sentado na cadeira sem se mexer, os grandes olhos verdes perdidos num mundo que não conseguíamos definir se de alegria ou tristeza.

"Estou bom de saúde" – dizia Pedro em carta escrita na ilha Terceira em 11 de março – "porém, muito ocupado com a grande e mui gloriosa empresa de fazer uma expedição à testa da qual marcharei, a fim de derribar a tirania, restabelecer o império da lei, a paladina da liberdade, a Carta constitucional que quando rei de Portugal dei espontaneamente à hoje mui desgraçada nação portuguesa. Eu não podia de modo algum, tendo abdicado em ti a Coroa do Brasil para não verter o sangue de meus concidadãos, deixar de colocar-me à frente da Causa Portuguesa visto ser a causa da humanidade, da liberdade e de tua irmã..."

Das meninas, Paula, com quase dez anos, era a que causava mais pena, pois me parecia que lhe doía mais que às outras a ausência do pai amado. Sentia falta de seus carinhos, de seus cuidados. José Bonifácio e eu não sabíamos o que dizer quando ela perguntava quando ele voltaria, e se dávamos uma resposta vaga, ela redobrava sua atenção às cartas à espera de uma resposta que nunca veio porque ele sabia que nunca retornaria – "[...] é mui necessário para que possas fazer a felicidade do Brasil, tua pátria de nascimento e minha de adoção, que tu te faças digno da nação sobre que imperas, pelos teus conhecimentos, maneiras etc., pois, meu adorado filho, o tempo em que se respeitavam os príncipes por serem príncipes unicamente, acabou-se; no século em que estamos, em que os povos se acham assaz instruídos de seus direitos, é mister que os príncipes igualmente o estejam e conheçam que são homens, e não divindades. Esta minha linguagem é nascida daqueles mesmos princípios que sempre tive e que jamais abandonarei. Espero que tu leias com atenção esta minha carta. Nela verás o interesse que tomo por ti como teu pai, teu amigo, e pelo Brasil, que desejo ver bem governado, como brasileiro que sou, e muito amigo da minha pátria adotiva, à qual pertence meu coração." Os conselhos ao filho me deixaram feliz porque ali eu reconhecia estratégias que lhe ensinara.

Quando não estava a discutir e assinar decretos ou navegando entre as ilhas, ele se entregava ao que lhe desse prazer, como era de seu feito, em passeios, festas, conversas, encontros. Às vezes saía sozinho, disfarçado num uniforme de oficial, entrava em tabernas para tomar pequena dose de vinho ou conhaque enquanto ouvia os comentários dos moradores. Surpreendeu um morador de Horta, a quem prometera comparecer no baile de aniversário de sua filha: num golpe de cena galante, que deve ter impressionado a moça e outras mulheres presentes, tirou a longa capa que escondia a roupa de gala que vestia – casaca, gravata e grã-cruz de Cristo – e disse: "Vê meu amigo. Assim cumpre o Duque de Bragança a palavra de imperador."

O antigo colégio dos jesuítas foi transformado em paço onde se distraía jogando bilhar e recebendo convidados da sociedade local a quem treinava danças aprendidas recentemente. "Sua Majestade convidava-nos muitas vezes a jantar e deu grandes bailes à sociedade angrense, nos quais a toalete das senhoras era muito pouco parisiense", contou o Marquês de Fronteira. Mas nenhuma das senhoras o atraiu. A tentação veio de onde menos esperávamos.

Parece que foi numa missa que teve sua atenção despertada pela jovem freira Ana Augusta Peregrino Faleiro Toste, 23 anos, sineira do Convento da Esperança a quem ele não resistiu – e talvez, nem tenha se esforçado para isso porque, afinal, como sempre afirmou frei Tarquínio, era *"un homme à femmes"*. Com Ana, Pedro teria dado continuidade aos *amores freiráticos*, tradição entre os homens de sua família, inclusive seu pai. Ela teria sido o último de seus amores, mas pouca coisa se sabe a seu respeito além do evidente: era uma freira que pretendia dedicar seu amor apenas a Deus, até que Pedro apareceu em sua vida.

Diga-se em favor da jovem que ela não era a única pecadora dos conventos da ilha, segundo relatou o Marquês de Fronteira em suas memórias: "O convento das freiras de São Gonçalo era um grande recurso para a oficialidade dos corpos, principiando pelo general-chefe. Todos ali tinham um derriço, como lhe chamavam, e nunca vi nada mais ridículo que uma quinta-feira de Endoenças na igreja de São Gonçalo onde as lamentações eram aplaudidas com o mesmo entusiasmo com que são as árias e cavatinas no Teatro São Carlos." Contou ainda o marquês que a leviandade das freiras da ilha não seria novidade, pois ao tema já havia se referido o Conde de Segur, que por ali passara no século XVII a caminho da América.

De Ana Augusta, de acordo com o que descobriu frei Tarquínio, Pedro teria tido mais um filho, menino nascido quando o pai estava na guerra e sobre cujo destino existem muitas histórias: teria sido levado pela mãe ou pelas freiras à roda dos expostos à espera de adoção; foi confiado à guarda de um criado de Luís Mousinho de Albuquerque, que, dos liberais, tornara-se o mais próximo de Pedro; na pia batismal, teria recebido o nome do pai; morreu com quatro ou cinco anos, já tendo Pedro há muito falecido, e teve enterro pomposo promovido pelo Partido Liberal.

O ano de 1832 já estava pela metade quando se ultimaram os preparativos para a viagem. O mau tempo e ventos desfavoráveis impediram a partida até o dia 23 de junho, quando, no campo do Relvão, próximo de Ponta Delgada na ilha de São Miguel, as tropas assistiram missa campal celebrada pelo capelão imperial; depois, o exército da rainha-menina desfilou e deu "vivas a dom Pedro, à rainha e à liberdade". Pedro leu duas proclamações, uma de despedida dos açorianos e outra de estímulos aos soldados e cantaram todos o novo hino composto por ele e Mousinho: "Foge, foge ó tirano e não tentes/ férreo cetro mais tempo suster/ deixa a pátria que escrava tornaste/ livre agora teu nome esquecer."

Às duas da tarde de 27 de junho, a esquadra liberal levantou ferro. Partiram as fragatas *Rainha de Portugal*, *Dona Maria II*, a corveta

Amélia, os brigues *Conde de Vila Flor* e *Liberal*, as escunas *Eugênia*, *Terceira* e *Coquete* e mais cinquenta naves menores com as tropas. Pedro viajou na corveta *Amélia* com dirigentes liberais. O Marquês de Fronteira fez um registro em suas memórias que não ponho em dúvidas: "Como todos os senhores da Casa de Bragança, não tinha grande predileção por nós outros, aristocratas. Apesar dos relevantes serviços, não eram o Marquês de Palmela e o Conde de Vila Flor os que mais privavam de Sua Majestade. Cândido José Xavier, Mousinho da Silveira, Agostinho José Freire e José da Silva Carvalho eram os indivíduos da plena confiança do imperador, homens da revolução de 1820, todos muito inteligentes, probos e honrados."

Convém que se faça aqui uma pausa para explicar o valor de cada um desses homens e chamar a atenção para um detalhe: eram todos bem mais velhos que Pedro. Cândido Xavier, 63 anos, fora até 1820 um homem condenado à morte como traidor em Portugal, porque havia lutado com as tropas portuguesas de Napoleão até a campanha da Rússia, que selou o declínio do Corso. Perdoado pela revolução liberal, foi feito mnistro da Guerra na regência de Isabel Maria. Quando Miguel tomou o poder, exilou-se na Inglaterra com o grupo de Palmela. Homem de grande cultura, durante a estadia nas ilhas foi transformado por Pedro em secretário particular no lugar de Chalaça.

Outro exemplo, Mousinho da Silveira, homem de 52 anos à época, dizia em seu testamento: "Quero que meu corpo seja sepultado no cemitério da ilha do Corvo, a mais pequena dos Açores, se isso não puder por qualquer motivo, ou mesmo por não querer meu testamenteiro carregar com esta trabalheira, quero que meu corpo seja sepultado na freguesia de Margem, pertencente ao Concelho de Gavião; são gentes agradecidas e boas, e gosto agora da ideia de estar cercado, quando morto, de gente que a minha vida se atreveu a ser agradecida". Essas linhas indicavam muito sobre seu temperamento cordato e generoso. Ele havia também se unido a Pedro no exílio em Paris. Homem de leis, tinha sido ministro da Fazenda da revolução de 1820.

Agostinho José Freire, também com 52 anos, destacou-se de tal forma na infantaria na luta contra os franceses que logo chegou a tenente, em 1811. Eleito deputado das Cortes constituintes, tornou-se especialista em leis e defensor da liberdade de imprensa. Por duas vezes foi obrigado a se exilar em países da Europa depois dos golpes de Miguel. Reuniu-se às tropas liberais e a Pedro em Belle-Isle. Nomeado ministro da Guerra (função que desempenharia também agora) e interino da Marinha, ajudou na reorganização das tropas nos Açores.

Dentro daquele grupo, José da Silva Carvalhos, cinquenta anos, era o de origem mais humilde: filho de lavradores, conseguira com muito esforço se formar em leis em Coimbra e foi um dos fundadores do Sinédrio, associação revolucionária que deu origem à revolução de 1820. Foi também membro da Junta Provincial, depois da vitória liberal, e da regência do Reino, até o regresso de dom João VI. Quando começaram as perseguições de Miguel, escondeu-se por algum tempo em Portugal. Dali fugiu para a Inglaterra. Foi nomeado por Pedro auditor-geral do Exército Libertador nos Açores.

♛ ♛ ♛

A viagem foi agradável, porque o mar estava calmo e o vento favorável – conversava-se à grande, comia-se bem graças a *monsieur* Bonnard, cozinheiro-chefe de Pedro, todos observando uma certa etiqueta porque à mesa ninguém se sentava sem estar uniformizado. Depois, havia uma sessão musical e de danças: "Era a mania do imperador e eu tive a honra de dançar com ele algumas vezes", conta Fronteira. Danças entre homens como nas festas da Divisão Auxiliadora no Rio em 1821, e como se usava quando não havia damas disponíveis.

Enquanto a guerra não vinha, com suas ameaças de morte e sofrimento, os guerreiros aproveitavam da vida seus fiapos de alegria, enquanto podiam, sem saber ainda, nenhum deles, onde desembarcariam ou se sairiam vivos dos combates. À medida que avançavam, havia dúvidas sobre o lugar de desembarque: ao norte, no Porto? Perto de Lisboa, em Peniche ou Ericeira? Atravessaram parte do mar ainda em dúvida, inebriados pela certeza de que lutavam por uma causa justa, sob comando de um príncipe corajoso, e que estavam prestes a se tornar heróis de seu povo. Tinha razão Palmela, e com ele concordariam muitos historiadores: aquela expedição era "uma das coisas mais romanescas que a história de qualquer país possa apresentar".

No dia 7 de julho, Pedro decidiu que o desembarque seria nas praias do Mindelo, junto ao Porto. A revolução de 1820 pesou na escolha. Muitos dos liberais imaginavam que bastaria que desembarcassem para a população os acolher de braços abertos. Pedro pensava do mesmo modo, instigado em Paris por Resende: "Bastará para isto que Vossa Majestade Imperial apareça em Portugal do mesmo modo que seu avô paterno, o senhor Rei dom João IV, e seu avô materno, o senhor Rei Henri IV de França, um em Lisboa e outro em Paris, como verdadeiro e completo restaurador e anjo da paz." O grupo ficaria conhecido como os *heróis do Mindelo*, mas, por causa do mar revolto, desembarcaram, na verdade, em Arnosa de Papelido e Labruge.

As tropas miguelistas acompanhavam em terra o avanço daquela esquadra cujas intenções eram conhecidas desde que Pedro se estabelecera em Paris. Houve gente que acreditou que eles riam daquele exército mal-armado, fadado, imaginavam eles, a desaparecer diante do que teriam de enfrentar. Não havia ninguém de bom senso que sustentasse que aqueles 7,5 mil homens pudessem vencer um exército regular de 80 mil.

Antes do desembarque, Pedro mandou o major Bernardo de Sá Nogueira (mais tarde mutilado em combate e feito Visconde de Sá da Bandeira) intimar o brigadeiro Cardoso de Meneses, que chefiava as tropas absolutistas da costa a se unir às forças da rainha. Uma enxurrada de impropérios saiu da boca do homem que acusou o ex-imperador de ser "o chefe de uma quadrilha de salteadores". Pedro ouviu o que lhe informou o major após seu retorno e deu ordens para o desembarque.

Em embarcação ligeira, o almirante Sartorius e o capitão Baltasar Pimentel já estavam fazendo reconhecimento da costa, pedindo informações aos pescadores sobre as tropas inimigas e sobre a melhor praia para o desembarque – que começaria às duas da tarde de 8 de julho de 1832. Primeiro a pisar em terra, o comandante do brigue *Vila Flor* cravou nela o estandarte azul e branco da rainha; depois, vieram as companhias de caçadores, corpos da divisão ligeira, do batalhão inglês, até às três da tarde, quando forte ressaca dificultou o desembarque dos poucos cavalos que tinham. O Marquês de Fronteira, seguindo a ordem do Conde de Vila Flor de pedir instruções a Pedro a bordo da fragata *Amélia*, caiu ao mar e ficou trinta horas com as roupas encharcadas.

Para Fronteira, o mais belo espetáculo daquele dia foi a chegada em terra do ex-imperador num grande escaler, em cuja popa se via o almirante Sartorius com o estandarte real na mão. Todos os navios davam salvas de tiros ao duque-regente, o mesmo fazendo uma parte da esquadra do almirante Parker, que aparecia no horizonte enquanto os soldados na praia davam vivas com os bonés na mão. Depois de passar em revista as tropas, Pedro entregou ao soldado Tomás de Melo Breyner, membro do Batalhão Voluntários da Rainha e filho da heroica Condessa de Ficalho, a bandeira bordada pela própria rainha-menina, dona Maria II.

Havia dois inimigos a combater no caminho do Porto: as tropas do general Cardoso em Vila do Conde e as do Visconde de Santa Marta, junto à cidade. Curiosamente, o exército de dom Miguel deixou o caminho livre para as tropas liberais que ocuparam Perafita, Pedra Ruiva e a colina que desce a margem direita do Leça. O inimigo parecia bater em retirada, e logo o Porto ficou à mercê dos liberais. A tomada do símbolo da luta liberal lhes pareceu o primeiro resultado feliz da expedição, e não se deram conta, de imediato, de que havia alguma coisa errada na forma como se dera tão facilmente a conquista.

Palmela me diria mais tarde que a ocupação do Porto naquele dia havia lhe custado apenas uma marcha trabalhosa de noite, que o imperador fizera em grande parte a pé. Na manhã de 9 de julho, Pedro entrava na cidade montado num garrano nada marcial – mais uma peça que lhe pregava o destino: o de não estar, em momento glorioso, montado em um de seus belos cavalos. Haviam comido apenas uns peixes fritos numa tasca no caminho, mas tinham mais disposição que nunca e tudo lhes parecia ir bem na empreitada. Um detalhe naquela escalada encheu de beleza o dia: os soldados da rainha entraram na cidade com o cano das espingardas enfeitadas pela flor que se tornaria símbolo do constitucionalismo luso: a hortênsia de pétalas azuis e brancas, cores da bandeira liberal adotada na ilha da Terceira. Havia hortênsias em abundância no caminho e bastava colhê-las, como fez poeticamente o primeiro soldado a ter a feliz ideia, logo seguido dos demais.

A acolhida da cidade foi cordial, mas assustada – os miguelistas haviam partido, mas podiam voltar. O povo nas ruas, sobretudo estudantes e os que haviam sofrido sob o jugo absolutista, ia ao encontro das tropas; os presos escaparam da cadeia quando suas portas foram abertas; os liberais executaram os dois algozes da cidade e as forcas nas praças foram derrubadas; os moradores passaram a usar as cores da rainha em roupas, chapéus; os estudantes cantavam o hino constitucional pelas ruas e davam vivas a dom Pedro, dona Maria II e à Carta. E, com medo dos *malhados* que chegavam entusiasmados para a guerra, puseram-se em fuga os *corcundas* – aristocratas, funcionários públicos, negociantes e boa parte do clero que apoiava Miguel.

As tropas liberais estavam no Porto. A guerra nem havia começado e os chefes se perguntavam por que o caminho lhes fora aberto, por que as tropas inimigas não sufocaram a resistência já que contavam no terreno com 13 mil homens para enfrentar os 7,5 mil. Por mais que discutissem, não chegavam a uma conclusão. Alguns começaram a suspeitar que haviam caído numa armadilha. O comando das tropas de Miguel havia deixado o caminho livre porque sua intenção era, mal estivessem ali os liberais, atacar a cidade com bombas, granadas, foguetes incendiários. Esmagar a cidade rebelde e quem nela resistisse: "Hão de morrer por bala, fome ou queimados no Porto", afirmava o Visconde de Santa Marta, comandante-chefe de Miguel.

Era apenas o primeiro dia do cerco da cidade, que duraria um ano e levaria os soldados da rainha à mais extrema penúria, minando também a saúde de Pedro, que passaria fome e privações junto com seus soldados e os moradores. Ainda sem se dar conta de que estavam presos numa jaula, fez sua primeira proclamação ao povo: "Portugueses! É chegado o tempo de sacudir o jugo tirânico que vos oprime. À frente do exército libertador eu vos ofereço a paz, a reconciliação e a liberdade. Vinde portugueses unir-vos à bandeira de vossa legítima rainha. Não hesiteis um só instante. Ajudai-me a salvar a pátria que me viu nascer."

A GUERRA NO PORTO

Acho que já disse que, quando meninos, Pedro e Miguel brincaram muitas vezes de guerra com os soldadinhos de chumbo que lhes havia dado sir Sydney Smith, sem que ninguém ao redor imaginasse que um dia fossem se confrontar numa guerra de verdade. Pois o que já contei a vocês, contei também para o coronel Hugh Owen numa noite de janeiro de 1833, em nossa primeira conversa sobre o que ele chamava "a guerra dos dois irmãos".

Conversávamos na sua acolhedora casinha em Vila do Paraíso, nos arrabaldes do Porto, onde morava com a mulher e duas filhas. O inglês chegara às terras lusas em 1809, aos 25 anos. Vinha como alferes de cavalaria dos Dragões Ligeiros para lutar nas Guerras Napoleônicas. Eu estava diante do herói que comandara a célebre carga de cavalaria na Batalha de Vitória. Acabadas as guerras, não retornou a seu país e se casou com dona Maria Rita da Rocha Pinto, filha de negociante do Porto, irmã de João da Rocha Pinto, amigo e camarista de Pedro.

Conhecia o coronel Owen desde 1820, quando ele estivera no Rio de Janeiro acompanhando lorde William Carr Beresford, que presidia a junta que governou Portugal na ausência de dom João VI. Doze anos depois, estava eu novamente diante de Owen, impressionado com seus olhos de um azul profundo e os dentes perfeitos que raramente mostrava um sorriso. De onde estávamos podia se ouvir o barulho do mar e das bombas. Eu havia chegado na véspera, recomendado por Rocha Pinto e esperava o momento certo de entrar no Porto sem risco de ser confundido com o inimigo. Estava tão perto da guerra que podia ouvir os tiros como se fossem na rua ao lado, e não via a hora de Pedro me perguntar: "Mas que diabos está o senhor fazendo aqui?", para eu responder: "O exército da rainha-menina não tem pecados? Não precisa de confessor?"

Acolhido no caminho por conventos da irmandade, sempre ocultando minha identidade, pude ir me informando sobre o que se passara nos últimos anos, os relatos dos miguelistas, maioria nesses conventos, sobre as atrocidades dos liberais quando estavam no poder. Agora, Owen me falava das atrocidades cometidas pelos absolutistas no Porto antes da chegada dos liberais, das execuções nas duas forcas da praça Nova, acrescentando detalhes tétricos ao horror: dizia ele que quando um enforcado agonizante esperneava no patíbulo, a plebe gritava: "Viva o Senhor dom Miguel;" e os nobres assistiam ao cruel espetáculo das janelas dos conventos de Loyos e Congregados, ao lado de bispos e arcebispos, saboreando vinhos e doces finos que lhe ofereciam os frades em bandejas de prata, enquanto as mulheres aplaudiam as cenas terríveis.

Mais de quinze liberais enforcados tiveram as cabeças separadas dos corpos e expostas em altos postes nas ruas. Em Lisboa, outros tantos liberais haviam morrido do mesmo modo, e suas cabeças exibidas no cais do Sodré – dizia-se na cidade que Miguel foi passear de barco no Tejo para melhor ver as cabeças dos inimigos. Enquanto Owen me contava essas coisas, eu ficava pensando no menino alegre e feliz que Miguel fora um dia e me perguntando onde estivera escondido aquele lado cruel que ninguém percebera.

Em nome de Miguel, tudo seria permitido no tempo em que foi rei. Era tamanho o ódio dos seus seguidores pela cidade que fizera a revolução liberal de 1820, que quando o Regimento 12 entrou no Porto, seu comandante ordenou que cada soldado tivesse em mãos um cacete para dar "nos pretos e malhados". O *cacete miguelista* ganhara fama descendo nas costas dos liberais e dos suspeitos de simpatias por eles; apanhavam quando as coisas iam mal para os absolutistas ("não queremos que riam de nossa desgraça") e também quando iam bem, para não perderem o hábito. Para tornar-se suspeito, bastava não agradar aos *caceteiros* a forma de pôr ou tirar o chapéu, de calçar a luva, o uso de anéis de piaçava ou, no caso das mulheres, de roupas nas cores azuis e brancas.

O sofrimento que espalhavam os comandantes de Miguel era tamanho que o mais temido dos caceteiros, o capitão João Pita Bezerra, foi morto a pauladas pelo povo em 1831, num momento de ira santa. Alguns dos mais sanguinários perseguidores eram religiosos que condenavam ao inferno os seguidores de Pedro, e as prisões ficaram tão cheias que os presos morriam asfixiados.

Os números da tragédia eram assustadores. Em apenas dois anos, de 1828 a 1830, o governo de Miguel fizera 14 mil prisioneiros, abrira 20 mil processos, efetuara 50 mil sequestros de bens e mandara para a África 382 desterrados. Para escapar do terror, mais de 10 mil portugueses haviam fugido para a Europa e o Brasil. Enquanto Owen me falava desses números, eu me dava conta de que, comparados aos de Miguel, em Portugal, os anos de Pedro no Brasil tinham sido uma benção.

Oficial inglês aposentado, Owen não podia lutar na guerra dos dois irmãos, sob risco de perder patente e soldo. Acho que fazia parte da malta de guerreiros que um dia se cansam da guerra, o oposto de outro inglês que eu logo conheceria e que, sem guerras, não saberia viver e, por isso, desafiou seus superiores, com nome falso, atravessou a Mancha e, para nossa salvação, aliou-se a Pedro. Mas de Napier (este era seu nome), falaremos depois.

Owen já havia estado com Pedro do outro lado da linha de defesa, e o Imperador, como ainda o chamavam ali, fizera-lhe consultas sobre batalhas e ouvira com gosto suas histórias. Elogiou o comportamento do regente e, de repente, perguntou-me algo que me fez mergulhar no passado distante: era verdade o que lhe haviam contado, que certa feita havendo dado o jovem Pedro de presente ao pai um belo cavalo, os intrigantes foram dizer a dom João que suspeitasse do regalo porque o cavalo era selvagem e poderia levar um tombo fatal? Então, o rei, muito zangado, perguntou ao filho: "Então queres me matar?" E Pedro, magoado com a incompreensão do pai, saltou sobre o cavalo que esporeou, galopou, chicoteou, e causou tanto sofrimento ao animal que ele morreu esgotado.

Confirmei a história, com um acréscimo: "E quem mais sofreu foi ele", disse, e lembrei de Pedro chorando como uma criança depois que tudo passou, e de como dom João se escondeu na capela envergonhado.

Em seguida, falamos das dificuldades que enfrentavam os liberais, com um exército de farrapos e uma esquadra que parecia prestes a soçobrar. Como eu havia chegado depois de iniciada a guerra, muita água havia passado debaixo da ponte, mas Owen me contou o que eu havia perdido: as autoridades do Porto – desembargadores, o governador das Armas, vereadores, dirigentes da Companhia do Alto Douro e autoridades eclesiásticas – fugiram com a chegada dos liberais naquele dia de julho de 1832; Pedro se instalou com o Estado-maior no Paço do Conselho e no das Carrancas, nomeou substitutos para os fujões e, sorte minha, escolheu o padre Santa Inês, de setenta anos, um amigo e mestre que me abriu os caminhos para que eu chegasse por terra até ali com o mínimo risco, para substituir o bispo que usava o púlpito para ameaçar com o inferno os liberais.

Pouco tempo depois do desembarque, continuou Owen, Pedro e seus conselheiros se deram conta de que "estavam encerrados numa jaula", termo usado por um general de Miguel. A intenção do inimigo era levá-los à morte por inanição, desespero, cólera, fome.

Os liberais não haviam conseguido, como esperavam, atrair parte das tropas miguelistas para suas fileiras. Também não puderam partir à ofensiva para tentar escapar da armadilha, pois não tinham soldados nem armas suficientes para isso. As tentativas de atravessar o rio Douro, logo nos primeiros dias, foram rechaçadas, e quem partiu para a ofensiva foram os absolutistas. Com reforço de mais 12 mil homens, tentaram fechar mais o cerco, empurrando os liberais para o mar e para o desespero. Porém, eles resistiram.

A primeira operação militar de vulto aconteceu um mês depois do desembarque, em Ponte Ferreira, em 23/07/1872, quando o major Arrobas e mais quarenta homens a cavalo faziam o reconhecimento do terreno. De repente, o grupo viu-se cercado por centenas de cavalarianos inimigos. Com gritos astuciosos sugerindo que havia muitos soldados com ele, o major fez com que fugissem a galope. Porém, logo foi cercado pelo grosso das tropas de Santa Marta. Então, Pedro veio em sua ajuda e entrou na luta à frente de 7 mil homens com os quais seguiu para o rio Tinto. Pelo Douro, subiram três escunas – *Liberal*, *Prudência* e *Coquete* – dando proteção às tropas.

O confronto começou às onze horas da manhã do dia 23. Após nove horas de batalha, os liberais saíram vitoriosos, assistindo as tropas de Santa Marta em debandada pela estrada de Baltar, a caminho de Penafiel. Mas, por falta de cavalaria, não foi possível perseguir o inimigo, de modo que, mesmo ganhando o combate, continuavam encurralados no Porto.

O batismo de Pedro em sua primeira batalha surpreendeu os companheiros mais acostumados que ele à guerra: "Apesar de ser ele um príncipe da Casa de Bragança, todos feitos mais para a paz que para a guerra, dom Pedro tinha nascido guerreiro, possuía as grandes qualidades de um bravo soldado sem ser fanfarrão, de grande sangue-frio, muita atividade e disposto a todos os trabalhos e privações. Não procurou no combate de Ponte Ferreira resguardar-se, antes se expôs mais de uma vez, debaixo de um vivo fogo de artilharia, não denunciando no rosto que era a primeira vez na sua vida que estava numa batalha e só a instâncias do Conde de Vila Flor e de outras pessoas concordou em colocar-se mais à retaguarda", contaria o Marquês de Fronteira, então o segundo de Vila Flor, comandante das forças liberais.

Pedro comemorava com os oficiais o feliz desfecho da luta em Ponte Ferreira quando foi interrompido por notícias preocupantes vindas do Porto: depois do repique dos sinos assinalando a vitória, a cidade fora tomada por uma onda de boatos que davam os liberais como derrotados e ele, o Imperador, teria fugido para embarcar na praia de Matosinhos. Concorrera para a boataria a pressa de dom Tomás Mascarenhas, governador das Armas que, acreditando nos boatos, mandou embarcar papéis e arquivos do governo e retirar as tropas para a Torre da Marca, de modo que só ficaram os estudantes nas barricadas à espera do inimigo e o povo de longe, mais assustado que nunca.

Às cinco da tarde do mesmo dia, começaram a entrar as divisões, cavalos, peças de artilharia, carros de munição, bestas de bagagem cobertos com altos ramos dos louros da vitória ("parecia um bosque ambulante", dizia Owen) e com Pedro à frente do desfile. Na praça, ele fez uma proclamação ao povo: "Tranquilizai-vos, pois tomai parte comigo na salvação da pátria e em breve vereis aniquilado o governo usurpador que vos massacrou." Dom Tomás Mascarenhas, em sua confusão, tornou-se a prova viva de que num mesmo homem convivem medo e coragem: por haver sucumbido ao pânico, sofreu a humilhação de ser substituído do cargo de governador das Armas; porém, um ano depois, ele morreria como um dos heróis da guerra, durante o assalto a Lisboa.

"Tranquilizai-vos", dizia Pedro, mas ninguém ficou tranquilo e, naquela noite, foi uma correria no convento da minha ordem de São Francisco, onde estava o 5º Batalhão de Caçadores. De madrugada, o santuário ardeu num imenso incêndio que durou horas. Alguns soldados conseguiram salvar do fogo armas, munições e a bandeira de dona Maria II. O incêndio teria sido criminoso. Suspeitou-se que alguns padres teriam dado bebida em excesso aos soldados para que não despertassem durante o incêndio, mas apenas um deles foi considerado culpado. Isso fez crescer nos liberais o ódio contra os religiosos de dom Miguel capazes de crimes tão horríveis.

Pedro reuniu o Conselho militar para decidir se deveriam passar à ofensiva. Apenas dois dos seis conselheiros argumentaram que não havia condições para esse tipo de luta, porque não tinham cavalaria nem meios de transportes; os demais se deixaram levar pelo otimismo, e foi um desastre a primeira tentativa de ofensiva, em Souto Redondo, em agosto. À frente de 4 mil homens Vila Flor venceu as primeiras batalhas, mas depois começou a perder terreno. De uma janela do Palácio das Carrancas, Pedro viu, com seu óculo de campanha, a debandada de seu exército sem poder fazer nada. Mas Vila Flor, guerreiro extraordinário, conseguiu controlar seus homens em fuga e pô-los de novo a lutar, evitando derrota irremediável. Pedro foi encontrar-se com a tropa a uma légua da cidade para lhes dar conforto e seu coração quase parou: toda a artilharia estava perdida; metade da infantaria, morta.

Naquela noite pensou em desistir. Fez carta urgente a Palmela, que a enviara a Londres em busca de recursos. Que insistisse no pedido de ajuda aos ingleses porque, sem reforço, teria que evacuar o Porto com suas tropas. A resposta do governo inglês fez o amigo quase desfalecer – caso Pedro desistisse da disputa, dom Miguel seria reconhecido rei pela Inglaterra. Pedro engoliu em seco a resposta, mas Palmela percebeu nos dias seguintes que ela teve enorme efeito sobre seu ânimo:

"A salutar resolução que adotou, de fortificar as linhas do Porto, resolução que levou a efeito com a sua incansável atividade, o fez abandonar toda ideia de retirada, exigindo que ficasse sepultada em profundo segredo a comunicação quase desesperada que para Londres me mandara."

Uma carta aos filhos mostrou o desânimo que tomou conta de sua alma nessa época: "Estou muito cansado do trabalho físico e moral. Este povo está fanatizado pelos padres e não tem dado até agora provas de amor à liberdade. Parece incrível que isso aconteça na Europa civilizada do século XIX." Mas, em outra, continuou a explicar às crianças a razão de sua luta, como que se justificando com elas: "Desta luta em que estou empenhado depende o triunfo da Liberdade. Se vencermos, a Europa será livre; se não, o despotismo acabrunhará os povos." Era o que pensava não somente ele, mas também os liberais de todo o mundo, que acreditavam que o avanço da democracia dependia do desfecho daquela luta, naquele pequeno país europeu.

Acho que foi nesse momento que Pedro decidiu conquistar aquele povo que ainda não demonstrara um vivo entusiasmo pela disputa entre liberais e absolutistas, porque há anos sofria as penas do inferno por causa deles. Para vencer a guerra, era preciso dar confiança e esperança ao povo e aos soldados. Recordou-se que, num tempo não muito distante, havia conseguido unir um país em torno de si, e deixou que aflorasse o Pedro rico de entusiasmo e generosidade que havia conseguido esse feito. Era o momento mais difícil do cerco, nos meses finais de 1831; tudo lhe corria às avessas e a doença e a fome haviam se aliado ao inimigo.

Pedro começou por fazer o que fazia no Brasil naqueles anos distantes: pôs toda sua energia a serviço da causa. Não parava um momento, indo de um lado ao outro da cidade, fiscalizando obras, fortificações, participando dos preparativos militares. Acordava de madrugada, saía do paço às cinco horas da manhã para inspecionar postos avançados, naus, arsenais e testar novas baterias, dando ele mesmo os tiros. Percorria a linha de defesa, determinava as obras para fortalecer os pontos fracos e conferia os reforços que mandara fazer para que ficasse segura.

Voltava assim ele aos ofícios da infância, a marcenaria e a carpintaria, úteis na recuperação de armas e nas obras de fortificação. Conversava com pessoas, aprendia seus nomes, visitava feridos nos hospitais, indo de leito em leito, confortando cada um deles, e verificava cada detalhe de sustentação da guerra. Estava por toda parte e o povo, de tanto vê-lo ali, junto da população e correndo os mesmos perigos, começou a ficar mais confiante e a amá-lo: "Muitas vezes o vimos com a pá e a picareta, fazendo trazer ao campo em que estava o almoço e o jantar para não perder tempo", contou-me Fronteira.

Participava ainda das audiências, reuniões do ministério, do Conselho de guerra, do Conselho da cidade, e assim ia o dia até à meia-noite, quando dormia, para acordar de madrugada e começar tudo de novo. Calor, temporais, nada o fazia ficar no paço. Seria recordado como o rei-soldado que vivera a guerra, a fome e a peste com seu povo, que sofrera os mesmos riscos, exposto continuamente às bombas, balas, frio, chuva e sol, ao cruel tifo, à devastação da cólera. Ele seria o príncipe que havia mostrado ao mundo quem realmente era, e até Abreu Lima, o general brasileiro das lutas com Simon Bolívar, que o havia azucrinado em Paris, agora não escondia seu respeito por ele: "O imperador se conduz como um herói e é adorado por todo mundo."

Owen, quando o reviu no Porto pouco depois do desembarque, ficou impressionado com o olhar vivo que fixava na pessoa apresentada, como se desejasse penetrar em sua alma e descobrir logo de quem se tratava. Era também um olhar rápido que girava ao redor. Fazia perguntas e observações às pessoas, com agudeza, graça e às vezes sarcasmo. Havia nele um contraste que não passou despercebido ao inglês: em dias de gala, apresentava-se como o Imperador, e só se permitia certa camaradagem com as pessoas mais íntimas: se alguém tentasse ultrapassar os limites por ele fixados, recolhia-se a uma certa soberbia e mantinha distância. Era um homem simples, mas era um rei. Não era apegado ao luxo; só bebia água, e sua mesa, nos tempos de guerra, era de tal simplicidade que os ajudantes de ordens muitas vezes passavam fome.

Owen me contava tudo isso como se eu não conhecesse Pedro, e o que me agradava em seu relato era que fazia parte daqueles que acreditavam que suas virtudes superavam seus defeitos, de modo que continuei atento e satisfeito com o que dizia: "Levanta-se com o sol em todo o tempo, com as estrelas, se preciso; deita-se às dez da noite. Aprendeu a governar deixando as rédeas soltas. Teimoso, ninguém o faz mudar facilmente de opinião. É compadecido em extremo: como o pai, detesta execuções a sangue-frio de criminosos e, uma vez, riscou onze condenados de uma lista de doze que lhe apresentaram. Faz tudo de acordo com a lei, a Constituição, e é inflexível nesse ponto. 'Assim a lei determina', costuma repetir. É muito verdadeiro e franco, não gosta de mentirosos, ladrões e fracos. É corajoso, disso ninguém duvida."

Perguntei sobre a saúde de Pedro e a resposta foi que lhe parecera bem e, segundo o que diziam na cidade, só no dia 6 de setembro tivera pequena indisposição pela manhã, mas estava de pé às onze horas, depois de medicado e de cinco horas de sono. A indisposição aconteceu dois dias antes de uma batalha decisiva na qual Bernardo de Sá Nogueira perdeu o braço direito, mas conseguiu impedir que os miguelistas ocupassem Vila Nova com seus riquíssimos armazéns de vinhos. Para os oficiais do Estado-maior, a prova de que Pedro já estava refeito é que se postou na bateria da Vitória e, depois, na da Torre da Marca, e dali "mandou muitos disparos para o inimigo".

Mas o mal-estar talvez se dera porque setembro foi um mês de muita tensão para o comando liberal, informado de que o inimigo preparava alguma coisa séria para o dia 29, dia de São Miguel. O infante pretendia festejar o dia de seu santo com uma grande vitória, e os liberais teriam que detê-lo para não dar força à lenda de que o arcanjo Miguel comandara a batalha. A ofensiva comandada pelo general Gaspar Teixeira começou bem cedo e a luta durou nove horas. O exército absolutista conseguiu se apoderar de pontos defendidos por ingleses e franceses, mas foi dali desalojado na ponta das baionetas e no final do dia bateu em retirada com imensas perdas: mais de 4 mil homens mortos contra seiscentos dos liberais. Durante a ação, Pedro se expôs mais de uma vez à morte. Com seu Estado-maior, galopou para a defesa da estrada de São Cosme, onde resistiu sob intenso fogo da artilharia inimiga. A resposta dos absolutistas veio sem demora: no dia do aniversário de Pedro, 12 de outubro, o Porto foi bombardeado da madrugada até o pôr do sol, sem um minuto de trégua.

Era curiosa a diferença de comportamento entre os dois irmãos naquele momento. Enquanto Pedro expunha a vida em combate, Miguel agia como se a guerra não existisse. Estava tão certo da vitória de seu exército que não se preocupava com ele, como desejavam seus generais que, depois da derrota no dia de São Miguel, insistiram para que ele viesse pelo menos passar em revista as tropas.

A Igreja que apoiava Miguel também estava preocupada: o fanático dom Antônio da Maternidade de Santa Cruz, lhe escreveu uma carta pedindo que viesse ver com os próprios olhos o que estavam fazendo seus generais e soldados porque, enquanto não viesse, as embarcações com ajuda para os rebeldes continuariam a entrar no Porto, dando esperanças a dom Pedro de ficar ali até a primavera: "Pois ouso dizer a pessoas desta cidade verdadeiramente sábias e honestas que ele, dom Pedro, tem dito e continua a dizer à sua tropa: soldados, conservai-me aqui até a primavera e vos direi quem para o futuro há de reinar!"

Começava a lenda de Pedro. Dizia o coronel Owen que, desde o início da guerra, os soldados de Miguel começaram a temer não o exército liberal, mas a Pedro, cujo destemor os impressionava. Contavam entre si histórias de sua bravura, de como ele expulsara as tropas portuguesas do Brasil, vencera a guerra da independência, enfrentara os revolucionários de 1820, que agora o apoiavam, enfrentara todos os que o haviam ousado desafiá-lo; era homem valente, obstinado, teimoso, não recuava diante de nada. E depois de enumerar seus feitos, diziam esses soldados: "Viram o estandarte real de dom Pedro? Lá está tremulando no mastro grande. Nunca o exército se baterá contra ele. Ele é Pedro e basta!", e muitos desertavam, certos da derrota.

Corria o mês de outubro quando Miguel decidiu passar em revista suas tropas. Deslocou-se para o norte do país com grande comitiva, e com ele levou um grande e moderno canhão batizado pelos soldados de *mata malhados*. Levou também as irmãs. Seu destino era Braga. Passaram por Leiria, Coimbra, pernoitaram em Valongo. Todo mundo vinha ver o rei, suas irmãs e o *mata malhados*. Finalmente chegou ao seu destino, mas parecia não ter pressa de fazer o que o levara até ali. O mês inteiro ficou sem ir ver as tropas, embora estivesse perto. O que fazia ele? Passeios ao Bom Jesus do Monte, Guimarães, Penafiel, exercícios hípicos, como a subida a cavalo da escadaria de Guadalupe, cavalgadas em boa companhia, sem esquecer as aventuras amorosas com a filha de Antônio Barceiro, com a fidalga Emília de Guimarães e a tricana Eugênia – isso era o que dizia o povo, que gosta dessas histórias de romances e também falava dos amores de Pedro com uma louceira da rua da Assunção, "fêmea de boas carnes e costumes fáceis".

Aumentaram as pressões para que Miguel fosse às tropas. De Madri, escreveu-lhe preocupada a irmã, Infanta Maria Teresa, casada com o Infante dom Carlos, pedindo que acabasse logo com a guerra porque os inimigos da monarquia absoluta tiravam proveito de sua relutância. Então, por quatro dias, de 17 a 20 de dezembro, ele fez o que lhe pediam: passou em revista as tropas estacionadas na região – 24 mil homens, de um exército de 80 mil. Do Porto, os liberais, atentos ao que se passava do outro lado da linha, puderam ouvir vivas, salvas, foguetes que indicavam a presença do rei. Psiu, dizia o povo a quem ousasse perturbar seu ouvido atento ao inimigo. Num determinado momento, um oficial da artilharia liberal estava com sua arma apontada para as plumas brancas do quartel-general absolutista, e apareceu Pedro. O oficial pediu licença para disparar. Pedro respondeu: "Se lá estiver meu irmão Miguel, não." E todo mundo compreendeu que no fundo do seu coração não queria a morte do mano Miguel.

Mas aquela era uma guerra de irmãos, uma guerra fratricida dessas que ocorrem desde Caim e Abel. Que bom seria se fosse só de xingamentos, como a relatada certa noite pelo coronel Owen, sobre as provocações nas trincheiras erguidas nas duas margens do Douro pelas tropas, uma guerra de provocações que ele chamava a "guerra de regateiras". Imitando os portugueses, Owen repetia frases gritadas por eles para irritar o inimigo e aliviar o medo: "Ó migalhas! Migalhas não é pão!", dizia um, e do outro lado respondiam: "Se tendes fome, vindes cá, hemos de encher-vos as barrigas de balas!" Um terceiro entrava na troca de gentilezas: "Ó negros! Pedreiros! Onde está o homem das botas grandes? Quereis vinho? Vinde buscá-lo. Hemos de furar-vos os odres com nossas baionetas."

Quem dera todas as guerras fossem de regateiras!

SAINDO DO CERCO

"O senhor tem sorte. Vai chegar ao Porto em boa companhia", disse-me sorrindo o coronel Owen naquela noite em que esperávamos o momento certo de entrar na cidade. Referia-se a gente importante que estava para chegar a qualquer momento: o general Jean-Baptiste Solignac, que lutara nas guerras de Napoleão com o pai de dona Amélia, e que a imperatriz conseguira convencer a abraçar a causa liberal, e o general João Carlos Saldanha, um dos grandes da causa, com todo o seu grupo.

Antes de terminar 1832, Pedro assinara um decreto de anistia que permitiria a entrada na luta dos liberais que, por causa de divergências internas, haviam ficado em Paris e Londres. Saldanha era aquele que foi ao encontro de Pedro, mal ele chegou à Europa, para lhe oferecer a Coroa da Espanha pela qual lutava, aliado a liberais espanhóis. Esta era uma das divergências que o separavam dos demais portugueses e, por causa delas, ele e seu grupo foram alijados dos primeiros combates. Agora, com a situação se complicando, Pedro decidira que era hora de chamá-los. E não foi sem resistência que conseguiu impor sua vontade.

Depois de me contar esses fatos, o coronel Owen fez uma pausa para me falar de João Carlos Saldanha Oliveira e Daun, Duque de Saldanha, sobrinho neto do Marquês de Pombal pelo lado materno que ele conhecera muito bem anos antes, quando o militar fora governador do Porto: "Como poderia suspeitar que Saldanha, educado no seio da mais antiga nobreza, desse o mínimo passo para destruir os privilégios de sua classe, bandear-se com os que correm as ruas a pé como cães? E como enganou aos seus. Nenhum deles suspeitava que era um constitucionalista. Começou a se revelar quando aceitou no Porto a carta constitucional de dom Pedro em 1826." Aqueles olhos azuis ingleses espremiam admiração pelos nobres que haviam se misturado aos que "correm as ruas a pé como cães".

Protegido pela escuridão, fui conduzido ao meu destino pelo amigo. E, assim, com minha batina de sacerdote, sem nenhuma arma e com experiência de combate apenas nas hordas pacíficas do Senhor, entrei na cidade para me unir ao exército liberal sem que o inimigo me notasse. Cheguei um pouco depois de Solignac, mas antes de Saldanha, e obviamente, ninguém além de Pedro deu importância à minha presença – apenas mais uma boca para pouca comida. Mesmo assim, foi bom ver o espanto e alegria de meu discípulo. Estava diferente, o menino. Parecia mais velho por causa das longas barbas negras, a marca dos liberais, usadas também por seu exército. E ria satisfeito porque eu estava ali.

Minutos antes da minha partida, o coronel Owen, com sua objetividade de estrategista, resumiu para mim a situação em que se encontrava o Imperador, para que eu não tivesse ilusões: "É um rei assoberbado por dificuldades insuperáveis. Cercado por exército poderoso, tendo de enfrentar dentro da cidade peste, fome, bombas, granadas e, pior, intrigas; os feridos, viúvas e órfãos a cada passo o encontram nas ruas; a tesouraria pública está sem vintém; o ministério clama desesperadamente para se tente um golpe decisivo e ele responde que não tem munição nem meios de transportes. Em resumo: dom Pedro está em maus lençóis. Não pode partir para a batalha decisiva nem bater em retirada." Não precisei de muito tempo para perceber como eram precisas suas palavras.

Cheguei em meio ao inverno rigoroso que levaria os moradores a sacrificar as árvores da cidade para sobreviver ao frio. Apesar da chegada de víveres, faltava dinheiro para o resto, e era extrema a penúria. Palmela foi à Inglaterra pedir ajuda, e franceses e ingleses aproveitaram para pressionar pelo fim do conflito – o governo inglês chegou a propor que Pedro desistisse da luta e deixasse Portugal, para facilitar as negociações de paz. "Se eu não tivesse tanta confiança em sua experiência, na sua honra e no seu tato fino, eu me veria na dura necessidade de estranhar tal pedido", respondeu Pedro ao diplomata.

As nações poderosas pressionavam pela paz, e até dona Amélia incomodavam, sugerindo que ela aconselhasse o marido a escrever aos reis de França e Inglaterra pedindo uma intervenção que levaria a um acordo. Pedro resistia. Palmela foi substituído no cargo de ministro dos Estrangeiros pelo Marquês de Loulé. O diplomata que tantos serviços prestara à causa liberal não queria se indispor com Pedro, mas de certa forma o desagradara. Tinha mais respeito por ele que antes. Reconhecia que havia forjado aquele exército combativo dando energia, coesão e esperança aos soldados. Mas a situação era difícil.

Então, chegou Saldanha no último dia de janeiro de 1833. Claro que um homem como Saldanha não podia retornar para receber ordens. De modo que, no final de 1832, junto com a anistia, Pedro fez mudanças no comando, para melhor distribuir os postos aos que chegavam: cedeu o cargo de comandante-chefe ao general Jean-Baptiste Solignac, 59 anos, e dividiu o comando das divisões do Exército entre Saldanha, Vila Flor e Thomas Stubbs, do grupo de Saldanha.

Saldanha chegou e sua ação imediata seria decisiva na nova etapa da guerra, pois lhe coube a defesa dos pontos mais vulneráveis da cidade; em dezessete dias ele construiu ali uma bateria que impediu o inimigo de entrar no Porto. Os absolutistas se jogaram sobre esses pontos no dia 4 de março de 1833 e foram massacrados: um dia de alívio acompanhado de muitos outros de sofrimento, por causa das epidemias, temporais, enchentes, falta de mantimentos. Infelizmente, o general Solignac havia trazido com ele, além da sua coragem, a cólera-morbo.

Foi por esta época que recebemos uma notícia que deixou Pedro de tal forma prostrado que temi por sua vida: do Brasil chegou carta informando que a filha Paula, de saúde frágil, que ele levava para curas na serra e de quem cuidava pessoalmente, atento aos remédios prescritos pelo médico, havia morrido em 15 de janeiro quase a completar dez anos. Pedro chorou, sofreu, rezou e tive a impressão que havia chegado ao seu limite.

Há algum tempo ele esperava a notícia desde que recebera carta de José Bonifácio informando do grave estado de saúde de Paula. Pedro, que uma vez havia salvado a filha da morte, desesperou-se imaginando que, se estivesse ao seu lado, Paula tomaria os remédios na hora certa, dormiria tranquila em seus braços e ele a salvaria novamente. Nunca vi em seu rosto tão dramáticos sinais da impotência. "Nada podia fazer, nada podia fazer", repetia ele. Então, fez a Bonifácio dois pedidos: que guardasse para ele "um bocado do lindo cabelo" da filha e que a menina fosse sepultada no convento de Nossa Senhora da Ajuda, aos pés de "sua boa mãe, a minha Leopoldina, pela qual ainda hoje derramo lágrimas de saudade."

Uma semana antes de receber a notícia, como se intuísse mais uma desgraça em sua vida, havia escrito ao filho sobre a dor que sentia pela ausência de suas crianças: "Meu coração se sente estalar de dor por me ver tão longe de ti e de tuas manas, fora do país em que me criei e do seio daquela nação a que pertenço." Em outra carta do mesmo período, continuava o lamento: "Ah, meu amado filho, eu te mereço o amor que tu me mostras. Espero ainda ter o gosto de ir ver-te e abraçar-te, quando todos os espíritos estiverem convencidos de que nada mais ambiciono senão ver-te, ver o país em que fui criado e educado, do qual me separei saudoso, não só porque nele te deixei e as tuas manas, mas porque o amo tanto (tu me perdoarás) como te amo a ti."

A notícia da morte de Paula o apanhou num dos piores momentos da guerra, o que o impediu de se deixar devastar totalmente pelo sofrimento, porque era preciso agir: a fome novamente ameaçava a cidade rebelde. No dia 8 de abril, por ordem dele, as tropas receberam só meia ração de alimento: "Não é conveniente que no dia 8 se dê carne à tropa, mais necessária aos doentes, que devem estar primeiro que tudo: manda dar-lhes salgada e pode dar-lhes a ração do vinho dobrada." Com fome, as tropas e habitantes do Porto comeram cães, gatos, burros, cavalos. Em março de 1833, o soldo estava atrasado nove meses. E afastado do comando da esquadra, o almirante Sartorius se deslocara para a Galícia e ameaçava levar os navios com ele se não fosse pago imediatamente; Pedro teve calma para negociar com ele, que havia prendido todos os oficiais enviados para conversar. Por sorte, a barra, fechada durante semanas, abriu-se, e os navios puderam desembarcar mantimentos e munições. Foi uma festa.

Quando não havia combates, Pedro percorria a cidade protegido por seu capotão preto, longo até os pés, por causa do frio; ou então fazíamos, depois da missa, um passeio ao Campo de Santo Ovídio. Já deixara o Paço dos Carrancas, alvo preferido das baterias miguelistas, e morava numa casa na rua Cedofeita. O Porto inteiro o conhecia e ele conhecia toda gente; cumprimentava e conversava com as pessoas que encontrava. Cada dia aumentava a admiração de todos por ele e, nas rodas de gente, todos tinham alguma história para contar: o rei-soldado rasgara a bota de um soldado ferido e fizera nele os primeiros curativos até a chegada de socorro; o rei-guerreiro agora não visitava nem confortava apenas os soldados feridos de sua tropa, mas também os do inimigo, com quem conversava, conseguindo deter num deles uma hemorragia e não o deixando antes de estar bem. Eram histórias verdadeiras.

Começava a primavera, novos galhos brotavam nos troncos das árvores cortadas para atenuar o frio. Havia flores por toda parte, e a natureza renascendo me permitiu perceber melhor a metamorfose que em Pedro produzira a guerra e a separação dos filhos e do Brasil. O sofrimento dos últimos anos havia sufocado nele qualquer traço de soberba e arrogância, e ele surgia aos olhos de seus comandados em toda sua simplicidade, expondo sem pudor seu lado mais humano: "Uma modéstia que não se pode descrever", dizia-me Fronteira. Seus hábitos de parcimônia vinham a calhar naquela penúria: em mais de um ano ali seus gastos perfaziam soma insignificante.

Mas não se pense que esse mesmo sofrimento tenha lhe permitido fazer um cerco também em sua alma. Conservou seu modo extrovertido e conversador de lidar com a gente, seu hábito de cultivar as coisas boas da vida, de cantarolar ou assobiar suas músicas preferidas, de imitar o canto dos pássaros brasileiros, o rosto erguido para o infinito como se pudesse chamá-los da longa distância onde estavam.

Houve um momento, nos primeiros meses de 1833, quando a fome desesperava os moradores da cidade, em que ele não sentiu nenhuma vontade de assobiar suas músicas ou imitar pássaros. Deu ordem à dona Amélia para vender diamantes de sua propriedade para conseguir fundos para alimentar a cidade. Informou, então, à mulher, que só um milagre salvaria os liberais e o Porto. Pois foi o que aconteceu – um milagre! E o santo a fazer tal milagre era nosso conhecido e atendia pelo nome de Palmela.

Com a astúcia de sempre, Palmela conseguira recursos substanciais na Inglaterra, chegando certo dia ao Porto com navios abarrotados e trazendo a tiracolo o almirante inglês Charles Napier e mais cinco vapores com alimentos, munição, 150 marinheiros e 322 praças.

A intenção de Pedro de Sousa Holstein, o Marquês de Palmela, era ajudar a causa, porque já sofrera e lutara muito por ela, e queria também reconquistar o apreço de Pedro. Quando chegou, ainda não se desfizera no imperador a má impressão deixada por sua última missão, o que deve ter contribuído para o modo frio e ríspido com que foi recebido. "Estranha recepção a quem vem lhe prestar serviço", pensou consigo mesmo Charles Napier.

O almirante inglês chegou a pensar que talvez não estivesse vestido de modo adequado para se apresentar a um rei. De fato, não estava, como o descreveu o Marquês de Fronteira, que imaginou estar diante de um perturbado mental: "Nosso almirante trazia na cabeça um chapéu de oleado, de marinheiro, vestindo uma jaleca azul e umas calças e colete brancos, tudo tão porco que não se pode descrever. Tinha a cara extremamente inchada e, por isso, a trazia coberta com um lenço de tabaco em extremo sujo."

Carlos de Ponza, pseudônimo usado por ele para lutar em Portugal sem sofrer punições da marinha inglesa, mais parecia um pirata do Caribe, um dos lugares onde estivera em missão. Retornar a Portugal era voltar à juventude – em 1810, havia deixado a universidade para lutar como voluntário em águas lusas contra a armada de Napoleão. Depois, vieram outros combates. Não conhecera outra vida a não ser a guerra por sua pátria, mas não estavam boas suas relações com seus superiores desde que passara a condenar a servidão, castigos físicos, chicotadas, ainda usados contra marujos pela mais poderosa esquadra do mundo.

Dias depois, a estranheza de Pedro tinha passado e foram os dois convidados para um jantar. Durante a ceia, Palmela expôs seu plano e de Napier para mudar a guerra: sair do Porto e dar trabalho aos miguelistas em toda a costa de Portugal, fustigá-los no Algarve, em Lisboa, para ver como estavam de resistência. E aqui faço uma pausa para dizer que ninguém nunca vai conseguir saber ao certo quem foi o primeiro autor da brilhante ideia exposta por Palmela, já que, passada a guerra, foram muitos os que se disseram seus autores – e como eram todos homens sérios, acredito que diziam a verdade.

De qualquer modo, o certo é que, naquele dia, Palmela levou a ideia a Pedro, que a levou ao comando militar, e todos concluíram que era uma boa estratégia, impondo Pedro apenas uma condição para que fosse executada: que a maior parte das tropas ficasse no Porto, para proteger a cidade, símbolo da resistência liberal. Para distrair o inimigo em qualquer ponto da costa, bastariam 2,5 mil homens. Terminaram todos por concordar com o plano que, mesmo sem conhecer nada das artes da guerra, pareceu também a mim uma ideia feliz.

Estavam ao redor daquela mesa os homens que decidiriam a guerra com a audácia de seus antepassados: o astucioso diplomata Marquês de Palmela, Pedro de Sousa Holtein, 52 anos; o Marquês de Vila Flor e Duque da Terceira, Antônio José Meneses Severim de Noronha, 41 anos; o Duque de Saldanha, João Carlos Gregório Francisco de Oliveira Daun, 43; o Marquês de Fronteira, dom José Mascarenhas Barreto, 31; o almirante Charles John Napier, 47; e dom Pedro I, com 35.

Vila Flor, Saldanha e Fronteira eram militares de origem nobre, criados no absolutismo até se rebelarem contra os golpes de Miguel e aderirem à causa liberal. Após recusaram-se a participar do golpe de 1824, os três foram perseguidos, presos na Torre de Belém – em Peniche, Fronteira quase fora fuzilado –, mas, por sorte, se viram livres após dom João VI dominar o golpe. Quando Miguel se tornou rei em 1828, recomeçaram as perseguições: eles tiveram seus bens sequestrados e se viram obrigados a fugir para o exterior. O Brasil já fazia parte da história pessoal de Saldanha, que fora presidente da província do Rio Grande do Sul entre 1821 e 1822. Já Vila Flor comandara tropas portuguesas no Pará, onde faleceu sua primeira mulher, casando-se no Rio de Janeiro com a segunda.

À exceção do Marquês de Fronteira, que tinha 31 anos, Pedro era mais novo que todos os seus comandados. Onde aprendera a arte da guerra?

Certamente, não nas brincadeiras de soldadinho da infância. Só participara em sua vida de escaramuças com as tropas portuguesas dez anos antes. A vocação de guerreiro era nele ainda mais surpreendente porque, Fronteira repetia sempre, os Bragança eram mais dotados para a paz. E de onde tirara o equilíbrio de que agora dava provas e que nunca fora nele virtude? Não era, certamente, herança do pai e muito menos da mãe. Nem de seus mestres ou de Maria Genoveva viera a obstinação que não conhecia obstáculo. Era como se, sozinho, tivesse se preparado para seu destino.

Napier saiu da reunião impressionado com ele. Escreveu naquela noite em seu diário: "Continuam a chover nesta cidade bombas e balas, tanto vindas do norte como do sul; mas os habitantes acham-se animados e estão esperançados no bom resultado da expedição. Esta cidade está segura e abundante de víveres; estão ainda mais baratos que em tempo de paz e enquanto houver pólvora, bala e de comer, o inimigo não há de entrar aqui dentro; tudo depende do feliz êxito desta expedição; se ela falhar não sei o que será." E acrescentou no final: "O imperador é o coração e a alma da causa; é ativo, resoluto e obstinado ao último ponto e esta obstinação sustenta a magnífica e brilhante defesa do Porto".

Pedro era obstinado, mas também herdara do pai alguma indecisão, e agora hesitava. Haviam lhe proposto uma estratégia ousada: sair da jaula, pular o cerco, enfrentar o inimigo em lugares longe do sítio. Parecia um bom plano, mas ele temia pelo Porto: "E se a cidade cair em mãos do inimigo? Os moradores achariam, com razão, que nós os abandonamos." Esse era seu medo. Então, Napier, num golpe de cena, avisou que se não partissem logo, retornaria à Inglaterra, o que fez Pedro ter a seguinte decisão: Napier ficou no lugar de Sartorius como almirante da esquadra; Solignac pediu demissão, retornando Pedro à condição de general-chefe, com Saldanha na chefia do Estado-maior – os dois cuidariam da defesa do Porto. Vila Flor seria o comandante da expedição ao sul, Fronteira seu ajudante de campo e Palmela seu lugar-tenente nos territórios conquistados.

Os portuenses se afligiram com a partida dos 2,5 mil soldados. Só não abandonaram a cidade porque Pedro ficou no Porto e no comando: "Se partir, com ele se vai a esperança e quem puder abandonará a cidade", diziam os moradores. A esquadra comandada por Charles Napier partiu em 21 de junho de 1833. Três dias depois, as tropas liberais desembarcavam na praia da Alagoa, a duas léguas de Tavira, onde entraram na manhã seguinte, recebidas em triunfo pelos habitantes.

Aconteceu o que Napier previra: por não contar com o desembarque do inimigo, o comando absolutista deixara ali apenas 1,6 mil homens. O fator surpresa foi decisivo para a vitória. Antes de se acomodar no quartel-general do governador do Reino do Algarve, Fronteira entrou no convento dos franciscanos, onde lhe foram servidos figo fresco e frutas que, dizia ele, tinham o gosto da vitória. Em Faro, as forças liberais foram recebidas com flores, sinos, girândolas e foguetes. Portugal recomeçava a ser liberal.

No mar, Napier também tinha sucesso. Deixando Lagos em 2 de julho, avistou no dia seguinte a frota de dom Miguel nas águas do cabo de São Vicente e deu-se uma batalha naval que num primeiro momento o inglês julgou perdida: o inimigo abriu fogo, e não se viu mais nada. Ferido, tombado no convés e cercado pela fumaça, Napier acreditava que a nau *Rainha* estivesse em pedaços, ardendo, e ele talvez estivesse morrendo. Porém, quando se recuperou do impacto, levou um susto: a nau estava chamuscada, mas intacta, o que deu força aos liberais para resistirem. Em algumas horas, a esquadra absolutista batia em retirada, derrotada.

No Porto, estávamos nos preparando para festejar o primeiro aniversário da entrada dos liberais na cidade (dia 9 de julho), as autoridades em fila para cumprimentar o imperador, quando chegou a notícia da tomada da esquadra de dom Miguel por Napier: "Como? Tem certeza? Não se equivocou?" No alvoroço que se seguiu, os emissários de Napier foram quase carregados em triunfo, e Pedro mandou um oficial comunicar a vitória ao inimigo nas barricadas ao redor da cidade, propor negociação, e dali o oficial mensageiro foi enxotado com maus modos, porque ninguém acreditou no que dizia.

Nos dias que vieram a seguir, ficamos no Porto tentando imaginar o que acontecia no sul – nunca nossa imaginação se aproximando da verdade, porque era mesmo incrível o que lá se passava. Nos primeiros dias, Vila Flor tivera o cuidado de seguir por terra junto à costa, com cobertura de Napier no mar, esperando encontrar a qualquer momento o inimigo. Mas até Garvão, o inimigo não apareceu – esse recuava para lhe preparar uma armadilha, pensava o comandante português. Cauteloso, seguia em frente com os soldados quando aconteceu o imprevisto que exigiria de Vila Flor astúcia para decidir o que faria: e ele decidiu de modo fantástico.

Estava ele com seus soldados em busca do inimigo que havia desaparecido, quando foi informado que liberais de Beja haviam se levantado em armas. Iniciava a marcha em direção à cidade para lhes dar apoio, mas chegou a notícia de que para lá ia o general Molelos, comandante dos absolutistas, com suas forças, adivinhando seu plano. Para esmagar a rebelião e derrotar o inimigo, ele havia chamado regimentos de Lisboa, que agora estava desguarnecida. Então, em 17 de julho, Vila Flor deu meia volta e partiu para a capital. Uma semana depois, entrava na cidade com seus homens, depois de derrotar o inimigo em Alcácer do Sal, Setúbal, Azeitão, Amora, Alfeite e Almada. No mesmo dia 24 de julho, Napier chegava à foz do Tejo. Porto e Lisboa, as duas maiores cidades de Portugal, estavam agora em poder dos liberais.

No Porto, nós passávamos por momentos difíceis. Sobrevivente de muitas batalhas, o coronel Owen pintara para mim cenário de horror caso os absolutistas entrassem na cidade. Os habitantes também sabiam o que lhes esperava. Até então, os que haviam ousado, tinham sido parados à bala. De repente, no dia 24 de julho, Pedro decidiu passar uma revista geral ao exército, particularmente nos lanceiros, porque seus informantes do lado de lá do Douro tinham vindo de madrugada dizer que o inimigo preparava um ataque surpresa. A cidade estava tão sossegada que famílias que haviam se refugiado em navios tinham voltado às suas casas. Mas no dia 25, dia de São Tiago, o marechal Bourmont atacou.

Louis Auguste de Ghaisne de Bourmont era o novo comandante-chefe das tropas de Miguel, que já havia mexido muitas vezes em seu comando. Agora, mandara vir da França o que havia de mais fino em absolutismo. Bourmont, de sessenta anos, pouco antes havia sido demitido por Luís Filipi por fidelidade a Carlos X e aos Bourbons. Ganhara fama de militar nas Guerras Napoleônicas e, mais recentemente, na Argélia. Chegara com mais 150 oficiais bem treinados que haviam servido sob seu comando – e, com sua fama e arrogância, para decidir a guerra. Owen, que parecia conhecer todos os militares do mundo, o definiu em poucas palavras: "É o vencedor de Argel e campeão do absolutismo" – suficientes para nos deixar de cabelo em pé.

Assim, no dia de São Tiago, começou a chover bala e granada, com todas as baterias de Miguel em ação. E eu rezava para que São Tiago nos protegesse – é sempre melhor contar com o santo do dia, dizia a saudosa Maria Genoveva, porque no seu dia ele está mais alerta. Depois começou a chover bala rasa e granada sobre os caminhos. Por achar que haviam feito bastante estrago nas forças liberais, o comandante francês entrou em seguida com a infantaria, cavalaria e lanceiros. Por quatro ou cinco vezes tomaram pontos importantes e os perderam.

O herói da batalha, que durou um dia inteiro, foi o general Saldanha. Desesperado, de espada em punho e à frente de vinte lanceiros e de seu Estado-maior, parou uma coluna de 4 mil homens que avançava. Investiu contra os primeiros com tal fúria que os obrigou a recuar, pondo a correr os demais. E, por isso, mesmo vitorioso, foi motivo de ralhos do povo, que o adorava, e de Pedro, por ter se exposto de tal modo. Bourmont, que planejava conquistar a cidade em três dias, perdeu a batalha, e dom Miguel, no alto do Monte de Gens, tomado de raiva e frustração, atirou no chão o óculo de campanha.

Pedro festejava a vitória quando recebeu a notícia de que Vila Flor conquistara Lisboa e Charles Napier desmontara a esquadra inimiga e estava no Tejo em frente à capital. Foi uma noite memorável, com todos festejando as conquistas antevendo a vitória definitiva que parecia próxima. Então, Pedro decidiu que era hora de partir para Lisboa. O regente, pai da rainha, tinha de estar lá naquele momento.

Diante de choro e tristeza na despedida, dizia ele que nunca abandonaria o Porto: "Amigos portuenses. Enquanto esta cidade poderia correr o menor perigo, nunca vos desamparei; agora, obedeço à necessidade de deixar-vos por algum tempo, levando comigo a saudade mais pungente de vós, dos meus companheiros de armas."

Embarcou debaixo de vivas, gritos e aplausos, no *William the Fourth*, que lhe trouxera a notícia da tomada de Lisboa, e desembarcou na capital quatro dias depois, em 28 de julho de 1833. Era Pedro, o libertador, de volta à cidade natal.

MORTE EM LISBOA

Pedro havia guardado de Lisboa uma imagem triste e confusa, porque chovia muito nos dias que antecederam a partida em 1808, e a chuva que molhava cais, carruagens, baús e malas confundia-se com lágrimas de alguém – uma aia chorando ao lado. Lembrava dos gritos da avó, a tristeza do pai, a ira da mãe e os rostos perplexos dos demais. Vinte e cinco anos depois, no dia de seu retorno, o sol iluminava Lisboa, que surgiu no horizonte como uma miragem em tons vivos, sempre mais próxima à medida que avançava o vapor. Inebriado, distanciou-se da gente que o acompanhava. Queria contemplar sozinho a sua cidade, esquecer o tempo da partida, tempo de tristeza, deixar-se envolver pela alegria que fluía do seu coração e dizer a si mesmo: "Fui e voltei, Lisboa. Estou a seus pés."

Mas era Lisboa que se ajoelhava agradecida e vinha a ele de braços abertos. O barco que o trazia foi cercado por embarcações com bandeiras azuis. Salvas de tiros, das fortalezas e navios, anunciaram sua chegada e o povo correu para o cais. Ali, já havia muita gente que o acolheu com tamanho entusiasmo que os soldados de polícia tiveram de abrir caminho com espadas em punho. Então, homem dos grandes gestos, como bem dizia frei Tarquínio, ele ordenou que embainhassem as espadas e, para dar exemplo, jogou a sua ao mar. Horas depois, entrava no palácio dos seus antepassados, de onde fora banido quando menino, levado para uma aventura que ainda não terminara. No dia seguinte, foi à igreja de São Vicente de Fora orar no túmulo do pai e lá escreveu: "Um filho o assassinou; outro te vingará."

Não sabíamos, mas ainda tínhamos pela frente um ano de guerra, e a boa notícia que receberíamos em agosto, seria a do fim do cerco ao Porto facilitado pela decisão de Miguel de marchar para o sul com suas tropas sob comando de Bourmont para tentar recuperar Lisboa. O cerco havia sido deixado nas mãos do francês Conde de Almer que, no dia 18 de agosto, tentou entrar na cidade e encontrou pela frente o general Saldanha, mais corajoso que nunca. Saldanha e seus homens lutaram com tamanha bravura que conseguiram levantar o cerco ao norte e a leste da cidade. O comando absolutista decidiu, então, que o cerco saía caro demais em vidas e recursos. Porém, antes de bater em retirada, Almer mandou explodir os armazéns de vinhos da Companhia do Alto Douro – 17.374 pipas do vinho mais famoso de Portugal, e 533 pipas de aguardente. "Foi um francês que deitou o fogo porque, honra lhes seja feita, pois não se encontrou um oficial português que executasse uma ordem tão estúpida", contaria Owen quando nos víssemos pela última vez.

A torrente do precioso líquido, em meio a labaredas fumegantes, caiu das ruínas ardentes sobre o rio Douro cujas águas se tingiram de vermelho, não de sangue, mas do melhor Porto. O sofrimento do povo vendo aquele desatino era igual ao que sentira nas batalhas, porque era seu trabalho, seu esforço, seu ganha pão, sua tradição, sua maior riqueza que um francês estúpido e prepotente explodia. Em seguida, porém, veio a bonança: no dia 20 de agosto de 1833, terminou o cerco. O povo festejou nas ruas a liberdade, apesar de que, por hábito adquirido em um ano de batalhas, abaixava-se ao menor ruído suspeito. A paz e a abundância voltaram à cidade rebelde e, até o final da guerra, só haveria luta de guerrilhas nos seus arredores.

De longe, acompanhávamos o movimento no Porto por notícias que chegavam todos os dias e, sabendo que Miguel tentaria cercar Lisboa, Pedro começou a recrutar voluntários, mandou vir mais soldados do Porto e chamou também o general Saldanha, pois Bourmont se aproximava com 17 mil homens da infantaria, 1,2 mil da cavalaria e trinta peças de artilharia ligeira. No primeiro ataque, no dia 5 de setembro, os liberais perderam 326 homens e 38 oficiais, mas com ajuda dos Voluntários da Rainha, conseguiram conter o inimigo, que atacou de novo no dia 14. Entre uma batalha e outra, os miguelistas cortaram as águas no Aqueduto das Águas Livres, e a solução foi a abertura de numerosos poços na cidade.

A essa altura, Pedro já havia mandado o Marquês de Loulé a Paris buscar a rainha-menina e dona Amélia. Elas dali saíram às escondidas, pois o rei francês não parecia tão amistoso desde que soubera que dona Amélia tramava casar Maria da Glória, já uma mocinha com quatorze anos, com seu irmão, Príncipe Augusto, Duque de Leuchtenberg. Luís Filipi era contra o casamento sabe-se lá por qual motivo (por razões de Estado ou porque preferisse a noiva para o próprio filho), de modo que as duas foram para a Inglaterra sem se despedir. Em Londres, ficaram hospedadas no Castelo de Windsor até 17 de setembro, quando embarcaram no *Soho* rumo a Lisboa.

Foi difícil conter a impaciência de Pedro no dia 22 de setembro, quando chegaram à cidade. Para recebê-las, havia preparado um magnífico escaler pintado de azul e branco, com 24 remos e 48 homens. Estava tão impaciente que partiu sem corte nem ministros para o cais: "Eu nunca o vi tão alegre e satisfeito", dizia o Marquês de Fronteira.

Pedro subiu a bordo e foi recebido pela imperatriz Amélia, que o abraçou e beijou com afeto, enquanto Maria da Glória, tão comovida ao rever o pai vivo, punha-se a chorar. Em seguida, ele se ocupou da pequenina Amélia, que deixara com um mês de nascida e agora tinha um ano e meio: ela se assustou com suas longas barbas e não quis saber de seus carinhos, mas ele pensou que só precisava de tempo para conquistá-la. O importante era que tinha parte da família ao alcance dos braços ávidos, um consolo para quem sofria com a ausência dos filhos. E Amélia, mais bela que nunca.

Um episódio divertiu todo mundo naqueles dias e mostrou a astúcia de João da Rocha Pinto, amigo e camarista de Pedro e cunhado de Owen. Vinha ele num barco a vapor com oficiais e senhoras acompanhando o barco da rainha, quando a embarcação naufragou em Peniche. Conseguiram chegar em terra salvos, mas foram surpreendidos por um destacamento miguelista que prendeu tripulação e passageiros. As senhoras foram salvas pelo sangue-frio de Rocha Pinto que, fingindo ser um comerciante inglês da Serra da Estrela, alegou a neutralidade na guerra para exigir a libertação das mulheres. Os absolutistas deixaram que partissem e ainda lhes deram proteção por boa parte do caminho.

Então, os dias de Pedro ficaram mais felizes, mas não despreocupados. Continuou na sua lida para fortalecer a defesa de Lisboa, cercada pelo inimigo. Charles Napier diria mais tarde que, dos portugueses que conheceu, ele era o único que não deixava as coisas para o dia seguinte. Fazia o que era preciso imediatamente, e parecia mais decidido que nunca, enquanto Miguel dava sinais de estar desnorteado: como o general Bourmont não conseguira entrar em Lisboa, ele o demitiu junto com seus 150 oficiais franceses, chamando para o comando o general escocês Reginald MacDonell.

Em 10 de outubro de 1833, dois dias antes de seu aniversário, Pedro decidiu levantar o cerco de Lisboa. Mais uma vez, entrou na luta como se fosse um soldado comum, e por milagre escapou vivo. Contava Fronteira que na bateria de Manique ele dirigia os tiros de uma peça de artilharia quando uma bala matou um artilheiro ao seu lado: "Sua Majestade ficou com a cara e o uniforme salpicados de sangue e, mostrando o maior sangue-frio e coragem, continuou a dirigir os tiros até que um oficial lhe veio anunciar que o Palácio de Louriçal, em Palhavã, estava em perigo, e para lá ele se dirigiu."

Miguel também participava da luta demonstrando igual coragem, e quase se encontraram os dois irmãos em Luminar: no comando, Pedro bateu o inimigo em Campo Pequeno, Campo Grande, Loures e Luminar, esta última abandonada minutos antes por Miguel. Ao cair da tarde do dia 11 de outubro, as tropas liberais descansaram da refrega e só na manhã seguinte, dia em que Pedro completava 35 anos, descobriram que o inimigo havia desaparecido: MacDonell e Miguel haviam recuado para Santarém, transformada em quartel-general dos miguelistas. Lisboa estava livre. Era um belo regalo de aniversário.

De repente, em meio às batalhas, Pedro se viu obrigado a pensar nos problemas do Brasil, porque chegava a Lisboa o deputado Antônio Carlos de Andrada com um convite: vinha pedir a Pedro que retornasse ao Brasil para salvar o Império, o trono do filho e a unidade do país. Representava o Partido Caramuru ou Restaurador, fundado pelos Andradas e que pregava o retorno de Pedro. Retornar um dia estava nos seus planos, mas não hesitou na resposta dada em 14 de setembro de 1833: ele não pretendia renegar sua abdicação, que fora verdadeira; não hesitaria em fazer qualquer sacrifício por sua pátria adotiva, porém, naquele momento, estava engajado na defesa dos direitos da nação portuguesa. Só aceitaria o convite se ele viesse da Assembleia Geral, expressando uma vontade nacional e respeitando a Constituição. Mesmo assim, só retornaria como regente, para governar durante a minoridade do Imperador, seu filho.

Juro que dessa vez Pedro não consultou nenhum dos conselheiros e que não tive nenhuma influência na sua resposta, fruto de sua maturidade, porque advertiu Antônio Carlos sobre os riscos que havia no que lhe pedia: "Meu retorno poderia dar início a uma guerra civil que acabaria, ela sim, com o Império brasileiro. Amo muito o Brasil, meus filhos, concidadãos, minha honra e reputação. Respeito o juramento que fiz à Constituição Brasileira para empreender coisas que não sejam legais e conformes com a vontade geral da nação brasileira a que pertenço." Antônio Carlos retornou ao Brasil sem conseguir o que queria.

A guerra continuava. O país estava dividido. À frente de 12 mil homens, o general Saldanha apertava o cerco em Santarém, onde resistiam os miguelistas, mas não conseguia entrar na cidade. O povo cantava: "Dom Pedro vai/ dom Pedro vem/ mas não entra em Santarém." Pedro tentava conquistar os soldados do inimigo com uma proclamação atirada às tropas de Miguel: "Não penseis que eu respiro vingança, sangue e morte contra vós; não me julgueis pelo vosso chefe; eu me prezo de ser verdadeiro, humano e generoso, e de saber esquecer as ofensas que me fazem."

Mas a situação da guerra havia mudado e era mais favorável aos liberais no início de 1834. Com ajuda dos batalhões de Voluntários da Rainha, formados por portugueses e estrangeiros, Pedro, que desembarcara com pouco mais de 7 mil homens, agora tinha um exército de 50 mil. Enquanto isso, padeciam os absolutistas o que ele havia sofrido com os seus no Porto: fome, epidemias de cólera, tifo.

Miguel salvou-se da doença, mas sua irmã, dona Maria da Assunção, morreu. Assim, como fizera na morte da mãe, escreveu uma carta a Pedro, que, neste caso, a devolveu sem ler, com temor de que alguém imaginasse que estavam os dois tramando coisa – naquele inverno, fez ao irmão proposta para que abdicasse e saísse de Portugal conservando honras, títulos e sua parte da herança da Casa do Infantado. Miguel recusou tudo.

♕ ♕ ♕

Faltava uma primavera para terminar a guerra e a vitória seria dos homens que haviam resistido no Porto. Em 18 de fevereiro de 1834, na batalha de Almoster, o general Saldanha conseguiu encurralar o inimigo num desfiladeiro depois da ponte de Santa Maria – por ali eles esperavam chegar a Lisboa. Napier, montado numa égua de lavrador, com um chapéu ornado de plumas brancas e velhíssima sobrecasaca de almirante português, obrigava os miguelistas a recuarem em Viana e Ponte de Lima, enquanto Vila Flor os vencia em Trás-os-Montes, Beira, Lamego, Castro Daire, Viseu, alcançava Coimbra pela Mealhada e decidia o conflito na batalha de Asseiceira.

Pouco antes do fim da guerra, Pedro fez uma carta aos filhos no dia 7 de abril, quando completava três anos de sua abdicação: "Que dia de luta e tristeza é este para mim. Foi neste dia que me vi obrigado a separar-me do Brasil e de vós! Salvei a minha honra e evitei a guerra civil, é verdade, e com isso me deveria em parte, consolar. Porém, o amor que vos consagro e ao Brasil não permite que minha dor seja diminuída: a minha saudade se acha cada dia mais aumentada." Em outra carta, reconhecia que as fadigas da longa guerra haviam abalado sua saúde, mas que os médicos estavam vencendo a doença: "Acho-me atualmente no meu antigo estado de forças e vigor".

Não era verdade. Estava muito doente e em vão o doutor Tavares tentava recuperá-lo. Os sintomas, que imaginávamos ainda no Porto, serem apenas resultado da alimentação precária e do esforço despendido para dar ânimo aos soldados e ao povo, eram já os sinais das doenças que o consumiam. Muita coisa ele conseguira esconder – febre, prostração, dores – porque também pensava que logo se livraria desses incômodos e temia afetar o ânimo de todos. Ao chegar em Lisboa, em novembro de 1833, tivera uma gripe que se transformou em bronquite, o que complicou ainda mais o seu estado. Mas ele sempre reagia.

Alguns meses depois, finalmente os liberais entraram em Santarém. Miguel sofreu muito com a derrota. Quando suas tropas passavam o Tejo, ia de uma margem a outra, preocupado com a sorte dos soldados. Diz-se que teria chorado. Em 23 de maio, quis negociar. Pedro respondeu que só aceitava a rendição. No dia 26 de maio, em Évora Monte, foi assinado o tratado de paz que pôs fim à guerra, mas desagradou a muitos liberais que não perdoaram a "generosidade sem limite" de Pedro com o inimigo. Diziam esses aliados que o imperador tinha o coração mole e quisera salvar o irmão, enquanto seus defensores argumentavam que sua intenção era pacificar Portugal, acabar com as disputas entre portugueses e criar as condições para uma paz duradoura num país que há 25 anos vivia em guerra.

Pedro deu anistia aos delitos políticos praticados desde 1826, permitindo aos anistiados que saíssem de Portugal e, aos oficiais, que mantivessem seus postos, se assim o desejassem. Os absolutistas deviam entregar suas armas e dissolver as tropas de modo pacífico. Feito prisioneiro, o brigadeiro José Cardoso, levado preso à sua presença e esperando ser fuzilado, surpreendeu-se ao ouvir dele apenas a ordem para que fosse para casa, e eram essas atitudes que desagradavam os radicais. Muitos soldados de Miguel se desesperaram com a derrota: uns destruíram suas armas, deram cabo da própria vida ou, no caminho para casa, foram humilhados e assassinados. Pedro, vitorioso, não via necessidade de humilhar ou se vingar dos vencidos. Ele buscava a conciliação, como sempre.

A Miguel foi concedida pensão de 60 mil contos de réis e o prazo de quinze dias para deixar o país com a promessa de nunca mais voltar. O infante, que se tornara rei manipulando o povo, com ajuda da Igreja e da nobreza mais atrasadas, partiu de Évora na madrugada de 30 de maio de 1834, cercado de seguranças porque se temia um atentado. Junto de Portel, o guerrilheiro Batalha atacou a cavalaria que o protegia só pelo prazer de dar um susto em todos eles. A carruagem real seguiu pelas estradas alentejanas debaixo de sol abrasador. Parou nas cercanias de Alvalade, junto ao poço da Herdadinha, para Miguel beber água – ali recebeu do povo humilde as últimas homenagens. Hospedou-se em casa de Luís de Lança Paredia, proprietário da região, ceou, dormiu, almoçou e partiu de novo. Por volta das quatro horas da tarde, chegou a Sines, onde uma multidão o esperava. Ouviu insultos: "Era um coro infernal e dom Miguel, protegido pela escolta, parecia desamparado", contou uma testemunha. Olhou com altivez quem o ofendia. De repente, uma pedra lançada em sua direção atingiu um oficial da escolta. Miguel subiu para a corveta, que o levou para sempre de Portugal.

Um dia depois de assinado o Tratado de Évora Monte, os lisboetas ficaram sabendo das condições em que se dera a paz. A ira dos radicais desabou sobre Pedro. Os exaltados queriam sangue; desejavam os absolutistas pendurados em forcas. Sem se dar conta disso, ou sem lhe dar a devida importância, Pedro, naquela noite, como fazia no Rio em ocasiões festivas, foi ao Teatro São Carlos assistir *O Pirata*, de Bellini. No caminho, levamos um susto, pois atiraram lama e pedras na carruagem.

Ao chegar ao camarote real, jogou para a plateia o decreto da anistia, na ilusão de que seria aplaudido. Ouviram-se gritos, ameaças, vaias e houve gente que lançou moedas a seus pés. Debaixo dos apupos, ele sussurrou "canalhas!", e teve um acesso de tosse que o fez curvar-se. Eu me assustei ao tentar ajudá-lo, porque o lenço que levara à boca estava rubro de sangue. Intuindo que havíamos tido uma terrível revelação cá em cima, a plateia ficou em silêncio, um silêncio total em meio ao qual ouviu-se a voz de Pedro, recomposto, dizer para o maestro: "Pode começar." E ali ficamos até o fim do espetáculo, um dos mais tristes da minha vida, pois compreendi que começava, para ele, o último ato.

Doente, Pedro teve de se equilibrar nos meses seguintes em meio a divergências entre os vencedores divididos em facções que iam da moderação ao radicalismo mais exaltado. Convocou as Cortes para 15 de agosto, e em julho, agraciou com títulos os comandantes da vitória – Vila Flor, Saldanha, Fronteira, Napier. Reorganizou o Exército, começou a pôr ordem na economia, mas perdia forças, apesar dos esforços do doutor Tavares. Descobrimos, então, que nos havia enganado.

Os sofrimentos, a abdicação, a separação dos filhos, a guerra, as privações, tudo havia contribuído para o que víamos agora.

Mudou-se do Palácio da Ajuda para o Palácio de Queluz, onde havia nascido e passado a infância, como se quisesse buscar ali forças para vencer a doença. E quando percorremos juntos os corredores do paço, vieram à lembrança os gritos das crianças, em correria, os gemidos de dona Maria I, os muxoxos de dona Carlota Joaquina, o murmúrio do pai a rezar. Por alguns dias seus mortos lhe deram alento, e só sabe o que isso significa quem viveu a experiência de encontrar conforto nos seres com os quais partilharam a vida, e que já se foram. Sentiu-se reanimado para um passeio, uma caçada. Mas já estava muito cansado e dava audiência a poucas pessoas – Vila Flor, Saldanha, Chalaça, Resende, a irmã dona Isabel Maria, que ficara do seu lado enquanto a outra, a Marquesa de Loulé, afastava-se, por ambição do marido.

No segundo aniversário do desembarque, dia 8 de julho de 1834, foi com dona Amélia e a rainha à recepção, e todos notaram os efeitos da doença em seu rosto: os olhos fundos, as faces encovadas, a palidez; a longa barba negra conservada desde o Porto nada mais podia disfarçar. Como se quisesse provar a si mesmo que ainda tinha forças, foi no dia seguinte inspecionar as obras no mosteiro de São Bento. Então, decidiu ir ao Porto. E aos que tentavam dissuadi-lo da ideia, respondia que havia prometido à cidade levar até lá dona Amélia e a jovem rainha. Era compromisso de rei. Partiu em 27 de julho, com seus generais.

Impossível descrever o que se viu na cidade por aqueles dias em que esteve ali. Era a festa da gratidão, os dois lados agradecendo ao outro o que se haviam dado no ano que durou o cerco. O povo parecia enlouquecido de alegria, e ele, contagiado por esse entusiasmo, agiu como se houvesse retornado sua antiga energia: recebeu no paço todos o que quiseram vê-lo, do mais rico ao mais modesto habitante, foi a todas as festas e bailes que lhe ofereceram. Suas feições denunciavam o avanço da doença, mas ele não sossegou um só momento nos dez dias que lá esteve e, do Porto, tirou energia para viver ainda algum tempo. A despedida no dia 6 de agosto, com o povo no cais, foi emocionante. Junto dele, na amurada do navio inglês *Royal Tar*, só dona Amélia ouviu o sussurro: "Adeus, Porto! Nunca mais te verei."

Com muita dificuldade, subiu as escadarias de São Bento no dia da abertura das Cortes. Estava lívido, ofegante, mas não podia faltar. Muito cansado, pronunciou em voz firme seu longo discurso recordando o que se passara desde a morte do pai. Os dias seguintes foram dedicados a uma questão ainda não resolvida: quem seria o regente enquanto dona Maria II não atingisse a maioridade? Seu cunhado, o Marquês de Loulé, fazia manobras para conseguir o cargo e, no dia 25, foi confirmado como regente da filha.

Pedro recebeu a notícia em Caldas da Rainha, onde fazia cura de águas com o fiel Chalaça e o doutor Tavares. Ali ficou até 24 de agosto, retornando às vésperas do dia 30 para sua confirmação. A cerimônia foi no Palácio da Ajuda, porque já não tinha forças para ir a São Bento. Todos os seus generais estavam presentes: "Infundia em todos nós o maior respeito e consideração porque lhe devíamos tudo quanto presenciávamos", recordaria o Marquês de Fronteira.

No dia 10 de setembro, quis retornar a Queluz para morrer no quarto que o vira nascer, decorado com cenas de *Dom Quixote*. Ali fez seu testamento, ditado ao amigo Marquês de Resende e copiado por ministro do Reino, nomeando dona Amélia tutora dos filhos, caso fossem forçados a deixar o Brasil, e deixando herança para todos os filhos – de Leopoldina, da Marquesa de Santos, inclusive "uma menina que nasceu no dia 28 de fevereiro de 1830", de Amélia, da Baronesa de Sorocaba e de Clemence Saisset. Deixou sua espada para o irmão de dona Amélia, Príncipe Augusto de Leuchtenberg, por quem tinha grande afeição, e que viria a se casar com Maria da Glória.

Depois, quis se confessar: "A você, que já conhece os meus pecados, o que me poupa esforço", disse-me quase a sorrir. E encomendou sua alma a Deus e à Nossa Senhora da Glória, por quem tinha devoção. Com mão trêmula, escreveu carta aos deputados e ao presidente da Câmara comunicando que seu estado de saúde não lhe permitia tomar conhecimento dos negócios públicos e que decidissem sobre o que fariam depois de sua morte: escolheriam um novo regente ou anteciparam a maioridade da rainha? Nas duas casas, prevaleceu o que mais agradava ao seu coração: antecipar a maioridade da jovem. A notícia lhe foi dada pelo amigo Tomás de Melo Breyner. Podia morrer tranquilo: a filha começava a reinar.

Então, recomendou a dona Amélia que seu coração fosse embalsamado e oferecido ao Porto como prova de gratidão. Quis abraçar e se despedir de seus ajudantes de campo, criados particulares, de seus comandantes, e pediu que viesse um soldado do 5º Batalhão de Caçadores, cuja farda muitas vezes vestira na luta. Veio Manuel Pereira, que depois de se jogar a seus pés e trocar com ele algumas palavras, saiu desesperado: "Oh, céus! Porque não morri eu nas trincheiras do Porto? Foi para ver neste estado o meu coronel?"

Pedro deu um dos últimos sorrisos no dia 19 de setembro, quando a jovem rainha ajoelhou-se junto à sua cama, beijou suas mãos e lhe disse que acabara de presidir a primeira reunião do Conselho de Ministros; no dia 20, emocionada, ela colocou em seu pescoço a Grã-cruz da Torre e Espada, primeiro ato de rainha para louvar as virtudes do pai. E chorou, depois, escondida.

Sereno como nunca fora em vida, esperou a morte, que chegou nas primeiras horas da tarde de 24 de setembro. Um silêncio respeitoso tomou o palácio e imediações, os sinos começaram a repicar, a cidade vestiu luto. No dia 25, seu cadáver foi autopsiado – "raro era um órgão indispensável à vida que não apresentasse lesões: o coração e o fígado estavam hipertrofiados; o pulmão esquerdo denegrido, friável e apenas uma pequena porção da parte superior era permeável ao ar; nos rins, um cálculo esbranquiçado; o baço amolecido, a desfazer-se todo". De seu corpo, foi tirado o coração.

No dia 27, um cortejo fúnebre simples levou seu caixão para a igreja de São Vicente de Fora, vestido como general e não como rei, como estabelecera em testamento. Outro de seus pedidos também foi atendido: que não houvesse separação de classes nas homenagens que lhe seriam prestadas, permitindo a pobres e ricos seguirem seu féretro lado a lado.

A notícia de sua morte chegou ao Brasil um mês depois. Bonifácio chorou ao ler para as crianças carta de dona Amélia: "Ele expirou em meus braços no Palácio de Queluz, a 24 de setembro, pelas duas e meia, depois de longos e cruéis sofrimentos. Morreu como um santo mártir e filósofo cristão e jamais houve uma morte tão tranquila." A tristeza tomou conta do palácio, onde já há muito tempo não havia alegria.

A cidade do Rio de Janeiro ficou comovida com a triste notícia. Nas tabernas, suas histórias foram contadas e recontadas, por quem as tinha para contar, e era muita gente. Até seus adversários ficaram comovidos. Evaristo da Veiga sentou-se à mesa de trabalho e escreveu: "Não foi um príncipe de ordinária medida, e a Providência o tornou instrumento poderoso de libertação no Brasil e em Portugal." Não, não havia sido um homem de ordinária medida, como esses que ainda existem por aí em quantidade.

Muitos dias depois da morte do marido, dona Amélia pediu que seguíssemos para o Porto, com guardas de honra e comitiva, para levar o coração prometido. Lá, depois das cerimônias, encontrei o coronel Hugh Owen à minha espera. Foi quando ele me mostrou o esboço do livro que estava escrevendo sobre a guerra e que terminava com o que ele chamava *os vinte milagres* que haviam conduzido os liberais à vitória. Entre eles, citava-se a revolução em Paris que destronara Carlos X, protetor de Miguel, a morte de Fernando VII, privando Miguel dos recursos espanhóis, a energia inaudita dos habitantes do Porto, a abertura da barra no momento mais difícil do cerco e a façanha gloriosa de Napier, Vila Flor e Saldanha derrotando forças superiores às suas...

Era muito milagre, mesmo para quem deveria estar acostumado com eles, mas o amigo Owen queria minha explicação apenas sobre o vigésimo, que conteria uma incógnita que eu deveria responder. E dizia ele: "A milagrosa conservação da existência de dom Pedro, que durou o tempo necessário para a execução dos seus planos, sob padecimento de uma moléstia mortal." Queria o coronel que eu explicasse por que Pedro resistira à doença o tempo exato que necessitava para chegar à vitória, por que escapara da morte nas batalhas correndo tanto risco? Contudo, não tive resposta para meu amigo além daquela que fala dos desígnios do Senhor, e que ele conhecia tão bem.

Depois de entregar o coração de dom Pedro, de me despedir de Owen e dos amigos do Porto, voltei a Lisboa, disse adeus à rainha, a dona

Amélia, ao Chalaça, a Rocha Pinto e a todos os que ficariam ali para sempre, e peguei o barco de retorno ao Brasil. Atravessei o mar turbulento e, à medida que avançava a embarcação, a memória me trazia recordações da outra viagem na mesma direção, do menino correndo pelo convés, da voz infantil dizendo: "Pai, se a desgraça nos obrigou a abandonar os portugueses para que não corresse sangue numa luta desigual...".

Numa manhã de sol, aves e plantas anunciaram terra à vista como no primeiro dia da descoberta. Fomos nos aproximando saudados por um turbilhão de sinos que enchiam a alma. Estávamos de volta. Imaginei como ele estaria feliz se pudesse rever a terra que amava. As lágrimas me vieram aos olhos e como eu estava na amurada, tive a impressão que se misturaram à imensidão das águas que fizeram nossa história, e molharam as praias daquele país fantástico que inventamos. Pedi a Deus que ele fosse lembrado pelo que fizera de justo e injusto, porque das duas coisas é feito o homem. Mas não fosse esquecido, porque não merecia tal ofensa. E me consolei pensando que o seu coração, o coração que tanto havia amado e sofrido, o coração do rei, repousava em paz no lugar por ele desejado.

Pisei o chão amado e fui abraçado por frei Tarquínio, frei Oliveira e frei Tobias, que haviam rezado para que eu fizesse uma boa travessia e tinham para mim uma bela surpresa, a mais bela que pode desejar um mestre do Infantado: acreditem, leitores, na minha ausência eu havia sido escolhido primeiro reitor do Colégio Imperial Pedro de Alcântara, que depois se tornaria o Colégio Pedro II. Era uma bela recompensa a quem acreditava não ter se saído tão mal como mestre.

AGRADECIMENTOS

Acredito que os leitores que chegaram ao final deste livro terão reparado nos três religiosos que ajudaram frei Antônio de Arrábida a narrar a história, e que estavam à sua espera no cais do porto, nas linhas finais. Talvez não tenham adivinhado que, através deles, presto homenagem a três dos maiores historiadores brasileiros do século XX, hoje quase esquecidos. Em resumo, frei Tarquínio de Jesus, frei Oliveira Lima da Misericórdia e frei Tobias do Amor Divino são, na verdade, Octávio Tarquínio de Souza (1889-1959), Oliveira Lima (1867-1928) e Tobias do Rego Monteiro (1876-1952). Foi através deles, sobretudo, que descobri coisas do rei que eu ignorava, e que me deram vontade de passar adiante.

A escolha de um narrador para contar a história, por exemplo, nasceu das muitas referências feitas por Tarquínio de Souza a frei Antônio de Arrábida nos três volumes de sua obra *A vida de Pedro I*. A importância do religioso na vida do rei tinha sido, até então, ignorada. Arrábida virou narrador e seu descobridor tornou-se frei Tarquínio de Jesus, a quem logo vieram se juntar frei Oliveira da Misericórdia (autor de *Dom João VI no Brasil* e *Dom Pedro e Dom Miguel*) e frei Tobias do Amor Divino (*O Primeiro Reinado*), artifício que me permitiu aproveitar opiniões dos historiadores e transformá-los em testemunhas e prova de que nada inventei, além do necessário, das coisas inacreditáveis que fez o rei.

Ousei, em seguida, transformar em personagens aqueles que o foram na vida real, e que são Jean-Baptiste Debret (autor de *Viagem pitoresca e histórica ao Brasil*), Maria Graham (*Diário de uma viagem ao Brasil*), lorde Thomas John Cochrane (*Narrativa de serviços no libertar-se do Brasil da dominação portuguesa*), C. Schlichthorst (*O Rio de Janeiro como é – 1824-1826*), Carl Seidler (*Dez anos de Brasil*) e o coronel inglês Hugh Owen (*O cerco do Porto*). Não me senti tentada a fazer o mesmo com Luís Gonçalves dos Santos, o padre Perereca (*Memórias para servir à história do Reino do Brasil*), e citei de passagem o inglês John Armitage (*História do Brasil*).

Preferi não transformar em mais um frade Alberto Rangel (*Cartas de Pedro I à Marquesa de Santos*) que, nos anos 1830, copiou à mão as cartas do *demonão* para sua amante – bastava frei Tarquínio manipulá-las com curiosidade. Outro motivo para reduzir o número de religiosos é que a comunidade ficaria imensa, já que eu teria de agradecer informações colhidas em Adolfo Morales de los Rios Filho, Bettina Kann, Patrícia Souza Lima e todos que se ocuparam das cartas de Leopoldina, tão presentes neste livro; e ainda Brasil Gerson, Fania Fridman, Francisca Nogueira Azevedo, Glória Kaiser, Hélio Viana, Jurandir Malerbas, Isabel Lustosa, Lilia Moritz Schwarcz, Luís Lamego, Luís Norton, Maria Alexandre Lousada, Maria de Fátima e Melo Ferreira, Maria Beatriz Nizza da Silva, Oliveira Marques, Patrick Wilken, Paulo Napoleão Nogueira da Silva e Sergio Correa de Castro.

Por fim, em meus agradecimentos, não posso esquecer o amigo Bruno Torres Paraíso; Joaquim Vieira, pelos livros e informações enviadas d'além mar; ao fantástico cirurgião-doutor Alfredo Guarischi, que guiou as mãos dos médicos que retiraram o coração do rei; e aos leitores que se emocionaram com a história do rei-guerreiro cujo coração, guardado num vaso de prata, dentro de um vaso de cristal, está na capela-mor da igreja da Lapa, na cidade do Porto, norte de Portugal.

No vaso de prata está gravada uma frase proferida por ele na última visita ao Porto: "Eu me felicito a mim mesmo por me ver no teatro de minha glória, no meio dos meus amigos a quem devo, pelos auxílios que me prestaram durante o memorável sítio, o nome que adquiri, e que, honrado, deixarei de herança a meus filhos."

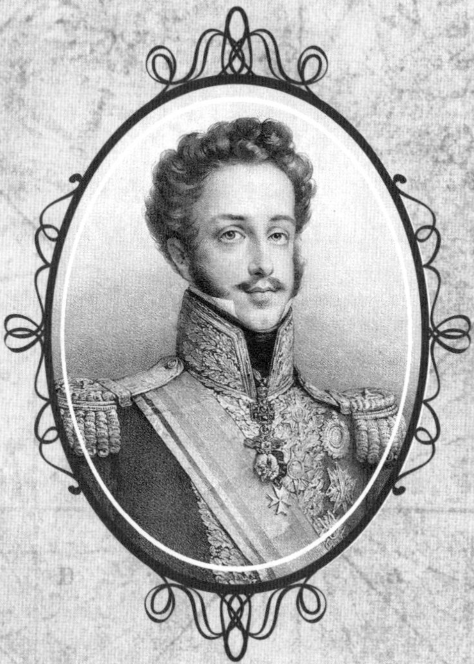

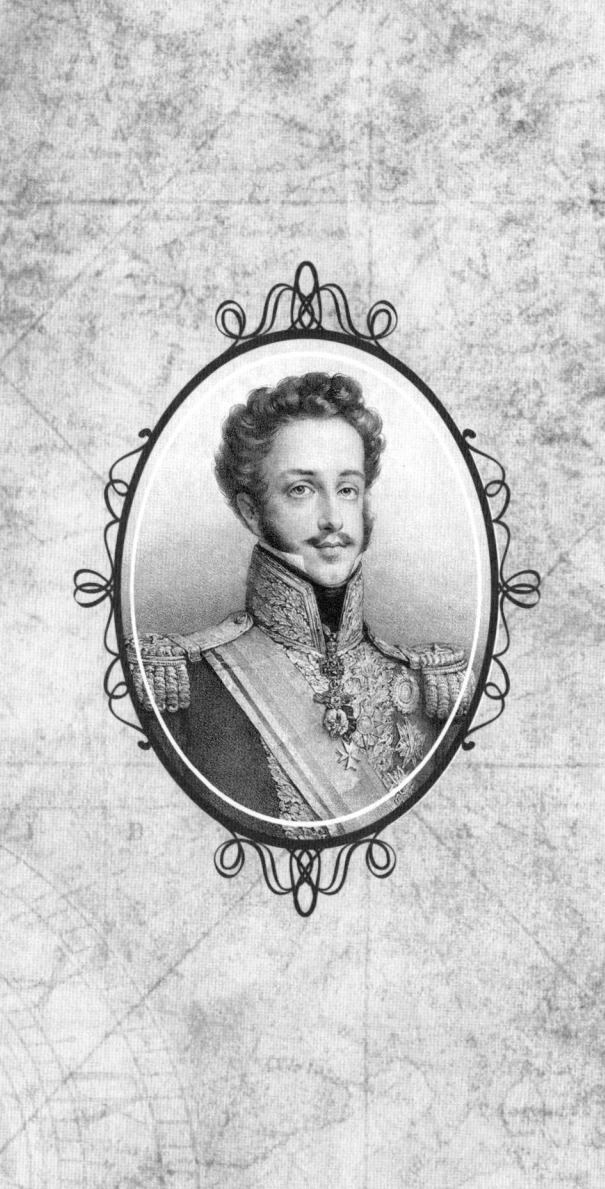